U0074282

論具有留學背景的
中國現代作家的

衝突與整合

婁曉凱 著

目 次

緒論

一、歷史的反思：從容閎到清華留美預備學校的設立

　　眾所周知，在人類歷史上，任何一種文明任何一個民族的產生和發展都不是一個孤立的過程，都面臨著或必須在與其他民族的交流或融合中逐步向前發展乃至走向成熟。而在這一過程中，人們跨越民族和國界，到其他國家進行訪問學習，既是幾千年來文化交流的傳統，也是人類文明得以傳播和發揚光大的重要途徑。如果說在西方，從古希臘到羅馬，從中世紀到近現代，頻頻而不間斷的跨國訪學或留學活動不僅為西方各國文明的傳播和匯融、異域文化的交流和溝通，起到了直接促進的作用，更為西方人文主義和科學思潮的興起乃至整個近代西方文化的多樣化發展，做出了突出的貢獻；而在中國，幾千年來不同地域、民族乃至國家間各種文化的交流互滲、人員的交往和遊學，也一直是華夏文明不斷得以傳播和發展的重要原因和優秀傳統。從某種意義上講，先秦時期孔子及其門徒周遊列國，創立並傳播儒家學說的行為可以說是中國古代遊學傳統的濫觴；而秦始皇派遣徐福帶人到東瀛求仙、漢武帝派張騫率領使團數度出使西域，以及隋唐時期眾僧至印度取經並接受各國外交使節和學生入唐研習、宋元明清時期的傳教士來華傳教、以及在此影響下一些中國人的域外訪學和交流等都可以看作是中國歷史上典型的文化傳播和交流活動，也推動了中西文化之

間的交融和吸收。在近代中國，1840-1842 年鴉片戰爭的慘敗，不僅宣告了大清帝國統治的失敗，使中國由封建社會進一步淪為半殖民地半封建社會，而且暴露了清政府長期閉關鎖國所帶來的嚴重後果。越來越多的中國人不再做著天朝大國的美夢，開始認認真真的睜開眼睛看世界，對外來文化尤其是西方和東洋文化開始由拒絕到被動接受乃至主動尋求。一批批有識之士開始走出國門、放眼世界、留學異域、求師問學，希望找到救國救民之道。

　　1847 年有著「近代中國留學之父」之稱的容閎自願赴美留學開啟了中國人留學海外的先河。他不僅是近代中國第一位在西方接受正規高等教育、並獲得耶魯大學學位的畢業生，更難能可貴的是他學成回國以後，也一直致力於中國留學運動的開展。他曾克服重重困難說服清政府官員曾國藩、李鴻章等，協助百名幼童揚帆赴美留學，正式拉開了中國官方派遣留學生的帷幕。從 19 世紀 70 年代中後期開始，為了培養組建近代海軍所需要的軍事力量，改變中國海軍技術落後的狀況，洋務派也曾先後 4 次選派青年學生和下級軍官赴歐學習，這是中國人留學歐洲的開始。1895 年甲午中日戰爭後，隨著北洋水師的慘敗、中華民族危亡的加深，國人「憬然知國力之不競，由學術之未新，舉凡政治、社會之設施與改革，無一不資世界最後出之學術與智慧。於是遊學之風復勁，負笈海外者亦漸多」。[1]

　　人們迫切尋求救國救民的真理，留學運動特別是赴日留學，成為許多有識之士新的選擇。這一時期延續兩千年的中國封建社會已經病入膏肓、邁入末世，各種矛盾和危機也日益深化和激化，再加上 1901 年《辛丑合約》簽訂以後，一連串的外交失敗，以及國內愈來愈強烈的改革和革命的

---

[1]　"Who's Who of American Returned Students" 序言，轉引自李喜所：《近代留學生與中外文化》，天津人民出版社，1992 年，第 291 頁。

要求，迫使清政府廢除了行之千年的科舉和八股考試，鼓勵並大量派遣留學生，開始實行所謂的「新政」。與此同時，部分「庚子賠款」的退還、留美預備學校清華學堂的設立，也都為 20 世紀初大批學子留洋提供了一定的條件，使他們的留學活動得以順利進行。這許多留學生們，雖然人員龐雜，所去的國家、選擇的學校和所學科目專業各不相同，但強烈的使命感和濃厚的政治意識以及救亡救國的迫切心情始終是他們共同的特點。他們大都在國外刻苦攻讀，努力學習各種先進的科學文化和現代技術，並試圖引進西方文化改造中國，使中華民族擠身於世界文明富強之林。

在中國歷史特別是近現代史上，從最初洋務運動時期的幼童赴美到後來的清政府專門設立留學政策鼓勵留學，以及 20 世紀初的留學高潮的到來，中國留學運動如涓涓細流從未間斷，並且呈上升趨勢。而這些遠赴歐美、日本等學習先進的科學技術和政治文化的留學生們，學成歸國以後，他們又大都學以致用，在政治、社會、科技、思想、文化、教育、學術等方面都給當時的中國帶來了許多新的面貌、新的氣象和新的風尚，更為中國社會的近代化進程做出了突出的貢獻。如詹天佑修建了第一條京張鐵路，嚴復翻譯《天演論》、《論自由》等書，促成了進化論和自由思想在中國的傳播，孫中山領導了辛亥革命，推翻了長達兩千多年的封建帝制國家等等。可以說，在激盪變革的近代中國，留學生是知識份子中特殊的一群。他們站在時代前沿，既傳承了古老的中華文明，又負笈留學海外，親沐了西方現代文明的浸染，他們是「中西文化融匯的載體」和中國社會變革的前驅和先導力量，在舊中國近代化的進程中，留學生扮演著不可替代的重要角色。

二、歐美與日本：中國現代作家及其留學譜系

　　同樣，在中國現代文學史上，留學生也是一個特殊的存在。縱觀整個中國現代文學的發展歷程，幾乎一大半的作家都曾在 20 世紀初出國留學，留學他國是他們共同的背景和經歷。正如有評論者所言：「留學歸國人員從事文學創作人數之多，文學成果之豐富，對建設中國新文學的貢獻之大，不僅此前中國歷史上絕無僅有，就是在世界文壇上也是罕見的。從某種意義上說，中國文學能在近代以來，特別是『五四』之後極大地開闊眼界，迅速地建立起全新意義上的現代文學體系，積極地融入世界文學的總體格局，並成為這個格局中同步發展的組成部分，具有留學背景的作家群體起了決定性的作用。」[2] 而從 1934 年顧鳳城編撰的《中外文學家辭典》中我們也可以看到，書中收錄的 217 名中國現代作家中，有 89 名是留學出身。[3] 日本學者小島友於在 1937 年編撰的《現代中國著作家》中收錄了 322 名作家，其中 155 人是留學出身。王富仁甚至還將中國 20 世紀文化稱之為「留學生文化」。中國現代文學史上的著名作家如魯迅、郭沫若、巴金、艾青、田漢、朱光潛、宗白華等都曾留學海外，在美國、歐洲或者日本求學，學成歸國以後又以豐厚的文學創作成果為中國現代文學的形成、發展和傳播做出了不可忽略的重要貢獻，成為中國歷史上真正具有現代意義的作家。

　　中國現代文學史上具有留學海外經歷的作家，大致可以分為以下幾種情況：一種是專門出國學習的學生，他們到國外主要是以求學為目的，希

---

[2]　鄭春：《留學背景與中國現代文學》，山東教育出版社，2002 年，第 135 頁。

[3]　顧鳳城編：《中外文學家辭典》，樂華圖書公司，1933 年。

望通過努力獲得國外的學歷或學位,如胡適、梁實秋、徐志摩、郭沫若、郁達夫等;一種是出國工作或由於其他原因如避難、旅行等在國外待過一段時間的,他們沒有進過固定的學校,也沒有學過系統的專業知識,不以獲得學位為目的。如老舍曾到英國教書、茅盾曾到日本避難、朱自清曾到歐洲旅行的等等。鑒於這種情況,我想先來界定一下本書中所論及的留歐美和留日作家:主要是指那些出國以讀書學習為目的的學生,歸國以後又曾在文學創作、文學理論或文學批評方面有突出成就,對真正意義上的中國現代文學的產生、發展和傳播做出過一定貢獻,在中國現代文學史上影響較大的人。由此本書所論及的留歐美作家主要有:胡適(1910-1917 年赴美留學),徐志摩(1918-1920 年赴美留學,1920-1922 年赴英留學),梁實秋(1923-1926 年赴美留學),聞一多(1922-1924 赴美留學),林語堂(1919-1923 赴美留學);吳宓(1917-1926 赴美留學;梅光迪(1911-1920赴美留學);胡先驌(1913-1916 赴美留學);李金髮(1919-1921 年赴法留學);梁宗岱(1924-1931 年赴法留學),朱光潛(1925-1933 年赴英、法留學),宗白華(1920-1925 年赴法、德留學),艾青(1929-1932 赴法留學),巴金(1927-1928 赴法留學),冰心(1923-1926 赴美留學);留日作家主要有:魯迅(1902-1909 年),周作人(1906-1911 年);郭沫若(1914-1923年),郁達夫(1913-1922 年),成仿吾(1910-1921 年),張資平(1912-1921年),陶晶孫(1906-1927 年),倪貽德(1927-1928 年),李初梨(1915-1927年),朱鏡我(1918-1927 年),穆木天(1920-1926 年);豐子愷(1921-1922年),李叔同(1905-1910 年),夏丏尊(1905-1907 年);歐陽予倩(1902-1910年),田漢(1916-1922 年),夏衍(1920-1927 年)。

此外,本書重點選擇了 1900-1930 年這段時間,因為這是自 1847 年中國第一位留學生容閎赴美留學以來的一個留學「高峰」時期,中國現代文學史上大部分有突出成就的文學家都是在這一時期出國深造,或者留學歐

美或者留學日本，刻苦攻讀、潛心學習，在不同的語境中接受與中國傳統教育不同的西方現代文化知識。與此同時，這一時期也可以說是中國現代文學由古典走向現代、真正具有「現代」的特質、並得以迅速發展和傳播的重要進程。這些留學精英們大都曾經懷著救國救亡的使命遠赴海外，學成歸來以後又都以滿腔的熱情投入到中國現代文學的建設中來，在文學理論、文學創作和批評方面都有豐厚的成果，對中國現代文學的發展作出了突出的貢獻。

三、本書的研究立場與比較視域

筆者通過考察發現，這批在 20 世紀初留學歸返中國本土的現代作家，除了個別的「轉向」或者「嬗變」之外，他們因留學背景及其文化區域的差異性——留學歐美或者留學日本，形成了文化立場迥然相異與群體特徵鮮明獨特的兩種現代知識份子族群。如果說留歐美作家大都強調自由和獨立，注重文學的獨立性和本體性；那麼留日作家則更多地傾向於激進，更重視文學的社會功能和現實功利作用。這也使得他們曾在中國現代文壇上據守不同的文化陣地各領風騷甚至論戰不休，並在自覺與不自覺中逐漸開始朝著兩個方向分化，也以此構成了中國現代文學史上留學歸返本土的兩類知識份子相互衝突與整合的多元文化景觀。雖然目前學界已經有一些單篇的論文涉及對這批具有留學背景的中國現代作家的研究與考察，但大都屬於單向、個別的研究或比較粗疏的「掃描式」把握。從文藝觀的角度，全方位地對中國現代文學史上的留歐美和留日作家進行整體把握和深入具體的比較研究，分析並詳細說明他們各自文藝觀的主要特點及其形成的原因，考察並探討他們在中國現代文學史上的意義和影響，目前學界幾乎沒有。

　　目前學界對留歐美和留日作家的研究主要側重於以下幾個方面：

　　首先是關於中國近代留學運動的興起及其發展歷程的研究。容閎被稱為是「中國留學第一人」、「近代中國留學之父」，有評論者側重從他的留學歷程、教育救國思想和主張、以及說服晚清政府組織幼童留學的活動等方面進行分析研究，認為他「最突出的貢獻是開拓了中國的留學事業，開闢了中西文化交流的重要渠道，促進了中國近代化的發展」[4]；此外，1927年舒新城編著《近代中國留學史》[5]，他以獨到的教育史專家的眼光，系統論述從洋務運動到「五四」前後中國留學生的發展軌跡和社會影響，詳細介紹中國近代 60 年留美、留歐、留日的興起與發展經過，奠定了中國留學史研究的根基；他還對留學資格與經費、留學管理、留學獎勵、留學思想之變遷等進行了具體的闡發，對留學中存在的問題、解決的辦法和途徑也都進行了頗有成效的探討，是目前國內學界最早從宏觀上把握中國近代留學運動、具有豐富史料價值的論著，也是後來研究者必看的參考書。《中國留學生的歷史軌跡 1872-1949》（王奇生著，蘭州：甘肅教育出版社，1991年）一書分為上、下兩篇，上篇著重敘述留美、留歐、留日的歷史及近代中國留學政策的演變，下篇則探討歸國留學生對中國近代政治、軍事、社會、思想、教育、學術等方面的影響；而且專闢一章探討「留學生與中國

---

[4] 《容閎與中國近代化》第 5 頁，有關容閎的論著有《容閎與中國近代化》、《近代中國留學之父——容閎》《西學東漸記：中國留學生之父的足跡與心跡》和相關論文《容閎與中國的近代化》（胡波，林有能：《求索》1999 年第 4 期）、《容閎與晚清官派早期留學生》（周棉：《百年潮》，2006 年第 3 期）、《論容閎的科教思想及實踐》（黃曉東：《蘇州大學學報》（哲社版）2009 年第 1 期）、《容閎：中國近代化的卓越先驅》（李華興：《復旦學報》2005 年第 5 期）、《容閎：近代中國出路的探索者》（李萍：《內蒙古社會科學》，2000 年第 1 期）、《容閎的愛國思想及其教育活動》（陳國貴：《西南師大學報》（社科版）1987 年 3 月等）。

[5] 舒新城：《近代中國留學史》，上海中華書局 1927 年，上海文化出版社，1989 年影印版。

文學」，認為他們是「文體革新的先驅」、「文學革命的導源」，並列舉現代文學史上部分留美、留日、留歐作家，簡要闡述了他們之間的區別。宋健在《中國百年留學潮》一文中談到：「中國近代留學潮經歷了 130 多年的歷史、從晚清到 20 世紀末已有過十代留學生」，[6]分別就這十代留學生進行論述並主要說明歷代歸國學子們在工業和科技方面的貢獻，認為「歷代歸國的學子們，意氣風發，崇論宏議，榮辱皆忘，全身投入工業化建設和科學技術事業，與全國人民共同奮鬥，寫下了中華民族歷史上最光輝的新篇章。」[7]此外還有一些相關專著和論文研究近代留學運動的興起及其發展歷程[8]，如《中國留學運動的歷史考察》、《試論晚清三次重要的留學浪潮》、《20世紀初的兩次留學大潮》、《歐風美雨中的留學生──論清末新政時期留學歐美的興起》等，此不一一贅言。

關於中國近代留學發展歷程，國外也有一些相關的研究，日本實藤惠秀的《中國人留學日本史》(【日】實藤惠秀著，譚汝謙、林啟彥譯，北京：三聯書店 1983 年版)一書首次從國別史的角度研究中國的留學問題，詳細敘述了中國人早期留學日本的原因、留學日本的歷史經過(1896-1937)、留學生在日本的生活、與日本人的關係、留學生的翻譯活動及對中國出版界的影響、日本語彙在中國語文中的滲透、留日作家的革命活動等，是國外研究中國留日問題比較詳盡的一本專著。森時彥所著《留法勤工儉學小史》(【日】森時彥著，史會來、尚信譯，鄭州：河南人民出版社，1985年)一書則運用翔實而豐富的歷史資料，記述留法勤工儉學運動的興起和

---

6 宋健：《中國百年留學潮》，《招商週刊》2002 年第 22 期。

7 同前註，第 23 期。

8 有關中國留學發展歷程及其特點的研究，還有專著：《中國留學教育史》、《中國人留學史話》、《中國人留學日本史》等，論文《中國留學運動的歷史考察》、《淺論清末留學潮》、《試論晚清三次重要的留學浪潮》、《20 世紀初的兩次留學大潮》、《歐風美雨中的留學生──論清末新政時期留學歐美的興起》等。

發展過程，以及中國革命者在留法勤工儉學運動中的活動和作用。對若干問題的考證與國內的研究相比，頗有獨到之見。多賀秋五郎編的《近代中國教育史資料》（【日】多賀秋五郎編，臺北：文海出版社有限公司，1976年）也涉及近代中國的留學運動，並整理了很多相關的中國教育的法令、奏議、規章制度等資料，史料價值很高。

其次，從中外文化交流的角度，研究留學生對西方文化的學習和引進，並探討留學生回國以後在政治、文化、科技、教育等領域所做的貢獻及其與中國現代化進程的密切聯繫，也是當前學界研究的一個重要領域。李喜所的《近代留學生與中外文化》一書把「留學生的思想文化演進和整個近代中國『西學東漸』和新文化的產生、發展結合在一起」，從具體分析以容閎為代表的早期留美生開始，分別論述留學生們對西方文化的借鑒和吸收情況及其對中國社會文化的影響。還「力所能及地敘述留學生是如何向世界介紹中國文化的」，並對中國留學史上有影響的重要人物如容閎、嚴復、孫中山、魯迅、胡適等專節論述，用稍多的篇幅做了比較具體的分析。安寧、周棉主編的《留學生與中外文化交流》分為上下兩編，研究視野比較開闊，上編從「留學生與晚清的西學東漸、五四運動、邏輯學的東漸、西方哲學在中國的傳播、馬克思主義在中國的傳播、中西美學的融合與發展、中國的新史學、社會學在中國的傳播與發展」等方面分析留學生對西方文化的傳播，下編則具體闡述嚴復與西學東漸、蔡元培與中外文化交流、魯迅與中外文化交流、胡適與中外文化交流、林語堂與中外文化交流之間的關係，「從一定意義上說，它既是一部研究中國留學生的專著，又是一部研究中外文化交流史的專著。」[9]此外，目前學界還有一些論文如《中國近代留學運動的現代啟示》、《近代中國的留學教育及其影響》、《庚款留學在中

9　李喜所主編：《留學生與中外文化》，南開大學出版社，2005年，第795頁。

國的主要影響》、《淺論庚款留學的影響》、《留學日本與中國近代教育的發展》、《留日運動與中國現代化》、《五四時期留美學生對科學的傳播》、《辛亥革命和中國留日作家》、《第一批留學生的派遣與中國教育的近代化》、《近代留美生與留日生對中國社會影響之比較》、《中國近代留學教育走向、學習內容及歷史意義分析》、《留日作家在五四運動中的作用探析》也都不同的方面具體說明了留學這一運動對中國近代社會的影響。

　　第三、單向度地對留歐美與留日作家各自的特點進行分析，並考察他們與中文學之間的關係也是學界研究的一個重點。孔繁嶺、申在文在《簡論中國近代留日作家的特點》[10]一文中指出留日作家與留美、留歐學生相比有著不同的特點，主要在於：人數最多，為其他各國留學生總和的近 2 倍；政治性強，多學軍事政法，好譯西書和從事政治運動；日本先進文化的薰陶和侵略政策的刺激，使留日作家對日既愛又恨；對兩國關係影響最大，他們中的多數人不僅充當了反日鬥爭的先鋒，而且掌握南京政府對日外交的實權，由此決定了對日關係的妥協和抵抗的雙重政策。《近代留美生留學特點考》[11]一文則認為「近代留美生獨具特色，他們選習科目偏重理工農醫等自然科學；受教育程度高，具有良好的科學品質；胸懷濃厚的『科學救國』思想；留學經費來源有保障，學習條件較優越」，因此「他們成為中國科技發展主導力量。」賈植芳在《中國留日作家與中國現代文學》[12]一文中談到了留日作家與中國現代文學的關係，認為留日作家「那種反封建傳統，嚮往民主，追求理想的激進思想和行為，推動了新文學運動和現代文學運動的發展和進步。」周曉明的《多源與多流──從中國留

[10]　孔繁嶺，申在文：《簡論中國近代留日作家的特點》，《徐州師範大學學報》（哲學社會科學版）2007 年 9 月。
[11]　徐曼：《近代留美生留學特點考》，《內蒙古大學學報》（人文社會科學版）2003 年 3 月。
[12]　賈植芳：《中國留日作家與中國現代文學》，《山西師大學報》（社會科學版）第 18 卷第 4 期。

學族到新月派》[13]一書上篇重在對中國留學運動追根溯源，分階段論述中國留學運動的發展歷程，並分別說明現代中國的留學族群如現代留美群、現代留日群、現代留歐群、現代留蘇群的總體發展過程及其群體特徵；在下篇主要是對新月派及其特點的分析，重點說明新月社的緣起、主要活動、刊物、新月書店和前期的「新月」的終結；並對它的文學活動、思想去向、政治抉擇、文藝思想、歷史定位、創作特色等進行了分析說明。鄭春的《留學背景與中國現代文學》[14]分為上、下兩編，主要探討留學與中國現代文學之間的關係。在上編中他從材料出發，重點論述留學背景及其歷史形成的過程；在下編，他則從現代文學的開創、現代文學的建設、現代文學的開放等方面具體考察留學背景和具有留學背景的現代作家對中國現代文學的影響，同時不忘說明「留學背景與現代文學的局限」，即留學背景所產生的「追趕與浮躁、通才與專才、優越與膚淺」等負面影響。

第四，當前學界也有論者從留學規模、留學情形、教育風格等方面對留歐美和留日作家進行比較研究。比如《近代中國留日與留美運動之比較》[15]一文對留歐美和留日運動的社會環境與條件、留學規模、所學課程等做出了一系列的比較，認為「兩次留學運動都推動了中國近代歷史的發展，加速了中國近代化的進程。但這種影響亦有所偏重，留日運動對中國近代政治、軍事發展的影響是主要方面、而留美運動對中國近代歷史發展的影響主要是實業方面。」[16]《近代中國留美和留日教育之比較》[17]一文指出「近代中國的留美和留日教育是兩種從風格截然不同的留學教育」，在發展狀

[13] 周曉明：《多源與多流——從中國留學族到新月派》，華中師範大學出版社，2001 年。

[14] 鄭春：《留學背景與中國現代文學》，山東教育出版社，2002 年。

[15] 薛玉勝、楊學新：《近代中國留日與留美運動之比較》，《日本問題研究》1996 年第 3 期。

[16] 同前註。

[17] 蔣純焦：《近代中國留美和留日教育之比較》，《江西社會科學》2000 年第 1 期。

況、管理、學生學業、學生團體、歷史影響等方面都有不同之處,「官方留美始於洋務運動,盛於「庚款興學」,留美生學業基礎扎實,學習勤勉,多習理工農醫,在科技進步和科學普及方而成績卓著;官方留日則始於維新運動,盛於清末「新政」,留日生人多勢眾,魚龍混雜,多學軍事政法,好譯西書和從事政治運動,在軍事革命和文化革新方而功莫大焉。對近代中國的社會發展亦產生了小同的歷史作用。」[18]趙燕玲的《近代留美生與留日生對中國社會影響之比較》[19]考察了近代留美生和留日生是對中國的近代化進程所起到的重要作用,指出由於「留學走向的不同」,造成了他們在中國近代化進程中起作用的主要領域不盡相同,「留美生側重於科技領域,留日生側重於政治領域」,並分析形成這種現象的主要原因在於「留學背景的不同以及留學生對留學所在國的觀感不同」。[20]儘管也有論者涉及留歐美與留日作家及其文學創作的比較研究,但大都比較簡單粗疏,或者僅僅指出了兩個群體之間存在差異的可能,如比如有論者指出:「在文學理論的創新上,留美學生走在前面」,「留日作家作家群在創作實績上填補了空白,使得中國新文學實實在在地展現在國人的面前」;[21]或者浮光掠影地談談兩個群體之間不同的表現,如有論者認為「中國現代留日作家群和留學歐美作家群儘管存在著明顯的差異性,但血脈相連的文化根基、異鄉求學的相似經歷、揮之不去的華夏情結、振興中華的宏偉志向,又使得他們出現出相同的文化性格」;[22]但都並沒有進行細緻和深入的考察和論證。

---

18 同前註。
19 趙燕玲的《近代留美生與留日生對中國社會影響之比較》,《中山大學學報》(社會科學版)2002 年第 2 期。
20 同前註。
21 吳建華:《留日作家文學與留歐美作家文學異同》,《衡陽師範學院學報》2005 年 2 月。
22 江勝清:《中國現代兩大留學作家群及其文化性格》,《文學自由談》2008 年 12 月。

　　本書在前人研究的基礎上，在比較文學與世界文學的研究視域下，試圖從文藝這一角度，將留學背景與中國現代作家及其文藝理論、文學創作與文學批評匯通起來進行整體性思考，全方位地對這批具有留學背景的中國現代作家進行整體把握和深入具體的比較研究，分析並詳細說明在傳統與現代、中國本土與外域文化融會貫通的大背景下，他們各自文藝觀發展變化軌跡與典型特徵，考察並探討他們背後的淵源所在及其在中國現代文學史甚至當代文學史上的意義和影響。主要創新之處在於：首先在詳細佔有全面的一手資料的基礎上，全方位地對留歐美和留日作家進行深入細緻地研究，集中探討他們各自文藝觀的主要特徵，並將之與他們的文學活動和文學創作聯繫起來進行詳細的論證，從而得出結論：留歐美作家普遍地表現為對文學獨立自由的追求和嚮往、對文學的審美特質的刻意追求和對政治的離心傾向；留日作家則大都比較強調文學的社會性和階級性，注重文學的社會功能和工具作用，功利色彩濃重，往往忽略文學自身獨特的審美價值。其次，本書不僅具體分析留歐美和留日作家各自文藝觀的主要特徵，說明兩大留學群體的不同之處，同時更進一步的研究兩大群體之間的相似點，比如他們對傳統的依戀、對民族主義的認同、在近代中國內憂外患、水深火熱的危難時刻，他們共同的「以天下為己任」的憂患意識和責任感等，並從整體上探討他們背後的淵源和原因所在，這一點在目前學界還沒有人專門論述過。第三、從 1900-1930 的 30 年間，留歐美和留日作家兩大留學族群之中各自還存在著「轉向」和嬗變的現象，如聞一多由詩人學者變為「鬥士」；周作人從「叛徒」走向「隱士」，前期創造社「沒有整齊劃一的主義」，推崇文藝多元自由發展等，本書提出並逐一對之進行分析論述。第四、在探討留歐美和留日作家在現代文學史上的意義上，本書不僅指出他們在中國文學的現代轉型方面所做的貢獻，更指出留歐美作家所開創的自由主義傳統經由新月派和京派而發展成為中國現代文學史上

的自由流脈；而留日作家彙入左翼的大潮，他們各自的文學活動和文學創造構成了中國現代文學發展中的主脈，並促成了中國現代文學多元景觀的形成和發展。

本書的主要研究思路和內容如下：

第一章：留歐美作家文藝觀的主要特徵。20 世紀初以胡適、徐志摩、梁實秋、聞一多為代表的留歐美作家都曾留學歐美，親身體驗過西方自由、民主、平等、博愛的社會氛圍，並深受歐美自由主義思想的影響。儘管他們個別的文學主張和觀點有不同的地方，但其整體文學思想呈現出基本的一致性，普遍表現為對政治的「離心」傾向與對文學獨立和本體性的堅守，堅持自由主義的文藝觀。他們認為文學是獨立和自由的，反對任何形式的「文藝載道」，一心維護文學的獨立品格，重視文學自身的價值和審美特徵；在文學創作方面，他們呼籲創作自由，強調以人為本，注重心靈的自由抒發，主張用文學表現個人、個性和由此昇華出來的人性，專注於人性探索和審美創造；同時強調作家對於文學從內容到形式的選擇和創作的自由，反對國家、社會、團體和意識形態對於文學創作的干預和壓制。在文學批評方面，與其自由主義思想相對應，他們更注重文學作品的審美形態和審美價值，強調內容與形式的和諧，反對任何形式的功利主義，並提倡文學批評中的寬容精神

第二章：留日作家文藝觀的主要特徵。以郭沫若、郁達夫、成仿吾為代表的留日作家在中日民族矛盾日益加深的時代留學日本，身處日本特殊的環境中，他們更深切地感受到時代的痛苦和弱國子民的無奈和辛酸，思想言論一般都比較激進，他們文學思想也更多地呈現出大致相同的激進主義的特點。他們大都批判或者疏遠對文學審美和表現特性的認同，傾向於從社會現實和革命的角度思考文學；認為文學是一定社會生活的反映，強調文學的社會性和階級性，重視文學的社會功能和工具作用；在特殊的時

代，希望把文學作為政治變革的一種宣傳工具和鬥爭的武器，配合革命和政治的行動。在文學創作方面，要求作家從思想上與時代保持高度一致，注重意識形態的規約和與時代緊密聯繫的「宏大敘事」的追求，希望作家運用現實主義的文學創作方法創作出既符合戰爭和時代要求，又能激勵人民戰鬥的、鬥志昂揚的作品或者「無產階級」作品。這種單向度批判與介入性重構影響了他們對文學的價值判斷，造成了文學批評中審美精神的消解，而以時代精神和政治意識作為文學批評的標準，對作家及作品採用非此即彼的單一的評價方式，從而限制了文學多元化的發展。

第三章：留歐美和留日作家文藝觀的相似之處。首先，儘管留歐美作家和留日作家都負笈留學海外，並深受歐美和日本社會文化和文藝思潮的薰陶和影響，但他們在出國之前，大都接受過正規的中國傳統文化教育，他們無法割斷與傳統的聯繫，更無法擺脫中國傳統文化精神的影響，如魯迅、胡適、郭沫若等以儒家的「以天下為己任」的積極出世思想實踐自己的理想，為國為民奮鬥不止；林語堂、周作人、梁實秋則更傾向於道家的自然清靜無為的出世風格，豐子愷、李叔同、蘇曼殊、夏丏尊等人的文學理想與禪宗任運隨緣、達觀超脫的更為接近。其次，留歐美和留日作家歸國以後，面對中國內憂外患的殘酷現實，他們高揚愛國主義的熱情，同許多仁人志士和廣大民眾一起並肩作戰，堅決反對外敵入侵，捍衛民族獨立、希望以建立獨立的民主國家。民族主義不僅是他們留學海外向西方學習的原動力，也是他們共同的民族意識和基本情結所在，他們的一系列文藝活動和文藝思想反映出共同的民族主義情感和愛國主義傾向。最後，並不是所有的留歐美作家都恪守自由主義的原則，也並非所有的留日作家都是激進和功利的，他們當中都有一些「另類」和「不和諧」的聲音。如聞一多留學美國，前期的文學思想也深受自由主義的影響，但後期卻逐漸轉向，從書齋裏的詩人變成了積極參與革命和鬥爭的「鬥士」；而留日派的周作人卻從五四時期的激進的新文學先驅逐

漸向個人主義回歸，最終成為崇尚自由的「隱士」，前期創造社「沒有整齊劃一的主義」，推崇多元自由的創作與批評思想。

第四章：留歐美和留日作家文藝觀異同的原因與淵源分析。首先分析論述留歐美作家自由主義文藝思想的成因，19 世紀末 20 世紀初歐美自由民主的社會文化背景和現代主義文學思潮如火如荼的開展，使他們難免不受影響，如聞一多對唯美主義的借鑒、林語堂和朱光潛對表現主義的學習和吸收、李金髮、梁宗岱對象徵主義的推崇等，現代主義注重自我表現、信奉「為藝術而藝術」，不注重社會功利目的的特性也在他們的文藝思想和文學創作中有不同程度的表現。與此同時，留歐美作家經濟條件較好，赴歐美留學後一般能進入思想自由、學術空氣濃厚名牌大學，接觸世界一流的導師，有助於提高素養，培養對學術的興趣和專注於求知求學，歐美各界人士的友好態度也為他們創造了比較寬鬆和溫暖的留學環境。其次，對於留日作家來說，19 世紀末 20 世紀初日本剛剛經過並不徹底的明治維新，從封建社會轉為資本主義社會，軍國主義和對外擴張的殖民思想嚴重，並不具備像英法等西方社會真正自由平等的民主觀念。他們特別是後期創造社成員留日期間正值日本無產階級文學運動大力開展、福本主義風卷日本時期，他們不僅親身感受到了文學運動的濃烈氛圍，也不可避免地受到日本無產階級文藝思潮的影響；留日作家大都家庭貧困、經費不足，使他們備嘗生活的艱辛和世態人情的炎涼；留學日本後又飽受輕侮和誣衊，愛國熱情、民族情感、以及異國生活的屈辱、國內腐敗黑暗的現實糾結在一切，使得他們的思想言論一般都顯得比較強烈和激進。而日本又是「20 世紀初中國革命派、無政府主義等激進組織的一個海外基地」，一系列革命團體的建立和期刊雜誌的創立、革命思想的傳播和發展無疑都促成留日作家的激進思想的形成和發展。最後，早年的舊式教育或傳統文化的洗禮使他們深受儒釋道精神的影響，中國知識份子以天下為己任的自強不

息精神、強烈的使命感和責任感使留歐美和留日作家呈現出共同的民族主義情結和愛國主義情懷。

　　第五章：留歐美與留日作家對中國現代文學的貢獻和意義。一部中國現代文學史，無論是它的發生，還是它的發展變化，都離不開 20 世紀初留歐美和留日作家這兩個特殊的群體的重大影響。首先，新文學運動初期，胡適的《文學改良芻議》及其倡導白話文運動曾在文學語言和形式方面為新文學開闢了道路，周作人的「人的文學」則從思想內容上為新文學的開展指明了方向。他們還首次對新文學的幾種基本的文體如詩歌、散文、小說、戲劇的藝術特徵和要求作了初步的界定和要求；這不僅是對新文學的理論貢獻，也推動和指導了當時的新文學創作。而魯迅、郭沫若、郁達夫、聞一多、徐志摩、林語堂、冰心、巴金等人則以自己多樣的文學創作實踐了新文學先驅們對新文學的種種界定和規範，使中國文學改變了傳統的守舊的模式和觀念，在思想內容和形式上具有「現代」特質，真正由古典走向現代。其次，留歐美作家後來大都加入了 20 年代新月社和 30 年代京派，他們堅持自由主義的文藝思想，並使中國文學中自由的一脈在邊緣與夾縫中持續發展；最後，1930 年左聯成立以後，留日作家大都加入左聯，他們在後期創造社時期的文藝思想和文學運動，為 1930 年「左聯」的成立做好了組織上和理論上的準備，被學界公認為是中國左翼文學運動的最初發端。加入左聯以後，他們又指導並積極參與左聯的活動；30 年代，「普羅文藝」的觀念在文學藝術領域不斷得到深化，左聯及其文藝思想的影響力的日益強大，最終確立在當時文藝思想界中心領導地位，成為 30 年代中國文壇的主潮。儘管左聯於 1936 年解散，但它所倡導的無產階級革命文學和左翼文學思想卻繼續發展，而且越來越功利、教條，越來越激進、越來越「左」，直到十年文革的到來，將文藝的功利性、工具性和階級性發展到了極致，造成了中國文藝界無可挽回的悲劇和重大損失。

　　在中國現代文學史上，留歐美和留日作家是一個特殊的而又不容忽視的存在，他們是中國現代作家的重要組成部分，同時又對中國現代文學的發展作出了突出的貢獻。而當前學界卻沒有專門又具體的對這兩大群體的文藝觀進行整體把握和比較研究的論文或專著，這正是本書的選題和寫作的初衷所在。需要指出的是，留歐美和留日作家各自具有大致相同的自由、獨立或激進、功利傾向，但在 1900-1930 這 30 年的時間裏，無論是留歐美作家，還是留日作家，他們之間也都存在著變化、轉向和嬗變等情況，本書也提出並逐一在文中對之進行分析論證。而在浩瀚如煙的書海中從文藝觀這一角度對屬於兩大群體的眾多作家進行分析比較研究，在呈現一些問題的同時，也難免會有所忽略和遺漏，請專家學者不吝指教，以待修訂時補正。

第一章

基於自由主義立場的情本體論及其變異性呈現

　　20 世紀初曾是中國近代留學的高峰時期，從 1842 年鴉片戰爭至此的半個多世紀裏，西方和日本不間斷的戰爭侵略、清政府的腐朽統治和節節敗退、不斷割地賠款求和已經使舊中國風雨飄搖、岌岌可危，眾多有識之士紛紛負笈海外，希望通過對西方先進科技和民主政治制度的學習尋求救國救民的真理。與此同時「庚子賠款」的退還、清朝科舉制度的廢除、留學政策的變化、留美預備學校清華學堂的設立，都為當時大批學子出國留學提供了一定的條件。中國現代文學史上的胡適、徐志摩、梁實秋、聞一多、林語堂等都曾在這一時期到歐美留學，長期在國外學習生活，他們不僅大開眼界，親眼看到西方社會在近代科技文明發展下的快速進步，親身體驗到與腐朽落後的舊中國完全不同的現代生活方式，西方自由、平等、民主的社會觀念和自由主義思想也使他們深受影響，使他們在自覺或不自覺之間對其表現出深深的認同。而在西方，自由或自由主義是一個悠久的歷史傳統。正如自由主義研究者阿克頓所說：「自由是古代歷史和現代歷史的一個共同主題：無論是哪一個民族、哪一個時代、哪一個宗教、哪一種哲學、哪一種科學，都離不開這個主題。」[1]古希臘向來以自由和平等著稱，

---

[1]　【英】阿克頓：《自由與權力》，商務印書館，2001 年，第 313 頁。

十四世紀義大利文藝復興運動和比之稍晚的宗教改革運動把人們對神的崇拜和關注專向了以人為中心，具有人文主義和個人主義的傾向；近代西方各國資產階級革命則為自由主義的產生和發展開闢了道路，使自由主義作為一種理論、一種思潮、一種意識形態甚至一種政治運動真正形成，從此自由主義就成為並一直是西方近現代社會占主導地位的意識形態，或者在某種意義上，西方近現代思想史就是一部自由主義興起、發展、受到挑戰的歷史。霍布豪斯曾在其著作《自由主義》中說過：「自由主義是現代世界生活結構中的一個貫穿一切的要素」，「如果篇幅允許的話，不妨說明一下它對文學藝術的影響，它同習俗、虛假和保護人的鬥爭，以及它為自我表現，為真實，為藝術家的靈魂進行的鬥爭。」[2]長期以來，自由主義一直存在並影響著西方社會的方方面面，它提倡自由、平等，堅持個人主義的立場，強調個人的價值與權力，肯定個人的尊嚴和獨立，強調個人的獨特性、創造性，希望建立自由的政治和立法制度，為個人價值和權力的實現創造條件；在文學藝術方面，自文藝復興以來的西方文學和藝術也都充滿了自由主義精神，具體表現在以人為中心，承認文學的獨立性和自由獨立品格，主張以文學表現普遍的人性，具有明顯超政治超功利色彩和個人主義、個性化傾向，充滿了對個性自由的張揚和對一切束縛個性自由發展的封建主義和資本主義的批判，具有深厚博大的人道主義和個性主義內涵。

　　筆者經過考察發現，20世紀初中國現代文學史上的留歐美作家無論是在政治思想還是在文藝觀念上都表現出跟西方自由和自由主義相一致的傾向。他們大都講究個人自由，嚮往西方現代民主，既反對政治專制統治，強調天賦人權，力主社會平等；又不贊成激烈的暴力革命，希望通過教育和學理的啟蒙等方式進行社會改良，改變人的精神結構，重造民族文化，

2　【英】霍布豪斯《自由主義》，商務印書館，1996年，第22頁。

重振社會道德秩序，以文化的發展而謀求社會的發展。同時，作為中國現代文學史上的著名作家，如果單單就個別的文學主張和觀點而論，留歐美作家文藝觀的淵源和構成是比較複雜的，比如胡適倡導英美自由主義思想，並深受意象主義和杜威哲學影響；徐志摩的詩歌表現出明顯的歐美浪漫主義風格；前期聞一多於浪漫主義之外也曾受到王爾德、布洛等人的唯美主義影響；梁實秋則直接受教於美國新人文主義文學批評運動的領袖白璧德，曾大力提倡新古典主義……但就其整體文學傾向而言，絕大部分的留歐美作家在許多方面也表現出基本的一致性，即普遍地表現為對文學獨立自由的追求和嚮往、對文學的審美特質的某種刻意追求和對政治的離心傾向，他們大都堅持自由主義的文藝觀，對西方之自由與獨立的認同成為他們堅定的立場。在中西文化的衝突、對話與交會中，留歐美作家的文學觀念呈現為一種把主體人格意志中的「至情至性」放大到極致的姿態。具體而言，在文學理論和文學思想方面，他們主張文學的獨立性，堅持文學的本體觀，反對任何形式的「文以載道」，一心維護文學的獨立品格和作家創作的自由，重視文學的審美特徵，張揚個性，富有藝術精神；在文學創作方面，他們呼籲創作自由，強調以人為本，主張用文學表現人性，專注於人性探索和審美創造，認為文學創作應該以人性的解放和自由為出發點，同現實政治保持一定的審美距離。同時強調作家對於文學從內容到形式的選擇的自由，反對國家、社會和團體對於文學創作的壓制和干預。個人、個性和由此昇華出來的人性成為他們筆下的永恆主題，具有明顯的個人主義和個性化傾向；在文學批評方面，他們更注重文學作品的審美形態和審美價值，強調內容與形式的和諧一致，反對任何形式的功利主義，並提倡文學批評中的寬容精神。

　　當然，在留歐美作家中也一些個別和例外，如聞一多前後文藝觀的明顯轉變，前期注重文學的審美特性，但後期卻逐漸從書齋裏的詩人變成了

激進的積極參與革命和鬥爭的「鬥士」，巴金對無政府主義的推崇和信仰，艾青追求個人與時代、現實和藝術的和諧統一文學思想等，對於這些特殊的現象特殊的作家，本書將在第三章做具體的闡述。

第一節　文學的本體屬性：人的文學與自由的文學

有論者曾經說過：「文學從本質上說是意識形態。而作為意識形態，文學既具有普通性質，也具有特殊性質。文學的普通性質在於，它是一般意識形態；文學的特殊性質在於，它是審美意識形態。」[3]「文學的一般意識形態性質，是指文學和其他意識形態區別於經濟基礎和政治、法律制度的共同性質，即是文學和其他意識形態共同具有的普遍性質，是共性；而文學的審美意識形態性質，則是指文學不僅區別於經濟基礎和政治、法律制度，而且尤其區別於其他意識形態的獨特性質，即是文學區別於其他意識形態的特殊性質，是個性。」[4]既屬於一般意識形態，又屬於審美意識形態，文學具有雙重性質。文學的這一特質決定了它擁有多層面的價值，除了外在的、實用的、功利的價值以外，更為重要的是它還擁有內在的、看似無用的、超越功利的價值，既精神性價值。長期以來，人們對文學的本質和文學的功能的看法一直見仁見智，過分強調文學的功利價值、忽略文學的審美特性、以文學作為達到某種目的的觀點在中外文學史上並不少見。一些文學家、批評家往往從一定的社會政治目的出發，把文學當作服務和宣傳的工具，過分重視文學的內容和社會價值，忽視其藝術特色和審美價

---

[3]　童慶炳：《文學理論教程》，高等教育出版社，1991 年，第 73 頁。
[4]　同前註，第 75 頁。

值，甚至取消文學的獨立性和作家創作的自由。以胡適、梁實秋、徐志摩、
聞一多、林語堂為代表的大部分留歐美作家則表現出對文學主體性、獨立
性的堅持和對文學審美特性的要求和把握。長期留學歐美並深受西方自由
主義精神的影響，留歐美作家對把個性自由、個性解放、個人尊嚴視為基
本的人權加以捍衛，堅持獨立的價值判斷和理想追求，獨立地表達自己
的政治主張和文學主張。作為文學家，他們也必然堅持維護文學的獨立
和尊嚴。在大部分的留歐美作家看來，文學是自由的，沒有階級的區別，
他們反對文學為階級服務，尤其反對文學作為政治鬥爭和階級革命的附
屬工具；在文學創作和文學批評中堅決捍衛文學的主體性特徵和獨立性
原則，不屈從任何形式的文藝載道，注重文學的審美特徵和獨立品格。
胡適對自由的詮釋，對健全的個人主義的肯定、對政府不應干涉文學的
提倡，梁實秋對「人性論」的堅持，林語堂對「性靈論」的推崇，前期聞
一多對「文藝的目的就在文藝」的肯定，徐志摩對個性靈性自由的追求；
梁宗岱關於「純詩」理論的倡導，朱光潛關於「作家們多效忠於藝術本身」
的呼籲和「有自由乃有真文藝」的觀點等等，都表明了留歐美作家注重文
學自身的特質，以文學本體的屬性確立文學的價值觀，總體傾向於自由主
義的文藝觀。

一、堅持文學的本體性——文學是獨立和自由的

留歐美派的代表人物胡適曾被推崇為「二十世紀中國學術思想史上的
一位中心人物」，[5]他曾留美 7 年，深受美國先進的科學文化和民主政治模
式、世界主義思潮和杜威哲學的影響，並在美國生活和政治的薰陶下，接

5　余英時：《中國近代思想史上的胡適》，聯經出版事業公司，1984 年，第 7 頁。

受了西方的民主、自由和法治的思想。歸國以後領導了被他稱之為「中國的文藝復興運動」的五四新文化運動，大力提倡文學革命和白話文運動，倡導啟蒙與個性解放，並提出了「健全的個人主義」的界說、推進教育改革、提倡科學思想、反對武斷迷信、創立新學術典範等一系列新觀點新思想，對中國近現代思想文化發展產生了重大而深遠的影響。作為五四文學革命的先驅，胡適也極力堅持文學的獨立和自由，他的美國留學經歷和自由主義思想使他在文學方面也自覺地強調個人的自由和文學的獨立，尊重文學與自由的關係，他的文藝觀處處都反映著自由主義精神。他曾在《中國的文藝復興運動》一文中說過：「新文學的語言是白話的，新文學的文體是自由的，是不拘格律的。初看起來，這都是『文的形式』一方面的問題，算不得重要。卻不知道形式和內容有密切的關係。形式上的束縛，使精神不能自由發展，使良好的內容不能充分表現。若想有一種新內容和新精神，不能不先打破那些束縛精神的枷鎖鐐銬。」他對白話文的大力提倡、對人的文學的推崇，在今天看來，也是從文體和內容兩方面打破「死文字」「舊詩體」和舊文學的束縛，從而使精神能夠自由發展，文學可以更自由、更好地表達個人的思想。

　　胡適提倡自由獨立的精神，推崇易卜生「個人須要充分發達自己個性」的主張，認為「社會最大的罪惡莫過於摧殘人的個性」[6]，要求社會和所謂的「好政府」能「充分容納個人的自由，愛護個性的發展」，他對整個中國思想界的影響應該從他對中國文壇的介入開始的。在《中國的文藝復興運動》一文中總結文學革命運動時，胡適曾明確表明：「我們希望兩個標準：第一個是人的文學；不是一種非人的文學；要夠得上人味兒得文學。要有點兒人氣，要有點兒人格，要有人味的、人的文學。第二，我們希望要有

---

[6]　胡適：《易卜生主義》，《胡適文集》第 2 卷，人民文學出版社，1998 年，第 30 頁。

自由的文學。文學這東西不能由政府來指導。」[7]這兩個標準：「人的文學」、「自由的文學」，實際上是從胡適到朱光潛等留歐美作家反覆宣揚的兩個基本理念，也是留歐美作家共同的文學思想的基礎。在胡適看來，近代的中國文學已經失去了繼續發展的生命力，傳統的古文文體已經成為束縛文學自由發展的重大阻礙，迫切需要一場「文學革命」來使之『復興』，正如他在《逼上梁山——文學革命的開始》一文中所說：「神州文學久枯餒，百年未有健者起。新潮之來不可止，文學革命其時矣！吾輩勢不容坐視。」[8]他擯棄文言、推崇白話、提出把白話作為文學的工具，從語言、文體等方面掀起了文學革命的旗幟。雖遭當時眾多人反對，但他不落舊文言窠臼，以大膽的勇氣和實驗的精神去開闢語言的新路徑。他那篇影響巨大的《文學改良芻議》，提倡「八不主義」，試圖以文體的改革來作為實現個性解放的一種途徑，從而使文學成為自由表達思想的手段。他認為文學應該有「高遠之思想」、「真摯之情感」；「不摹仿古人」，「不作古人的詩，而惟作我自己的詩」；「不作無病之呻吟」；「務去爛調套語」，「惟在人人以其耳目所親見親聞所親身閱歷之事物，一一自己鑄詞形容描寫之」；「不用典」，「自己鑄造詞句以『寫眼前之景，胸中之意』；「不講對仗」，以免「束縛人之自由」；「不避俗字俗語」，提倡白話文學。總之，在今天看來，就是要讓文學去掉一切束縛，可以自由地表達個人的真情實感。在後來的《建設的文學革命論》中，胡適又把他的「八不主義」改為一種肯定的表述：「一，要有話說，方才說話」；二，有什麼話，說什麼話；話怎麼說，就怎麼說」；三，要說我自己的話，別說別人的話」；四，是什麼時代的人，說什麼時代的

7　胡適：《中國文藝復興運動》，《胡適的聲音 1919-1960：胡適演講集》，廣西師範大學出版社，2005 年，第 259 頁。

8　胡適：《逼上梁山——文學革命的開始》，《胡適文集》第 2 卷，人民文學出版社，1998 年，第 454 頁。

話。」[9]這些主張其實正是主張思想自由、言論自由的一種體現，希望能夠自主的表達獨立的思想。而在《什麼是文學──答錢玄同》一文中，胡適又對「何為文學」做出了自己的界定，這也是他一直堅持以後並未多加改變的看法。他認為：「語言文字都是人類達意表情的工具；達意達的好，表情表的妙，便是文學」，「但是怎樣才是『好』與『妙』呢？這就很難說了，我曾用最淺近的話說明如下：「文學有三個要件：第一要明白清楚，第二要有力能動人，第三要美。」[10]「因為文字不過是最能盡職的語言文字，因為文學的基本作用（職務）還是「達意表情」，故第一個條件是要把情或意，明白清楚的表出達出，使人懂得，使人容易懂得，使人決不會誤解。……懂得還不夠。還要人不能不懂得；懂得了，還要人不能不相信，不能不感動」；[11]「第三是『美』。我說，孤立的美，是沒有的。美就是『懂得性』（明白）與『逼人性』（有力）二者加起來自然發生的結果。」[12]在《五十年來中國之文學》中他又談到說：「大凡文學有兩個主要分子：一是『要有我』，二是『要有人』。有我就是要表現著作人的性情見解，有人就是要與一般的人發生交涉。那無數的模仿派的古文學，既沒有我，又沒有人，故不值得提起。」[13]可以看出，五四時期雖然胡適的側重點是對舊文學的批判和改革，但他對白話文和新文體的提倡、對個人自由健全的個人主義的肯定，對文學「表情達意」功能的強調都表明了要求文學去掉一切束縛、自由發展、自由表現「著作人的性情見解」的自由主義文學思想。

---

[9]　胡適：《建設的文學革命論》，《胡適文集》第 3 卷，人民文學出版社，1998 年，第 60 頁。

[10]　胡適：《什麼是文學──答錢玄同》，《胡適文集》第 2 卷，人民文學出版社，1998 年，第 165 頁。

[11]　同前註，第 165 頁。

[12]　胡適：《逼上梁山──文學革命的開始》，《胡適文集》第 2 卷，人民文學出版社，1998 年，第 167 頁。

[13]　胡適：《五十年來中國之文學》，《胡適文存 2 集》，黃山書社，1996 年，第 238 頁。

　　同樣留學美國的梁實秋在政治理想上與胡適大致相同，也主張尊重個人的價值和個人的自由與獨立，要求思想和言論自由，反對暴力革命，主張以和平漸進的方式實現社會的改良，希望建立起一種自由民主的政治制度。他不能容忍任何形式的「文以載道」，要堅決捍衛文學的獨立和自由。他強調思想和言論的自由，進而也要求文學自由地發展。在《論思想統一》一文中，他說：「思想這件東西，我以為是不能統一的，也是不必統一的。……思想是獨立的；隨著潮流搖旗吶喊，那不是有思想的人，那時盲從的愚人。思想只對自己的理智負責，換言之，就是只對真理負責；所以武力可以殺害，刑法可以懲罰，金錢可以誘惑，但是卻不能掠奪一個人的思想。」[14]他甚至大聲疾呼：「我們現在要求的是：容忍！我們要思想自由、發表思想的自由，我們要法律給我們以自由的保障。我們並沒有什麼主義傳授給民眾，也沒有什麼計畫要打破現狀，只是見著問題就要思索，思索就要用自己的腦子，思索出一點道理來就要說出來，寫出來，我們願意人人都有思想的自由，所以不能不主張自由的教育。我們反對思想統一！我們要求思想自由！我們主張自由教育！」[15]「據我看，文學這樣東西，……我看還是讓它自由的發展去罷！」[16]在與左翼文壇論爭結束後幾十年的文學生涯中，他仍然強調文學的自由發展。1986 年 8 月，他在重版《偏見集》的序言中說：「回顧數十年來所謂文壇上的風風雨雨，實際上是以政治企圖控制文藝所引來的騷擾。野心家可以聲勢浩大的喧騰於一時，文學終歸是文學，空嚷無益。沒有文學家肯被長久的拘囿於一個狹隘的政治性的框框之內，文學家要自由，自由發揮人的基本人性」。[17]

---

[14] 梁實秋：《論思想自由》，《梁實秋文集》第 5 卷，人民文學出版社，1998 年，第 557 頁。

[15] 梁實秋：《論思想自由》，《梁實秋文集》第 5 卷，人民文學出版社，1998 年，第 562 頁。

[16] 梁實秋：《論思想自由》，《梁實秋文集》第 5 卷，人民文學出版社，1998 年，第 563 頁。

[17] 梁實秋：《偏見集‧序（1986 年重版）》，《梁實秋文集》第 1 卷，鷺江出版社，2002 年，第 308 頁。

　　由於深受英美自由主義思想尤其是白璧德新人文主義影響，梁實秋成為了一個堅定不移的人性論者，他認為「偉大的文學亦不在表現自我，而在表現一個普遍的人性」[18]；「吾遍的人性是一切偉人的作品之基礎，……純正之『人性乃文學批評唯一之標準」。[19]「文學的精髓在其對於人性之描寫。人生是寬廣的，人性是複雜的，我們對於人生的經驗是無窮的，我們對於人性的瞭解是無窮極的，因此文學的泉源是永遠不竭，文學的內容形式是長久的變化。偉大之文學家能洞悉人生的奧秘，能徹悟人性之最基本的所在，所以文學作品之是否偉大，要看它所表現的人性是否深刻真實。文學的任務即在於表現人性，使讀者能以深刻的瞭解人生之意義」[20]。應該說，他是中國文學史上第一個明確提出文學「發於人性、基於人性、亦止於人性」的理論家。他認為偉大的文學具有超越性的形而上特質，文學家要追求和表現人性的普遍性。而捍衛人性也就是捍衛文學表現人性的權利，要給「人性」以文學本體的地位，從而堅守文學自由和獨立的特質。儘管梁實秋的理論過於強調「人性」，他的文藝觀與左翼針鋒相對，在某種程度上也表現出一種脫離社會政治、人民群眾的貴族化傾向，甚至在在客觀上確有消解左翼文學影響的負面效果；但他堅守文學對「永久而普遍的人性」的表達，強調文學家的獨立和文學創作的自由，反對「工具文學」、「武器文學」、「宣傳文學」，堅持文學的本體論原則和文學獨立的特性，都表明了他的自由主義文學立場。他盡其一生，始終捍衛著現代社會文學的一個基本原則──用他自己的話來概括──「文學終歸是文學」，無論任何年代，都盡力爭取文學自由和獨立發展的權利。

---

[18]　梁實秋：《現代中國文學之浪漫的趨勢》，《晨報副鑴》1926 年 2 月 15 日。

[19]　梁實秋：《文學批評辯》，《晨報副刊》1926 年 10 月 27 日-28 日。

[20]　梁實秋：《偏見集‧現代文學論》，《梁實秋文集》第 1 卷，鷺江出版社，2002 年，第 400 頁。

如果說胡適堅持個人的自由，梁實秋推崇人性，林語堂則以「性靈、幽默、閒適」的文藝觀彰顯了他在特殊年代對自由的追尋和對文學本體論的堅守。20 世紀 30 年代，林語堂曾創辦《論語》、《人間世》和《宇宙風》等刊物，鼓吹「幽默」，提倡「性靈」，宣揚「閒適」，自稱「兩腳踏中西文化，一心評宇宙文章」，提倡「以自我為中心，以閒適為格調」的小品文，主張「宇宙之大，蒼蠅之微，皆可取材」，在文化選擇上相容並包，在文學思想上採取超功利的審美觀，強調文藝的「超政治性」，希望文學可以自由自在、不受任何束縛地表現個性。而其實所謂的「中庸」、「閒適」、「幽默」、「性靈」等說法不過是林語堂堅持自己文學理想、拒與主流文壇合作的一種表現。縱觀林語堂一生的著述與文學活動，可以發現，無論是文藝理論還是文學創作，林語堂都試圖開闢出一條自由化的文學之路。

1924 年林語堂在《晨報副刊》發表《征譯散文並提倡「幽默」》、《幽默雜話》兩篇文章，主張把英語的 humour 譯為「幽默」，首先提出「幽默」一詞。他指出：「我們應該提倡，在高談學理的書中或是大主筆的社論中，不妨夾些不關緊要的玩意兒的話，以免生活太乾燥無聊。」[21]他接著又在《幽默雜話》裏運用問答式作了進一步的說明：「幽默二字原有純粹譯音……若必譯其意，或可作「風趣」、「諧趣」、「詼諧風格」（humour）實多只是指一種作者或作品的風格。」[22]同時他認為「幽默」是只可意會不可言傳「大有不可與外人道之滋味，與粗鄙顯露的笑話不同」。在這裏，「他所提倡的幽默並非插科打諢、滑稽和笑談，而是知識廣博，取材靈巧，情趣活潑，追求本色，灑脫閒逸，時時透露出一種返璞歸真、悲天憫人的

21　林語堂：《關於幽默》，《林語堂自傳》，江蘇文藝出版社，1995 年，第 202 頁。
22　林語堂：《關於幽默》，《林語堂自傳》，江蘇文藝出版社，1995 年，第 204 頁。

襟懷」。[23]林語堂也曾對自己在文學上主張「幽默」這麼解釋:「且之際,武人操政,文人賣身,即欲高談闊論,何補實際,退而優孟衣冠,打諢笑謔,知我者謂我心憂,不知者謂我胡求,強顏歡笑,泄我悲酸。」[24]字裏行間透出了深深的辛酸和無奈,這本質上也是中國自由主義知識份子在 30 年代社會急劇變化、政治日益嚴峻的現實中的無奈選擇,希望可以籍此自由抒發心靈、在精神領域求得思想解脫和心靈自由。

此外,「性靈」是與「幽默」緊密相連、互為表裏的,是自我個性的敘事話語,林語堂認為要達到文學的「幽默」,就必然大力提倡「性靈」的解脫,「性靈說」甚至成為林語堂獨特的文學話語。「提倡幽默,必先提倡解脫性靈,蓋欲由性靈之解脫,由道理之參透,而求得幽默也。」[25]什麼是性靈?林語堂指出,「在文學上主張發揮個性,向來稱之為性靈,性靈即個性也。大抵主張直抒胸臆,發揮己見……」[26];文章者,「個人性靈之表現」,「性靈就是自我」,「一人有一人之個性,以此個性無拘無礙自由自在之文學,便叫性靈」;在《寫作的藝術》一文中,他又說「『性』,指一人之『個性』,『靈』指一人之『靈魂』或『精神』。顯然,林語堂的這些「性靈」理論,與他一貫主張小品文英以「自由」抒寫性靈、應以「自我」為表現中心的自由主義表現立場息息相關的。其實,所謂性靈,本是我國古代文論中的一個概念。其美學淵源可追溯到強調人格獨立和精神自由的莊子學派。到了明代,公安三袁則使性靈論得到了進一步的發展,形

23　陳子善:《三十年代自由主義文學的代表》,《文人的事》,浙江文藝出版社,1998年,第 46 頁。

24　林語堂:《編輯滋味》,梅中泉主編,《林語堂名著全集》第 14 卷,東北師大出版社,1994 年,第 274 頁。

25　林語堂:《論文》,梅中泉主編,《林語堂名著全集》第 14 卷,東北師範大學出版社,1994 年,第 155 頁。

26　林語堂:《論性靈》,梅中泉主編,《林語堂名著全集》第 18 卷,東北師範大學出版社,1994 年,第 238 頁。

成了「獨抒性靈，不拘格套」的理論形態。林語堂深受老莊思想和公安三袁的影響，他在《論文》、《寫作的藝術》等一系列文章中對公安派推崇備至，強調「性靈派之排斥學古，正也如西方浪漫文學之反對新古典主義，性靈派以個人性靈為立場，也如一切近代文學之個人主義。其中如三袁兄弟之排斥古文辭，與胡適之文學革命所言，正如出一轍。」[27]「古來文學有無聖賢而無我，故死；性靈文學有我而無聖賢，故生。」[28]其文學思想的核心便是「獨抒性靈」，他甚至認為「文學之生命實寄託於此」。林語堂也常常引明清言志派、性靈派文人的言論，作為其主張的重要理論依據。他還接受意人利美學家克羅齊的表現主義，把性靈與表現理論揉合在一起，對文藝創作提出「個性無拘無礙自由自在的表現」，「真誠無偽」等，提倡以「自我」為中心的浪漫主義文藝觀。而在他的文學實踐中，對幽默、性靈的強調使林語堂對閒適的文體情有獨鍾，在文學理論上也給予了足夠的重視和倡導。林語堂認為「閒適」應該作為一種文學的表現形式，恰如他在《人間世》的發刊詞中，公開聲明「《人間世》之創刊，是專為登載小品文而設」。不論是散文，還是小說，抑或是翻譯，林語堂都頗重閒談文體。他曾不無自豪地說：「我創出一個風格，這種風格的秘訣就是把讀者引為知己，向他說真心話，就猶如老朋友暢所欲言毫不避諱什麼一樣。所有我寫的書都有這一特點，自有其魔力。」

　　縱觀林語堂的文學創作，可以發現，他堅持幽默、性靈、閒適，反對明確的功利主義文藝觀，主張建立與千古以來「文以載道」相悖的個人自由主義文藝觀，其目的無非是要求文學的自由發展和確立文學的獨立地位，他主張文學是要真，要有個性，近人情，重趣味，無所不談，自由無

---

[27]　林語堂：《論文》，梅中泉主編，《林語堂名著全集》第 14 卷，東北師範大學出版社，1994 年，第 146 頁。

[28]　林語堂：《寫作的藝術》，《林語堂文集》，吉林攝影出版社，2003 年，第 24 頁。

拘，同時又能帶給讀者超然閒適之感。儘管這種強調與當時的時代環境和文學主潮格格不入，林語堂卻執著堅守自己的個性以及個性化的審美理想，在 30 年代的文壇造成了不小的聲勢和影響。

另外，在 20 世紀出中國現代文學史上的留歐美作家中，胡適、徐志摩、聞一多、李金髮都是詩人，在歐美留學期間深受英美文化薰陶，英美詩人如雪萊、裴多菲、莎士比亞、波特賴爾和惠特曼及其詩歌也都不同程度地影響了他們的文學創作和文學思想。如英國浪漫派詩歌中的浪漫氣質、豐富想像、注重形式和韻律對徐志摩有很大的影響；唯美主義對早期聞一多的創作有較大的啟迪；象徵主義鼻祖李金髮則從法國的象徵派中得到啟示，打破傳統規範，使新詩的審美方式發生巨大變化，留美的胡適則受英美詩歌以及 20 世紀的意象派主張用日常口語作詩觀念的影響，提倡「詩體的大解放」，以自由的形式向傳統和典範挑戰，開創了用白話作詩的先河，對中國新詩發展產生很大的衝擊作用。從總體來看，留歐美的詩人群認同文學的獨立自由特性和非功利性，在詩歌理論和創作上較多地表現出對個人情緒和個性的抒發；同時更重視詩歌的形式問題和審美特徵。他們的詩歌充滿個人情緒的探索，同時充滿了詩人無盡的才情和獨立的個性。

徐志摩：追求個人性靈的自由

在短暫的 35 年生命中，才華橫溢的徐志摩曾為後人留下了眾多的經典詩歌。他出身於富裕顯赫的商人家庭，從小接受了扎實的中國古典文化的培養，後來又多次赴歐美留學，結識了當時歐美著名的文學家與思想家，對他的人生觀和價值觀以及詩歌的創作帶來了深遠的影響。他曾不無留戀地回憶道：「……我在康橋的日子可真是享福，深怕這輩子再也得不到那樣蜜甜的機會了。我不敢說康橋給了我多少學問或是教會了我什麼。我不敢說受了康橋的洗禮，一個人就會變氣息，脫凡胎。我敢說的只是——就

我個人說，我的眼是康橋教給我的，我的求知欲是康橋給我撥動的，我的自我意識是康橋給我胚胎的」[29]。由於深受歐美自由休閒生活風格和自由民主空氣的影響，徐志摩的文學思想和創作（特別是前期的文學思想和創作）都普遍體現著個人自由主義和理想主義的色彩。胡適曾在《追憶志摩》中說：「他的人生觀真是一種單純的信仰，這裏面只有三個大字：一個是愛，一個是自由，一個是美。他夢想這三個理想的條件能夠會合在一個人生裏，這是他的單純信仰。他的一生的歷史，只是他追求這個單純信仰的實現的歷史。」[30]胡適的論斷未必完全正確，但徐志摩的的確是一個追求自由的理想主義者，他自己一再的說：「我是一個信仰感情的人，也許我自己天生就是一個感情性的人」，「我的思想——如其我有思想——永遠不是成系統的。我沒有那樣的天才。」[31]他的思想很散很自由，並不固定。他深信自己信仰，認為愛、自由、美是客觀存在的，追求個人靈性發展的絕對自由，認為只要個人的靈性得到充分自由的發展，這理想是能夠實現的。他並沒有明確的說明何謂他所追求的靈性自由，但卻在《藝術與人生》中反覆強調「我們的社會在靈性方面是僵死的」、「如果說物質化的西方，按我們今天習慣的看法，是文明而沒有心，那我們自己的國家就是文明而沒有靈魂」，並再三向國人呼籲「要將你的生活豐富起來，擴大起來，加多，加強，更重要的是把它靈性化。」他還指出，人若能熱烈地觀察並體驗生活，那就能實現「靈性化」。由此可見，他所說的「靈性」就是指靈魂即理想和個性的結合。他希望人能自由、充實而有目標地生活，自由地觀察、體驗生活，自由地思考，具有靈魂、理想和個性發展的絕對自由。

---

[29]　徐志摩：《吸煙與文化（牛津）》，《徐志摩全集》第 2 卷，韓石山編，天津人民出版社，2005 年，第 331 頁。

[30]　胡適：《追憶志摩》，載《新月月刊》第 4 卷第一期。

[31]　徐志摩：《落葉》，《徐志摩全集》第 1 卷，韓石山編，天津人民出版社，2005 年，第 453 頁。

　　徐志摩追求個人靈性自由，在政治上表現為民主自由，他信奉歐美先進的政治制度和民主思想，主張在中國應當建立一種保證人的靈性的絕對自由的民主政治制度，在文學方面則表現為創作自由和表現形式自由。他的詩歌創作藝術與聞一多等不同，他強調「靈感」是自由的最高表現，不拘形式，感情奔放，直抒胸臆。他的詩篇，一方面揭露當時的黑暗世界，表現了對封建黑暗統治的不滿和對封建軍閥混戰罪惡的反抗，如《毒藥》、《這是一個懦怯的世界》、《為要尋一顆明星》等；同時他也熱烈地追求光明，追求自由的理想和戀愛的自由，如《雪花的快樂》、《再別康橋》等都是這位浪漫主義作家對理想充滿信心的歡樂情緒的自然流露。當然，徐志摩的詩作中也有一些無節制的熱情的浮詞和做作的多情怨訴，但大多是真實而自然地表達了他的感情，也都是他真情實感的流露。在某種程度上，徐志摩的詩似乎不是吟詠而成的，而是他濃烈、真摯情感的燃燒。與此同時，徐志摩也希望能夠自由戀愛、自由離婚、結婚。他自己也一直追求具有真愛的自由婚姻。為了自由的愛情，他付出了巨大的代價。梁啟超曾說：「志摩的信仰據我看，不是『愛、美、自由』三個理想，而是『愛、美、自由』三個條件混合在一起的一個理想，而這個理想實際上即等於他與他所愛的自由結合……」。[32]離婚又結婚，對於恩師和別人的指責，徐志摩無動於衷，而成為了當時勇於拋開世俗偏見、自由戀愛的榜樣。他的情感糾纏，也是詩人在將愛、自由、美的理想在現實世界付諸實施的一種嘗試，是詩人所追求的本真的自由從詩篇到現實的延伸，更是詩人的率真個性的真切表現。

---

[32]　轉引自徐榮街：《中國新人論》，中國礦業大學出版社，1989 年，第 52 頁。

前期聞一多：為藝術而藝術

　　眾所周知，聞一多既是一個深受英美文化薰陶的自由知識份子，是著名的詩人和學者，同時又具有強烈民主主義情緒和愛國主義思想，是鬥士，兩種看似矛盾的傾向奇妙地統一在聞一多的身上。但他前期的文藝思想，根據他自己的說法，是「為藝術而藝術」，即「以美為藝術的核心」，主張文藝創作的自由，強調文學審美的超越性與審美體驗的獨特性，重視文學審美的形式意義，反對文學創作的濫情取向，主張在形式的制約中獲得形式的自由。很多觀點與 19 世紀中後期西方唯美主義思潮所主張的「為藝術而藝術」、「藝術創作不是為了其他目的，而是單純為了藝術自身」、「藝術家應該具有絕對的藝術自由」等觀點之間有一定的契合之處。

　　聞一多曾經宣稱：「文學是生命底的表現，便是形而上的詩也不外此例……所以文學底宮殿必須建在生命底基石上」。而他所理解的生命「首先是自由的」，他甚至聲稱「寧可犧牲生命，也不肯違逆個性」。同徐志摩一樣，他非常強調詩歌創作中個人感情的自由抒發，追求藝術的審美特性。在他在《〈冬夜〉評論》中認為「文學本出於至情至性」[33]，詩歌語言是「厚載情感」的，「詩是被熱烈的情感蒸發了的水氣之凝結，所以能將這種潛伏的美十足的充分的表現出來」。[34]而在《泰果爾批評》中他強調：「詩家的主人是情緒，智慧是一位不速之客，無須拒絕，也不必強留。至於喧賓奪主卻是萬萬行不得的！」[35]即便是在學術研究中也能看出他的這一主張。在《唐詩雜論・孟浩然》中他說：「情當然比學重要得多。說一

---

[33] 聞一多：《冬夜評論》，《聞一多全集》第 2 卷，湖北人民出版社，1993 年，第 87 頁。
[34] 聞一多：《冬夜評論》，《聞一多全集》第 2 卷，湖北人民出版社，1993 年，第 64 頁。
[35] 聞一多：《泰果爾批評》，《聞一多全集》第 2 卷，湖北人民出版社，1993 年，第 126 頁。

個人的詩缺少情的深度和厚度，等於說他的詩的質不夠高」，[36]特別強調詩歌創作中情感自由抒發的重要性。

　　早在 1919 年，當時還在清華求學的聞一多，就在《清華學報》第五卷第一期上，發表了《建設的美術》一文在這篇文章裏，聞一多著重論述了美術與世界的關係，他認為人世間是一座天然的美術館，人類的一切活動都在模仿美術，人類所有的東西，如文字、音樂和戲劇都是美感的結晶。1920 年，在《清華週刊》第 187 期上，聞一多又發表了《出版物底封面》一文在文中，他極力倡導美的封面應該具有和諧的藝術性。為此，他認為中國出版物封面圖案之所以不發達，就在於其藝術不美、不精。因而，美成為聞一多評價封面價值的標準。聞一多早期也曾宣稱：「我的詩若能有所補益於人類，那是我的無心的動作，因為我主張的是純藝術而藝術」。而在《戲劇的歧途》一文中，他認為「藝術的最高目的，是要達到純形 pure form 的境地；可是文學離這種境地遠著了，你可知道戲劇為什麼不能達到「純形」的涅槃世界嗎？那都是害在文學的手裏。……你們戲劇家提起筆來，一不小心，就又許多不相干的成分黏在他筆尖上了——什麼道德問題，哲學問題，社會問題……都要黏上來了。問題黏得越多，純形的藝術越少。」「他寫起戲來，準是一些最時髦的社會問題，再配上一點作料，不拘是愛情，是命案，都可以。這樣一來，社會問題是他們本地當時的切身的問題，準看得懂；愛情，命案，永遠是有趣味的，準看得高興。這樣一出戲准能哄動一時。然後戲劇家可算成功了。但是戲劇的本身呢？藝術呢？沒有人理會了。[37]與此同時他在寫給梁實秋的信中也一再強調「為藝術而藝術」和「純藝術主義」，主張「納詩於藝術之軌」等；他強調藝術

[36] 聞一多：《孟浩然》，《唐詩雜論》，上海古籍出版社，2006 年，第 29 頁。
[37] 聞一多：《戲劇的歧途》，《聞一多全集》第 2 卷，湖北人民出版社，1993 年，第 148 頁。

的獨立性和美的超功利性，追求藝術形式的完美性和純藝術性，在很多觀點上與唯美主義非常相像。

同時，聞一多也多次呼籲要把文藝看作文藝。他在《匡齋尺牘》中對中國傳統文藝觀的流變作了這樣一個概括：「漢人功利觀念太深，把《三百篇》做了政治的課本；宋人稍好點，又拉著道學不放手——一股頭巾氣；清人較為客觀，但訓詁學不是詩；近人囊中滿是科學方法，真厲害，無奈歷史——唯物史觀的與非唯物史觀的，離詩還很遠。明明是一部歌謠集，為什麼沒人認真地把它當作文藝看呢！」聞一多對對古人文藝觀的缺失深有所悟，為什麼眼前放著文學作品，而人們偏偏不懂得將其當作審美欣賞的對象——文藝作品來對待呢？而在針對俞平伯《冬夜》詩集的評論中，聞一多首先認為詩應該是詩，是詩就應該具有藝術性。他在有針對性地論及藝術創作的普遍性原則時說：「一切的藝術應以自然作原料，而參以人工，一以修飾自然的粗率，一以滲漬人性，使之更接近吾人，然後易於把捉而契合之」，尤其在音節方面，聞一多認為更要「藝術化」，「因為要『藝術化』才能產生出藝術」[38]。除了情感的自由抒發，聞一多也非常強調藝術的獨立性和美的超功利性，追求藝術形式的完美性和純藝術性。

李金髮：詩是個人靈感的紀錄表

李金髮聲稱：「我作詩的時候從沒有預備怕人家難懂，只求發洩盡胸中的詩意就是。時至今日，果然有不少共鳴的心弦在世上。——我的作風普遍了。我絕對不能跟人家一樣，以詩來寫革命思想，來煽動罷工流血」，「我的詩是個人靈感的紀錄表，是個人陶醉後引吭的高歌，我不希望人人

---

[38] 聞一多：《冬夜評論》，《聞一多全集》第 2 卷，湖北人民出版社，1993 年，第 63-64 頁。

能瞭解」[39]，他將象徵引入新詩，專注於營造「自己的世界」，是中國新詩史上開一代詩風的詩人。他曾於「雕刻工作之餘，花了很多時間去看法文詩，不知什麼心理，特別喜歡頹廢派 Charles Baudelaire 的《惡之花》及 Paul Verlaine 的象徵派詩，將他的全集買來，愈看愈入神，他的書簡全集，我亦從頭細看，無形中羨慕他的性格，及生活」、「同時喜歡雨果（V.Hugo）的拉馬丁的詩，浪漫派的各大家作品」，[40]他的詩歌也呈現出波德賴爾、魏爾蘭等象徵詩人的風格。1925-1927 年連續出版的《微雨》、《為幸福而歌》、《食客與凶年》三本詩集，大都追求象徵主義的表現手法，用朦朧生澀、文白夾雜的詩句，新奇晦澀的意象，或哀吟人生和命運的悲哀，或抒發內心的壓抑和孤獨感，或歌唱死亡和夢幻，或抒寫愛情的歡樂和失戀的痛苦，或描繪自然的景色和感受，充滿了頹廢的情調和朦朧的氛圍。如他的名篇《棄婦》，「衰老的裙裾發出哀吟，／徜徉在邱墓之側／永無熱淚，／點滴在草地，／為世界之裝飾」；表明上寫的是一個被遺棄的婦女的痛苦與悲哀，但其實「棄婦」也是一種象徵，詩人通過「棄婦」表達一種孤寂的情緒，和對那種被冷落、被遺棄的悲苦人生的不平和感慨。同時也象徵詩人在人生路途中所遭遇的被冷落的痛苦和對人生命運的思索，帶有詩人自身強烈的內心感受和情感波瀾。而在《寒夜之幻覺》中，詩人運用大量怪異甚至荒誕的、具有象徵性的意象，如他用「如死神之手」的巴黎寺塔、「泛著無數人屍與牲畜」的塞納河來寫孤客的幻覺，表達了詩人內心的壓抑和苦悶；在《手杖》中，詩人就像一位獨來獨往、飄零無靠的過客，拄著一支與自己形影相弔的手杖，在「冷風細雨」和「死神般之疾視」下，走過「荒涼」的「廣漠之野」；在《死》中，他甚至悲觀絕

---

[39] 李金髮：《是個人靈感的紀錄表》原載 1935 年《文藝大路》2 卷 1 期，見楊匡漢、劉福春編《中國現代詩論》（上），花城出版社，1986 年，第 250 頁。

[40] 李金髮：《李金髮回憶錄》，陳厚誠編，東方出版中心，1998 年，第 53 頁。

望到開始歌頌死亡：「死！如同晴春般美麗，／季候之來般忠實，／若你沒法逃脫，／呵，無須恐怖痛哭，／他終久溫愛我們。」除此之外，他還試圖從自然和情愛中尋找安慰，排遣愁懷。在《雨》中，「輕盈而親密的顫響／是雨點打著死葉的事實，／你從天涯逃向此處，／做點音樂在我耳鼓裏。／這種連續的呻吟，／沉在我心頭的哭泣。／我願死向這連續的呻吟裏，／不用詩筆再寫神秘」；在《心願》中，「我願你的毛髮化作玉蘭之朵，／我長傍花片安睡，／游蜂來時平和地唱我的夢；／旅青銅的酒杯裏，／長印我們之唇影，／但青春的歡愛，／勿如昏醉一樣消散。」《假如我死了》則寫失戀後的痛苦和無奈，充滿哀婉的情緒：「假如我死了／你可以走近我的床前，／（當然不須說話，）在我所有的詩卷裏／你可以找到／『水流花謝』／『人和臭蟲的比喻』。／我的眼將無力再看，／雖然如此深黑；你的心跳，／我的心停了。」

可以說，在李金髮短短的詩歌創作生涯中，抒發內心的苦悶、憂傷和絕望是他詩歌的主要傾向，迷戀於感傷的自我內心世界的關注和抒寫，是李金髮詩情淒冷和沉悶的根本原因。他可以在詩中抒發自己對現實的不滿和抗議，可以表達自己的愛情理想和幻想，也可以描寫異域風光，盡可能以極其朦朧或暗示、象徵的手法澆心中的塊壘。正如有評論者所說：「李金髮憑著自己豐富的想像和敏銳的感覺力，捕捉著自然萬物的種種現象，並把他們視為『象徵的森林』，用這些和詩人內心世界相『契合』的具有象徵性的意象做為表現手段，來表現自己複雜微妙的內心世界、思想情感的細緻變化和宇宙萬物的印象、感受。」[41]當然詩歌原本就是個人精神、情感的自由抒發，李金髮是執著追求藝術的自我世界而決無旁騖的詩人，他是為抒發情感而寫詩的，情感就是他的詩得以存在的本體，他那些「滿

---

[41]　安危：《李金髮詩藝的美學特徵》，《東北師範大學學報》(哲社版)，1990 年第 2 期。

貯著我心靈失路之叫喊」的詩作,為後來的戴望舒等象徵詩派的興起提供了很多借鑒的範式。

　　與此同時,在留歐美作家中,除了徐志摩、聞一多、李金髮,胡適的白話新詩雖然在今天看來文學價值不高,但他以自由的形式、用白話作詩在中國新詩史上仍具有開創的意義;冰心和宗白華通過小詩這種形式表達個人對生命的感悟和對人生的思索,在五四時期的中國新詩壇上獨樹一幟。如冰心的《繁星》和《春水》在愛的哲學下表達對母愛、童真和自然的讚美和歌頌,並以女性所特有的世界感受方式和她獨有的藝術表達手法,營構了一個至清至純、多彩多姿、優美如畫的藝術世界。宗白華曾經談到自己做詩的經歷:「往往是夜裏躺在床上熄了燈,大都會千萬人聲歸於休息的時候,一顆戰慄不寐的心興奮著,靜寂中感覺到窗外橫躺著的大城在喘息,……一輪冷月俯臨這動極而靜的世界,不楚有許多遙遠的思想來襲我的心,似惆悵,又似喜悅,似覺悟,又似恍惚。無限凄涼之感裏,夾著無限熱愛之感……我的《流雲小詩》多半是在這樣的心情中寫出的。往往在半夜的黑影裏爬起來,扶著床欄尋找火柴,在燭光搖晃中寫下那些現在人不感興趣而我自己卻藉以慰藉寂寞的詩句。」[42]《流雲》寫出了詩人對生活、對人生、對自然、對廣大世界和無垠宇宙的的感受,內容豐富多彩、風格清新雋永、充滿著浪漫氣息和無限情思。梁宗岱倡導「純詩」,認為「所謂純詩,便是摒除一切客觀的寫景,敘事,說理以至感傷的情調,而純粹憑藉那構成它底形體的原素──音樂和色彩──產生一種符咒似的暗示力,以喚起我們感官與想像底感應,而超度我們的靈魂到神遊物表的光明極樂的境域。」[43]他的《晚禱》、《蘆笛風》中的詩或者表現「愛的幻滅」,

---

[42]　宗白華:《我和詩》,《宗白華全集》,安徽教育出版社,1994 年,第 155 頁。

[43]　梁宗岱:《談詩》,《梁宗岱文集》,中央編譯出版社,2003 年,第 87 頁。

抒發詩人內心的憂傷，如《散後》、《暮》、《晚情》等，或者側重於對人生對命運的沉思和追問，如《晚禱》、《星空》、《散後》等。總之，對留歐美作家來說，他們對自由和文學獨立的追求使他們格外注重個人心靈和情感的書寫，很少看到政治功利性很強的「宏大敘事」和反映時代精神的作品。

二、美感與濟用的統一：泛功利的文學價值觀

韋勒克、沃倫曾經談到：「人認為文學有價值必須以文學本身是什麼為標準；人要評價文學必須根據文學的文學價值高低為標準。文學的本質、效用和評價必然是密切地互相關聯的。某一個東西的價值，即它的慣常的或專門的或恰當的價值，應當就是由它的性質（或它的結構）所賦予的價值。它的性質存在於潛能中，也就是它那外部表現出來的效用。」[44]從文藝的價值觀上看，基本上可分為功利派和超脫派。功利派以文藝的現實效用為特徵，重視文藝的教化作用，甚至把文藝看作是經國之大業，也即傳統的「文以載道」；超脫派則主張藝術的完全獨立，遠離現實人生而追求純審美的意義，即所謂「為藝術而藝術」。與其獨立自由的文藝觀和自由主義政治思想相適應，留歐美作家堅守文學的主體性特徵和獨立性原則，堅持文學的審美特徵和獨立品格。在強調文學表現人性、性靈、個性的同時，都強調文學同人生的聯繫，既反對「文以載道」，反對把文學作為宣傳的工具，主張文學與現實保持一定的審美距離，同時又關注社會人生的動向；既主張藝術相對獨立，又強調社會意義的文藝價值觀，希望以健康常態的人性和道德來協調規範民族精神，從而完成民族靈魂的更新，典型地表現了留歐美作家自由主義的文藝觀，在某種程度上也可以說是一

---

44 【美】韋勒克、沃倫：《文學理論》，生活‧讀書‧新知三聯書店，1984年，第273頁。

種泛功利的文學價值觀：他們既強調文藝具有一定的社會現實價值，又堅決反對政治對文藝的干涉和任何將文藝作為工具的功利行為。他們比較注重文學自身的特質，希望以文學的本體屬性確立文學獨特的價值觀。

在 1915 年夏所寫的《論文學》一文中，胡適較為簡明地闡發了他的文藝觀，甚至可視為他青年時期已形成且終生未有大變的基本觀念。他反對「抹倒一切無所諷諭之詩」的偏頗，反對以社會功用作為衡量文學高低的唯一標準。他問道：「然文學之優劣，果在其能『濟用』與否乎？」並用文學史實作了否定回答。接著他概括了兩種文學：「是故文學大別有二：1、有所為而為之者；2、無所為而為之者。」他又進一步說明：「則無所為而為之之文學，非真無所為了。其所為，文也，美感也。其有所為而為之者，美感之外，兼及濟用。」他的結論是：「作詩文者，能兼兩美，上也。」[45]可見，他充分注意到了「美感」與「濟用」的統一。但是，在以後的歲月中，他似乎對後者更為重視。1916 年，他更清楚地說：「吾又以為文學當與人事毫無關係。凡世界有永久價值之文學，皆嘗有大影響於世道人心者也。」他堅持文藝影響人心的作用，但同時反對把它直接視為服務於政治的工具，他曾批評過詩不應作為宣傳工具的超功利文藝觀，認為「如果詩歌不能表達人類悲慘境地的呼喊，而只滿足於作為美麗的愛情和聖徒的傳聲筒，就是無視自己應該履行的基本目的的神聖職責。」[46]顯然這裏反映了五四啟蒙思想家的共同特色。他一直認為「明白清楚、有力動人、要美」是文學的「要件」[47]；反對政府對文藝的干預，認為「文學這東西不能由政府來指導」，也反對文學直接參與政治，而是希望「美感」與「濟用」共同具備。

---

[45]　胡適：《論文學》，《胡適學術文集·新文學運動》，中華書局，1993 年，第 324 頁。

[46]　周明之：《胡適與中國現代知識份子的選擇》，廣西師大出版社，2005 年，第 193 頁。

[47]　胡適：《什麼是文學——答錢玄同》，《胡適文集》第 2 卷，人民文學出版社，1998 年，第 165 頁。

　　同樣，梁實秋的文學價值論立足其不斷反覆強調的「人性」，既反對文藝的超然獨立，又反對把文藝作為宣傳的工具，而主張以道德倫理陶冶性格、淨化情感實現真正完善的人性。「文藝的價值，不在做某項的工具，文藝本身就是目的」，[48]梁實秋的這段話，是對他反對「工具文學」、提倡創作自由思想的集中概括。在《文學批評論》一文中，梁實秋指出：「文學的效用不在激發讀者一時的熱忱，而在引起讀者一時的情緒之後，予以和平的靜的沉思的一種舒適的感覺」。他認為藝術的任務在使人愉快，是觀眾鬱結的情感得其排泄之機會，「但其愉快必有倫理的判裁」，從而達到「情感之滌淨」的效果，「使人擺脫情感之重擔，神志於以更為清明，理智於以更為強健」。雖然「文學不能救國，更不能禦侮」，但健全的文學卻能「陶冶健全的性格，使人養成正視人生之態度」。基於這樣的認識，梁實秋激烈地反對文學上的「教訓主義」和「藝術主義」，站在了功利派和超脫派的對立面。而對於革命文學、無產階級文學，梁實秋更是極力反對的。他認為，要求文學為革命鬥爭階級進行宣傳，是一種極端的功利主義，「這種理論的錯誤在把文學當作階級爭鬥的工具而否認其本身的價值」，在梁實秋看來，把文學等同於政治，實際上是取消了文學的審美價值，從而也就否定了文學。他說：「無產階級文學理論家常告訴我們，文藝是他們的鬥爭的『武器』，把文學當作『武器』這意思很明白，就是說把文學當作宣傳品，當作一種階級鬥爭的工具，我們不反對任何人利用文學來達到另外的目的，這於文學本身是無害的，但是我們不能承認宣傳式的文字便是文學」，[49]進而他進一步追問「以文學的形式來做宣傳的工具當然是再

48　梁實秋：《論思想統一》，《浪漫的與古典的文學的紀律》，北京人民文學出版社，1988年，第 128 頁。

49　梁實秋：《文學是有階級性的嗎？》，《梁實秋文集》第 1 卷，鷺江出版社，2002 年，第 324 頁。

妙也沒有，但是，我們能承認這是文學嗎？即使宣傳文字裏有文學意味，我們能說宣傳作用是文學的主要任務嗎？」在《文學與革命》一文中，他說：「但是就文學論，我們劃分文學的種類派別是根據最根本的性質與傾向，外在的事實如革命運動復辟運動都不能借用做衡量文學的標準。並且偉大的文學乃是基於固定的普遍的人性，從人心深處流出來的情思才是好的文學，文學難得的是忠實，——忠於人性；至於與當時的時代潮流發生怎樣的關係，是受時代的影響，還是影響到時代，是與革命理論想合，還是為傳統思想所拘束，滿不相干，對於文學的價值不發生關係。因為人性是測量文學的唯一標準。」[50]在梁實秋看來，文學的價值和意義在於陶冶性格、滌淨情感，而不是革命和宣傳的工具，既主張藝術相對獨立，又強調社會意義的文藝價值觀，表現了梁實秋典型的傾向於自由主義的文藝態度。

闻一多在強調藝術獨立性的同時，仍然不忘文學的宮殿建立在生命和現實人生這兩塊基石上。既「藝術為藝術」，同時又「藝術為人生」；既相信「純藝術主義」，同時又將文學的宮殿建立在「生命」和「現實的人生」這兩塊堅硬的基石上，「文學是生命的表現，便是形而上的詩也不外此例。普遍性是文學的要質而生活中的經驗是最普遍的東西，所以文學的宮殿必須建在生命的基石上。形而上學惟其離生活遠，要他成為好的文學，越發不能用生活中的經驗去表現。形而上的詩人若沒有將現實好好地把捉住，他的詩人的資格恐怕要自行剝奪了」[51]；他們強調文學的獨立特性，希望文學與現實保持一定的距離，反對極端的功利主義，主張建立與千古以來「文以載道」的重大命題相悖的個人自由主義文藝觀。這一文學主張雖與當時的現實有些格格不入，但從文學價值觀念來看，它卻具有一

---

[50] 梁實秋：《文學與革命》，《梁實秋文集》第 1 卷，鷺江出版社，2002 年，第 312 頁。
[51] 聞一多：《泰果爾批評》，《聞一多全集》第 2 卷，湖北人民出版社，1994 年，第 126 頁。

種獨特的智慧和價值取向。他們試圖把文學作為一個具有獨立的本質的對象來研究，從它的獨立的本質，認識它與其他社會現象的關係。

朱光潛曾更明確表明過：「我反對拿文藝做宣傳的工具或是逢迎諂媚的工具。文藝自有它的表現人生和怡情養性的功用，丟掉這自家園地而替哲學、宗教或政治做喇叭或應聲蟲，是無異於丟掉主子而不做而甘心做奴隸。」[52]一方面強調文學的獨立性，另一方面又注重「文學表現人生」和「怡情養性的功用」。在《理想的文藝刊物》一文中他認為「拿藝術當是人生的改善工具」和「自封在象牙塔裡面」的兩種人，都是「老鼠鑽牛角死路一條」。[53]他也強調人生和人性、藝術和人生不可分開來談，他說：「健全的人生理想是人性的多方面的諧和的發展，沒有殘廢也沒有臃腫」，「詩與實際人生世相的關係，妙處惟在不即不離」，「藝術都帶有社會性」，需要「藉作品『傳達』他的情思給旁人，使旁人也能同賞共樂」。[54]由此出發，他提倡「人生的藝術化」，認為：「我們把實際生活看作整個人生之中的一個片段，所以在肯定藝術與實際人生的距離時，並非肯定藝術與整個人生的隔閡。嚴格地說，離開人生便無所謂藝術，因為藝術是情趣的表現，而情趣的根源就在人生；反之，離開藝術也便無所謂人生，因為凡是創造和欣賞都是藝術的活動，無創造、無欣賞的人生是一個自相矛盾的名詞。」[55]不僅要將藝術帶進人生，而且希望能夠對人產生作用，從而達到改造人心的目的。朱自清在為《談美》作序時曾經說過：「這是孟實先生自己最重要

---

[52] 朱光潛：《復刊卷頭語》，《文學雜誌》1947 年 6 月第 2 卷第 1 期。

[53] 朱光潛：《理想的文藝刊物》，《朱光潛全集》第 3 卷，安徽教育出版社，1987 年，第 432 頁。

[54] 朱光潛《「大人者不失其赤子之心」——藝術與遊戲》，《朱光潛美學文集》第 3 卷，上海文藝出版社，1981 年，第 500 頁。

[55] 朱光潛《「慢慢走，欣賞啊！」——人生的藝術化》，《朱光潛美學文集》第 3 卷，上海文藝出版社，1981 年，第 432 頁。

的理論。他分人生為廣狹兩義：藝術雖與『實際人生』有距離，與『整個人生』卻並無隔閡；因為藝術是情趣的表現，而情趣的根源就在人生。反之，離開藝術也便無所謂人生；因為凡是創造和欣賞都是藝術的活動。」[56]在理想與現實、藝術與人生之間，朱光潛提出「人生的藝術化」這一獨特的選擇，即在文藝創作中即超脫地、審美地看待人生，又不忽視藝術泛功利價值，希望「人要有出世的精神才可以做入世的事業」、「無所為而為」，[57]這也正是朱光潛的社會理想和審美理想所在。

與此同時，林語堂也曾在《吾國與吾民》中談到：「今日，文學受著政治陰影的籠罩，而作家分成兩大營壘，一方面捧出法西斯主義，一方面捧出共產主義，兩方面都相把自家的信仰當作醫治一切社會病態的萬應藥膏，而其思想之缺乏真實獨立性，大致無以異於古老的中國」，「我想文化之極峰沒有什麼，就是使人生達到水連天碧一切調和境地而已。」[58]他對閒適幽默小品的倡導實際上也是反對過於功利的文學價值觀，希望文學可以近人情，重趣味、自由自在、不受任何束縛地表現個性，同時又能帶給讀者超然、閒適之感；徐志摩雖然專注於對個性、愛、美、自由的嚮往和追求，也曾在《藝術與人生》反覆探討藝術與人生之間的關係，認為「人生的貧乏必然導致藝術的貧乏，而豐滿美好的人生，自發地會綻放出實體的美，這種美……因此，要豐富、擴大、繁衍、激化你們的生活，最主要的是要賦予它精神上的意義，這樣藝術就會隨之而來了」，[59]學衡派的吳

---

[56] 朱光潛：《朱光潛全集》第 2 卷，安徽教育出版社，1993 年，第 100 頁。

[57] 朱光潛：《開場話》，《朱光潛美學文集》第 3 卷，上海文藝出版社，1981 年，第 446 頁。

[58] 林語堂：《今文八弊》，《林語堂經典名著》第 11 卷，金蘭文化出版社，1986 年，第 75 頁。

[59] 徐志摩：《藝術與人生》（譯文），虞建華、邵華強譯，《徐志摩全集》，韓石山編，天津人民出版社，2005 年，第 204 頁。

宓、胡先驌、梅光迪等由於深受白璧德新人文主義影響，也非常強調文學
與人生的關係，他們把文學當作是「人生的表現」和「精髓」，認為「文
學以人生為材料，人生藉文學而表現，二者關係至為密切。」[60]吳宓曾在
清華大學開設的一門課程就叫做「文學與人生」，並說明：「本學程研究人
生與文學之精義及二者之關係，以詩與哲理二方面為主，然亦討論政治、
道德、藝術、宗教中之重要問題」。宗白華不僅關注藝術，也關注人生，
他曾提出「藝術的人生觀」，希望「從藝術的觀察上推察人生生活是什
麼？」，把人生「當作一個高尚優美的藝術品似的創造，使他理想化、美
化」，認為藝術作品既是現實生活的反映，也是藝術家人生理想的表達。
他曾在《論〈世說新語〉和晉人的美》中推崇並讚賞晉人的藝術人生；也
曾認為歌德對人生的啟示是多方面的，他宣稱：「歌德是世界的一扇明窗，
我們由他窺見了人生生命永恆幽邃、奇麗廣大的天空。」

三、文學與道德

　　以注重文學的獨立和自由，描寫人性為主的留歐美作家，同時也非常
重視道德的主要作用。深深影響過林語堂、朱光潛等人的美學家克羅齊曾
經說過：「不論是什麼詩，其基礎都是人性，而正因為人性是在道德上實
現的，任何詩的基礎也就都是在道德上實現的，任何詩的基礎也就都是道
德意識。」留歐美作家要求文學的獨立和自由，其代表人物如梁實秋、朱
光潛等都很注重道德，希望以道德作為改造人心從而改造社會的重要方
式，同時也包含著淡化政治甚至反對政治的目的。特別是學衡派的吳宓、
胡先驌和梅光迪，雖然他們在文化上具有一定的保守性，但其反對文以載

---

[60] 天津《大公報·文學副刊》第 2 期「通論」，1928 年 1 月 9 日。

道，重視文學在道德方面的作用和影響，這一點與胡適、梁實秋等留歐美作家不謀而合。

　　「人性論」是梁實秋文藝觀的核心，但他所謂的「人性」既是普遍常態的，又是包含著善惡二元對立的概念，因此在他看來，文學的目的就是使人以理性克制慾望，以善卻惡，使人性趨於純正、健康。這種人性觀所決定，梁實秋強調文學的嚴肅性及其與道德倫理的結合，提倡重理性、守紀律，並宣稱：「我們不相信文學必須有淺薄的教訓意味，但是卻信文學與道德有密切關係，因為文學是以人生為題材而以表現人性為目的的。人生是道德的，是有道德意味的，所以文學若不離人生，便不離道德，便有道德的價值。不道德的事可以做文學的題材，例如希臘悲劇的母子媾婚、子殺父等等的醜惡事實，但是文學家運用事實的態度是總有道德的意味的。」[61]在《純文學》一文中，梁實秋又談到：「因為文學描寫人性，勢必牽涉到人生，也無法不牽涉到道德價值的判斷」；還聲稱道：「文學裏面要有思想的骨幹，然後才能有意義，要有道德性的描寫，然後才有力，……凡不能成為『人生的批評』的作品，無論文字多麼美麗，技巧多麼成熟，都不是好的文學。」他強調文學要有思想骨骼，要能透視人生和歷史；文學要有道德的內容，有倫理的價值判斷，「健全的文學家沒有不把人生與藝術聯繫在一起的，只有墮落派的頹廢文人才創造出那『為藝術而藝術』的謬說」……這些論斷雖帶有古典主義的偏見，但也不能說全無道理；朱光潛也多次在論文中談及文學的道德性，認為「人雖然可以劃分成三種類型，如美感的人，科學的人，倫理的人，但三者不可分割，『美感的人』，同時也還是『科學的人』和『倫理的人』。文藝與道德不能無關。」[62]在談

---

[61]　梁實秋：《文藝批評論・結論》，《梁實秋文集》，鷺江出版社，2002 年，第 300 頁。
[62]　朱光潛：《文藝心理學》，《朱光潛全集》第 1 卷，安徽教育出版社，1988 年，第 316 頁。

及梁實秋《文學的美》一文時他指出，此文的觀點，「可歸納到一個基本觀念裏去——『文學的道德性』」。其他藝術樂意只是美，而在文學中並不重要，最重要的是「道德性」。在早期的《文藝心理學》中，他已經開始開始關注道德問題，不再僅僅強調「直覺」；甚至開始批評克羅齊一派的美學思想：「形式派美學既然把美感經驗劃為獨立區域，看見在這片刻的直覺中文藝與道德無直接關係，便以為在整個的藝術活動中道德也不能闖入，這也未免是以偏概全，不合邏輯。」[63]在《談美》的「開場話」中他又強調：「我堅信中國社會鬧得如此之糟，不完全是制度的問題，是大半由於人心太壞。我堅信情感比理智重要，要洗刷人，非幾句道德家言所可了事，一定要從『怡情養性』做起，一定要於飽食暖衣、高官厚祿之外，別有較高尚、較純潔的企求。要求人心淨化，先要求人生美化。」[64]朱光潛本身也是一個熱心於社會改革的人，並認為改造社會首先要改造人心，希望通過文藝批判過去時代的不良思想，傳播健康的思想觀念，從而改造中國人、改造中國社會。他提倡「人生的藝術化」，強調文藝與道德的關係，甚至提出「沒有道德目的而有道德影響」，在某種程度上都與他淨化人心、改造社會的願望有關。

　　吳宓、胡先驌、梅光迪都曾留學歐美並師從新人文主義大師白璧德，也特別重視文學在道德方面的作用和影響。他們不僅認為文學的本質和功用都離不開道德，而且視文學為表現道德要求的工具，把文學批評定性為對文藝和人生的一種道德判斷和選擇，甚至把道德作為文學批評的一個標準。他們認為無論文學研究還是文學創作，都以教化人心，陶鑄道德為其重要功用，文學的本質和功用都離不開道德。胡先驌曾把文學分為形和質

63　朱光潛：《文藝心理學》，《朱光潛全集》第 1 卷，安徽教育出版社，1988 年，第 315 頁。
64　朱光潛：《開場話》，《朱光潛美學文集》第 3 卷，上海文藝出版社，1981 年，第446 頁。

兩個部分，提出文學之質即內容上應有「修養精神、增進人格之能力，而能為人類上進之助」；[65]梅光迪在論述安諾德的文化思想時說：「彼所重者特在文學，謂科學為工具的智慧，於人之所以為人之道無關。文學則使人性中各部分如智識美感品德，皆可受其指示薰陶，而自得所以為人之道，故其稱詩為人生之批評也。」[66]吳宓在美國文學研究各派中，最為推崇義理派，並藉對此派的讚譽指出文學創作和文學研究都須以「轉移人心，端正風俗」為目的，「視文章作家，必當以悲天憫人為心，救世濟物為志，而後發為文章。作文者以此為志，而評文者亦必以此志」。[67]在他們看來，道德是極為重要的，因此評價一部作品的好壞，首先要看它所表現的道德觀念是否純正，是否「以救世濟物為志」和有益於「轉移風俗，端正人心」。吳宓還談到：「蓋今之文學批評，實即古人所謂義理之學也。且職務，在分析各種思想觀念，而確定其意義。更以古今東西各國各時代之文章著作為材料，而研究此等思想觀念如何支配人生，影響實事，終乃造成一種普遍的、理想的、絕對的、客觀的真善美之標準。不特為文學藝術賞鑒選擇之准衡，抑且為人生道德行為立事之正軌。」[68]他不僅把文學批評當作一種專門的學問，而且把它提高到等同於古代義理之學的高度。在《浪漫的與古典的》一文中，吳宓極力讚揚梁實秋關於「文學批評既非藝術，更非科學」，而是「倫理的選擇」的觀點「均極精要」；在《文學與人生》一書中，吳宓又提出評價一部小說時，首先要看它的宗旨是否正大，目的是否嚴肅，認為一部好的小說，應該具有對廣大讀者進行「崇真去偽」和「好善惡惡」的教化功能，使讀者「可以清楚地、明白無誤地看出真實與虛偽，

---

[65] 胡先驌：《文學之標準》，《學衡》1924 年第 31 期。

[66] 梅光迪：《安諾德之文化論》，《學衡》第 14 期。

[67] 吳宓：《文學研究法》，《學衡》1922 年 2 月第 2 期。

[68] 吳宓：《浪漫的與古典的》，《大公報》1927 年 9 月 18 日。

誠懇與虛假、偽裝、冒充的區別，充的區別，真誠獻身的工作與帶著極端人上主義有俾鄙運機的工作二者之間的區別。……自然會對善良的受苦者同情，而對壞的、成功的人物加以譴責和憎恨。這就是「詩的公正（poetic justice）的真正意義及其確立」。雖然存在著不可避免的「復古」和反對五四新文化運動的傾向，但曾經留學歐美的吳宓、胡先驌和梅光迪對他們文學理想的堅守、對文學與道德的推崇和實踐卻在某種程度上卻與梁實秋、林語堂、朱光潛等人如出一轍，呈現出與政治疏離的自由主義文學傾向。

第二節　文學是從人心深處流出來的情思

如前所述，留歐美派深受西方自由、民主思想和文藝觀念的影響，他們的文學思想有著自由主義的思想根基，強調個性自由，肯定多元文化格局中文學的獨立，專注於人性的探索和審美創造，注重文學自身的價值，具有超政治超功利的色彩。表現在文學創作上，他們也呈現出不受組織和口號限制的「自由」品性，堅持文學創作的獨立品格，要求文學家創作自由，題材不受限制，情感自由抒發。

而在漫長的中國文學史上，也有不少人從「文以載道」出發，強調文學創作的意識形態性和現實功利作用，忽略文學的自由和審美特性，偏離了文學的本質和文學的主體性。留歐美作家堅持以人為本的文學創作觀，不僅與他們的自由主義文藝思想一脈相承，也顯示了他們在文學上對自由的執著追求。

對於文學創作的內容，留歐美作家從文學獨立自由的本體論和泛功利主義的文學價值論出發，注重人性，提倡人的文學，以人為創作中心。應該說，以人為本，關注人的存在和價值，正是西方人文主義的傳統。正如

阿倫・布洛克所說:「一般來說,西方思想分為三種不同的模式看待人和宇宙。第一種是超越自然的,即超越宇宙的模式,集焦點於上帝,把人看成是神的創造的一部分。第二種模式是自然的,即科學的模式,集焦點於自然,把人看成是自然秩序的一部分,像其他有機體一樣。第三種模式是人文主義的模式,集焦點於人,以人的經驗作為人對自己,對上帝,對自然瞭解的出發點。」[69]「古希臘思想最吸引人的地方,它是以人為中心,不是以上帝為中心的。」[70]而在中國,在漫長的封建高壓統治下,「自我」似乎並沒有引起足夠的重視。正如王富仁所說:「中國的新文學恰恰是在中國社會缺乏強烈的主體意識的狀況下為自己尋找立足地的,這時不但廣大的社會群眾並不承認某個異己的純粹個體性的東西有什麼存在的價值,甚至連絕大多數的新文學作家也不覺得真正屬於自我、不與任何已有價值相重複的東西有什麼存在的意義。」[71]他對中國人的文化心理與文學創作主體的關係做了簡潔而有說服力的概括。直到五四時期否定傳統意義上的「文以載道」的文藝觀念,提倡人的文學,把人從幾千年來的專制主義束縛中解放出來,第一次肯定人的價值,人的尊嚴和權利;崇尚獨立人格和自由精神,宣揚人的覺醒、個性解放、自我意識以及人性人道,現代意義上的作家們才充分認識到了「人」作為一個獨立個體的重要性,個體的「人」的生活、思想、心理也開始走進了作家的創作的視野。而以「人」為中心進行文學創作,是對文學本體的尊重,也是留歐美作家文學創作的核心。無論是抒情文學,還是敘事文學,無論是詩歌還是散文和小說,他們的著眼點是「人」,是人自由發展自由書寫的權利,是「人」的存在的意義和價值。留歐美作家徐志摩、聞一多對個人的情感世界的謳歌,梁實

---

[69] 阿倫・布洛克:《西方人文主義傳統》,生活・讀書・新知三聯書店,1997年,第12頁。
[70] 同前註,第14頁
[71] 王富仁:《靈魂的掙扎》,時代文藝出版社,1993年,第83頁。

秋對文學表現人性的「固執」的重複、林語堂對性靈和個性的追尋，李金髮對個人的憂傷與苦悶的自由書寫……都可以看到他們對自由的追尋和對人性的挖掘。

梁實秋認為「文學乃『人性』之產物，文學發於人性，基於人性，亦止於人性，偉大的文學乃是基於固定的普遍的人性，純正之『人性』，乃文學批評唯一之標準。」[72]他認為人性應當成為文學審美和價值評判的唯一標準，文學創作也不例外。正因為文學批評、研究、欣賞，「都不再滿足我們的好奇的慾望，而在表現出一個完美的人性」，因此，人性應當成為「測量文學的唯一標準」，[73]或者說「在這種標準之下創作出來的文學才是有永久價值的文學」。[74]「人性」不僅梁實秋文學思想的基礎，而且成為他文學創作和批評的標準，他曾經說過：「所謂『偉大』的詩，我以為，是至少應該具備下列幾個條件的：（一）其題材必須是人本的。所謂『人本的』，即是說這詩的內容是人性的描寫。……（二）其篇幅一定是要相當的長。（三）其結構必須有建築性。」[75]「文學今後的任務，該集中在人性的描寫。將來的世界無論怎樣改變，人性是大約不至於怎樣重大改變的。……詩若能抓住這基本的人性——尤其是人的基本情感——加以描寫，則這詩將永遠成為有價值的東西。」[76]他也曾不止一次的說，從人心深處流出來的情思才是好的文學，凡是從人心深處流出來的東西，放能流向人心深處去。「文學的目的是在藉宇宙自然人生的種種現象來表示出普遍固定之人性，而此人性並不是存在什麼高山深谷裏面，所以我們正不必像探險者一般的東求西搜，這人生的精髓就在我們的心裏，純正的人性在

[72]　梁實秋：《文學批評辨》，見《浪漫的與古典的》，新月書店，1931 年，第 168 頁

[73]　梁實秋：《文學與革命》，載《新月》1928 年 6 月 10 日第 1 卷第 1 期。

[74]　梁實秋：《文學的紀律》，載《新月》1928 年 3 月 10 日第 1 卷第 1 期。

[75]　梁實秋：《詩與偉大的詩》，《梁實秋文集》第 1 卷，鷺江出版社，2002 年，第 477 頁。

[76]　梁實秋：《詩的將來》，《梁實秋文集》第 1 卷，鷺江出版社，2002 年，第 442 頁。

理性的生活裏面就可以實現。」[77]在梁實秋看來，作家需要「向內轉」，憑藉「強敏之智識與銳利之眼光」，尋找並表現那普遍而有固定的人性。由此可見，梁實秋在文學創作上是注重「人」，以人為本的，他強調文藝自身的獨立價值，反對文學作為任何一個階級的工具或文學當作革命的工具。在階級鬥爭與民族鬥爭激烈的年代裏，因為不合時宜地過分強調文學的獨立價值，梁實秋曾以「抗戰無關論」而引發了一場持久的論爭，並在很長時間內很大程度上被論爭對方所誤解。

　　林語堂深受公安、竟陵派「不拘一格、獨抒性靈」的影響，「性靈」是其文學思想的核心內容。他認為「一切有價值的文學作品，乃作者心靈的發表，其本質上是抒情的」，「只有自抒人們心靈的發表，始得永垂不朽。」，在文學創作上，他也強調性靈的重要性：「惟我知之的『性靈』二字，不僅為近代散文之命脈，抑且是目前文人空疏浮泛雷同陋之弊」，「性靈之啟發，乃文人根器所在，關係至巨」。[78]對於文章的取材，性靈也至關重要，若無性靈，文章之源就會枯竭，而「發抒性靈，斯得其真，得其真，斯如源泉滾滾，不舍晝夜，莫能遏之。」「文章之孕育取材及寫作確不能逃出性靈論範圍也」。[79]寫作時有了性靈，技巧之有無倒並不重要，同樣可以寫出清新生動的好文章。「苟能人人各抒性靈，復出以閒散自在之筆，則行文甚易，而文章之奇變正無窮」。[80]文章不過是「個人之性靈之表現」。何為性靈？林語堂認為「性靈就是自我」，這種「自我」實際上是具有自

[77]　梁實秋：《文學的紀律》，新月書店，1928 年，第 10 頁。
[78]　林語堂：《論文》，《林語堂名著全集》第 14 卷，東北師範大學出版社，1994 年，第 146 頁。
[79]　林語堂：《論文》，《林語堂名著全集》第 14 卷，東北師範大學出版社，1994 年，第 152 頁。
[80]　林語堂：《論文》，《林語堂名著全集》第 14 卷，東北師範大學出版社，1994 年，第 154 頁。

由主義、個人主義思想的「自我」，他明確反對文學代聖賢立言，喪失自我和個性。他說：「古來文學有聖賢而無我，故死；性靈文學有我而無聖賢，故生」。從文學上看，林語堂認為，性靈即個性，「一人有一人之個性，以此個性 Personality 無拘無礙自由自在表之文學，便叫性靈」。「在文學上主張發揮個性，向來稱之為性靈，性靈即個性也」。在文學創作上，林語堂又把「性靈」提高到無以復加的地位，對文藝創作提出「個性無拘無礙自由自在之文學」，認為「文學之命脈實寄託於性靈」，希望文學創作能夠擺脫一切束縛、自由發展。而徐志摩、聞一多、李金髮等人並沒有明確的文學理論思想來表明其「以人為本」的文學創作觀，但他們的文學創作卻並不是載道的或應和的，而是獨立的和自由的。他們在詩歌、散文或小說中盡情揮灑，書寫自身的遭際或對人生的諸種感悟和體驗，在風雨飄搖的二三十年代，他們依然聽從內心的呼喚，堅守文學的獨立和自由，彰顯出自由主義知識份子的獨立姿態。

　　留歐美作家認為文學是獨立的、自由的，文學家也應該要求創作的絕對自由，文學題材也不應該受到任何限制。「從文學的產生和文學創作的過程來看，無論關於文學起源有多少種猜度與解釋，但從心理動機而言，他源於人的審美需求，源於人自由創造美的形式的衝動，他是人逐漸擺脫動物性而更加「人化」（自由化）的方式。作家的創作，是非外力強制的自由選擇的勞動，是作家發自內心的自覺的審美創造的衝動，這是文藝創作於其他任何物質精神勞動所不同之處。從接受者的角度而言，人們之所以愛好和欣賞文學藝術，出自無直接的滿足物質功利目的的精神需要，出自對美和自由的嚮往與追求。」[81]胡適曾在早期談到作文的方法時說：「中國的『文學』，大病在於缺少材料。那些古文家，除了墓誌，壽序，家傳

---

[81]　劉川鄂：《中國自由主義文學論稿》，武漢出版社，2000 年，第 252 頁。

之外，幾乎沒有一毫材料……」「我以為將來的文學家收集材料的方法，約如下：（甲）推廣材料的區域。官場妓院與齷齪社會三個區域，決不夠採用。即如今日的貧民社會，如工廠之男女工人、人力車夫，內地農家，各處大商販及小店鋪，一切痛哭情形，都不曾在文學上一位置。並且今日新舊文明相接觸，一切家庭慘變、婚姻痛苦、女子之位置、教育之不適宜……種種問題，都可供文學的材料」，[82]希望藉此擴大小說題材的範圍。他還並提出要「注意實地的觀察和個人的經驗」，「真正的文學家的材料大概都有『實地的觀察和個人自己的經驗』做個根底」，因此「要用周密的理想作觀察經驗的補助」，「從已知推想未知的，把觀察經驗的材料一一體會出來，從經驗過去的推想到不曾經驗過的，從可觀察的推想到不可觀察的」「這才是文學家的本領」。[83]在這裏，胡適不僅指出在作文的過程中要注重「材料」，而且他所謂的「材料」即題材的範圍是自由的和廣大的、不受任何限制的。梁實秋曾在《文學與革命》中認為：「文學家就是民眾的非正式代表。此地所謂的「代表」，並非如代表民意之政治的代表一般，文學家所代表的是那普遍的人性，一切人類的情思，對於民眾並不是負著什麼責任與義務，更不曾負責著什麼改良生活的擔子。所以文學家的創造並不受著什麼外在的拘束，文學家的心目當中並不含有固定的階級觀念，更不含有為某一階級謀利益的成見。文學家永遠不失掉他的獨立。……文學家不接受任誰的命令，除了他自己內心的命令；文學家沒有任何使命，除了他自己內心對於真善美的要求使命。故此在革命期，如在常態期中一樣，文學家不僅僅是群眾的一員，他還是天才，他還是領袖者，他還是不失掉他的個性」；「文學家要在理性範圍之內自由的創造，要忠於他自己的理

82　胡適：《建設的文學革命論》，《胡適論文學》，安徽教育出版社，2006 年，第 23 頁。
83　同前註，第 24 頁。

想於觀察，他所祈求的是真，是美，是善。……文學是屬於全人類的。」[84]他
更是在《所謂「題材的積極性」》一文中強烈呼籲題材的自由，反對任何
形式的宣傳和對文學創作題材的限制。認為：「文學裏面最專橫無理的事，
便是題材的限制。文學是人性的表現，人性在各個不同的時代裏也表示出
各種不同的形式。……無論如何，文學家是並不聽命於理論家、批評家或
革命的宣傳家的。假如，理論批評家宣傳家而竟要制定什麼是文學的題
材，那是狂妄的行為。文學家自己知道得最清楚，什麼應該做他的題材。
題材的選擇是由作者自己的經驗與性格來決定的，並不受外來的限制。凡
受外來的限制者，其作品必無生氣，必不真摯。」[85]還進一步發揮：「所謂
描寫鬥爭必須描寫得勝，這心理尤其可笑。……文學的作家要培植他的同
情心，要充分的經驗生活，要勤苦研究他的藝術，至於用什麼做題材，那
不成問題，什麼題材都好用。題材的處置是否要有積極性，也不成問題，
積極也好不積極也好。我認為不成問題，因為我不把文學當作達到某一項
實際目的的工具。如果我們想靠文學發財，我們便要考慮如何迎合群眾低
級趣味；如其我們要利用文學幫助共產革命，那麼「題材的積極性」便成
為問題了。」[86]朱光潛也曾說過，藝術活動是藝術家「自由底活動」，「完
全服從他自己的心靈上底要求」，「這自由性充分體現了人性的尊嚴」，強調
文藝創作的個體性、自由性特性。他還認為，「藝術不但自身是一種真正自
由的活動，而且也是令人得到自由的力量，」注重文藝對人的自由和精神
審美需要的作用。朱光潛還概括說，「自由是文藝的本性」，同時也就要求

---

[84]　梁實秋：《文學與革命》，《梁實秋文集》第 1 卷，鷺江出版社，2002 年，第 313、
　　　324 頁。
[85]　梁實秋：《所謂「題材的積極性」》，《梁實秋文集》第 1 卷，鷺江出版社，2002 年，
　　　第 456 頁
[86]　同前註，第 458 頁。

「創造性」,「沒有創造性或自由性底文藝根本就不能成其為文藝。」[87]聞
一多在對俞平伯《冬夜》詩集的評論時,有針對性地論及了藝術創作的普
遍性原則,並強調道:「一切的藝術應以自然作原料,而參以人工,一以
修飾自然的粗率,一以滲漬人性,使之更接近吾人,然後易於把捉而契合
之」,充分發揮作家在文學創作中的自由。

　　如前所述,留歐美派在文學創作上大都以人為本,傾向於對人的個性
的探討和追問;而在審美和藝術追求上來看,留歐美派眾作家雖然各有偏
好側重,但是大都很注重在文學創作過程中心靈情感的抒發和形式的探討
和開拓。梁實秋在文學創作上主張「內傾」,他曾不止一次的說,從人心
深處流出來的情思才是好的文學,凡是從人心深處流出來的東西,方能流
向人心深處去。徐志摩是一位多情善感、才華橫溢的詩人,他始終憑著自
己的感情去追求藝術化的人生,特別是在前期,更是主張感情至上,讓個
人感情「無關闌的氾濫」。他曾說到:「有一個時期我的詩情真有些像是山
洪爆發,不分方向的亂沖。那就是我最早寫詩那半年。……成熟的未成熟
的意念都在指顧間散作繽紛的花」。他也宣稱「我是一個信仰感情的人,
也許我自己人生就是一個感情性的人」,在他的大量的詩作中,毫無顧忌
的、無拘無束的盡情抒發他個人的喜怒哀樂,天上地上、花蟲草木,山泉
怪石,都成了他藉以抒情寫意的對象。聞一多在前期反對文學創作的功利
性而注重探索文學的審美性,他認為「文學本出於至性至情」、「沒有感興
不能作詩」,而且要求詩人的情感要豐富要有激情,詩人只有將自己的真
情融注在自己的創作中,才能有打動人心、引起讀者共鳴的力量。在《評
本學年〈月刊〉裏的新詩》中他說:「詩人胸中底感觸,雖到發酵底時候,
也不可輕易放出,必使他熱度膨脹,自己爆裂了,流火噴石,興雲致雨,

---

[87]　朱光潛:《自由主義與文藝》,《周論》第 2 卷第 4 期,1948 年 8 月。

如同火山一樣，必須這樣才有驚心動魄的作品」。[88]聞一多要求詩人的激情
要到白熱化的程度，而不是馬上寫出來，要在自己的想像中，並且通過想
像進行反覆提煉，加工。所以他對寫詩有這樣明確的感受，「我只覺得自
己是座沒有爆發的火山，火燒得我痛，卻始終沒有能力（就是技巧）炸開
那禁錮我的地殼，放射出光和熱來。」林語堂則認為「一切有價值的文學
作品，乃作者心靈的發表，其本質上是抒情的」，「只有自抒人們心靈的發
表，始得永垂不朽。」他還稱讚金聖歎的「何為詩，詩者是心之聲」的名
言，也欣賞蘇東坡行雲流水，無固定文體文法的風格；他崇拜袁中郎，說
「近來識的得袁中郎，喜從中來亂狂呼……從此境界又一新，行文把筆更
自如」。受他們的影響，林語堂主張好散文應是「思想與情感的自由活潑，
或為體裁，風格之自由豪放」，強調自由地抒寫真情實感，獨創見解；李
金髮聲言「作詩的時候從沒有預備怕人家難懂，只求發洩盡胸中的詩意就
是」，「我的詩是個人靈感的紀錄表，是個人陶醉後引吭的高歌，我不希
望人人能瞭解」，他將象徵引入新詩，專注於營造「自己的世界」；在他
的《微雨》、《食客與凶年》等詩歌中，他大都通過對一個無根的異鄉人
孤寂、哀吟、悲涼的心靈世界的形象寫照，來表達詩人在生命和愛情上失
意落泊的情懷，哀傷苦悶情緒常常瀰漫在他詩歌的字裏行間。

但需要指出的是，對大多數留歐美作家來說，他們並不是一味的在文
學創作特別是詩歌創作中任憑感情的「無關聯的氾濫」，而是希望有所節
制，最好能以理性節制情感，注重文學創作的整體和諧。為了達到這一目
的，他們往往通過形式的變革和格律的運用來控制感情的過度氾濫。所
以，在文學創作上，留歐美作家也特別注重文學形式的開拓和發展。在留

---

[88] 聞一多：《評本學年〈月刊〉裏的新詩》，《聞一多全集》第 2 卷，湖北人民出版社，
1994 年，第 47 頁。

學前期，聞一多曾經深受唯美主義的影響，追求為藝術而藝術，強調文藝就是文藝，具有自身存在的獨立價值，認為藝術家應該關注事物自身的美感價值。比如在《建築的美術》中聞一多說：「美的靈魂若不附麗於美的形體，便失去他的美了」；在寫於科羅拉多的《泰果爾批評》一文中，他又明確提出了藝術和詩的形式問題：「在藝術方面泰戈爾更不足引人入勝。他是個詩人，而不是個藝術家。他的詩是沒有形式的。我講這一句話恐怕又要觸犯許多人底忌諱。但是我不能相信沒有形式的東西怎能存在，我更不能明瞭若沒有形式，藝術怎能存在！固定的形式不當存在；但是那和形式本身有什麼關係呢？我們要打破一個固定的形式，目的是要得到許多變異的形式罷了。泰戈爾的詩不但沒有形式，而且可以說是沒有廓線。因為這樣，所以單調成了他的特性。我們試讀他的全部詩集，從頭到尾，都仿佛不成形體，沒有色彩的 amoeba 式的東西。我們還要記好這是些抒情的詩。別種的詩若是可以離形體而獨立，抒情詩是萬萬不能的。」[89]而在後來的《戲劇的歧途》一文中，聞一多又提出與濟慈相同的「純形」的審美理想。他說：「藝術最高的目的，是要達到純形 Pure form 的境地」，如果作家在提筆時把什麼道德問題、哲學問題，社會問題……這些「不相干的成分黏在他的筆尖上」，那麼「問題黏的愈多，純形的藝術愈少」。[90]因此，他主張作家在創作時，不要先有什麼「理性鑄成的成見」。與此同時，他還與徐志摩一起，強調詩的格律，提出新詩創作的三美，主張新詩應具有音樂的美、繪畫的美、建築的美、並努力進行實踐。他認為：「詩的之所以能激發感情，完全在他的節奏；節奏便是格律。莎士比亞的詩劇裏往往遇見情緒緊張到萬分的時候，便用韻語來描寫。歌德作《浮士德》也曾

---

[89] 聞一多：《泰戈爾批評》，載《時事新報·學燈》1923 年 12 月 3 日。
[90] 聞一多：《戲劇的歧途》，載《晨報副刊》1926 年 6 月 24 日。

採用同類的手段，在他致席勒的信裏並且提到了這一層。韓昌黎「得窄韻則不復傍出，而因難見巧，愈險愈奇……」，這樣看來，越有魄力的作家，越是要戴著腳鐐跳舞才跳得痛快，跳得好。只有不會跳舞的才怪腳鐐礙事，只有不會作詩的才感覺得格律的束縛。對於不會作詩的，格律是表現的障礙物，對於個作家，格律便成表現的利器。」[91]聞一多旗幟鮮明地對當時新詩不重格律的傾向作了批評，提倡新格律詩，要求人們注意文藝「工具」（實為形式）的意義，要人們用「工具」來磨礪、鍛煉常態的情感。使其成為藝術化的情感，即包蘊理性、呈現美感、可以給人啟迪的情致。聞一多還認為，詩歌的價值不在於「受創似的哀叫」（感情直露的宣洩），而在於情感表達之後捕捉到「美的暫促性中」，那個被玄學家稱之為「永恆」的東西……「一個最縹緲，又最實在，令人驚喜，又令人震怖的存在」。他的詩作，尤其是《死水》集中的詩篇，正是他倡導的新格律詩理論的完美體現，標誌著新詩的進步，也在中國新詩史上開了一代詩風。他的觀點也引發了新格律詩的理論及運動，從而促成了中國新詩繼郭沫若後的又一次發展與高潮，使新詩的形式美得到了完善和發展。

　　如前所述，早期徐志摩傾向於感情的「無關闌的抒發」，但很快他就轉變了方向。1926 年 4 月 1 日，徐志摩在自己所主持的《晨報‧詩刊》第 1 期上發表《詩刊弁言》，提出「我們信完美的形體是完美的精神唯一的表現」，因而最重要的是「新格式與新音節的發見」；隨後在《晨報‧詩刊》第 11 期，徐志摩在《詩刊放假》一文中，總結新格律詩歌的創作，直接倡言「詩的生命是在他的內在的音節」，因而徹底的「音節化」，──那就是詩化，將新格律視為詩歌的生命。他說：「一首詩應分是一個有生機的整體，部分與部分相關聯，部分對全體有比例的一種東西；正如一個人身

---

[91]　聞一多：《詩的格律》，《聞一多全集》第 2 卷，湖北人民出版社，1994 年，第 139 頁。

的秘密是他的血脈的流通，一首詩的秘密也就是他的內含的音節的勻整與流動。……明白了詩的生命是在他的內在的音節（internal rhythm）的道理，我們才能領會到詩的真的趣味；不論思想怎樣高尚，情緒怎樣熱烈，你得拿出徹底的「音節化」，（那就是詩化）才可以取得詩的認識，要不然思想自思想，情緒自情緒，都不能說是詩。……字句的排列有待於全詩的音節，音節的本身還得起源於真純的詩意。再拿人身作比，一首詩的字句是身體的外形，音節是血脈。「詩感」或原動的詩意是心臟的跳動，由它才有血脈的流傳。」到 1926 年和聞一多等合辦《晨報副刊‧詩鐫》時，徐志摩對自己的詩風開始有了理論上的醒悟：「我想這五六年來我們幾個寫詩的朋友多少都受到《死水》的作者的影響。我的筆本來是最不受羈勒的一匹野馬，看到了一多的謹嚴的作品，我方才憬悟到我自己的野性」。在 1928 年的《新月的態度》中有著更明確的表示：「我們不敢贊許傷感與熱狂，因為我們相信感情不經理性的清濾是一注惡濁的亂泉，它那無方向的激射至少是一種精力的耗廢。」「我們當然不反對解放情感，但在這頭駿悍的野馬的身背上我們不能不謹慎的安上理性的鞍索」；從《猛虎集》到《志摩的詩》，徐志摩從情感的氾濫走向了更合理的用理性節制情感，更注重詩的形式的重要功能。

　　梁實秋也在文學創作上也主張「節制」，強調文學的嚴肅性及倫理與藝術的結合，提倡重理性、守紀律。他認為「節制是文學力量的源泉」，「文學本身是模仿，不是主觀的，所以在抒泄情感之際也有一個相當的分寸，須不悖乎常態的人性，須不反乎理性的節制，這樣健康的文學，才能產生出倫理的效果。何為節制？梁實秋指出：「所謂節制的力量，就是以理性（reason）駕權情感，以理性節制想像。」[92]不僅止與此，梁實秋還提倡「表

---

[92]　梁實秋：《文學的紀律》，新月書店，1928 年，第 13 頁。

現之合度」的「有紀律的形式。」他說:「能有守紀律的精神,文學的形式方面頁自然的有相當的顧慮。進一步說,有紀律的形式,正是守紀律的精神之最具體的表現。所謂文學革命者,往往著力在打破文學的形式,以為文學的形式是創作的桎梏,是天才的束縛,應該一齊打破。其實文學的形式如有趨於單調呆滯的傾向,正不妨加以變換,不能因某一種形式之不合用遂遽謂文學可以不要形式。」[93]在他看來,文學的形式的束縛是一切文學作品的共同特點,是不可缺少的。

由此可見,留歐美作家在文學創作上要求文學創作的自由,希望文學家有自由選擇自由創作的權利,在文學創作的內容方面以人為本,注重人的價值和意義的書寫和探索;與此同時,他們也在創作過程中注重個人感情的抒發,並希望以理性和形式來節制感情;表面看來,注重情感的抒發和理性的節制似乎是矛盾的不太和諧的,但經過研究可以發現,聞一多、徐志摩、梁實秋等人強調理性和節制的最終目的還是為了更好更確切的表達文學創作中情感的抒發和表現。應該說,在文學創作方面,留歐美作家是內容與形式並重的。

第三節　超然與非功利:感悟式的審美姿態

與其文學本體論和自由創作思想想適應,留歐美作家在文學批評上並不十分注重作品的社會功利價值,而更注重文學作品的審美形態和審美價值,強調內容與形式的和諧。朱光潛從直覺出發,傾向於注重自我欣賞的印象主義批評,並提倡「無所為而為」的超然和非功利性的批評態度;梁

---

[93] 同前註,第 23 頁。

宗岱在「純詩」理論的基礎上，選擇「走內線」的批評之路，即批評家應該從作品出發，運用自身的想像力，獲得對作者心靈的瞭解；宗白華強調審美直覺，即承襲我國古典詩學的感悟式批評方法，同時又融合西方的邏輯思辨，並運用他著名的「散步體」使之顯得舒緩自如；與此同時，同其自由主義的文學思想相適應，胡適、朱光潛、梁宗岱等人也在文學批評中提倡寬容的原則。

　　談到文學批評，朱光潛曾將其分為四類，並對前三類都持否定態度。第一類是以「導師」自居的批評，因為他們總是喜歡拿自己無能力的理想去期望別人，喜歡向創作家發號施令，要求創作家遵循教條炮製作品；第二類是以「法官」自居的批評，因為他們「心中預存幾條紀律，然後以這些紀律來衡量一切作品，和它們相符合的就是美，違背它們的就是醜。」[94]第三類是以「舌人」自居的批評，因為這一類的批評家的注重「研究作家的心理，看他的作品與個性、時代和環境有什麼關係」，或者「專以追溯來源、考訂字句和解釋意義為職務」，[95]功用在於幫人瞭解作品，如傳記批評和考據批評都屬此類。而第四類就是印象主義的批評，朱光潛稱之為「饕餮者」的批評，欣賞作品並把自覺欣賞所得的印象表達出來，主張「各人應以自己的嗜好為標準，我自己覺得一個作品好就說它好，否則它雖然是人人所公認的傑作的荷馬史詩，我也只把它和許多我所歡喜的無名小卒一樣看待」。[96]朱光潛認為「印象派的批評可以說就是『欣賞的批評』」，並表示「就我個人說，我是傾向這一派的。」[97]朱光潛也曾在《文藝心理學》中說到：「創造是一個美的境界，欣賞是領略這種美的境界，批評則是領

[94] 朱光潛：《靈魂在傑作中的冒險——考證、批評與欣賞》，《朱光潛美學文集》第 3 卷，上海文藝出版社，1981 年，第 480 頁。
[95] 同前註，第 480 頁。
[96] 同前註，第 481 頁。
[97] 同前註，第 482 頁。

略之後加以反省。領略時美而不覺其美，批評時則覺美之所以為美。不能領略美的人談不到批評，不能創造美的人也談不到領略。批評有創造欣賞做基礎，才不懸空；欣賞創造有批評做終結，才底於完成。」所以，在文學批評的過程中，他提出「欣賞的批評和創造的批評」，希望批評家要尊重自己的感覺印象，認真體味和感受作品的獨特的藝術魅力，而不是為了功利目的而作出的教條式的功利的文學批評。

　　同時，朱光潛深受英國語言學家、心理學家布洛提出的「心理距離說」的影響，認為人的審美知覺態度應與現實生活功利態度拉開一定的距離，對審美對象的單純觀照只是由於心理上有這種距離才成為可能，美感經驗是與現實功利態度保持距離的結果，「不即不離，即是藝術的一個最後的理想」。他在自己的文章與著作中反覆表達了這樣的觀點：「詩的情趣並不是生糙自然的情趣，已必定經過一番冷靜的觀照和融化洗煉的工夫。……詩人感受情趣儘管較一般人更熱烈，卻能跳開所感受的情趣，站在旁邊來很冷靜地把它當作意象來觀賞玩索。」[98]就這樣，朱光潛就在克羅齊的直覺論中嵌入了布洛的「距離說」，並以此構成了他的美學理論與批評理論的基礎。而在他第一部重要著作《悲劇心理學》中，朱光潛就曾說過，「一切正確的批評理論都必須以深刻瞭解創造的心靈與鑒賞的心靈為基礎。過去許多文學批評之所以有缺陷，就在於缺少堅實的心理學基礎。」「一個人在文藝方面最重要的修養不是記得一些乾枯的史實和空洞的理論，而是對於好作品能熱烈的愛好，對於低劣作品能徹底地厭惡。……能夠使一般讀者懂得什麼才是一首好詩或是一篇好小說，能夠使他們培養成對於文學的興趣和熱情，那才是好的批評家。在 1932 年，朱光潛在《談美》一書中談到：「美感的世界純粹是意象世界，超乎利害關係而獨立，

---

[98]　朱光潛：《朱光潛全集》第 3 卷，安徽教育出版社，1987 年，第 365 頁。

在創造或是欣賞藝術時，人都是從有利害關來的實用世界搬家到絕無利害關係的理想世界裏去。藝術的活動是『無所為而為』的」，正式提出了「無所為而為」的觀點，所謂「無所為而為」，即是指一種超然獨立、無功利目的性的文學批評觀。

可見，在文學批評上，朱光潛非常重視直覺和審美的作用，他強調「直覺」「欣賞」「創造」「審美距離」，都是希望讀者或批評家在閱讀或批評的過程中發揮主動性，全心全意地融入作品中去。他曾在他的《文藝心理學》、《談美》、《近代美學與文學批評》等著作中一再界說文藝的本質，如「藝術是表現的」「藝術是抒情的」「藝術是創造的」等等，側重從作家主體表現方面去考慮問題。在他看來，文藝不是現實世界的鏡子，也不是改造現實世界的武器，文藝創造與欣賞，都是很個人化的精神活動。他的文學批評是一種傾向於直覺和感受的審美批評。

作為中國象徵主義的代表，梁宗岱在文學創作中提倡「純詩」的理論，「所謂純詩，便是摒除一切客觀的寫景，敘事，說理以至感傷的情調，而純粹憑藉那構成已底形體的原素以喚起我們感官與想像底感應，而超度我們底靈魂到一種神遊物表的光明極樂的境域。像音樂一樣，它自己成為一個絕對獨立，絕對自由，比現世更純粹，更不朽的字宙；已本身底音韻和色彩底密切混合便是已底固有的存在理由。」並認為「這並非說詩中沒有情緒和觀念；詩人在這方面的修養且得比平常深一層。因為已得化煉到與音韻色彩不能分辨的程度。」[99]在為第一屆詩人節而作的《屈原》的自序中，梁宗岱認為：「文藝的欣賞和批評或許有兩條路」，一條是他稱之為「走外線的」，即現在一般所說的「外部研究」，「走這條路的批評對於一個作家之鑒賞，批判，或研究，不從他底作品著眼而專注於他底種族，

---

[99] 梁宗岱：《談詩》，《梁宗岱批評文集》，珠海出版社，1998 年，第 79 頁。

環境，和時代。」但是讓梁宗岱深惡痛絕的是，中國現代學者對於這種批評方法的誤用與扭曲，已使之偏離了文藝批評的正當方向。他不無憤激地說：「缺乏泰納底敏銳的直覺，深厚的修養，廣博的學識，這批評方法間接傳入我國遂淪為一種以科學方法自命的煩瑣的考證。二十年來的文壇甚或一般學術界差不多全給這種考證所壟斷。試打開一部文學史，詩史，或詩人評傳，至少十之七的篇幅專為繁徵博引以證明某作家的存在與否，某些作品之真偽和先後，十之二則為所援引的原作和一些不相干的詩句所佔有。」梁宗岱尖銳地指出：「而直接和作品底藝術價值有關的不及十之一，——更無論揭發那些偉大作品的最內在的，最深沉的意義了。」[100]但與朱光潛一樣，梁宗岱並不完全否定這種考證或外部研究的價值，而認為這種方法確可為「初學的人開許多方便之門」，但同時更認為這只是「理解的初步」，而並非「欣賞和批評底終點」，如果僅僅以此為足，「便是站在一個偉大作家或一件偉大作品之前，不獨不求所以登堂入室，連開戶底方向也沒有認清楚，而只在四周兜圈子」[101]。

　　針對這種「走外線」批評的末流弊端，梁宗岱自己選擇了一條「走內線」的批評之路。他認為：「真正的理解和欣賞只有直接叩作品之門，以期直達它底堂奧。不獨作者底生平和時代可以不必深究，連文義底注釋和批評，也要經過自己努力才去參考前人底底績。」[102]很顯然，梁宗岱的批評觀念是一種「作品中心論」的觀念，在他看來，決定作家成為作家的不在於他底生平和事蹟，而在於作品，而「一件成功的文藝品第一個條件是能夠自立和自足，就是說，能夠離開一切外來的考慮如作者底身世和環境

---

[100] 梁宗岱：《屈原·自序》，《梁宗岱文集》（評論卷），中央編譯出版社，2003 年，第 207-209 頁。
[101] 同前註，第 208 頁。
[102] 同前註，第 208 頁。

等在適當的讀者心裏引起相當的感應。它應該是作者底心靈和個性那麼完全的寫照，他所處的時代和社會那麼重視的反映，以致一個敏銳的讀者不獨可以從那裏面認識作者底人格，態度，和信仰，並且可以重織他底靈魂活動底過程和背景──如其不是外在生活底痕跡。所以我以為一切最上乘的詩都是最完全的詩，就是說，同時是作者底人生觀宇宙觀藝術觀底顯或隱的表現，能夠同時滿足讀者底官能和理智，情感和意志底需要的。」[103]

在梁宗岱看來，上乘詩作，是詩人的心靈乃至整個宇宙的象徵，只要讀者與批評家的心靈與精神達到足夠的高度，一定能從作品本身透視出作家心靈的世界。他在他唯一的實用批評專著《屈原》的序中寫道：「每個偉大的創造者本身都是一個有機的整體，帶著它特殊的疆界和重心，真正而且唯一有效的批評，或者就是摒除一切生硬空洞的公式（這在今日文壇是那麼流行和時髦），不斷努力去從作品本身直接辨認，把捉，和揣摹每個大詩人或大作家所顯示的個別的完整一貫的靈象──這靈象底完整一貫程度將隨你視域底廣博和深遠而增大。」[104]由此，他認為批評家從作品中獲得對於作者心靈的瞭解，而這瞭解的深淺廣狹，是取決於批評家自己的視域的深度與廣度，換句話說，理解作品、瞭解作者的過程也就是發現自我、認識自我的過程：「文藝底欣賞是讀者與作者間精神底交流與密契：讀者底靈魂自鑒於作者靈魂底鏡裏。」因此他希望批評家開啟心靈之門，運用想像力，「從作品所展示的詩人心靈底演變，藝術的進展」，也即從創造的過程，去領會詩人給我們的啟示。梁宗岱對想像力十分重視，他認為，如果在藝術家的心靈中，「情感或感覺的生活是資本家，想像所擔任的職務就是工程師」，擁有對創造藝術至關重要的「形式的感覺」與「塑

---

[103] 同前註，第 209 頁。
[104] 同前註，第 210 頁。

造的意志」，梁宗岱認為，批評也必須動用想像力，「這是瞭解和享受這些想像的創造的唯一辦法」。因此，批評就是以心靈碰撞心靈，以想像重構想象的審美活動，究其實質，這種審美活動也就是讀者借用閱讀審美心理的「形式感覺」與作品的表現形式相融合，並以此為契機尋找讀者與作者的精神契合的過程。正是在這個意義上，梁宗岱說他的對《屈原》的欣賞批評就是自己的心靈與屈原心靈直接交流所激發的情感。

　　宗白華曾在《美學的散步》中寫道：「散步是自由自在、無拘無束的行動，它的弱點是沒有計劃，沒有系統。看重邏輯統一性的人會輕視它，討厭它……散步的時候可以偶爾在路邊折到一枝鮮花，也可以在路上拾起別人棄之不顧而自己感到興趣的燕石。無論鮮花或燕石，不必珍視，也不必丟掉，放在桌上可以做散步後的回念」，「散步不僅出智慧，而且象徵著自由。無拘無束，超越功利是非，心靈方得瀟灑與從容。」[105]從中可以看出他對直接感受的強調和對自由自在、超功利的追求。而在《我和藝術》一文中，他又指出：「在我看來，美學就是一種欣賞。美學，一方面講創造，一方而講欣賞。創造和欣賞是相通的」。而他所說的「欣賞」，其實就是一種藝術的直覺思維。他深受歌德、柏格森、斯賓格勒等人的影響，思想中也明顯偏重於知覺的方法論。斯賓格勒認為每一種文化都有其獨特的靈魂，只有把它作為一個有機體來整體把握，懷著「盡善盡美的洞察力」來透視，才能把握它的內在精神和歷史命運。宗白華深受其影響，在《新文學底源泉》這篇文章中，他從學理的層面將文學的本質歸整為「人類精神生活中流露噴射出的一種藝術工具」，用以「反映人類精神生命中真實的活動狀態」與「表寫世界人生全部的精神生命」；而由人性最深處發生

---

[105] 宗白華：《美學的散步》，《宗白華全集》第 3 卷，安徽教育出版社，1994 年，第 284-285 頁。

的、「極強烈深濃的、不可遏止」而又「挾著超越尋常的想像能力」的情緒，則被宗白華視為古往今來的文學藝術得以發生的基礎與源泉。在評述歌德的名著《少年維特之煩惱》時，比照塵世間諸多「風霜滿面、塵垢滿身、任重道遠」的芸芸眾生，宗白華將歌德與他筆下的少年維特視為心靈「純潔無垢」、眼光「天真瑩亮」的「真性情」的存在，「在污濁的人生裏重新掘出精神的寶藏」，重塑「嶄然如新、光明純潔」的世界；並認為《少年維特之煩惱》以其「真誠的，解放的，高超的」思想與熱烈深摯、狂飆般的情感感動了千百餘年的萬千閱讀者，遂將其視為「一首哀豔淒美的詩」、「一曲情調動人的音樂」。在《論〈世說新語〉和晉人的美》一文中，宗白華則欣賞晉人「千古的風流與不朽的豪情」，認為晉人以其個性之美與狂狷不羈，來反抗「桎梏性靈」的封建禮教的束縛與士大夫階層的「庸俗」，從容地將自身「天真仁愛的赤子之心」與誠摯的「一往情深」寄情自然山水甚至行草、繪畫之間，以「新鮮活潑、自由自在」之藝術心靈領悟廣袤之大千世界，並由此構建其自由唯美的生活、高潔灑脫的胸襟、超然獨立的精神與「無所謂而為」的審美態度。與此同時，在文學批評的方法論層面，宗白華既承襲中國古典詩學的感悟、體驗、鑒賞的批評方法，同時又整合西方理性、思辨與邏輯，在一種優美抒情、氣韻生動的筆調中，創造了他所獨具的如同行雲流水般從容自由的「散步體」文學批評。

從自由、獨立的文藝觀出發，留歐美作家在文學批評方面也強調寬容。胡適終身堅守自由主義並為此不懈奮鬥一生，他曾在《容忍與自由》一文中認為：「容忍是一切自由的根本；沒有容忍「異己」的雅量，就不會承認「異己」的宗教信仰可以享自由」，「我總以為容忍的態度比自由更重要，比自由更根本。我們也可以說，容忍是自由的根本。社會上沒有容忍，就不會有自由。」他在 1922 年《努力週報》第 21 期《〈蕙的風〉序》中說：「四五年前，我們初做新詩的時候，我們對社會只要求一個自由嘗

試的權利；現在這些少年新詩人對社會要求的也只是一個自由嘗試的權利。為社會的多方面的發達起見，我們對於一切文學的嘗試者，美術嘗試者，生活的嘗試者，都應該承認他們的嘗試的自由。這個態度，叫做容忍的態度（Tolerance）。容忍加上研究的態度，便可到瞭解與賞識。社會的進步的大阻力是冷酷的不容忍。」而在 1948 年《自由主義》中依然持此觀點：「總結起來，自由主義的第一個意義是自由，第二個意義是民主，第三個意義是容忍——容忍反對黨，第四個意義是和平的漸進的改革。」

朱光潛也是如此。他自始至終呼喚「一種寬大自由而嚴肅」的文壇風氣。他在《文學雜誌》的發刊詞中較為明確地表達了這種觀點。他認為「我們所處的是新文化思想的生發期而不是它的凝固期」，因此「應該儘量地延長生發期」，而不能使之走上「一條狹窄的路」或「納入一個固定的模型」；他還強調「健全的人生觀與文化觀都應容許多方面的調和的自由發展」，在新文學思想的生長期，「它不應該墮入畸形的發展」，「我們不妨讓許多不同的學派思想同時在醞釀、騷動、伸展，甚至於衝突鬥爭」，「我們也用不著空談什麼聯合陣線，衝突鬥爭是思想發生所必須的刺激劑。不過你如果愛自由，就得尊重旁人的自由。在衝突鬥爭之中，我們還應維持『公平交易』與『君子風度』。造謠、謾罵、斷章摘句做罪案，狂叫亂嚷不讓旁人說話，以及用低下手腕或憑仗暴力箝制旁人思想言論的自由——這些都不是『公平交易』對於旁人是損害，對於你自己也有傷『君子風度』。我們應養成對於這些惡劣伎倆的羞惡。」他還總結道：「我們對於文化思想的基本態度，用八字概括起來，就是『自由生發，自由討論』」。[106]「在文藝方面，無論是對於旁人或是對於自己，冷靜嚴正的批評都是維持健康

---

[106] 朱光潛：《理想的文藝刊物》，《朱光潛全集》第 3 卷，安徽教育出版社，1987 年，第 435 頁。原為朱光潛為《文學雜誌》所作的發刊詞，原題為《我對本刊的希望》，後收入《我與文學及其他》時改為《理想的文藝刊物》，並略作修改。

的良藥。有作用的謾罵和有作用的標榜都是『藝術良心』薄弱的表現。沒有『藝術良心』，決不會有真正的藝術上的成就。別人的趣味和風格儘管和我們的背道而馳，只要他們的態度誠懇嚴肅，我們仍應該表示相當的敬意。」[107]在文壇論戰頻仍的 30 年代，朱光潛呼喚自由、推崇寬容，對文學或文學批評的健康和多樣化發展無疑具有推動作用。

「論究學術，闡明真理，昌明國粹，融化新知，以中正之眼光，行批評之職事，無偏無黨，無激無隨」是以吳宓、胡先驌、梅光迪為代表的學衡派的宗旨。但文人自古都有門戶之爭，「蓋好而知其惡，惡而知其美」，要以中正的態度進行批評並做到「無偏無黨，無激無隨」並不容易。胡先驌就曾指出：「吾國文人素尚意氣。當門戶是非爭執至甚之時。於其所喜者。則升之於九天。於其所惡者。則墜之於九淵。」並從桐城派出發，認為雖然「桐城固時嫌過於謹嚴」「時或枯窘」，「然未必即為謬種，為妖孽也」，新文化運動者對桐城的批評過於偏激，提出「蓋好而知其惡，惡而知其美，批評家之要件也」。與此同時，胡先驌還指出：「今之批評家，猶有一習尚焉，則立言務求其新奇；務取其偏激，以駭俗為高尚，以激烈為勇敢。此大非國家社會之福，抑亦非新文化前途之福也。」[108]吳宓也認為，不能因為某一些封建痼疾，就全盤否認全部的傳統。比如封建家家族制度有不合理之處，但也不能因此而把全部家庭制度根本推翻，這其實是「大背中正之道」的。比如寡婦要守節，是封建禮教造成的不近人情的規定，需要改革，但不能因此廢除貞潔的觀念，「彼以一事而攻擊宗教道德之全體，以一時形式之末，而鏟絕萬古精神之源，實屬誣同不察之極。」同時，學衡派還注意到批評家意見不同時習慣於論戰甚至謾罵，便主張文學批評

---

[107] 同前註，第 437 頁。
[108] 胡先驌：《批評家之責任》，《學衡》1922 年 3 月第 3 期。

不應如此，而要友好、中肯，有寬容精神。胡先驌曾經說過：「他人之議論，不能強以盡同於我也，我之主張，恐亦未必全是也。故他人議論之或不當也，盡可據論理以折之。目彼與我持異議者，未必全無學問，全無見解，全無道德也。即彼所論或有未當，亦無庸非笑之、謾罵之，不遺餘力也。」[109]梅光迪也認為，當今新學者「彼等不容納他人，故有上下古今，惟我獨尊之概。其論學也，未嘗平心靜氣，使反對者畢其詞，又不問反對者所持之理由，即肆行謾罵，令人難堪。」更有甚者，「移學術之攻擊，為個人之攻擊」[110]。而這種攻擊和謾罵，不僅有失文人中正、中庸的君子風度，而且敗壞了社會及學術的風氣。在吳宓他們看來，學術觀點與主張不同，是很自然的，可以平心靜氣，據理討論批評，簡單的否定或謾，罵無濟於事。彼此看法不同，不應否認對方有正確可取之處，一味的謾罵，人身攻擊，只能降低人格，應求同存異。傳統文化作為歷史範疇，也是可以批評的，但批評必須公允。儘管學衡派要求「昌明國粹，融化新知」，在五四時期以推崇傳統而站在了新文學的對立面，但仔細考察，也可以發現，雖然他們肯定文言和中國傳統文化，但他們也沒有否定白話文學的存在，只是對新文學論者完全廢止文言的行為不滿，希望能有一種公允的不偏激的文學批評，「以中正之態度為平情之議論」。

---

[109] 胡先驌：《批評家之責任》，《學衡》1922 年 3 月第 3 期。
[110] 梅光迪：《評今人提倡學術之方法》，《學衡》1922 年 3 月第 3 期。

第二章

工具理性及其合法性存在：
激進與功利

　　美國學者仁達（Douglas R.Reynolds）指出：「中國在 1898 年至 1910 年這 12 年間，思想和體制的轉化都取得令人注目的成就。但在整個過程中，如果沒有日本在每一步都作為中國的樣本和積極參與者，這些成就便無法取得。」[1]在中國社會現代轉型的過程中，我們不能否認一衣帶水的日本對中國的影響，但同時不能忘記和否認日本從 1868 年明治維新到 1945 年投降期間對中國的野蠻、殘酷的侵略和掠奪。1895 年甲午中日戰爭中北洋水師敗給了歷來被中國士大夫鄙夷的東瀛小國，這種震撼和羞辱是空前的，也使得中國士大夫群體覺醒，不再做著天朝大國的美夢，赴日留學、學習日本先進的科學技術和發展經驗，成為眾多有識之士新的選擇。張之洞在《勸學篇》序中明確提出：「明時勢，長志氣，擴見聞，增才智，非遊歷外國不為功也」，而「遊學之國，西洋不如東洋」，原因在於「一路近費省可多遣；一去華近，易考察；一東文近中文，易通曉；一西書甚繁，凡西學不切要者，東人已刪節而酌改之。中東情勢風俗相近，易仿行。事半功倍，無過於此。」[2]於是去日本留學就成為許多中國人的最佳選擇，魯

---

[1]　【美】任達：《新政革命與日本——中國，1898-1912》（李仲賢譯），江蘇人民出版社，1998 年，第 7 頁。
[2]　張之洞著：《勸學篇》，（李忠興評注），中州古籍出版社，1998 年，第 115 頁。

迅、周作人、郭沫若、郁達夫、成仿吾等正是在這一時期紛紛東渡，留學日本。應該說，留學日本和留學歐美的動機是相同的，都是希望在民族危難、國家危亡之際，出國學習先進的現代文明，為救亡圖存、振興中華找到一條捷徑。但由於置身於日本特殊的環境之中，再加上中日兩國的之間深重的民族矛盾，又深受日本人的輕視和屈辱，留日作家大都比較苦悶、焦躁和煩惱，他們更深切地感受著時代的痛苦和弱國子民的無奈和辛酸，愛國熱情、民族情感、政治情結、以及異國生活的屈辱、國內腐敗黑暗的現實糾結在一起，使得他們的思想言論一般都顯得比較強烈和激進。正如有評論者所言：「在清末民初的留日作家群體中，從陳獨秀、李大釗、錢玄同、魯迅、周作人到茅盾、郭沫若、郁達夫、田漢、張資平，大都成為了五四思想啟蒙運動的文化精英、激進主義的挑大樑人物。同時，他們大都是已從日歸國或即將從日歸來的知識份子，都是具有日本教育背景的淵博學者」，美國學者費正清認為：「在二十世紀的最初十年中，中國學生前往日本留學的活動很可能是到此為止的世界史上最大規模額學生出洋運動。它產生了民國時期中國的第一代領袖。在規模、深度和影響方面，中國學生留日運動遠遠超過了中國學生留學其他國家。」郭沫若也非常自信而豪邁地宣稱：「中國文壇大半是日本留學生建築起來的。創造社的主要作家是日本留學生，語絲派的也一樣。此外有些從歐美回來的彗星和國內奮起的新人，他們的努力和他們的建樹，總還沒有前兩派的勢力浩大，而且多是受了前兩派的影響。就因為這樣，中國的新文藝是受了日本的洗禮的。」「從這層面看，五四激進主義的人才資源和思想準備大抵發端於日本。」[3]

---

[3] 岳凱華：《五四激進主義的緣起與中國新文學的發生》，嶽麓書社，2005 年，第94-95 頁。

而「激進主義」（Radicalism）起源於英國，是與保守主義相對立而存
在的一種意識形態，「通常是指發生了重大變化的時代或社會裏以『矯枉
過正』的言行改變現存秩序任何一個領域狀況的態度（disposition）或傾
向（orientation）。」[4]它不像保守主義那樣常常對現有秩序和傳統文化具有
或多或少的維護情結，基本肯定一個共同的、現存的文化秩序和體制，反
對劇烈的社會變革；也不贊同自由主義改良和漸進和平的社會變革方式，
它的理想主義傾向常常使其對已有的傳統抱有反叛的情緒，要求從根本上
改變舊的政治制度及其思想文化道德基礎，以激進的手段完全地徹底地推
翻封建主義及專制政體，改換傳統的政治、倫理、文化秩序。一般來說，
為了徹底變革現存制度，實現預期或理想中的目標，激進主義者常常會採
取激烈的行動，甚至會訴諸暴力。其態度是激烈的、不妥協的，手段往往
是暴力的、革命的。同時，激進主義通常要求意識形態的支持。除了政治
層面上的激進、革命、反傳統、暴力、要求劇烈的社會變革以外，歷來的
激進主義和激進主義者們也大都非常重視意識形態的作用。正如有論者所
言：「文化激進主義作為一種『反智論』的實質是反對『理性知識』或『工
具理性』，而作為一種「政治文化」來說，它不僅不忽視理論或思想觀念，
反倒十分重視思想觀念的作用，具有一種將理論或學術觀念意識形態化的
傾向」。[5]在中國，五四時期陳獨秀、李大釗等正是從文化領域、借助文學
的形式，開展了轟轟烈烈的新文化運動；五四後惲代英、瞿秋白等也非常
重視發揮文學的作用，希望能夠借助文學的作用更好地為自己的政治目標
服務。

---

[4]　余英時：《中國近代思想史上的激進與保守》，李世濤主編：《知識份子立場——激
　　進與保守之間的震盪》，時代文藝出版社，2000年，第1-2頁。
[5]　俞祖華：《近代中國激進主義思潮研究述評》，《學術月刊》2005年第8期。

　　縱觀留日作家魯迅、周作人（1923 年以前）、創造社特別是後期創造社眾作家的文學創作和文學批評，可以發現，在社會動盪、救亡圖存的民族危機時刻，他們大都比較激進和功利。面對近代中國內憂外患、啟蒙與救亡的時代要求，留日作家大都強調文學的社會性和階級性，注重文學的社會功能和工具作用，功利色彩濃重，往往忽略文學自身獨特的審美價值；在文學創作上要求作家從思想上與時代保持高度一致，注重意識形態的規約和與時代緊密聯繫的「宏大敘事」的追求，宣揚盲目的樂觀情緒，追求現實主義的文學創作方法；在文學批評中以時代精神和政治意識作為文學批評的標準，對作家及作品採取非此即彼的單一的線型思維評價方式，從造成了文學批評中審美的逐漸消解，限制了文學的多元化發展。在此基礎上，留日作家在這種激進的文學觀念中往往傾向於讓內容與形式決裂，單向度地把文學的思想性帶入到社會與階級的批判中，以此使文學在與審美形式的決裂中構成了崇尚工具理性的文學觀念，並且使這種工具理性的文學觀念在他們的宣言與實踐中被證明為一種合法性（rationality）存在。

　　當然，並非所有的留日作家都是激進和功利的，他們當中也有一些例外，比如周作人從五四時期的激進的新文學先驅逐漸向個人主義回歸，最終成為崇尚自由的「隱士」，前期創造社「沒有整齊劃一的主義」，文學思想呈現多元自由發展的特點，李叔同、豐子愷、蘇曼殊、夏丏尊等更多地表現出禪宗任運隨緣、曠達超脫的色彩，對此本書將會在第三章進行論述。

第一節　從文學革命到革命文學：社會性與階級性

　　如前所述，對留日作家而言，從魯迅到郭沫若、郁達夫、成仿吾、李初梨、彭康、朱鏡我等後期創造社成員以及田漢、夏衍、歐陽予倩，他們

在文學創作和文學批評上都不同程度地表現出頗為相似的激進和功利的
文學思想，即大都認為文學不是獨立的，而是一定階級和社會生活的反
映，他們強調文學的社會性；非常重視文學的社會功能和工具作用，不太
重視或相對忽略了文學的審美特性和自身的獨立價值。

　　從早期《摩羅詩力說》中的「立人」思想到「為人生」以及後來呼籲
「民眾文藝」的無產階級文藝觀，魯迅一直非常重視文學作為啟蒙、開啟
民智和改造社會的工具作用。他曾經說過：「說到『為什麼』做小說吧，
我仍抱著十多年前的『啟蒙主義』，以為必須是『為人生』，而且要改良
這人生。我深惡先前的稱小說為『閒書』，而且將『為藝術的藝術』，看
作不過是『消閒』的新式的別號。所以我的取材，多採自病態社會的不幸
的人們中，意思是在揭出病苦，引起療救的注意。」[6]1906 年正在日本學
醫的魯迅，從幻燈片上看到日俄戰爭中充當俄國間諜的中國人，被日軍捉
住砍頭示眾，而圍觀的同胞卻麻木不仁，思想大為震動，終於明白醫學不
足以救國，「凡是愚弱的國民，即使體格如何健全，如何茁壯，也只能做
拿無意義的示眾的材料和看客」，[7]毅然棄醫從文，提倡文藝運動，原因在
於「我們的第一要著是在改變他們的精神，而善於改變精神的是，我那時
以為當然要推文藝，於是想提倡文藝運動了。」[8]顯然，魯迅當時是希望以
文藝為武器，去啟蒙國人的思想，改變國人的愚弱的精神，這也是他對文
藝最初的看法。

　　從他早年的《人之歷史》、《科學史教篇》、《文化偏至論》、《摩羅
詩力說》、《破惡聲論》等論文中，也可以看到魯迅文學思想的基本輪廓。

6　　魯迅：《我怎麼做起小說來》，《魯迅全集》第 4 卷，人民文學出版社，1981 年，第
　　512 頁。
7　　魯迅：《〈吶喊〉自序》，《魯迅論創作》，上海文藝出版社，1983 年，第 4 頁。
8　　魯迅：《〈吶喊〉自序》，《魯迅論創作》，上海文藝出版社，1983 年，第 5 頁。

在《文化偏至論》中，魯迅批判了種種重物質、非精神的偏向，提出了「掊物質而張明靈，重個人而排眾數」的思想綱領，以及「角逐列國是務，其首在立人，人立而後凡事舉」的救國主張，高揚起「啟人智而開發其性靈」的思想啟蒙旗幟；而在《摩羅詩力說》中，魯迅不僅介紹了近代西方的一些文藝流派，說明西方摩羅詩派的思想和藝術特徵，並在介紹之中提出自己對新文化、新文藝的見解。他十分讚賞摩羅詩人那種「不為順世和樂之音」、「立意在反抗，指歸在動作」、「敢於發出剛健抗拒破壞挑戰之聲」的超群拒俗、反抗傳統、昂揚奮進的個性主義的主觀戰鬥精神，並熱忱地呼喚中國出現這樣的「精神界戰士」，向傳統和世俗發起進攻，「以振邦人，以大其國」。由此可見，從啟蒙主義和愛國主義的角度出發，魯迅一開始就將文藝視為改造國民精神，達到理想「人國」的有力武器，希望文藝要能國人「獲一斑之智識，破遺傳之迷信，改良思想，補助文明」[9]，要「作至誠之聲，致吾人於善美剛健」、「作溫煦之聲，援吾人出於荒寒」，要達到「起國人之新生」的目的。此後凡三十年，他的文藝觀念的發展、演進直至主動學習馬克思主義，以及他的文藝創作實踐，始終都是與這一初衷緊密連在一起的。

五四時期，魯迅的最輝煌的業績應該是他的小說創作，即以《吶喊》和《仿徨》為代表的國民性批判系列。他曾說「我的取材，多採自病態社會的不幸的人們中，意思是在揭出病苦，引起療救的注意。」「我便將所謂上層社會的墮落和下層社會的不幸，陸續用短篇小說的形式發表出來了」，「也不免夾雜些將舊社會病根暴露出來，催人留心，設法加以療治的希望」，[10]甚至更明確地提出他那時的創作是「遵命文學」，遵奉的「是

---

[9]　魯迅：《月界旅行·辨言》，《魯迅論創作》，上海文藝出版社，1983 年，第 340 頁。
[10]　魯迅：《集外集拾遺·英譯本〈短篇小說選集〉自序》，《魯迅全集》第 7 卷，人民文學出版社，1981 年，第 389 頁。

那時革命的前驅者的命令，也是我自己所願意遵奉的命令」，「……所以不免吶喊幾聲，聊以慰藉那在寂寞裏賓士的猛士，使他們不憚於前驅。」[11]可見，即便是小說創作，他也是有意識地為改造社會服務，而不認為文藝是無目的的。他認為文藝「必須是『為人生』，而且要改良這人生」的。文藝不可能脫離社會、脫離時代。在這些小說中，他對傳統的專制主義和禮教的「吃人」本質的揭露，對阿Q式的精神和各個層面上的人們的嘴臉和靈魂的高度形象化和尖銳無情的鞭笞，對傳統文化的激烈的甚至是「過激」的攻擊，都是這種「為人生」、「改造人生」的思想的直接的產物。可以說，從《摩羅詩力說》時期的「立人」到後來的「為人生」，魯迅改造國民性的文藝思想從空洞的觀念和呼喊進入了實際的行動階段，他通過小說、雜感等文藝創作，對「吃人的」、造就出愚弱國民的封建傳統文化，進行徹底的全面的攻擊和不妥協的批判，在中國現代文學史上創下了偉大的戰鬥「實績」。

從 1925 年起，隨著革命運動的興起，再加上陸續接觸了一些馬克思主義的思想和書籍，魯迅思想上開始孕育著一個新的飛躍。1927 年底，為了應對創造社諸人開始的「革命文學」論爭，魯迅大量搜購、學習以普列漢諾夫等人為代表的馬克思主義文學理論，翻譯了《藝術論》並在譯介的過程中有選擇地接受了他的思想。在後來的 1932 年，魯迅在《三閑集・序言》中還說道：「有一件事要感謝創造社的，是他們『擠』我看了幾種科學的文藝論，並且因此譯了一本蒲力汗諾夫的《藝術論》，以救正我——還因我而及別人——的只信進化論的偏頗。」[12]在接受了普列漢諾夫等人文藝思想的基礎上，魯迅對文藝與政治、文藝與宣傳、文藝的階級性

---

[11]　魯迅：《吶喊・自序》，《魯迅論創作》，上海文藝出版社，1983 年，第 7 頁。
[12]　魯迅：《南腔北調集・自選集自序》，《魯迅全集》第 4 卷，人民文學出版社，1981年，第 6 頁。

有了新的看法。首先魯迅認為「文學起源於勞動」，為此，特別強調文學與社會的關係，「我認為文藝大概由於現在的生活的感受，親身所感到的，便影印到文藝中去」，[13]「文藝是國民精神所發的火光，同時也是引導國民精神的前途的燈光」[14]，「文藝與社會之關係，先是他敏感的描寫社會，倘有力，便又一轉而影響社會，使有變革。這正如芝麻油原從芝麻打出，取以浸芝麻，就使它更油一樣。」[15]其次，魯迅肯定文學和政治有著不可割裂的千絲萬縷的聯繫，在《魏晉風度及文章與藥及酒的關係》一文中，他曾說到：「即使是從前的人，那詩文完全超於政治的所謂『田園詩人』，『山林詩人』，是沒有的。完全超出於人世間的，也是沒有的。既然是超出於世，則當然連詩文也沒有。詩文也是人事，既有詩，就可以知道於世事未能忘情。」[16]對於「有一派講文藝的，主張離開人生，講些月呀花呀鳥呀的話，或者專講『夢』，專講些將來的社會，不要講得太近」，魯迅一針見血地道出：「雖然他們是躲在『象牙之塔』裏，可惜這『象牙之塔』還是安放在人間，因此，「就不免還要受政治的壓迫」「各種文學，都是應環境而產生的」，「政治先行，文藝後變」；社會停滯著，文藝決不能獨自飛躍」。魯迅從根本上還是認為文藝和現實社會、和政治是息息相關的。

　　魯迅認為文學是有階級性的，但是「都帶」，而非「只有」。所以他不相信那些「住洋房，喝咖啡，卻道『唯我把握住了無產階級意識，所以我是真的無產者』的革命文學者」。[17]1930 年 1 月，在與梁實秋的論爭中，魯迅毫不含糊地說：「文學有階級性，在階級社會中，文學家雖自以為『自

---

[13] 魯迅：《文藝與政治的歧途》，《魯迅論文藝》，湖北人民出版社，1979 年，第 239 頁。
[14] 魯迅：《論睜了眼看》，《魯迅論創作》，上海文藝出版社，1983 年，第 526 頁。
[15] 魯迅：《致徐懋庸》，《魯迅全集》第 12 卷，人民文學出版社，1981 年，第 302 頁。
[16] 魯迅：《魏晉風度及文章與藥及酒的關係》，上海文藝出版社，1983 年，第 317 頁。
[17] 魯迅：《三閒集·文學的階級性》，《魯迅全集》第 4 卷，人民文學出版社，1981 年，第 6 頁。

由』，自以為超了階級，而無意識底地，也終受本階級的階級意識所支配」[18]，
並強調「文學不借人，也無以表示『性』，一用人，而且還在階級社會裏，
即斷不能免掉所屬的階級性，無需加以『束縛』，實乃出於必然。」[19]魯迅
認為在階級社會中，人處於一定的社會關係中，處在一定時代地位和階級
地位中，他們的思想情感就留下時代的階級的印痕，人的社會屬性的根本
內容就表現為人的階級性。因此，不可能有超階級的文學藝術家，也不可
能有超階級的藝術。對超階級、超功利藝術觀的批判，魯迅在與「自由人」、
「第三種人」的論爭中，也發揮得十分精彩。他指出，在現實世界中，階
級的利害關係是客觀存在的，而第三種人卻偏偏要鼓動「為藝術而藝術」，
這純粹是一種欺騙。他說：「不問哪一階級的作家，都有一個『自己』，這
『自己』，就都是他本階級的一分子，忠實於他自己的藝術的人，也就是
忠實於他本階級的作者。在資產階級如此，在無產階級也如此」，並且進
一步批判道：「生在有階級的社會裏而要做超階級的作家，生在戰鬥的時
代而要離開戰鬥而獨立，生在現在而要做給與將來的作品，這樣的人，實
在也是一個心造的幻影，在現實世界上是沒有的。」魯迅揭露他們標榜超
階級、超時代，但實際上「一定超不了階級的」的本質，而他們「作品裏
又豈能擺脫階級的利害」。在 1928 年，魯迅甚至開始明確提出「民眾文學」
的口號，希望建立反映人民大眾生活、思想和願望的「第四階級」的文學。
認為無產階級文學「是屬於革命的廣大勞苦群眾的」、「是革命的勞苦大
眾的文學」。

---

[18]　魯迅：《二心集·「硬譯」與「文學的階級性」》，《魯迅全集》第 4 卷，人民文學出
　　　版社，1981 年，第 205 頁。
[19]　魯迅：《二心集·「硬譯」與「文學的階級性」》，《魯迅全集》第 4 卷，人民文學出
　　　版社，1981 年，第 204 頁。

　　由此可見，無論是「摩羅時代」的熱忱地呼喚著中國出現「立意在反抗，指歸在動作」的「精神界戰士」，還是後來以「為人生」為目的的進行文學創作、翻譯《藝術論》等著作、主動學習馬克思主義、提倡「民眾文學」，都可以發現，對於文學，魯迅一直都是比較看重它的社會功能的，希望它能開啟民智、改造社會。他也始終認為文學與社會、文學與政治都有著千絲萬縷的聯繫，他與梁實秋、創造社、太陽社、第三種人的論戰也都顯示出他對於帶有「功利」色彩的文藝觀的維護。他甚至提出過「文學是戰鬥」的口號，在評價葉紫的《豐收》時說「這就是作者已經盡了當前的任務，也是對於壓迫者的答復文學是戰鬥的」，這也可以看做是魯迅對革命文學質的規定。

　　在留日作家中，對於文學的看法，除了魯迅、郭沫若、郁達夫、成仿吾和後期創造社成員李初梨、朱鏡我、彭康以及田漢、夏衍、歐陽予倩等都表現出了大致相同的激進和功利的觀點。郭沫若、郁達夫、成仿吾是創造社的「三員大將」，如果說他們早期的文學思想因注重主觀抒情、強調藝術特性而更多帶有浪漫主義的特點，如郭沫若曾一再強調「詩的本職專在抒情」[20]、「詩一定是我們心中的詩境界詩意底純真的表現」[21]、「文藝是迫於內心要求之所表現」[22]，郁達夫也承認「文藝是天才的創造物」[23]、「文學作品，都是作家的自序傳」、「作家要尊重自己一己的體驗」，成仿吾也認為：「文學始終是以情感為生命的，情感便是它的始終」[24]、「如果我們把內心的要求作一切文學上創造的原動力，那麼藝術與人生兩方都不能干

---

[20]　郭沫若：《致宗白華》，1920 年 2 月 16 日，《時事新報・學燈》1920 年 2 月 24 日。
[21]　郭沫若：《致宗白華》，1920 年 1 月 18 日，《時事新報・學燈》1920 年 2 月 1 日。
[22]　郭沫若：《批判意門湖譯本及其他》，《創造》季刊 1922 年第 1 卷第 2 期。
[23]　郁達夫：《藝文私見》，《創造季刊》1922 年 3 月 15 日。
[24]　成仿吾：《詩之防禦戰》，《創造週報》1923 年 5 月第 1 號。

涉我們，而我們的創作便可以不至為它們的奴隸」[25]；那麼從中後期開始，他們則逐漸從早期的浪漫走向了「激進」，從文學革命走向了革命文學。1924 年郭沫若再次東渡日本福岡，在翻譯日本早期馬克思主義經濟學家河上肇的《社會組織與社會革命》一書時，系統閱讀馬克思主義著作，思想逐步由民主主義「初步轉向馬克思主義方面來了」。[26]他不僅深信「馬克思主義在我們所處的這個時代是唯一的寶筏」，而且「對於文藝的見解也全盤變了」。[27]1926 年 3、4 月間，郭沫若相繼寫作和發表了《文藝家的覺悟》與《革命與文學》，並在這兩篇文章中正式提出和倡導革命文學。他認為中國革命正處於「宣傳的時期」，而「文藝是宣傳的利器」，也是革命時期用以動員群眾的最好的武器。對於文學與社會、與時代的關係，他說「文學是社會上的一種產物」，文學必然要受到時代和環境的制約，因此，「一個時代便有一個時代的文藝」；什麼是今天的革命文學？他認為今天歐洲已經達到第四階級對第三階級的資產者進行鬥爭的時代，因此今天的革命文學就是「表同情於無產階級的社會主義的寫實主義的文學」，「在形式上是寫實主義的，在內容上是社會主義的」。在談到革命文學的內容時，他認為文藝要反映時代、反應時代精神、「革命文學倒不一定要描寫革命，讚揚革命」，但「無產階級的理想要望革命文學家點醒出來，無產階級的苦悶要望革命文學家寫出來」。在談到怎樣建設中國自己的革命文學和革命文學家的態度時，他強調要創造真正符合世界潮流的革命文學，號召青年文藝家「趕快把時代的精神提著」，「替我們全體的民眾打算」，「應該到兵間去，民間去，工廠間去，革命的漩渦中去」；[28]還認為「文藝應該為人

25　成仿吾：《新文學的使命》，《創造週報》1923 年 5 月第 2 號。
26　郭沫若：《郭沫若同志知答青年問》，《文學知識》1959 年 6 月號。
27　郭沫若：《孤鴻》，1924 年 8 月 9 日，《創造月刊》1926 年 4 月第 1 卷第 2 期。
28　郭沫若：《革命與文學》，《郭沫若論創作》，上海文藝出版社，1983 年，第 38 頁。

民服務，當前的文藝應該為人民解放的革命行動服務，因此，當前的文藝
教育也就是教人怎樣把文藝作為革命的武器，並怎樣運用這武器來武裝自
己和人民，以完成人民解放的神聖使命」、「意識第一，題材第二。要使人
瞭解要點不在寫怎樣的題材，而在怎麼樣處理各種題材。」[29]與此同時，
郭沫若的倡導和號召，也得到了中期創造社同仁的紛紛相應和支持。成仿
吾在《今後的覺悟》、《革命文學與他的永遠性》、《完成我們的文學革命》、
《達到低級的趣味》、《文學革命與趣味》、《文學家與個人主義》等論文中
號召文藝家要看清時代的變化和要求，以「五卅事變」「做一個起點，劃一
個新紀元」[30]，既然「文藝為第三戰線的主力」，「文藝在人類社會素來有一
種偉大的勢力」[31]，文藝家就應該「忠於文藝，抱著以文藝聯繫全人類的信
仰」，作一個「同感於全人類的真摯的感情而為他們的忠實的歌者」[32]。郁
達夫不僅在《創造月刊》創刊號的《卷頭語》中發表聲明：「消極的就想以
我們無力的同情，來安慰安慰那些政治的慘敗的人生的戰士，積極的就想
以我們微弱的呼聲，來促進改革這不合理的目下的社會的組成」，[33]還發表
了《無產階級專政和無產階級的文學》、《〈鴨綠江上〉讀後感》等文章來
聲援倡導無產階級革命文學，一改初期尊奉的浪漫主義精神，而強調：「文
學是人生的表現，應當將人生的各方面全部表現出來」，並在《農民文藝
的提倡》一文中希望「從事於文藝創作的諸君」，「在革命運動吃緊的現在，
在農民運動開始的現在」，應努力創造些「生氣勃勃的帶泥土氣的」「偉大
的好的農民文藝出來」，這是「泥土的文藝，大地的文藝」。

29　郭沫若：《當前的文藝教育——紀念生活教育社二十一周年》，《郭沫若論創作》，上
　　海文藝出版社，1983 年，第 104 頁。
30　成仿吾：《今後的覺悟》，《洪水》1925 年 10 月 16 日第 1 卷第 3 期。
31　成仿吾：《今後的覺悟》，《洪水》1925 年 10 月 16 日第 1 卷第 3 期。
32　成仿吾：《文藝戰的認識》，《洪水》1927 年 3 月 1 日第 3 卷第 28 期。
33　郁達夫：《創造月刊卷首語》，載《創造月刊》第 1 卷第 1 期。

　　如果說以郭沫若、郁達夫、成仿吾為代表的創造社成員在這一時期在大都放棄了早期的浪漫抒情，從個人的吟唱走向了革命走向了人們大眾，從文學革命走向革命文學，那麼後期創造社「新銳鬥士」李初梨、朱鏡我、彭康等從日本歸來，創刊《文化批判》，以馬克思主義和唯物辯證論為理論指導，以更加激進的態度批判否定五四新文學傳統，全力提倡無產階級文學運動，並於1928年在中國掀起了聲勢浩大「革命文學」論爭。在《怎樣地建設革命文學》、《對於所謂「小資產階級革命文學」底抬頭，普羅列塔利亞文學應該怎樣防衛自己？──文學運動底新階段》、《五四運動與今後的文化運動》、《革命文藝與大眾文藝》等論文中，他們對無產階級文學的定義、功能、價值、作家、批評等作出了新的評判。關於什麼是文學的本質和使命？他們反對資產階級的人性論的觀點，他們認為和其他意識形態一樣，文學具有極強的實踐性和階級性。「實踐性是文藝的一般的性質，但還有一個更重要的要素，即革命文藝的階級性」[34]；「文學，與其說它是自我的表現，毋寧說他是生活意志的要求。文學，與其他是社會生活的表現，毋寧說他是反映階級的實踐的意欲。」，「一切的作品，有它的意志要求；一切的文學，有他的階級背景」，「文學，是生活意志的表現。文學，有他的社會根據──階級的背景。文學，有它的組織機構──一個階級的武器」。[35]關於什麼是無產階級文學？他們認為：「革命文學，不要誰的主張，更不是誰的獨斷，由歷史的內在的發展──聯絡，它應當而且必然是無產階級文學」，「無產階級文學是：為完成他的主體階級的歷史的使命，不是以觀照的──表現的態度，而是以無產階級的階級意識，產生出來的

---

[34] 彭康：《革命文藝與大眾文藝》，《創作月刊》第2卷第4期。
[35] 李初梨：《怎樣地建設革命文學》，《創造社叢書──文藝理論卷》，學苑出版社，第228-231頁。

一種的鬥爭的文學。」[36]關於無產階級文藝與政治的關係，他們認為無產階級「始終是無條件底革命階級，它為獲得一切起見，最初底工作，就在獲得政治」。因此，「藝術運動，在普羅列塔利亞特底鬥爭中是必要的，但卻是副辭的工作。我們的主要目標，卻不可以當作在建設普羅列塔利亞特文化看。」它「應當與政治合流──即是應當作為政治運動底補助。」所以，他們呼喚「為革命而文學」的真正的無產階級的作家，採用「普羅列塔利亞寫實主義」的方法，創作出適應「無產階級文藝的讀者對象」要求的無產階級文學，以文學作為階級鬥爭的武器「機關槍，迫擊炮」，更好地為革命鬥爭服務。

由此可見，對於文學，以郭沫若、郁達夫、成仿吾、李初梨、彭康、朱鏡我等為代表的創造社成員在這一時期也改變了傳統的一貫的看法，他們賦予文學新的含義和功能。不僅認識到了文學與時代、文學與革命、文學與宣傳關係，而且要求文藝反映時代精神、文藝應該成為主力、文藝家應該到「應該到兵間去，民間去，工廠間去，革命的漩渦中去」，創造真正符合潮流的革命文學和無產階級文學。特別是積極倡導革命文學的李初梨、彭康、朱鏡我等，氣勢磅礴地批判、清算魯迅、茅盾等，大力倡導無產階級革命文學，以階級的、革命的觀念來審視一切現存的和過去的文學，深入發掘文學在思想內容上的諸種社會價值；注重文學的階級性，從「一切文學都是宣傳」出發，特別強調文學為政治服務的功能，把階級性、政治性凸顯到至關重要的地位，並使之成為文學創作、文學批評的標準，還以此界定的中國無產階級文藝觀，劃分作家隊伍、進行歷史評判等。

1920 年田漢在給郭沫若的信中，曾這樣設計自己的未來：「我此後的生涯，或者屬於多方面，但不出文藝批評家、劇曲家、畫家、詩人，我除

---

[36] 同前註，第 235 頁。

熱心做文藝批評家外，第一熱心做 Dramatist（戲劇家——引者）。我嘗自署 Abudding Ibsenin China（一個在中國初露頭角的易卜生——引者），可就曉得我如何僭妄了。」[37] 顯然，當時 22 歲的田漢已經將文藝創作作為了自己終生奮鬥的目標，並希望能做中國的易卜生，通過藝術表達自己對現實人生的憤慨和關注。他還談到：「我們做藝術家的，一方面應把人生的黑暗面暴露出來，排斥世間一切虛偽，立定人生的基本。一方面更當引人入於一種藝術的境界，使生活藝術（Artification），即把人生美（Beautify），使人家忘記現實生活的苦痛，而入於一種陶醉怡悅渾然一致之境，才算能盡其事。」[38] 這些話可以看作是田漢早期藝術觀的自述，也是田漢早期劇作實踐的創作原則。作為中國現代著名的劇作家、戲劇理論家和電影家，田漢也曾於 1916-1922 年留學日本，由於深受歌德、席勒、莎士比亞、托爾斯泰、拜倫、雪萊和王爾德、愛倫坡、波特賴爾等現代派作家的影響，他前期文學思想和劇作更多地「表示青春期地感傷，小資產階級青年地彷徨與留戀，和這時代青年所共有地對於腐敗現狀地漸趨明確地反抗」，[39] 文學思想明顯地呈現出「兩元」的傾向，「即在社會運動方面很願意為第四階級而戰，在藝術方面卻仍保持著多量的藝術至上主義」。[40] 既想以文藝為武器為第四階級吶喊，又很難放棄藝術的獨立美與審美特性。既對藝術具有宗教般的狂熱追求，又執著於現實人生，企望通過藝術改造現實、美化人生。他前期的劇作《環珴璘與薔薇》、《咖啡店的一夜》、《獲虎之夜》、《名優之死》都充滿著二元對立的矛盾衝突，既有唯美、感傷、頹廢的情緒，又有激進的思想、明確的反抗和執著的追求。

---

[37] 田漢：《致郭沫若的信》〔1920 年 3 月 29 日〕，《田漢全集》第 14 卷，第 136 頁。
[38] 田漢：《致郭沫若的信》〔1920 年 3 月 29 日〕，《田漢全集》第 14 卷，第 150 頁。
[39] 田漢：《我們的自己批判》，《田漢論創作》，上海文藝出版社，1983 年，第 9 頁。
[40] 同前註，第 8 頁。

　　20 世紀 30 年代，隨著革命形勢的發展，左翼文學運動的興起，作為劇作家的強烈的使命感使田漢認識到時代對戲劇的要求，田漢開始對以前作品中的些「傷感頹廢」色彩進行反思，並逐漸深化其作品中的現實主義成分。田漢在 1930 年寫下《我們的自己批判》一文，明確表示其思想的「轉向」，藝術風格和作品風格也隨之發生變化。在這篇文章中，田漢對南國時期的藝術創作道路以及思想軌跡，進行了細緻的描述，並檢討了此時期內自己文藝思想中所存在的藝術至上、唯美主義的觀點，把它當成了小資產階級的藝術趣味加以摒棄。田漢認為：「我們的劇本除了略略可以聽見民眾之聲的《火之跳舞》與《第五號病室》外，所謂的悠永的、神秘的《古潭的聲音》。依舊有充滿著詩，充滿著淚的感傷情調的《南歸》。這真難怪人家要這樣說了」，「我的戲劇上的作風也正和我批評徐悲鴻先生美術上的作風一樣，只顧清高，溫柔，優美，不知不覺同民眾的要求背馳了。」[41]凡此種種皆表明田漢的藝術理想與其藝術實踐並不相符。這種狀況一方面促其反思，使其痛苦，另一方面也促其轉向，力爭突圍。在文章的結尾，他又得出結論說：「十年以來南國運動就運動的意義說，前此的文學運動，電影運動，乃至戲劇運動，在創作者與賞鑒者兩方面意識都是很不明確的。跟著階級鬥爭的激烈化與社會意識之進展，賞鑒者非從你的文學、電影、戲劇乃至美術，音樂中看出作者的世界觀和他們自己的真的姿態不可，於創作者方面也自然非丟棄其朦朧的態度斬截地認識自己是代表那一階級的利益不可了。」又說「真正優秀的作家們還得以卓識熱情領導時代向光明的路上去。但過去的南國熱情多於卓識，浪漫的傾向強於理性，想從地底下放出新興階級的光明而被小資產階級的感傷的頹廢的霧籠罩得太深了。因此我們的運動受著阻礙，有時甚至陷入歧途。此後的南國經仔

---

[41]　田漢：《我們的自己批判》，《田漢論創作》，上海文藝出版社，1983 年，第 71 頁。

細的清算與不斷的自己批判，將以一定的意識目的從事藝術之創作與傳播，以冀獲一定的必然的效果。」[42]此後，他的創作思想開始轉變，逐漸擺脫了早期的唯美主義，浪漫主義、感傷主義的情調和色彩，開始意識到文學的階級性，堅決地朝著人民大眾的革命戲劇運動方向前進。在當時全國抗日浪潮的推動和中國共產黨的指導下，田漢一方面積極組織進步文化人士投身革命文藝運動，另一方面，以極大的革命熱創作了大批優秀劇目，如話劇《梅雨》、《姐妹》、《亂鍾》、《戰友》、《暴風雨中的七個女性》歌劇《揚子江的暴風雨》等，以鮮明的革命立場和強烈的愛國主義精神鼓舞人民進行革命鬥爭，他也曾被視為左翼戲劇運動的傑出代表。解放後田漢還自我總結道：「在解放前我寫的話劇，大抵是結合當時的政治運動的。我們得通過戲劇去做宣傳工作，去喚起人民的覺醒，鼓吹人民起來抗日救國和推翻國民黨的腐敗政權，這是一次緊迫的任務，慢條斯理是不行的。我們的劇本不能『藏之名山，傳之其人』，而是等米下鍋，等柴發火。」[43]再次重申了他後期配合政治運動，以戲劇為工具做宣傳的思想。

　　雖然同為劇作家，夏衍與田漢早期的「唯美」後期的「轉向」明顯不同，他一開始就是一位極富現實感、時代使命感的左翼作家。從早期翻譯對革命有益俄國進步文藝作品和文藝理論到 1930 年以「非作家」的身份加入左聯，從提倡普羅戲劇到打入電影界，從辦報紙到提倡並實踐報告文學，他始終把他的種種活動與革命聯繫在一切，戲劇、電影創作對他來說都只是宣傳的手段，是革命的一個環節。正如他自己後來回顧總結時所說：「我學寫戲，完全是『票友性質』，主要是為了宣傳，和在那種政治環境下表達一點自己對政治的看法。寫《賽金花》，是為了罵國民黨的媚外求和，寫《秋瑾傳》，也不

---

[42]　田漢：《我們的自己批判》，《田漢論創作》，上海文藝出版社，1983 年，第 89-90 頁。
[43]　田漢：《答〈小劇本〉讀者問》，《田漢全集》第 16 卷，第 414 頁。

過是所謂「憂時憤世」。因此。我並沒有認真地用嚴謹的現實主義去寫作。許多地方興之所至，就不免有些『曲筆』和遊戲之作。」[44]他也曾經毫不避諱地直陳過：「我對電影是外行，只因當時為了革命，為了搞左翼文化運動，為了要讓一些新文藝工作者打進電影界去，運用電影來為鬥爭服務，才逼著我們去學習一些業務，去摸索和探求。我們不是『為電影而電影，我們搞電影有一個鮮明的目的性。』」[45]由於深受馬克思主義和日本無產階級文藝思潮的影響，夏衍不僅時刻不忘時代、不忘革命、不忘政治，而且過分強調文藝的工具作用，認為文藝應當服從於無產階級爭取階級解放的使命。他曾不止一次地強調認為文藝應當服務於人民大眾，「必須遵循列寧關於「藝術應該為著民眾，為著幾百萬勤勞的人們」[46]、「藝術應該最大限度地和大眾親近，使他們瞭解，使他們歡喜……使他們振作起來」[47]的思想；認為「不能使大眾理解，不能使大眾愛好的，決不是大眾的文學，決不是普羅列塔利亞自身的文學」[48]在《文學運動的幾個重要問題》一文中，他明確提出，無產階級文學「是組織和動員勞苦群眾使他們走上解放戰線的武器。所以文學運動的最大目標，應該是擔當和普羅列塔利亞的目前政治主張相配合的藝術領域的任務」。因此，「階級鬥爭應該是我們一切作品中最基本的主題」[49]。而文藝作品藝術價值的大小，也應根據它對於解放運動所及的實際效果來評定，文藝作品不僅要暴露黑暗，反映被壓迫者的痛苦、還應當根據作者對社會的理解而給讀者「一個正當的路標」，以「興奮大眾的心靈，鼓勵大眾的勇氣」，[50]為光明的前途而奮鬥。

---

[44] 《夏衍戲劇研究資料》（上），中國戲劇出版社，1980 年，第 20 頁。
[45] 轉引自：會林，紹武：《夏衍電影藝術與理論》，《文藝研究》2000 年第 6 期。
[46] 《伊里幾的藝術觀》，沈端先譯，載 1930 年 2 月《拓荒者》第 1 卷第 2 期。
[47] 《文學運動的幾個重要問題》，沈端先作，載 1930 年 2 月《拓荒者》第 1 卷第 3 期。
[48] 《所謂「大眾化」問題》，沈端先譯，載 1930 年 3 月《大眾文藝》第 2 卷第 2 期。
[49] 沈瑞先：《創作月評》，載 1932 年 7 月《北斗》第 2 卷第 3、4 期合刊。
[50] 沈端先：《一九二九年日本文壇》，載 1930 年 3 月《大眾文藝》第 2 卷第 3 期。

　　除此之外，在夏衍看來，文藝始終應該作為「武器」，配合革命和政治的行動，為政治服務，組織、動員、鼓勵、呼籲勞苦群眾走上戰爭的前線。作為著名的劇作家，幾乎他所有的抗戰劇作都具有十分明確的創作動機。他之所以要創作這些戲劇作品，都不是無病呻吟，或是偶然為之，而是有特定的目的和明確的主題，他想要通過作品表達他的某種情感以及他對社會的某種見解，因而具有強烈的現實針對性。寫作《一年間》是因為「寫這個這個劇本的時候……正值徐州失守，敵人以全力進攻武漢，而突破了週邊重鎮田家鎮的時候……加上國內若干對抗戰沒有信心的人，還在鬼祟地準備投降，陸續地放出了各種各樣的悲觀和沮喪的空氣」，而且「在那時候，我想提高抗戰必勝信心，摒棄悲觀主義，和從社會任何一角的現實事象，來描寫舊時代的變質和沒落，新時代的誕生和生長，應該是藝術工作者當前的主題。」[51]寫《心防》，是因為當時上海的劇作者「已經毫不遮掩地呈現了我們自己朋輩裏面的最醜惡的一面，」而對於那些在上海那個那種特殊環境下辛勞掙扎著的朋友們，「我們的創作年代上還替他留下了一大片的虛空，」於是「我不自量力地擔負了這個填補空白的分工，我想說『還有這樣的一面，還有這樣的一面！」[52]寫《法西斯細菌》是因為「從北平，從上海，從香港，也許可以從更多更多的地方，許多善良的、真純地相信著醫術之超然性的醫師們，都被日本法西斯強盜從科學的宮殿驅逐到戰亂的現實中來了」，於是，他確信著他所做的結論：「法西斯與科學不兩立」並「希望這拙劣的習作，對真誠地獻身於以人類幸福為目的的

---

[51]　夏衍：《關於〈一年間〉》，《夏衍戲劇研究資料》（上），中國戲劇出版社，1980年，第29頁。

[52]　夏衍：《〈心防〉後記》，《夏衍戲劇研究資料》（上），中國戲劇出版社，1980年，第32-33頁

醫學學徒們，能夠提供一些人生路途上的參考。」[53]由此可見，夏衍的抗戰劇作不是為藝術而創作，而是為時代而創作，是抗日戰爭這一特定的時代的產物。他是一位有著相當強烈的使命感的作家。正如有評論者所言：「他的每一部作品都是『有所為而為之』的，對時局、對政治的介入成了他創作戲劇的原動力。」[54]

夏衍對於自己的文學思想和文學創作也有非常清醒的認識，在 1982 年上海文藝出版社出版的《夏衍論創作》的《自序》中，他總結自己多年的文學創作時還說：「從抗日戰爭前後起，我寫了一些不合格的劇本和相當數量的雜文隨筆，現在看來，我寫的東西大部分是為配合政治，為政治服務的。文藝為政治服務這個口號，經過多年的實踐檢驗，證明了它不僅很不完善，而且很明顯地帶有左傾思潮的烙印。」縱觀夏衍的文學生涯，可以發現，無論是文學思想還是文學創作，夏衍都一直遵從文藝為政治服務的觀點，儘管那也只是他作為左翼文學家在特定時代為了革命戰爭的需要而作出的反應，但也明顯地帶有功利的色彩。

第二節　藝術與革命：從象牙塔走向人民大眾

如前所述，留日作家在對文學的本質和功能判斷上大都是比較激進和功利的，他們傾向於從社會現實需要的角度思考文學，在有意或無意之間疏遠了對文學的審美和表現特性的把握；他們認為文學源於生活，是一定時代、環境的反映和產物，在特殊的年代，他們希望把文學作為政治運動

---

[53] 夏衍：《老鼠？蝨子與歷史》，《夏衍戲劇研究資料》（上），中國戲劇出版社，1980 年，第 43 頁。
[54] 王韜：《淺談夏衍戲劇的藝術追求》，《劇影月報》，1995 年第 9 期，第 7 頁。

和社會變革的一種宣傳工具和鬥爭的武器，比較注重文學的社會價值。他
們期待能有符合要求、最好是革命家的作家，根據現實社會變革和鬥爭的
要求，創作出喚起人們大眾為革命鬥爭服務的「宣傳的」或「功利的」文
學作品。在此基礎上，他們對作家、創作題材、創作對象、創作方法等都
提出了一定的要求，但也因過於強調與意識形態的認同和一致性而不可避
免地帶有激進主義的色彩。

一、關於作家

魯迅認為「文藝是國民精神所發的火光，同時也是引導國民精神的前途的
燈火」，[55]「文學是戰鬥的」，[56]「對於現在中國，現在也還是戰鬥的作品更重
要」[57]，從注重文學的社會性出發，他希望作家或文人也能夠從現實出發，不
要再一味的躲在象牙之塔裡面，「講些月呀花呀鳥呀的話」，而應該有「熱烈的
憎恨」。他說「至於文人，則不但要以熱烈的憎，向『死的說教者』抗戰。在
現在這「可憐」的時代，能殺才能生，能憎才能在，能生與愛，才能文。」[58]「作
者的任務，是對於有害的事物，立刻給以反響獲抗爭，是感應的神經，是攻守
的手足。潛心於他的鴻篇巨製，為未來的文化設想，固然是很好的，但為現在
抗爭，卻也正是為現在和未來的戰鬥的作者，因為是掉了現在，也就沒有
了未來。」[59]對於革命時代的文學和作家，他認為「為革命起見，要有『革

55 魯迅：《墳·論睜了眼看》，《魯迅論創作》，上海文藝出版社，1983 年，第 526 頁。
56 魯迅：《且介亭雜文二集·葉紫作〈豐收〉序》，《魯迅論創作》，上海文藝出版社，1983 年，第 203 頁。
57 魯迅：《且介亭雜文·答國際文學社問》，《魯迅論創作》，上海文藝出版社，1983 年，第 186 頁。
58 魯迅：《且介亭雜文二集·七論「文人相輕」——兩傷》，《魯迅全集》第 6 卷，人民文學出版社，1981 年，第 405 頁。
59 魯迅：《且介亭雜文·序言》，《魯迅全集》第 6 卷，人民文學出版社，1981 年，第 3 頁。

命人』,『革命文學』倒無須著急,革命人做出東西來,才是革命文學」,[60]
「我以為根本問題是在作者可是一個『革命人』,倘是的,則無論寫的是
什麼事件,用的是什麼材料,即都是『革命文學』。從噴泉裏出來的都是
水,從血管裏出來的都是血。」「賦得革命,五言八韻,是只能騙騙盲試
官的。[61]在《致蕭軍》一信中,他也強調「不必問現在要什麼,只要問自
己能做什麼。現在需要的是鬥爭的文學,如果作者是一個鬥爭者,那麼,
無論他寫什麼麼,寫出來的東西一定是鬥爭的。就是寫咖啡館跳舞場罷,
少爺們和革命者的作品,也決不會一樣。」[62]在戰爭的年代,他進一步強
調說:「……戰鬥的作者應該注重「論爭」;倘在詩人,則因為情不可遏而
憤怒,而笑罵,自然也無不可。但必須止於嘲笑,止於熱罵,而且要「喜
笑怒罵,皆成文章」,使敵人因此受傷或致死,而自己並無卑劣的行為,
觀者也不以為污穢,這才是戰鬥的作者的本領。」[63]

郭沫若也曾棄醫從文,他在《我怎樣開始了文藝生活》一文中追述自
己棄醫從文的原因:「這個時代覺醒促進了我自覺的覺醒,而同時也把我
從苦悶中解救了。從前我看不起文藝的,經這一覺醒,我認為文藝正是摧
毀封建思想,抗拒帝國主義的犀利的武器,它對於時代的革新,國家的獨
立,人民的解放,和真正的科學技術等具有同樣不可缺乏的功能。因此,
我可以心安理得地放棄我無法精進地醫學而委身於文藝活動了。」[64]與魯

---

[60] 魯迅:《而已集‧革命時代的文學》,《魯迅全集》第 6 卷,人民文學出版社,1981
      年,第 418 頁。
[61] 魯迅:《而已集‧革命文學》,《魯迅全集》第 6 卷,人民文學出版社,1981 年,第
      544 頁。
[62] 魯迅:《致蕭軍》,《魯迅全集》第 12 卷,人民文學出版社,1981 年,第 531 頁。
[63] 魯迅:《南腔北調集‧辱罵和恐嚇決不是戰鬥》,《魯迅全集》第 6 卷,人民文學出
      版社,1981 年,第 453 頁。
[64] 郭沫若:《我怎樣開始了文藝生活》,《郭沫若論創作》,上海文藝出版社,1983 年,
      第 153 頁。

迅一樣，他也有利用文藝開啟民智、摧毀封建思想、救亡救國的功利目的。
1926 年春他又相繼發表《文藝家的覺悟》和《革命與文學》，開始倡導「革
命文學」。他曾明確表示「文學是社會上的一種產物」「文藝是生活的反
映」，革命文學則是「特定歷史環境下的產物」，是「過渡的現象」。文
藝應是「宣傳的利器」，因此他非常注重文藝家的使命感，指出處在「社
會思想磅礴的時代」，文藝家「應該把時代的精神和自己的態度拿穩」；
他在 1923 年所作的《藝術家與革命家》一文中說：「我在此還要大膽說一
句：一切真正的革命運動都是藝術運動，一切熱誠的實行家是純真的藝術
家，一切志在改革社會的熱城的藝術家也便是純真的革命家。」「我們是
革命家，同時也是藝術家。我們要做自己的藝術的殉教免同時也正是人類
社會的改造者。」[65]並且呼籲「青年，青年，我們現在所處的環境是這樣的，
時代是這樣，你們不為文學家則已，你們既要矢志為文學家，那你們趕快
要把神經的弦索扣緊起來，趕快把時代的精神抓著，我希望你們成革命的
文學家，不希望你們成為時代的落伍者。……應該到兵間去、民間去、工
廠間去、革命的漩渦中去。」[66]可以看出轉向後的郭沫若不僅激進而且功
利，一切都從時代和革命運動出發，不僅如此，他還對作家做出了思想上
的要求，並希望他們牢記自己的使命，以文學為武器投入當時的戰鬥。他
說：「要想成為一個詩人或文藝家，必須有正確的思想以指導自己的生活，
這思想應該是利他的集體的，而與利己的個人主義的相為水火。……要成
為一個作家，必須有多方面的知識和體驗……言語文字必須熟練，要力求
其大眾化，近代化，明確化，精潔化……」[67]「戰爭即是創造，創造即是

---

[65] 郭沫若：《藝術家與革命家》，《郭沫若論創作》，上海文藝出版社，1983 年，第 17-18 頁。
[66] 郭沫若：《革命與文學》，《郭沫若論創作》，上海文藝出版社，1983 年，第 37-38 頁。
[67] 郭沫若：《如何研究詩歌與文藝》，《郭沫若論創作》，上海文藝出版社，1983 年，
第 178-179 頁。

戰爭。兩者相得益彰，文學藝術使自然有一段的進鏡。把這層關係認清晰
的文學藝術家們，我知道他們也決不會忘記了自己的使命的神聖，而輕於
放棄他們的崗位。」「作家們有自尊心的亢揚，有自信心的高漲，所以無
論在怎樣艱難的環境裏都不放棄自己的武器，不屈不撓地向著侵略者鬥
爭，向著猖狂的獸性鬥爭。優秀的作品必須且必能由自己產生，中要害地
打擊敵人，發揮它的武器力量。這是大家的共同心理。」[68]

　　對於作家，左翼劇作家夏衍也有自己的見解，他在《樂水——文藝工
作者與社會》一文中指出：「時代是在前進。在新的時代，封建的、非社
會性的文人性格被迫著非後退不可了。新時代的文藝工作者要揚棄一切過
去文人蔑視現實、逃避現實的性癖，勇敢地參加社會生活，參加政治鬥爭
這樣才能從鬥爭中教育自己、豐富自己，而使自己成為一個有實行力的作
者和鬥士。」[69]並且認為「把自己限於士大大的小天地裏面，而將文藝當
作雕蟲小技的時代，已經過去了。新的時代需要有新的文藝工作者，新的
文藝工作者一定要生根在鬥爭著、發展著的社會中間。我們要深入社會，
不僅如水銀一般的無孔不入，而且要象水一般的無孔亦入」。[70]不僅止於
此，他還把「戲劇工作者」與革命戰士等同起來，把他們看作是「一個特
殊的兵種」，他說：「自從蘆溝橋的炮聲一響，祖國的民族解放戰爭一開始，
全中國的戲劇工作者，就將他們自己的身分規定做整個抗日軍隊裏面的一
個特殊的兵種，而實行參加抗戰了。象其他兵種分別地使用他們用慣了的
武器一樣，文化兵團裏面的戲劇部隊用他們戲劇這特殊的武器鞏固了團

[68] 郭沫若：《中國戰時的文學與藝術——一九四二年五月二十七日在中美文化協會演講詞》，《郭沫若論創作》，上海文藝出版社，1983 年，第 727-728 頁。
[69] 夏衍：《樂水——文藝工作者與社會》，《夏衍論創作》，上海文藝出版社，1983 年，第 130 頁。
[70] 夏衍：《樂水——文藝工作者與社會》，《夏衍論創作》，上海文藝出版社，1983 年，第 133 頁。

結，強化了信心，推動了進步，打擊了敵人。在這大時代中，新生了的中國戲劇以初生之犢的勇氣站在一切戰鬥的前列，在戰中在後方在游擊隊，在淪陷區，從高歌引吭日出天地到愁傷陰暗的囚房，從冰雪風沙的塞北到驕陽灼熱的南國，我們的戲劇部隊都在那兒起了輝煌的作用。到今天，大家已經公認在參加了民族解放戰爭的整個文化兵團，戲劇工作者們已經是一個站在戰鬥最前列，作戰最勇敢，戰績最顯赫的部隊了。」[71]把文藝家工作者等同於「革命戰士」和「特殊的兵種」，夏衍對作家、劇作家的新的規定是出於戰鬥和宣傳的目的，但在今天看來，他無疑是太過於功利和武斷了。

後期創造社成員則從建設無產階級、普列塔利亞文藝觀念出發，強烈呼喚「無產階級作家」。並認為「無產階級的作家，不一定要出自無產階級，而無產階級出身者，不一定會產生出無產階級文學」[72]，「我以為一個作家，不管他是第一第二……第百第千個階級的人，他都可以參加無產階級文學運動；不過我們先要審查他的動機。看他是『為文學而革命』，還是『為革命而文學』」，[73]還聲明：「我們的文學家，應該同時是一個革命家。他不是僅在觀照地表現『社會生活』，而且實踐地在變革『社會生活』。他的『藝術的武器』同時就是無產階級的『武器的藝術』。所以我們的作品，不是象甘人君所說的，是什麼血，什麼淚，而是機關槍，迫擊炮。」[74]。

由此可見，對於作家，如果說留歐美作家更注重個人情感的自由抒發，那麼留日作家則從文學的社會作用出發，無一例外地強調作家要從思想上與時代保持高度一致，積極參加革命鬥爭，從象牙塔里走向人民

---

[71] 夏衍：《戲劇抗戰三年間》，《夏衍論創作》，上海文藝出版社，1983 年，第 484 頁。

[72] 李初梨：《怎樣地建設革命文學》，1928 年 2 月 15 日《文化批判》第 2 號。

[73] 李初梨：《怎樣地建設革命文學》，1928 年 2 月 15 日《文化批判》第 2 號。

[74] 李初梨：《怎樣地建設革命文學》，1928 年 2 月 15 日《文化批判》第 2 號。

大眾，創作出既符合戰爭和時代要求，又能激勵人民戰鬥的、鬥志昂揚的無產階級的「武器」、「機關槍」，「追擊炮」，他們的激進和功利由此可見一斑。

二、關於文學創作的題材和內容

關於文學創作的題材和內容，魯迅曾在《我怎麼做起小說來》一文中有明確的說明：「我的取材，多采自病態社會的不幸的人們中，意思是在揭出病苦，引起療救的注意」，「後來我看到一些外國的小說，尤其是俄國，波蘭和巴爾幹諸小國的，才明白了世界上也有這許多和我們的勞苦大眾同一運命的人，而有些作家正在為此而呼號，而戰鬥。而歷來所見的農村之類的景況，也更加分明地再現於我的眼前。偶然得到一個可寫文章的機會，我便將所謂上流社會的墮落和下層社會的不幸，陸續用短篇小說的形式發表出來了。原意其實只不過想將這示給讀者，提出一些問題而已，並不是為了當時的文學家之所謂藝術。」[75]從最早發表的《狂人日記》、《阿Q正傳》開始，魯迅的小說便多取材於現實社會，通過描寫「狂人」、「阿Q」、「孔乙己」等「病態社會的不幸的人們」，達到啟蒙、批判國民性和揭露、改良現實人生的目的。他反對「主張離開人生，講些月呀花呀鳥呀的話（在中國又不同，有國粹的道德，連花呀月呀都不許講，當話作別論），或者專講『夢』，專講些將來的社會，不要講的太近」[76]的這一類「躲在象牙之塔」中的文學家，希望「一般人不要只注意在近身的問題，或地球以

---

[75] 魯迅：《集外集拾遺·英譯本〈短篇小說選集〉自序》，《魯迅全集》第 7 卷，人民文學出版社，1981 年，第 389 頁。

[76] 魯迅：《集外集·文藝與政治的歧途》，《魯迅全集》第 7 卷，人民文學出版社，1981 年，第 114 頁。

外的問題，社會上實際問題便也要注意些才好。」[77]在文學創作過程中，他一向認為「選材要嚴，開掘要深，不可將一點瑣屑的沒有意思的事故，便填成一篇，以創作豐富自樂，」[78]還提出：「現在能寫什麼，就寫什麼，不必趨時，自然更不必硬造一個突變式的革命英雄，自稱『革命文學』，但也不可苟安於這一點，沒有改革，以致沈默了自己——也就是消滅了對於時代的助力和貢獻。」[79]隨著抗日革命運動的深入開展，身為左翼聯盟成員的魯迅也對文學創作提出了新的要求，他贊同「文藝的大眾化」，希望「應該多有為大眾設想的作家，竭力來做淺顯易解的作品，使大家能懂，愛看，以擠掉一些陳腐的勞什子，」[80]在文學創作題材方面也要求開闊廣泛、不要拘於狹窄。他說：「我想現在應當特別注意這點：民族革命戰爭的大眾文學決不是只局限於寫義勇軍打仗，學生請願示威……等等的作品。這些當然是最好的，但不應這樣狹窄。它廣泛得多，廣泛到包括描寫現在中國各種生活和鬥爭的意識的一切文學。因為現在中國最大的問題，人人所共的問題，是民族生存的問題。所有一切生活（包含吃飯睡覺）都與這問題相關；例如吃飯可以和戀愛不相干，但目前中國人的吃飯和戀愛卻都和日本侵略者多少有些關係，這是看一看滿洲和華北的情形就可以明白的。而中國的唯一的出路，是全國一致對日的民族革命戰爭。懂得這一點，則作家觀察生活，處理材料，就如理絲有緒；作者可以自由地去寫工人，農民，學生，強盜，娼妓，窮人，闊佬，什麼材料都可以，寫出來都

77　魯迅：《集外集拾遺·今春的兩種感想》，《魯迅全集》第 7 卷，人民文學出版社，1981 年，第 388 頁。

78　魯迅：《二心集·關於小說題材的通信》，《魯迅全集》第 4 卷，人民文學出版社，1981 年，第 368 頁。

79　魯迅：《二心集·關於小說題材的通信》，《魯迅全集》第 4 卷，人民文學出版社，1981 年，第 369 頁。

80　魯迅：《集外集拾遺·文藝的大眾化》，《魯迅全集》第 7 卷，人民文學出版社，1981 年，第 349 頁。

可以成為民族革命戰爭的大眾文學。也無需在作品的後面有意地插一條民族革命戰爭的尾巴,翹起來當作旗子;因為我們需要的,不是作品後面添上去的口號和矯作的尾巴,而是那全部作品中的真實的生活,生龍活虎的戰鬥,跳動著的脈搏,思想和熱情,等等。」[81]

郭沫若認為「文藝從它的本質上說,它便是反個人主義的東西」[82]、「文學是社會上的一種產物」「文藝是生活的反映」,革命文學則是「特定歷史環境下的產物」,文藝應是「宣傳的利器」,「我們是革命家,也是藝術家」,因此他極力宣揚文學在戰爭年代的特殊作用。在他看來,「作家所怕的是沒有可寫的題材,而現在遍地都是題材。作家所怕的是沒有能寫的自由,而我們的國族正給與了我們以無限的自由」,「只要在「國家至上,民族至上」的範圍之內,在「軍事第一,勝利第一」的主題之下,在「意志集中,力量集中」的動向之前,沒有什麼不可以寫的顧慮。而且這範圍是多麼的宏大,這主題是多麼的顯豁,這動向是多麼的正確。目前正是千載難逢的機會了。我們應該發誓,應該儘量的來克服我們自己的弱點。」[83]「文藝作家是國民的一份子,而且是被稱為『靈魂的工程師』,我們應當發誓,使我們所參預的文藝部門切實成為精神總動員的一個動力,發揮我們大無畏的精神,努力向民間去,向醫院去,向戰區去,向前線去,向工廠去,向敵人後方去;我們要用自己的血來寫,要用自己的生命來寫,寫出這個大時代中的劃時代的民族精神。」[84]「我們早就號召著要到民間,

---

[81] 魯迅:《且介亭雜文末編·論現在我們的文學運動》,《魯迅全集》第 6 卷,人民文學出版社,1981 年,第 591 頁。

[82] 郭沫若:《文藝與民主》,《郭沫若論創作》,上海文藝出版社,1983 年,第 87 頁。

[83] 郭沫若:《發揮大無畏的精神》,《郭沫若論創作》,上海文藝出版社,1983 年,第 47 頁。

[84] 郭沫若:《發揮大無畏的精神》,《郭沫若論創作》,上海文藝出版社,1983 年,第 48 頁。

要到醫院，要到戰區，要到前線，要到工廠，要到敵人的後方，我們就切實的鼓起勇氣來到這些目的地點去吧。到這些目的地點去正可以搜集無限的資料，供給我們的營養。我們即使單抱著一種忠實的記錄者的態度也就足以有為了。」[85]在《今天創作的道路》一文中，他又宣稱：「為了大眾，為了社會的美化與革新，文藝的內容斷然無疑地是以鬥爭精神的發揚和維護為其先務」，原因在於：「目前的中國乃至目前的世界，整個是美與惡、道義與非道義鬥爭得最劇烈的時代，也就是最須得對於鬥爭精神加以維護而使其發揚的時代。文藝工作者的任務因而也就再沒有比現時代更為鮮明，更為迫切。現實，最迫切地，要求著文藝必須作為反納粹、反法西斯、反對一切暴力侵略者的武器而發揮它的作用。在中國而言，則是抗戰第一，勝利第一。凡是足以支持抗戰而爭取勝利的事項，都是無上的文學題材積極方面的品德表揚，消極方而的黑暗暴露，創作家們對於這些工作正應該苦於應接不暇，所謂「與抗戰無關的作品」，在目前應該沒有產生的餘裕。假如仍然有人低回在這種境地裏面，那是他根本並沒有把文藝和文藝工作者的任務認識清楚。」[86]他是這樣說的，在文學創作上也是這樣做的。如果說《女神》時期的郭沫若曾經以火熱的革命激情，豐富的想像，神奇的誇張，雄渾的格調和華麗的詞藻，塑造了一個敢於「立在地球邊上放號」，「不斷的毀壞，不斷的創造，不斷的努力」的「開闢鴻蒙的大我」形象，表達了渴望祖國獲得新生、民族復興的強烈願望；《瓶》中還有不少是纏綿悱惻、真摯細膩的愛情詩和矛盾和苦悶的情緒；那麼《前茅》中他已經開始從「低徊的情緒」中走出來，以粗獷的聲調批判社會，關注革命和鬥爭；《恢復》則以真實和生動的形象，反映了大革命時代人民的生

85　郭沫若：《發揮大無畏的精神》，《郭沫若論創作》，上海文藝出版社，1983 年，第 47 頁。

86　郭沫若：《今天的創作道路》，《郭沫若論創作》，上海文藝出版社，1983 年，第 71 頁。

活和鬥爭，以及革命失敗後的轉換時期迎接新的戰鬥的時代精神；即便是
他的歷史劇創作如《三個叛逆的女性》、《堂棣之花》、《屈原》等，郭沫若
也力求運用話劇這一新的歷史形式，對歷史人物和實踐作出新的解釋，使
之與時代精神息息相通，起到為現實鬥爭服務的作用。

　　田漢自從「轉向」以後，文學思想也發生了相應的變化，不再唯美、
感傷、頹廢，「只顧清高，溫柔，優美，不知不覺同民眾的要求背馳了」，
而是認清了當時的形勢，有了激進的思想、明確的反抗和執著的追求。在
《我們自己的批判》一文中，田漢聲明要摒棄過去「南國熱情多於卓識，
浪漫傾向強於理性」的「小資產階級」的感傷和頹廢，希望創作者「丟棄
其朦朧的態度斬截的認識自己是代表哪一階級的利益」、「以卓識熱情領導
時代向光明的路上去」，戲劇創作也從前期「青年人的苦悶、感傷」轉變
到「革命、鬥爭」。他曾在《〈田漢劇作選〉後記》中談到自己的創作歷程
的發展變化：「從 1920 年的《咖啡店之一夜》到 1937 年的《盧溝橋》，標
誌著祖國從五四後到對日抗戰前的不平凡的年月。《咖啡店之一夜》、《獲
虎之夜》是我從日本回來在上海做自由職業者時代的作品；《蘇州夜話》、
《湖上的悲劇》、《南歸》、《名優之死》等是南國社初期話劇運動時代的作
品；《回春之曲》、《亂鐘》、《梅雨》、《月光曲》等是南國社被解散後轉入
地下，通過兄弟團體繼續左翼戲劇活動時期的一些東西；《洪水》、《盧溝
橋》則是被捕出獄後寫的。祖國澎湃激蕩的革命現實，使一個帶著若干小
資產階級感傷情緒的劇作家終於投入火熱的革命鬥爭，這也正是當時逐步
覺悟了的知識青年共通的道路。」[87]在這一過程中，田漢的創作題材也隨
著「思想的進步」和革命鬥爭的要求不斷變換。如：《咖啡店之一夜》描
寫的是青年男女在戀愛、婚姻方面的苦悶與感傷，批判了封建勢力和資產

---

[87]　田漢：《〈田漢劇作選〉後記》，《田漢論創作》，上海文藝出版社，1983 年，第 151-152 頁。

階級市儈思想。《獲虎之夜》的題材也是極其現實，四處流浪的孤兒愛上一個富家之女，悲劇的結局在所難免。《蘇州夜話》中的老畫家劉叔康一心想實現追求藝術美的夢想，但是，一場殘酷的戰爭，不僅毀壞了他的畫室，一也造成他一家妻離子散。他不得不在詛咒戰爭的感傷與悔恨中，丟棄了那「唯美」的殘夢。《湖上的悲劇》和《古潭的聲音》中，都描寫青年男女的精神上和肉體上雙重的痛苦。《名優之死》則寫性格正直、剛強，人德、戲德都很高尚著名的京劇演員劉振聲的悲劇，個人的美好願望和藝術追求與當時的社會現實是根本對立無法統一。在《〈田漢戲曲集〉第四集自序》中，他說：「上面這五篇（《蘇州夜話》、《湖上的悲劇》、《江村小景》、《垃圾桶》、《名優之死》）都是遲則兩年前早則四五年前的作品。唯美的殘夢，青春的感傷到現實的覺醒，集體的吼叫，也可以自己看出心的發展的痕跡，但是在真正的新的戲劇藝術的建設上這一些僅僅供給了極微薄的基礎，而且如朋友 S 女士所說，留戀在過去這種世界過久實在不只是我一個人的損失。我們早知道把力量用到更正確的方面去，中國的新戲劇運動許收穫得更多。」[88]因此，30 年代轉向以後，田漢的思想和藝術風格都發生了轉變，他的創作都與現實鬥爭緊密相聯，有些甚至是是配合階級解放和民族解放的「急就章」。他有意識地去接近工人、農民，瞭解他們的工作和生活，並努力在作品中塑造他們的形象。如《月光曲》以電車工人罷工鬥爭為題材，比較真實地塑造了工茂林、林德潤、張國良等工人形象。尤其是描寫林德潤思想上從糊塗到覺醒、提高認識後積極參加罷工鬥爭的轉變過程，更為真實可信。作品裏沒有標語口號，語言也是工人自己的，完全沒有小知識份子的腔調。《梅雨》描寫產業工人在工廠主的盤剝、

---

[88]　田漢：《〈田漢戲曲集〉第四集自序》，《田漢論創作》，上海文藝出版社，1983 年，第 121 頁。

高利貸的威脅以及二房東的壓迫下的悲慘命運，真實地塑造了潘順華、阿巧、文阿毛等人物形象。

在《〈田漢劇作選〉後記》一文中，田漢總結到：「在東京的某一階段，我幾乎還走上唯美主義、頹廢主義的歧途。但我畢竟是一個貧苦農民家庭出身的有良心的中國孩子，在祖國人民深重的苦難面前，在日益嚴重的民族危機前面，我不可能不有所覺悟不可能不有所振奮；就在我搞王爾德、愛倫坡、波得賴爾的同時，我愛上丁赫爾歲、托爾斯泰等俄羅斯文學巨匠，因而在迷途未遠的時候我就折回來了。」還聲稱：「起先我是憑著青年的熱情和正義感寫作的，其後在黨的領導下，通過戲劇活動為反帝反封建而鬥爭。我對南方農民生活不太陌生；我長期在大城市生活，我在對日抗戰前期有過部隊訪問的經驗，因而我寫過農民，寫過工人寫過士兵，也寫過知識份子，寫過話劇工作者和戲曲藝人。當然對我所熟悉的，我能描繪得比較有鼻子、有眼睛，我所不甚熟悉的就不免影影綽綽了。由於要及時反映當前鬥爭，我常常不能不來『急就章』，對人物性格就顧不到精雕細琢。」[89]不僅寫出了他思想轉變的過程，而且表明了他是為了國家與民眾的利益才放棄了原來駕輕就熟的創作題材，而選擇了符合革命戰鬥要求的新的題材。

同為抗戰時期的劇作家，夏衍始終把革命和政治放在一切的首位。他曾經說過自己對電影是外行，只是「為了革命，為了搞左翼文化運動，為了要讓一些新文藝工作者打進電影界去，運用電影來為鬥爭服務」，才去學習一些業務，不是「為電影而電影」，「但政治與業務、思想與技術，應該是統一的」，而「電影是最富於群眾性的、最有力的宣傳武器」，從這一

---

[89]　田漢：《〈田漢劇作選〉後記》，《田漢論創作》，上海文藝出版社，1983 年，第 150-151 頁。

明確的功利目的出發，他「要求從事電影藝術工作的人要有正確的世界
觀，要有對人民群眾的強烈的責任感。每一個從事電影藝術工作的人，都
要把群眾性牢牢地記住，永遠不要忘記電影的群眾性」，希望在電影應該
與時代和現實緊密結合，在電影人物身上應該反映出「時代脈搏」。「我以
為最難表現的是『時代脈搏』。在影片一開始就在人物身上反映出時代脈
搏，這很重要。因為人在社會裏不可能離開政治，當時的政治氣候不可能
不反映在人物的身上，如果影片忽略了這一點，就會不真實，不典型」；「如
果故事寫的是土地改革、「三反五反」，而編導不努力去表現當時的空氣，
那麼人物就生活在真空裏了。因為一個巨大的政治事件，不可能不反映在
人們的生活中、語言中、行動電在影片中不把時代氣氛和政治氣候寫出
來，人物就脫離實際、脫離政治了。[90]

　　除此之外，關於無產階級文學底題材、內容，後期創造社成員也作出
了概括和描述，他們認為無產階級文藝「在中國現階段也不應僅限於描寫
無產階級」。革命文學的內容，「描寫什麼都好，只要在一個一定底目標之
下」，[91]「從來在我們的陣營裏，無意識地有一種錯誤的見解支配著：就是
以為普羅列塔利亞文學，只應該寫普羅列塔利亞自身的事情，這因此使得
我們文學的視野，變得非常狹隘。而我們過去的作品，亦以寫前衛底英雄
行為及普羅列塔利亞自然那生長的反抗的為最多，這雖然有其他的原因，
也可以說是我們作家的眼界過於狹小，或是無意識中受了上述的誤謬的見
解所支配。……所以普羅列塔利亞文學的作家，應該把一切社會的生活現
象，拉來放在他的批判的俎上，他不僅應該寫工人農民，同時亦應該寫資

---

[90]　夏衍：《寫電影劇本的幾個問題》，《夏衍論創作》，上海文藝出版社，1983 年，第
　　234-253 頁。
[91]　彭康：《革命文藝與大眾文藝》，《創作月刊》第 2 卷第 4 期。

本家、小市民、地主豪紳……凡是對於普羅列塔利亞底解放有關係的一切，問題不在作品的題材，而在作家的觀點。」[92]

三、走向大眾、體驗生活的現實主義文學創作方法

如前所述，對於作家和文學創作的內容，魯迅、郭沫若、田漢等都不約而同地從功利的目的出發，希望作家要認清時代要求，拋棄以前的個人主義或小資產階級的想法，從現實生活中搜集材料、挖掘題材，創作出符合革命要求、反映時代呼聲、鬥爭意識明確的、振奮人心的作品。關於創作方法，他們的看法也比較一致，即拋棄以往的浪漫主義或個人主義的低吟淺唱，倡導走向民間、走向人民大眾的現實主義文學創作方法。

魯迅曾根據自己的創作經驗寫道：「文藝大概由於現在生活的感受，親身所感到的，便影印到文藝中去」[93]，認為假如離開了生活，便無法創作文藝，「天才們無論怎樣說大話，歸根結蒂，還是不能憑空創造」[94]，明確表明生活是文學創作的源泉和依據。因此如果作家「倘若不和實際的社會鬥爭接觸，單關在玻璃窗內做文章，研究問題，那是無論怎樣的激烈，『左』，都是容易辦到的，然而一碰到實際，便即刻要撞碎了。關在房子裏最容易高談徹底的主義，然而也最容易『右傾』。西洋的叫做「Salon的社會主義者」，便是指這而言。「Salon」是客廳的意思，坐在客廳裏淡談社會主義，高雅得很，漂亮得很，然而並不想到實行的。這種社會主義

92　李初梨：《對於所謂「小資產階級革命文學」底抬頭，普羅列塔利亞文學應該怎樣防衛自己》，《創造社叢書——文藝理論卷》，學苑出版社，1992 年，第 259-260 頁。

93　魯迅：《集外集·文藝與政治的岐途》，《魯迅全集》第 7 卷，人民文學出版社，1981 年，第 115 頁。

94　魯迅：《且介亭雜文二集·葉紫作豐收序》，《魯迅全集》第 6 卷，人民文學出版社，1981 年，第 219 頁。

者，毫不足第。[95]在《二心集‧上海文藝之一瞥》他也強調「要寫文學作品也一樣，不但應該知道革命的實際，也必須深知敵人的情形，現在的各方面的狀況，再去斷定革命的途。惟有明白舊的，看到新的，瞭解過去，推斷將來，我們的文學的發展才有希望。」[96]明確希望作家不要「憑空創造」，最好能夠深入到實際生活中去，瞭解革命的實際情況，才能創作出好的作品。「《鐵流》之令人覺得有點空，我看是因為作者那時並未在場的緣故。雖然後來調查了一通，究竟利親歷不同，記得有人稱之為『詩』，其故可想」，[97]「中國的事情，總是中國人做來，才可以見真相，即如布克夫人（即賽珍珠），上海曾大歡迎，她亦自謂視中國如祖國，然而看她的作品，畢究是一位生長中國的美國女教士的立場而已，所以她之稱許《寄廬》，也無足怪，因為她所覺得的，還不過——點浮面的情形，只有我們做起來，方能留下一個真相。」[98]對於他自己，他也似乎深為「遺憾」，「新作小說則不能，這並非沒有工夫，卻是沒有本領，多年和社會隔絕了，自己不在漩渦的中心，所感覺到的總不免膚泛，寫出來也不會好的。」「在創作上，則因為我不在革命的漩渦和中心，而且久不能到各處去考察，所以我大約仍然只能暴露舊社會的壞處。」[99]因為不在革命鬥爭的中心，魯迅甚至不能進行新的小說創作，在他看來，身為作家，到實際的社會鬥爭中去，親身體驗瞭解革命的實際情形是非常有必要的。

95　魯迅：《二心集‧對於左翼作家聯盟的意見》，《魯迅全集》第4卷，人民文學出版社，1981年，第233頁。
96　魯迅：《二心集‧上海文藝之一瞥》，《魯迅全集》第4卷，人民文學出版社，1981年，第301頁。
97　魯迅：《致胡風》，《魯迅全集》第13卷，人民文學出版社，1981年，第489-490頁。
98　魯迅：《致姚克》，《魯迅全集》第12卷，人民文學出版社，1981年，第273頁。
99　魯迅：《且介亭雜文‧答國際文學社問》，《魯迅全集》第6卷，人民文學出版社，1981年，第18頁。

作為一名文藝工作者，郭沫若不僅自身積極行動，親自參加革命鬥
爭，到戰鬥前線慰問採訪，還激進昂揚地呼籲號召青年文藝作家們發揮大
無畏地精神，「要到民間，要到醫院，要到戰區，要到前線，要到工廠，
要到敵人的後方，我們就切實的鼓起勇氣來到這些目的地點去吧。到這些
目的地點去正可以搜集無限的資料，供給我們的營養。我們即使單抱著一
種忠實的記錄者的態度也就足以有為了。自己雖不能醞釀成為完整的作
品，也可以留諸後化供給未來的作家。」在《民族形式商兌》一文中，他
說「中國新文藝的積弊要想袪除，主要的是要把那些病源袪除。要怎麼來
袪除病源呢？是要作家投入大眾當中，親歷大眾生活，學習大眾的言語，
體驗大眾的要求，表揚大眾的使命。作家的生活能夠辦到這樣，作品必能
發揮反映現實的機能，形式便自然能夠大眾化我對於這層是抱著樂觀的。
尤其是自抗戰以來，作家的生活變革了，隨著大都會的淪陷，作家們自動
地被動地不得不離開向來的狹隘的環境，而投入廣大的現實生活的洪爐
——投入了軍隊，投入了農村，投入了大後方的產業界，投入了邊疆的墾
辟建設。這些寶貴的豐富的生活體驗，已經使新文藝改觀，而且在不久的
將來一定還會凝結成為更美滿的結晶體。」[100]而在《如何研究詩歌與文藝》
一文中，他又說：「忠於生活是絕對必要的。要多方面觀察，要多做體驗，
要使自己的生活有意義，對於別人，要能夠有絕對的利益。詩歌和文藝使
生活的反映和批判，你沒有客觀的觀察，你不能夠反映人生。你沒有主觀
的體驗，你不能夠批判。那你寫出來的東西可能根本就不成其為詩歌或文
藝。」[101]還強調：「要想成為一個詩人或文藝家，必須有正確的思想以指
導自己的生活，這思想應該是利他的集體的，而與利己的個人主義的相為

---

[100] 郭沫若：《民族形式商兌》，《郭沫若論創作》，上海文藝出版社，1983 年，第 60 頁。
[101] 郭沫若：《如何研究詩歌與文藝》，《郭沫若論創作》，上海文藝出版社，1983 年，
　　　第 175 頁。

水火。……要成為一個作家，必須有多方面的知識和體驗……言語文字必須熟練，要力求其大眾化，近代化，明確化，精潔化……」[102]

夏衍也比較注重創作和生活的關係，他認為「在藝術創作中，作家的世界觀、生活經歷以及寫作的概括能力和表現能力（技巧），是三個不可缺少的條件。……而在這三者之中，作家的生活經歷卻又是藝術生產的主要原料，因此「作為一個作家，必須千方百計地去找到這種原料，積累這種原料，力求做到能夠擁有大量的、各方面的藝術上的原料」，並且呼籲「我們一定要到人民群眾生活中、鬥爭中去找尋創作的源泉，同時一定要學會在複雜的千變萬化的生活現象中找到本質的東西，又要善於用藝術的形象把它表達出來。……現在的電影觀眾和批評界，經常批評我們電影題材範圍狹窄，這在很大程度上也是表現了作家生活圈子的狹窄。作家的生活圈子窄，生活的知識久就是造成我們電影藝術題材不夠豐富多樣、不夠廣闊的一個很重要的原因。……文藝工作者的生活面要很廣闊，而且是非廣闊不可，必須要學得多、看得多、懂得多、理解得更多，否則就很難在一部文學作品中間真正把人的性格翱思想感情表達出來。」[103]對於戲劇，他不僅批判「新的話劇維持著他的那種舶來的形式，滿足於他的那種——把抓不滿的小市民層的觀眾，自命清高、高尚其志，將人民大眾——特別是將農民當作「水準太低」的「不懂得我們的藝術」的對象，謹守著「我們的」這個小市民階級的「藝術觀點」與「技術水準」，[104]而且認為「為著持續和發揚我們新劇運動的光輝傳統，為了使它能夠更有效更廣大地服

---

[102] 郭沫若：《如何研究詩歌與文藝》，《郭沫若論創作》，上海文藝出版社，1983 年，第 178-179 頁。

[103] 夏衍：《把我國電影藝術提高到一個更新的水平》，《夏衍論創作》，上海文藝出版社，1983 年，第 342 頁。

[104] 夏衍：《戲劇到農民大眾中去——戲劇節答一個朋友的信》，《夏衍論創作》，上海文藝出版社，1983 年，第 548-549 頁。

務於人民，為了使它更積極地有力地服務子我們民族的革命和解放，今天，也應該是脫下白手套，拋棄舊觀念，勇敢地走向人民，走向農村的時候了。我們要有真實地表現農村的劇本，我們要有到農村去演出的劇團，我們要有真誠地為農民服務幫助他們從現有的民間形式的基礎之上來改進來創造的獻身的戲劇工作者，我們要求每一個戲劇工作者應該關心在抗戰中貢獻了百分之九十的力量的勞苦功高的農民大眾的生活與疾苦。『不從群眾學習個能做群眾的先生』，沒有到人民大眾中去的決心是不能『為人民』服務的。」[105]

後期創造社成員認為，「普羅列塔利亞文學，不只是為勞苦群眾而作，也是為一切被壓迫層而作。」對於勞苦群眾來說，現在首要的是應該先替他們爭得政治的解放。因此，「一部分的作品」，必須「以小資產階級知識份子『為直接的讀者對象』」。不過，「在一定的政治自由的條件，在一定的形式下面」，「不應該把文學上劇曲這個形式忘記」，「要加緊我們的演運動底工作」[106]，因為在這裏存在著與「勞苦大眾」接觸的巨大希望。因此，他們不僅要求普羅列塔利亞文學作家要積極參加運動，去寫工人、農民、資本家的一切與普羅列塔利亞底解放有關係的一切，而且在此基礎上對無產階級文藝創作的的形式也提出了一定的要求。他們認為形式「是隨它的內容的發展而決定」的。他們就各國無產階級文學所達到的發展階段，把無產文學分為「諷刺的」、「暴露的」、「鼓動的」、「教導的」四種樣式。至於方法，他們說「無產階級文學，絕對排斥觀照的表現的態度」。這裏所謂「觀照的」和「表現的」，指的就是通常情況下的現實主義和浪漫主義。為什麼「絕對排斥」這兩種方法呢？一、無產階級的一切活動均要求實踐

---

[105] 夏衍：《戲劇到農民大眾中去——戲劇節答一個朋友的信》，《夏衍論創作》，上海文藝出版社，1983 年，第 550 頁。
[106] 李初梨：《怎樣地建設革命文學》，1928 年 2 月 15 日《文化批判》第 2 號。

與理論統一，「如其沒有實踐──生活的基礎，結局無非是一些概念底羅列」。二、無產階級文學「是一種目的意識底活動；如果它是一種表現的東西，那麼表現出來的，結局是些大眾自然生長的意識」。[107]後來，他們根據藏原惟人的《到新寫實主義之路》，把近代的寫實主義分為布爾喬亞寫實主義、小布爾喬亞寫實主義和普羅列塔利亞寫實主義三種。他們批判了前兩種寫實主義，而肯定了第三種寫實主義：「今後我們的文學，應該採取這普羅列塔利亞寫實主義的形式。」強調普羅列塔利亞的作家，「應該用嚴正的寫實主義的態度去描寫。『以現實為現實，不用主觀的構成，不加主觀的粉飾，去描寫對於普羅列塔利亞特底解放有關係的一切」。至於「其他形式的發生或利用」，優秀的作品「不應該摧殘」，「然而，普羅列塔利亞寫實主義，至少應該作為我們文學中的一個主潮！」[108]

第三節　社會歷史批評：單向度批判與介入性重構

　　正如有評論家所言：「創造社批評家程度不等地標榜『天才』，而他們中間最大的天才是郭沫若。就藝術思想的駁雜新穎而言，現代中國任何一位批評家都無法與之比肩。大概用『英雄主義』來描述郭沫若的風采，才比較合適。反抗精神是他的靈魂，文學只是他的外衣。他早期的詩和對文學的意見，就充滿了反抗精神和大無畏的勇氣；在革命文學倡導者行列中，他也是最早的撓將之一，發起了向小資產階級作家的猛烈攻擊；1940 年代高揚『以人民為本』觀念，則最終完成了他從『個人英雄主義』向『人民英雄主義』的轉

---

[107] 同前註。
[108] 李初梨：《對於所謂「小資產階級革命文學」底抬頭，普羅列塔利亞文學應該怎樣防衛自己》，1928 年 1 月 10 日《創造月刊》第 2 卷第 6 期。

變。」[109]在不同時期，郭沫若的文學思想也都隨著時代和環境的不同而不斷變化，從早期的浪漫主義、個人主義到倡導革命文學，最終匯入「人民大眾」的洪流。與其文學思想相適應，他的文學批評思想也在不同時期呈現出不同的風貌。早期郭沫若認為「詩的本職專在抒情」「我們的詩只要是我們心中的詩意詩境底純真的表現，生命泉中流出來的 Strain，心琴中彈出來的 Melody，生命顫動，靈底喊叫，那便是真詩，好詩，便是我們人類歡樂底源泉，陶醉的美釀，慰安的天國」，「詩＝（直覺十情調十想像）十（適當的文字）」；崇尚「自然流露」，重視直覺和想像，追求自由抒發情感，並宣稱「批評沒有一定的尺度。批評家都是以自己所得到的感應在一種對象中求意義」，「文藝的創作譬如在做夢……文藝的批評譬如在做夢的分析，這是要有極深厚的同情或注意，極銳敏的觀察或感受」[110]，甚至只想當個：「饑則啼、寒則號的赤子。因為赤子的簡單的一啼一號都只是他自己的心聲，不是如象留聲機一樣在替別人傳高調。」[111]但他很快就放棄了這種批評思想，隨著他接受馬克思主義學說，公開表示告別個人主義，宣揚革命文學，他也隨之改變了他的文學批評立場，往往從工具論和階級論出發，強調文藝與時代之間不可忽視的聯繫，不再從一己的「感覺」和「同情」出發，而是時時刻刻以現實需要和政治意識作為他文學批評的標準。

他認為：「沒有時代精神的作品是沒有偉大性的。作品的偉大性當然不能在量上決定，然而也包含有量的因素。要把捉一個時代的大潮流，決不是隨便的幾行文字所能辦到。」[112]並以此為標準，批判中國的新文藝「接

---

[109] 許道明：《中國現代文學批評史新編》，復旦大學出版社，2002 年，第 61 頁。
[110] 郭沫若：《批評與夢》，《創造社叢書——文藝理論卷》，學苑出版社，1992 年，第 15 頁。
[111] 郭沫若：《批評與夢》，《創造社叢書——文藝理論卷》，學苑出版社，1992 年，第 9 頁。
[112] 郭沫若：《桌子的跳舞》，《郭沫若全集》（文學編）第 16 卷，人民文學出版社，1987 年，第 53 頁。

受了日本的洗禮的」「受了日本文壇的毒害」，「極狹隘、極狹隘的個人生活的描寫，極渺小、極渺小的抒情文字的遊戲，甚至利於狹邪遊的風流三昧……一切本資產階級文壇的病毒，都儘量的流到中國來了」[113]；希望前進的文藝家、批評家「脫去感傷主義的灰色衣裳，請來堂堂正正地走上理論鬥爭的戰場」，「有筆的時候提筆，有槍的時候提槍」；對於當時文壇的新月派及其文藝，他認為他們是墮落的大資產階級附庸，並在無產階級文學批評的標準下，對之進行猛烈的批判：「你們要睡在新月裏面做夢嗎？這是很甜蜜的。但請先造出一個可以睡覺的新月來。我們要在花園裏面醉賞玫瑰花嗎？花園是荒廢了，酒是酸敗了，玫瑰花是凋謝了。不要追念往時的春天，請先造出一瓶美酒，一座花園吧。」[114]

　　除此之外，自從 1930 年 1 月寫下《普羅文化的大眾化》開始，郭沫若就開始宣揚其「以人民為本」的文藝觀——認為文藝必須根植於人民的生活，必須「始於人民，終於人民」，文藝家「是以文藝服務於人民的忠實的僕役」，他的批評標準也隨之為人民利益所左右。在《走向人民文藝》一文中，他宣稱「在一個時代裏，對於最大多納入有最大益處的東西，才能是最善的東西，最真的東西，最美的東西」，「一切應該以人民為本位，合乎這個本位便是善，便是美，便是真，不合乎這個本位的便是惡，便是醜，便是偽」，而「人民在今天最迫切需要的是什麼」，「就是今天的文藝工作者最迫切的課題」，「能夠把這個課題抓緊，而且解答得詳盡周到，那便是為人民所歡迎的東西，也可能是偉大的作品。」在《斥反動文藝》一文中，他提出了更加「激進」的批評標準，認為：「今天是人民的革命勢力與反人民的反革命勢力作短兵相接的時候，衡定是非善

[113] 郭沫若：《桌子的跳舞》，《郭沫若全集》（文學編）第 16 卷，人民文學出版社，1987 年，53-54 頁。
[114] 郭沫若：《英雄樹》，《沫若文集》第 10 卷，人民文學出版社，1957 年，第 325-329 頁。

惡的標準非常鮮明。凡是有利於人民解放的革命戰爭的，便是善，便是
是，便是正動；反之，便是惡，便是非，便是對革命的反動。我們今天
來衡論文藝也就是立在這個標準上的，所謂反動文藝，就是不利於人民
解放戰爭的那種作品、傾向、提倡。」「文藝是宣傳的利器，……因此，
在反動文藝這一個大網籃裏面，倒真是五花八門，紅黃藍白黑，色色俱
全的。」，[115]從這一「人民本位」的批評標準出發，他批判桃紅色的沈從
文，藍色的朱光潛，黃色的方塊報，還有黑色的蕭乾等，將他們統統視
為「反革命御用文人」，而對在解放區成長起來的新文藝卻給予了高度的
讚揚。當他讀到趙樹理的《李有才板話》、《李家莊的變遷》時候，格外
的興奮。在《〈板話〉及其他》一文中，他說：「我是完全被陶醉了，被
那新穎、健康、素樸的內容與手法。這兒有新的天地，新的人物，新的
感情，新的作風，新的文化。誰讀了，我相信都會感著興趣的。」「趙樹
理，毫無疑問，已經是一棵大樹子了。這樣的大樹子在自由的天地裏面，
一定會更加長大，更加添多，再隔些年辰會成為參天拔地的大樹林子的。」
「最成功的是語言。不僅每一個人物的口白適如其分，便是全體敘述文
都是平明簡潔的口頭語，脫盡了『五四』以來歐化體的新文言臭味。」
自從宣佈成為「馬克思主義者」，參加革命運動以後，郭沫若的「政治意
識越來越濃」，他的創作也一改最初的浪漫抒情，大多為凸顯革命和鬥爭
的「宣傳」甚至「應和」之作，而他的文學批評，也在政治標準和人民
標準的「領導」下，呈現出過度的革命功利主義色彩。郭沫若似乎真的
成為了他所宣揚的「留聲機」和「喇叭」。也正如有論者所言：「革命的
功利主義覆蓋著他的全部批評活動，並且還通過他特殊的地位巨大地影

---

[115] 郭沫若：《斥反動文藝》，《郭沫若全集》（文學編）第 16 卷，人民文學出版社，1987
年，第 288 頁。

響著當時整個國統區的文藝界。早年的個人英雄主義精神在他身上逐漸為人民英雄主義精神所替代，在為人民奪取政權的日子裏，他的批評成了革命的『喇叭』，人民的『喇叭』。」[116]

　　成仿吾是創造社三元老之一，曾與郭沫若、郁達夫等一同留學日本，他最初的《詩之防禦戰》、《新文學的使命》、《批評與同情》以及一系列關於具體作品的評論大都可以稱之為「社會——審美」批評，既注重作品的藝術性又不願放棄文學的社會功利性；「轉向」之後的成仿吾，對文學的看法有了重大變化，由前期專求「文章的全與美」的「表現論」者變成了一個「階級論」者。他於 1926 年發表《文藝批評雜論》，用「普遍的妥當性」否定了他以前「趣味」「同情」等批評主張，他說：「我們對於僅僅表現自己的文字，只能稱之為感想。所以普遍妥當性實是批評的生命，所謂客觀的不外是普遍妥當的別稱。」[117]而在後來的《從文學革命到革命文學》和《革命文學的展望》等論文中，他接受日本福本和夫的文學思想，倡導革命文學，承認文學的階級性，並強調革命文學作為階級的武器，為人民大眾服務。從這一認識出發，成仿吾完成了「從文學革命到革命文學的轉變」，他的文學批評也有了新的標準和內容。他認為文藝是革命的重要組成部分，「文藝決對不能與社會的關係分離，也決不應止於是社會生活的反映，他應該積極地成為變革社會地手段」，[118]文藝工作者要「認真地參加實際工作」，為「全國人民迫切需要政治的民主、經濟地民主以及文化的民主」而奮鬥。對於《李有才板話》、《王貴與李香香》等解放區作品，他認為「所謂藝術的真實，應該是通過藝術的概括與形象而表現出來的現實本質底真實」，而這些作品擁有最經得起考察的藝術真實。對於魯迅，

---

[116] 許道明：《中國現代文學批評史新編》，復旦大學出版社，2002 年，第 66 頁。

[117] 成仿吾：《文藝批評雜論》，《成仿吾文集》，山東大學出版社，1985 年，第 200 頁。

[118] 成仿吾：《全部批判之必要》，《成仿吾文集》，山東大學出版社，1985 年，第 254 頁。

他也從以前的反對、攻擊、論戰走向了頌揚。比如在發表於 1924 年初的《〈吶喊〉的評論》中，他從早期的「表現論」出發，把《吶喊》中的 15 篇小說分為兩大類，前 9 篇是「再現的」，後 6 篇是「表現的」。並且認為《狂人日記》、《藥》、《明天》皆未免庸俗，《一件小事》是一篇拙劣的隨筆」。……《吶喊》「極可注意」的僅有《不周山》一篇，它所以是「全集中的第一篇傑作」，因為作者不再「拘守著寫實的門戶」，而進入了「純文藝的空庭」。[119]而在《完成我們的文學革命》、《畢竟是「醉眼陶然」罷了》等文中，由繼續對魯迅進行諷刺和批評，希望魯迅「快把自己虛構的神殿粉碎，把自己從朦朧與對於時代的無知解放出來，而早一點悔改」[120]；但魯迅逝世不久以後，成仿吾的《紀念魯迅》卻開始讚揚魯迅，是比較正確的評介魯迅的文章之一。他在文中認為魯迅是一個「愛國的、革命的作家」，「是值得我們紀念和學習的」，「他的作品反映了當時的黑暗，民眾的怨哀」，「他創造了一種新的小品文，用了最尖銳的筆鋒，打擊了當時的背叛、虛偽與黑暗，始終站在最前線反對一切民族的人，鼓勵中國人民前進」；他「憑了他的愛國良心」，痛罵托派漢奸，「是中國文化界最前進的一個」，「達到了這一時代政治認識的最高水準」；並且呼籲：「今天我們應該高高地舉起魯迅的旗幟，為著民族解放事業的完成與中國文學的進步，堅決前進」；「我們的作家，應該拿起魯迅的精神，創造出新的形式來適應今天民族自衛戰爭的需要，應該大大地大眾化，使文學由少數人中解放出來，成為大眾的武器。」[121]他甚至在後來的《與蘇聯研究生彼德羅夫關於創造社等問題的談話》中承認自己「當時對魯迅的批評也有些偏激」，「1928

---

[119] 成仿吾：《〈吶喊〉的評論》，《成仿吾文集》，山東大學出版社，1985 年，第 149-151 頁。

[120] 成仿吾：《畢竟是「醉眼陶然」罷了》，《成仿吾文集》，山東大學出版社，1985 年，第 266 頁。

[121] 成仿吾：《紀念魯迅》，《成仿吾文集》，山東大學出版社，1985 年，第 276 頁。

年的文學論爭，是一個誤會」；這時的成仿吾已經是一位革命作家，他對
魯迅批評的完全轉向也是基於他為民族解放鬥爭的新的要求。

　　關於文學批評，「轉向」後的田漢也確立了其「政治」標準。在談到
他的話劇《秋聲賦》，他注重表現主體與抗戰工作的結合，「在這個作品裏
我想要表現的主題是很明白的。我們今天需要的是每個人都能集中力量於
抗戰工作，我們要清算一切足以妨害工作甚至使大家不能工作的傾向」[122]；
談到歐陽予倩的話劇創作，他認為：「在從他的劇作的某些風格可以看出
我們戲曲和新劇的優秀傳統，某些題材與主題在春柳時代也處理過，予倩
更加以發展了。尤其是爭取了春柳和進化團的經驗注意了藝術和政治的緊
密結合。予情同志不只是一位考慮藝術形式完整的磨光派，他也一直努力
使他的作品富有現實內容，在政治要求迫切時，甚至也拿他的藝術武器參
加『突擊』。予情同志在戲劇藝術上是一位全才，也是一位完人」[123]；在
《紀念程硯秋同志，發展他的藝術創造》一文中，他認為「作為戲曲藝術
家，硯秋同志的偉大處在於他很早就已經有意識地把藝術服從政治的需
要，他明確提出戲曲家要對社會負起「勸善懲惡」的責任，要「提高人類
生活目標」[124]；他欣賞日本作家小林多喜二，認為他「寫了好——些作品
和論文，從不懈怠，從不苟且，每一篇文章都堅定地站在勞動人民的立場
為保衛真理，保衛民主自由，保衛黨和人民的利益而鬥爭」，「小林多喜
二是一個跟工農群眾的火熱的革命鬥爭結合得很緊的作家」「勇敢地為真

---

[122] 田漢：《關於〈秋聲賦〉》，《田漢論創作》，上海文藝出版社，1983 年，第 149 頁。

[123] 田漢：《談歐陽予倩同志的話劇創作》，《田漢論創作》，上海文藝出版社，1983
年，第 281 頁。

[124] 田漢：《紀念程硯秋同志，發展他的藝術創造》，《田漢論創作》，上海文藝出版
社，1983 年，第 325 頁。

理鬥爭，對脫離政治原則損害運動利益的現象一點也不能容忍」；[125]在紀念這位偉大詩人、戲劇家誕生二百年之際，他號召人們學習「席勒熱愛祖國，熱愛自由，反抗侵略和壓迫的愛國主義精神、民主精神」，並且認為：「正是這種偉大精神使詩人能突破唯心主義美學觀的桎梏回到戰鬥的現實主義的道路。應該學習席勒早期敏銳、敢想、敢說、敢做，結合他晚期逐漸認識人民，信仰人民，依靠人民」[126]。凡此種種，都表明了在田漢文學批評活動中，文學藝術是否能夠服從政治的需要，作家是否能夠與人民結合，為人民服務已經成為他評價作家及其作品的重要標準。

對於李初梨、朱鏡我、彭康等後期創造社主力來說，建立無產階級文學，為革命搖旗吶喊是他們一直以來奮鬥目標。他們說：「我們對於藝術、哲學、科學等等的根本立場，只有是從完成歷史所給與我們的使命的觀點，怎樣地去利用它，發展它，使它適應於這個偉大的使命」，[127]並強調「要從社會的根據和階級的意義去檢討」[128]。批評一個文藝作品的時候，他們要求遵循普列漢諾夫「發現一個文學的現象底社會學的等價」的原則，首先要分析這個作品是反映著「哪一個階級的意識」，進一步再「檢討它在那個時代所以能發生的社會根據」，然後還要看它「對於一定的社會所演的是什麼一種腳色，擔當的是什麼一種任務」，直到「最後」才「是它技巧的批評」，也就是檢討它「藝術地完成」的情況。[129]他們認為，「在階級社會裏面，真，善，美同是反映階級意識底總和。」他們不相信世界

---

[125] 田漢：《紀念日本偉大文化戰士小林多喜二》，《田漢論創作》，上海文藝出版社，1983 年，第 344-345 頁。

[126] 田漢：《席勒，民主與民族自由的戰士──在首都紀念席勒誕辰二百周年大會上的講話》，《田漢論創作》，上海文藝出版社，1983 年，第 375 頁。

[127] 李初梨：《普羅列塔利亞文藝批評底標準》，1928 年 6 月 20 日《我們》月刊第 2 期。

[128] 彭康：《什麼是「健康」與「尊嚴」》，1928 年 7 月 10 日《創造月刊》第 1 卷第 12 期。

[129] 李初梨：《普羅列塔利亞文藝批評底標準》，1928 年 6 月 20 日《我們》月刊第 2 期。

上有資產階級所幻想的絕對美的存在，認為無產階級「所主張的是具體的流動的美」。因為「只有由這具體的美的表現，才能一步一步無限地去接近客觀的絕對美底表現」。

　　總之，對留日作家來說，由於其特殊的經歷，在那個特殊的年代，他們更注重文學的社會功能，大都希望以文學為武器，喚醒廣大民眾並為如火如荼的革命運動吶喊助威，因此，從啟蒙到救亡，在文學創作和文學批評上，他們都自覺地向「革命」和「時代」靠攏，以此規定文學創作的內容和文學批評的標準，並使其成為當時文壇的諸種「合法性」存在。很多作家不僅在思想上和創作上憂國憂民、激進昂揚，而且身體力行，親自加入到革命戰鬥的行列中去，在行動上積極、激進，與留歐美作家在戰爭中依然堅守文學的獨立和自由截然不同。

第三章

衝突中的對話：
兩大留學族群的共通性

第一節　批判與眷戀：留學作家在傳統文化中的搖擺

　　眾所周知，每一個民族都有自己的傳統，它是「某民族由其歷史延續積澱下來的具有一定特色的文化觀念、倫理道德、思維方式、心理特徵、語言文字和風俗習慣等等的總和」，它「既是一個歷史的概念，它是在歷史的延續中穩定起來的，沒有延續和穩定就談不上傳統」，同時，「傳統又是一個現實的概念，它不是歷史陳跡，不是已經死亡了的東西，而是來自過去且現在仍有生命活力的東西，是現存的過去，是現在的一部分，並且還是未來的基因」[1]。在中國，19 世紀中葉以後，隨著鴉片戰爭、甲午中日戰爭中國的節節敗退，有識之士呼籲「師夷長技以制夷」，學習西方的「堅船利炮」以「富國強兵」；中國的傳統文化價值也隨之遭遇了來自西方文化的強有力的挑戰。嚴復、梁啟超、康有為等維新人士紛紛著書立說，將西方盛行的「進化論」、「自由思想」等與中國傳統完全不同的文化價值觀念譯介到中國來，不僅使國人大開眼界，也使千百年來的中國傳統文化

---

[1]　羅成琰：《回溯長河之源：現代中國作家與傳統文化》，湖南文藝出版社，1995 年，第 4 頁。

受到了前所未有的衝擊與震盪。如果說 1911 年孫中山領導的辛亥革命推翻了清朝統治，結束了統治中國兩千年的封建帝制，確立了新的民主共和政體，從「形式」上對傳統進行了攻擊和反叛；那麼聲勢浩大而激進的五四新文化運動的開展則從思想文化上對傳統進行了更猛烈的批判。以胡適、陳獨秀為代表的先進知識份子總結歷次社會變革的經驗教訓，意識到中國要建立名副其實的民主共和制度，成為真正意義上的現代國家，就必須在意識形態領域徹底地反對封建倫理思想和辛亥革命後愈加囂張的尊孔復古「逆流」。因此，他們高舉「文學革命」的大旗，，提倡科學和民主，批判舊道德，提倡新道德，批判舊文化，提倡新文化，重新評判孔子，抨擊文化專制主義，倡導思想自由，對傳統文化進行了猛烈的攻擊，以至於有學者認為：「反對中國傳統遺產的激進的五四運動，是中國近代歷史的轉捩點。概括來說，就這個反傳統主義的深度和廣度而言，它在近代與現代世界史上也許是獨一無二的。」[2]

留歐美作家和留日作家都曾走出國門留學海外，開闊了視野，接受了與中國傳統完全不同的全新的思想價值判斷和科學文化知識，學成歸國以後有一些人如胡適、魯迅、周作人等都參加了五四新文化運動，運用西方文化的價值觀，去重新審視和批判中國傳統文化，「重新估定一切價值」，也成為五四新文化運動時期他們自覺的行動和使命。如胡適先後發表《文學改良芻議》、《建設的文學革命論》等，否定文言，提倡白話；魯迅不僅以「表現的深切和格式的特別」，發表了第一篇中國現代文學史上第一篇用現代體式創作的白話短篇小說《狂人日記》，而且借「狂人」之口控訴封建制度及其吃人的本質；周作人提倡「人的文學」，大力介紹歐洲文藝復興運動如何「發現了人」，西方的人道主義作家反映社會人生的作品又

2　林毓生：《中國意識的危機》，貴州人民出版社，1986 年，第 5 頁。

如何區別於我國古代文學等，郁達夫、郭沫若、李金髮等也紛紛選擇運用西方各種文學樣式和創作手法，以傾吐自己內心的苦悶和願望，表現五四時代叛逆、自由、創造的精神。由於深受西方文化的浸潤和影響，他們也非常突出和強調西方文學的作用影響，不僅批判中國傳統的「雕琢的阿諛的貴族文學」、「陳腐的鋪張的古典文學」、「迂晦的艱澀的山林文學」是屬於封建意識形態的「非人的文學」，「是妨礙人性的生長，破壞人類的平和的東西，統統應該排斥，而且要求大規模地翻譯和介紹外國文藝思潮，呼籲「趕緊多多的翻譯西洋的文學名著做我們的模範」。[3]魯迅曾認為，新文學的誕生，一是「社會的要求」，二是「西洋文學的影響」，[4]甚至斷言：「新文學是在外國文學潮流的推動下發生的，從中國古代文學方面，幾乎一點遺產也沒攝取。」[5]不能否認，在風雨如磐、救亡圖存的特殊時代，他們運用從歐美學到的價值體系，去重新審視和批判中國傳統文化，並借鑒西方文學，使中國文學擺脫了幾千年來傳統負面影響的束縛，從古典走向現代。但更不能否認，他們從此就割斷了與傳統文化的聯繫。事實上，傳統是無法割斷的。儘管留歐美作家和留日作家都曾負笈海外，回國後又大力宣揚西方文化，有些人甚至具有激烈的反傳統傾向，但他們實際上都以各種方式同傳統保持著密切的聯繫，他們對傳統文化的態度也是複雜的、變化的。這些留學生們在出國之前，大都接受過正規的中國傳統文化教育，受到了嚴格的傳統文化的薰陶和洗禮，也具有深厚的國學功底。比如胡適，他的父親在他兩三歲時就病逝了，母親嚴格按照丈夫的遺囑把胡適送進本家私塾裏接受正規的傳統教育。胡適聰明好學，十一歲左右就差不多

---

[3]　胡適《建設的革命論》，《胡適論文學》，安徽教育出版社，2006 年，第 25 頁。

[4]　魯迅：《草鞋腳‧小引》，《魯迅全集》第 6 卷，人民文學出版社，1981 年，第 20 頁。

[5]　魯迅：《「中國傑作小說」小引》，《魯迅全集》第 8 卷，人民文學出版社，1981 年，第 399 頁。

讀完了十三經等正統教育內容，為他在「五四」前後批判舊文化、提倡新文化打下了堅實的基礎；比如魯迅，不僅幼年開始就按照其祖父的安排，在三味書屋跟隨壽鏡吾先生攻習舉業，熟讀十三經，學做八股文、應帖詩，而且飽受莊子、韓非、魏晉風度與文章、《儒林外史》、《紅樓夢》以及中國繪畫的影響；比如郁達夫，深得傳統文人的孤傲、落魄、放浪形骸的名士風流精神之精髓，並將之與西方世紀末的病態、頹廢巧妙地結合起來，開創了中國現代小說史上「自敘抒情」一派。由此可見，雖然他們在經過多年的海外留學生活、接受先進的西方現代觀念之後，能夠更清楚地看清楚中國傳統文化的流弊所在，他們可以大力提倡並傳播西方文化；但另一方面，他們「從小就浸染在中國兩千多年匯積而成的審美語言的海洋中」，都會自覺或不自覺地受到中國傳統文化的影響。無論是留歐美作家，還是留日作家，即便是在思想上堅決反對、抨擊舊道德、封建禮教，也不可能完全擺脫情感上對傳統的「自覺或不自覺的」認同和依戀。余英時曾經說過：「當時在思想界有影響力的人物，在他們反傳統、反禮教之際，首先便有意或無意地回到傳統中非正統或反正統的源頭上去尋找根據。」[6]如胡適曾經通過倡導當時非正宗的白話文發起文學革命，並提倡「整理國故」，希望能夠從中「捉妖」「打鬼」；魯迅不僅以《吶喊》、《彷徨》和大量的雜文在新文壇上佔據重要地位，他的《中國小說史略》、《漢文學史綱要》都是研究傳統的開創性著作；周作人則把「五四」新文學運動與明末反傳統思潮聯繫在一起，有意識地到傳統中去尋找新文學的源流。除此之外，中國傳統文化中儒家感時憂國、積極入世精神、道家的自然無為、飄然出世的傳統以及禪宗的任運隨緣、曠達超脫的特點，都曾給了留歐美和留日作

---

[6] 余英時：《五四運動與中國傳統》，《五四研究論文集》，聯經出版事業公司，1979年，第32頁。

家不同程度的影響，並在他們的文學思想和文學創作中表現出來。縱觀整個中國現代文學史的發展歷程，可以發現，無論是留歐美作家的「獨立」和「自由」，還是留日派的「激進」和「功利」，在一定程度上，他們都無法割斷與傳統的聯繫，更無法擺脫中國傳統文化精神的影響，對傳統的繼承和發展是留歐美和留日作家共同的文學傾向。

一、儒家文化精神的影響：以魯迅、郭沫若為例

中國的傳統文化，長期以來以儒家思想為其正宗。作為一種主流文化，它不僅作為統治階級的工具，統攝中國人的意識形態數千年，而且在幾千年的社會歷史變遷中已經形成了一個穩固的體系，具有自身獨特的文化價值理念。孔子曾說：「君子憂道不憂貧」、「君子謀道不謀食」、「朝聞道，夕死可矣」，把「道」放在一個至高的境界上，提倡為道為仁而犧牲的精神，而這個「道」，可以理解為一種知識份子的人生信仰，這種人生信仰更多地以國家和社會為目標，追求安邦定國、匡濟天下的社會政治理想，傳達對國家、民族和社會的責任感和道義感。儘管儒家思想長期以來作為封建統治階級的維護者，應該予以批判和否定，但他的這種感時憂國、積極入世、主動承擔道義的精神以及以「勞其筋骨，餓其體膚」為前提而主張的「修身齊家治國平天下」思想，「貧賤不能移，富貴不能淫，威武不能屈」的精神品格和氣節，應該說對民族發展和社會進步依然具有積極的意義。千百年來，這也是眾多知識份子、仁人志士前赴後繼、自覺承擔歷史賦予的責任和使命、為國為民奮鬥不止的千秋情懷和精神理想。表現在文學方面，儒家則更多地強調文藝的價值目的，強調文藝對人、對社會的教化與影響作用。孔子的「興觀群怨」詩教理論、「盡善盡美」的審美觀，以及後儒提出的「文以載道」說，都曾對中國文人和文學產生過

深遠的影響。翻開一部中國文學史，我們就會看到，幾乎所有傑出的人物，都曾受到儒家這種文化精神的薰陶，戰國詩人屈原身處亂世，卻不顧自身安危，為國為民，傾其全部心血寫出了不朽長詩《離騷》；司馬遷雖身處逆境，忍辱負重，仍不忘國家和人民，其根本動因都在於其強烈的社會憂患意識和為國為民的「濟世之志」。他們以自身的行動，傳達著對國家、民族和社會的責任感和道義感。而在留歐美作家和留日作家所處的 19 世紀末 20 世紀初，也正是一個社會動盪不安、迫切需要變革的歷史時期，中國社會面臨著空前嚴重的內憂外患危機和中西文化的劇烈碰撞所帶來的動亂與困惑。在這種時代氛圍中，無數的有識之士都在關注和思考中國未來的走向，並以自身的行動參與其中。以魯迅、郭沫若等為代表的留歐美和留日作家也不例外，他們以不同的方式和行動自覺承擔著歷史賦予的責任，也自覺地實踐著自身的文化宿命。

魯迅早年曾在《自題小詩》中寫道：「靈台無計逃神矢，風雨如磐暗故園。寄意寒星荃不察，我以我血薦軒轅」，一方面為中國的落後與黑暗、民眾的麻木和國民的劣根性而痛心、失望，另一方面也決心「我以我血薦軒轅」，他終其一生都在為革命為人民為理想而奮鬥，表現出知識份子傳統的使命感和深厚的熱愛祖國、熱愛人民的激情。早在新文化運動發生之前，魯迅就開始從文化的角度思考中國的出路，他棄醫從文，也「不過想利用他（小說）的力量，來改良社會」「意在揭出病苦，引起療救的注意」[7]。棄醫從文之後，魯迅先是籌辦《新生》雜誌，但旋即夭折；然後翻譯介紹外國文學作品，周作人一起翻譯《域外小說集》二冊，但銷售極為不理想，半年內只賣出數十本，相比之下，魯迅當時在留日作家創辦的刊物上發表

---

[7] 魯迅：《我怎麼做起小說來》，《魯迅全集》第 4 卷，人民文學出版社，1981 年，第 512 頁。

了《摩羅詩力說》、《文化偏至論》、《破惡聲論》等一系列重要論文等卻很有意義，正是在這些論文中，他的愛國主義的啟蒙主義者清晰而堅定地表現了出來。他欣賞具有反抗精神的作家和詩人，號召人們學習那些「立意在反抗，指歸在動作，而為世所不甚愉悅者」的「摩羅詩人」，爭得自己做人的權利。他甚至提出了一套完整的「立人」構想，即「首在立人，人立而後凡事舉」、「國人之自覺至，個性張，沙聚之邦，由是轉為人國。人國既建，乃始雄厲無前，屹然獨見於天下」。[8]而在新文化運動發生時，他更是全身心地投入這一運動，並為之鼓勁吶喊。他最早發表的《狂人日記》、《阿Q正傳》、《孔乙己》等一系列白話小說，堅決徹底地抨擊封建禮教和家族統治，在一系列雜文中更無情揭露傳統文化各種弊病，指出「中國的舊學說舊手段，實在從古以來，並無良效，無非使壞人增長些虛偽，好人無端的多受些於我都無利益的苦痛罷了」[9]，「所謂中國的文明者，其實不過是安排給闊人享用的人肉的筵席，所謂中國者，其實不過是安排這人肉的筵席的廚房」[10]，並號召青年們起來「掃蕩這些食人者，掀掉這筵席，毀壞這廚房」，去創造「中國歷史上未曾有過的第三樣時代」——真正的做人的時代。大革命失敗後白色恐怖瀰漫的時代，他也並不動搖和屈服，「黑暗之極，無理可說，……但我是還要反抗的」[11]，仍然以各種化名不斷寫文章，向反動當局擲出一把把犀利的匕首和投槍，揭露和批判國民黨反動派的統治。1930年加入左聯以後，他做了《對於左翼作家聯盟的意見》的報告，倡導無產階級文學，回應建立聯合戰線的要求，對舊社會和舊勢力進行堅決的鬥爭。

8　魯迅：《文化偏至論》，《魯迅全集》第1卷，人民文學出版社，1981年，第56頁。
9　魯迅：《我們現在怎樣做父親》，《魯迅全集》第1卷，人民文學出版社，1981年，第137頁。
10　魯迅：《燈下漫筆》，《魯迅全集》第1卷，人民文學出版社，1981年，第216頁。
11　魯迅：《致劉緯明》，《魯迅全集》第12卷，人民文學出版社，1981年，第629頁。

　　在他五十六年的人生中，魯迅用他那支犀利的筆，不斷地同封建舊思想、舊文化和國民黨反動派的黑暗統治做鬥爭，他雖然也曾對中國傳統文化進行猛烈的抨擊，對麻木沉默的阿Q、孔乙己等「哀其不幸，怒其不爭」，但他仍然相信「我們自古以來，就有埋頭苦幹的人，有拼命硬幹的人，有為民請命的人，這就是中國的脊樑」。許壽裳曾經指出：「魯迅表面上並不講道德，而其人格的修養首重道德，因之他的創作，即以其仁愛為核心的人格的表現。」[12]可以說，他在激烈的反傳統的同時，無意間又繼承了儒家傳統精神中的憂患意識、民本情懷和憂國憂民的精神。他的那種執著現世的精神，一生為國為民的品格，「知其不可為而為之」的操守，卻更近於儒家孔子的為人精神，甚至他性格中的那股凜然正氣，都與儒家傳統士大夫的「浩然正氣」一脈相承。他自己曾經說過：「我好像一隻牛，吃的是草，擠出的是牛奶和血」，他著名的兩句詩「橫眉冷對千夫指，俯首甘為孺子牛」，也正是他一生最好的寫照。魯迅的這種人格精神，和我們前面所說的傳統民族文化精神是一脈相承的。

　　《女神》時代的郭沫若，具有強烈的自我張揚的個性意識，熱烈追求精神自由和個性解放。在他的詩集中，處處喧囂著這樣自覺的呼聲：我讚美我自己」（《梅花樹下的醉歌》），我……我崇拜我」（《我是個偶像崇拜者》）。從他那天狗式自由馳騁的思想中，可以感受到那種恣肆汪洋的生命力的宣洩。而在這個時候，他是揚莊抑老的，他說：「《莊子》的書是我從小便愛讀的一種，至今還有好些兒篇文字我能夠暗誦」[13]，甚至在詩歌中大肆讚頌莊子：「我愛我國的莊子，／因為我愛他的 Pantheism，／因為我愛他是靠打草鞋吃飯的人。」但是到了 20 年代中後期，隨著他思想的轉

[12]　許壽裳：《我所認識的魯迅》，人民文學出版社，1978 年，第 76 頁。
[13]　郭沫若：《十批判書》，東方出版社，1996 年，第 488 頁。

向，他也從推崇莊子尊崇個人走向了人民大眾，他的思想和行動更符合儒家精神。1925 年，他在《文藝論集‧序》中說：「我的思想，我的生活，我的作風，在最近一兩年間，可以說是完全變了」，「我以前是尊重個性、景仰自由的人，但在最近一兩年間與水平線下的悲慘社會略略有所接觸，覺得在大多數人完全不自主地失掉了自由，失掉了個性的年代，有少數的人要來主張個性，主張自由，未免出於僭妄。」因此，「少數先覺者倒應該犧牲自己的個性，犧牲自己的自由，以為大眾人請命，以爭回大眾人的個性與自由。」可以看出，出於為革命、為人民大眾謀利益的目的，郭沫若自覺地放棄了對個性主義的探討和自由精神的追尋。從此以後，他放棄了之前所推崇的個人主義和浪漫主義，融入了人民大眾和革命的洪流，甚至穿上軍裝，走上了戰場，甘願做政治的「留聲機器」，言稱「我高興做個『標語人』、『口號人』，而不必一定要做『詩人』」；還提倡詩人直接用宣傳品服務於現實鬥爭，並且為著不同的政治目的和革命需要，他創作了大量的歷史劇和「應和」之作，把儒家的「文以載道」發揮到了極致。

　　不僅僅如此，郭沫若也一直試圖從儒家文化和傳統中找到積極奮鬥的精神力量。在《中國文化之傳統精神》一文中，他極力稱讚孔子，認為「我們所見的孔子，是兼有康得與歌德那樣的偉大的天才，圓滿的人格，永遠有生命的巨人」[14]；在《王陽明禮贊》一文中，他指出「儒家的現實主義精神被埋沒於後人的章句，而拘迂小儒復凝滯於小節小目而遺其大體。……儒家的精神，孔子的精神，透過後代注疏的凸凹鏡後是已經歪變了的。……於是崇信儒家、崇信孔子的人只是崇信的一個歪斜了的影像。反對儒家、反對孔子的人也只是反對的這個歪斜了的影像。」為此，他稱

---

[14]　郭沫若：《郭沫若全集》（歷史編）第 3 卷，人民文學出版社，1984 年，第 259 頁。

讚儒家「萬物一體的宇宙觀」、「知行合一的倫理觀」，禮贊王陽明「努力於自我的完成與發展，而同時使別人的自我也一樣地得遂其完成與發展」、「奮鬥到底」的精神。[15]他還特別崇拜屈原，認為：「屈原在他的倫理思想上卻很受了儒家的影響，他的行為表明他是一位現實的人物。他持身極端推重修潔，自己的化名是正則和靈均，又反反覆覆地屢以誠信自誡，而對於君國則以忠貞自許。……他所景仰的古人，如堯、舜、禹、湯、文王、箕子、比干，也是儒家典籍中所習見的人物。」[16]他還對儒家孔子的「仁」予以高度肯定，在他的歷史劇《屈原》、《高漸離》、《孔雀膽》、《虎符》中，他塑造了一系列重仁義，憂國憂民的志士仁人形象，同時把聶政姐弟的慷慨就義，高漸離和荊坷的刺秦王，如姬的竊符，都當作「殺身成仁」、「捨生取義」的高尚人生態度來讚揚。他曾在《十批判書》中說過：「仁的含義是克己而為人的一種利他的行為，……他要人們除掉一切自私自利的心機，而養成為大眾獻身的犧牲精神。」「這是相當高度的人道主義」，「這種所謂仁道，很顯然的是順應著奴隸解放的潮流的。這也就是人的發現」。把「仁」作為人生價值來估量，郭沫若對其推崇備至。關於如何發揮「自我」作用的問題，郭沫若又說：「以天下為己任，為救四海的同胞而殺身成仁的那樣的誠心，把自己的智慧發揮到無限大，使與天地偉大的作用相比而無愧，終至於神無多讓的那種崇高的精神。」[17]從某種程度上來講，這也就是極具現代積極意義的「仁」。

---

15 郭沫若：《郭沫若全集》（歷史編）第 3 卷，人民文學出版社，1984 年，第 293-297 頁。

16 郭沫若：《屈原研究》，《郭沫若全集》（歷史編）第 3 卷，人民文學出版社，1984 年，第 56 頁。

17 郭沫若：《中國文化之傳統精神》，《郭沫若全集》（歷史編）第 3 卷，人民文學出版社，1984 年，第 415-416 頁。

二、道家文化精神的影響：以林語堂、周作人、梁實秋為例

在中國傳統文化中，如果說儒家以其「積極入世」、「知其不可為而為之」的精神成為兩千年來中國封建社會的正統，那麼道家則以其「孤傲超世」、「自然無為」（無為而無不為）的特點與儒家社會進行積極對抗，彰顯了一種與儒家思想完全不同的道家精神。一方面，莊子祈慕「乘天地之正，而御六氣之辯，以遊無窮者，彼且惡乎待哉」的絕對自由，[18]要求衝破宗法專制和一切束縛人的規範，追求個性的獨立發展，以其獲得人格的解放和精神的自由；另一方面，莊子又主張「死生存亡，窮達貧富，賢與不肖毀譽，饑渴寒暑，是事之變，命之行也」，[19]認為現實的一切都是命定的必然，沒有必要與之抗爭，最好能夠「安時而順處」，知足長樂，淡泊無為，超然世外，不隨物遷，捨棄塵世的紛擾喧嚷，回歸到自然清靜無為之中，放棄一切現世的價值理念，在虛靜、素樸的自然中取得平和的心境，達到永恆的自由境界。這種清高淡遠的生命情調、寄情山水的自然意識、超然曠達、安時順處的處世態度在某種程度上消除了儒家社會過於爭名逐利的苦悶與困境，也為歷代文人和知識份子找到了一種排解鬱悶、尋求安慰的新的方式，使他們能夠在紛繁蕪雜的現實生活中找到一條安置靈魂的精神之路。這兩方面看似矛盾實卻統一，都表明了以莊子為代表的道家文化傳統的精髓，即個人本位思想與對自由的嚮往與追求。縱觀留歐美派和留日派諸作家，可以發現，他們當中有許多人都深受道家文化傳統的影響，在他們的文學創作和文學思想中也

---

[18]　《莊子·逍遙遊》，書海出版社，2001 年，第 2 頁。
[19]　《莊子·德充符》，書海出版社，2001 年，第 53 頁。

都體現出一種超然出世、無為而無不為、怡然自得的道家文化精神，其中以林語堂、梁實秋和周作人為代表。

林語堂曾經自詡「兩腳踏東西文化，一心評宇宙文章」，但從他的創作實踐中我們不難發現，他也深受中國傳統思想文化的影響，特別是以老莊為代表的道家思想。他曾說過如果強迫他在移民區說出自己的宗教信仰，他會不假思索的說出「道家」二字，他甚至把道家作為一種宗教來信仰。在《吾國與吾民》中他說：「生活於孔子禮教之下倘無此感情上的救濟，將是不能忍受的痛苦。所以道教是中國人民的遊戲心態，而儒家為上作姿態。這使你明白每一個中國人當他成功發達得意的時候，都是孔教徒，失敗的時候則都是道教徒。道家的自然主義是服鎮痛劑，所以撫慰創傷了的中國人的靈魂者。」[20]因此，他提出「以自我為中心，以閒適為格調」的閒適論和性靈說，都無不黏上道家的精神氣息，在本質上與道家崇尚自由的精神一脈相承。

林語堂提倡幽默、性靈和閒適，而這三點也正是借助於道家思想才真正彙為一體。何為性靈？林語堂指出，「在文學上主張發揮個性，向來稱之為性靈，性靈即個性也。大抵主張直抒胸臆，發揮己見……」，「文章者，個人性靈之表現」，「性靈就是自我」，「一人有一人之個性，以此個性無拘無礙自由自在之文學，便叫性靈」「性靈乃文學之命脈，得之則生，不得則死」[21]；要求作家無拘無束、自由自在地「表現自我」。而道家推崇「乘物以遊心」（《莊子・人間世》），希望超脫塵世功利目的束縛，提倡「法天貴真，不拘於俗」（《莊子・漁父》），推崇天才，發揮個性，都是性靈說極好的注腳。「幽默」的提倡曾經為林語堂招來「不合時宜」的過錯，而他

[20] 林語堂：《吾國與吾民》，《林語堂文集》第 8 卷，作家出版社，1995 年，第 112-113 頁。
[21] 林語堂：《論性靈》，《林語堂名著全集》第 18 卷，東北師範大學出版社，1994 年，第 238 頁。

卻認為「幽默本是人生之一部分，所以一國的文化到了相當程度，必有幽默的文學出現。」[22]他說：「看穿一切如老莊之徒，這是超脫派。有了超脫派，幽默自然出現了。超脫派的言論是放肆的，筆鋒是犀利的，文章是遠大淵放不顧細謹的。孜孜為利孜孜為義的人，在超脫派看來，只覺得好笑而已。儒家斤斤拘於棺之厚薄尺寸，守喪之期限年月，當不起莊生的一聲狂笑。於是儒與道在中國思想史上成了兩大勢力，代表道學派和幽默派」。[23]而「中國文學除了御用的廊廟文學，都是得力於幽默派的道家思想。廊廟文學都是假文學，就是經世之學，狹義言之，也算不得文學。所以真有性靈的文學，入人最深之吟詠詩文，都是歸返自然，屬於幽默派、超脫派、道家派的。中國若沒有道家文學，中國若果真只有不幽默的儒教道統，中國詩文不知要枯燥到如何，中國人之心靈不知要苦悶到如何？」[24]林語堂對老莊的推崇由此可見一斑，他的幽默可以說也是一種人生觀，與老莊為代表的道家思想一樣，都是希望對社會與人生持一種超脫、達觀的態度，與廟堂政治保持一定的距離，自由抒寫表現自我的「性靈」文學，趨向於最本真的自由。與「幽默」相諧，林語堂又提出了「以自我為中心，以閒適為格調」的閒適論，提倡以「閒散、自在之筆」書寫「可以說理，可以抒情，可以描繪人物，可以評論時事。凡方寸心一種心境，一點佳意，一股牢騷，一把幽情，皆可聽其由筆端流露出來」的小品文；[25]並且認為：「苟能人人抒性靈，復出以閒散、自在之筆」，就能「化板重為輕鬆，變嚴謹為幽默」，從而使得「中國文體必比今日通行文較近談話意味了」，更「近人生（情）。」在具體的創作中，他不僅常以表現自我的「閒情逸致」為內容，而且追求

22　林語堂：《林語堂名著全集》第 16 卷，東北師範大學出版社，1994 年，第 273 頁。
23　林語堂：《林語堂名著全集》第 16 卷，東北師範大學出版社，1994 年，第 274 頁。
24　林語堂：《林語堂名著全集》第 21 卷，東北師範大學出版社，1994 年，第 339-341 頁。
25　林語堂：《林語堂名著全集》第 18 卷，東北師範大學出版社，1994 年，第 22 頁。

精神上的自由抒發，因為在他看來，這個閒適，不是時間上的空閒，而是
獨立的精神自由空間。只有具備個體的精神自由，才可能說真話。這與道
家超然出世、怡然自得、以審美的態度來對待人生，重視人的獨立和自由
精神頗為契合。

在林語堂的長篇小說創作中，最著名的「三部曲」（《京華煙雲》、《風
聲鶴唳》《朱門》）的主旨都是弘揚傳統道家思想文化的。正如有評論者所
言：「《京華煙雲》、《風聲鶴唳》中姚思庵、木蘭、博雅祖孫三代，作為藝
術形象不見的成功，可作為道家精神的載體，卻甚有特色。」[26]林如斯也
認為，《京華煙雲》這部小說雖然在實際上的貢獻是消極的，但在文學上
的貢獻卻是積極的。「此書的最大的優點不在性格描寫得生動，不在風景
形容得宛然如在眼前，不在心裏描寫的巧妙，而是在其哲學意義」，「全書
受莊子的影響。」[27]《京華煙雲》的上卷名就是「道家女兒」，開篇就以莊
子的《大宗師》為引言，已經明確了本書的主旨是對道家哲學闡釋。小說
中主要人物姚思庵也是一位道家高士的形象，對仕途經濟、功名利祿全然
不放在心上。他蔑視世俗禮教，追求恬淡自適，沉潛黃老之學多年，能做
到處變不驚，方寸泰然，從不心浮氣躁。八國聯軍進北京，兵荒馬亂，很
多富足人家忙著逃跑，但他鎮定自若。[28]他的女兒木蘭被稱為「道家的女
兒」，天資聰穎、心胸開闊，充滿美好的幻想卻又深受父親道家思想的薰
染而從容淡定、與世無爭、順其自然、隨遇而安。她生於富貴之家，過的
是錦衣玉食的生活，卻從不貪戀榮華富貴，一心想著能幽居鄉村田間，過
自由自在簡單清靜的農婦生活。甚至希望丈夫遠離官場，去江上做個漁

[26] 子通：《林語堂評說七十年》，中國華僑出版社，2003 年，第 312 頁。

[27] 林如斯：《關於〈京華煙雲〉》，《林語堂名著全集》第 1 卷，東北師範大學出版社，
1994 年，第 2 頁。

[28] 林語堂：《林語堂名著全集》第 1 卷，東北師範大學出版社，1994 年，第 8 頁。

夫，自己則幻想能夠成為一位健壯的船娘。夫妻倆生活在綠水青山之間，與天地融為一體，盡情享受自然美景，從而忘卻社會上的繁文縟節，清靜無為。姚木蘭是林語堂所鍾愛的人物，他曾說過：「若為女兒身，必為木蘭也」。在這個理想的女性身上，林語堂寄託了自己很多美好的願望和道家思想精神的追求。有評論者曾對這部小說的道家色彩做過如下評斷：「在《京華煙雲》中，林語堂對道家文化影響下的社會人生進行了淋漓盡致的描繪。小說以莊子語錄，冠於每卷開首，從道家信徒姚思庵一家的搬遷開始到他的女兒姚木蘭領著子女們混入流亡的人群結束，描寫了北京城中姚、曾、牛三大家族的興衰浮沉和三代人的悲歡離合。往來循環的福禍運轉，春去秋來的生命枯榮以及茫然若失的人生情緒構成了小說濃重的道家的文化氛圍。」[29]事實上也正是如此。

　　梁實秋早年曾留學美國，深受白璧德的新人文主義影響，極力推崇人性，堅決反對文學成為政治的工具，反對文學的階級性，為此曾無數次與魯迅、左翼等發起關於革命文學「文學的階級性」和「與抗戰無關論」等論戰，「誓死」捍衛文學「發於人性、基於人性、亦止於人性」的本質特徵。可以說，在早期，梁實秋是積極入世、「揚儒抑道」的，他曾在《現代文學論》中猛烈批判道家思想，認為：「中國的文學，和中國的一般思想一樣，可以說是受儒道兩大潮流的支配。儒家雖說是因了歷代帝王的提倡成了中國的正統思想，但是按之實際，比較深入我們民族心理的卻是道家的思想……中華民族本是一個最重實踐的民族，數千年來，表面上受了儒家的實踐哲學的教導，而實際上吸收了老莊的清靜無為的思想和柔以克剛的狡獪伎倆，逐漸的變成了一個懶惰而沒出息的民族。對於這樣一個民

29　閻開振：《理想人格追求中的生命形態》，《魯迅與中國新文學的精神》，姜振昌主編，中國社科出版社，2004 年，第 330 頁。

族，及時行樂的文學，山水文學，求仙文學，當然是最恰當的反映！中國文學和西洋文學整個的比較起來，我們可以以看出中國文學的主要情調乃是消極的，出世的，離開人生的，極度浪漫的。」[30]還認為：「中華民族受了幾千年的老莊思想的麻醉，現在應該到覺醒的時候。……據我看道家思想是中國文學不健康的癥結，我以為新文學運動第一件要做的事不是攻打『孔家店』，不是反對駢四儷六，而是嚴正的批評老莊思想。」[31]站在新人文主義的立場上，梁實秋對中國傳統文化進行了獨到的闡釋，並推斷出「道家思想是中國文學不健康的癥結」，從而呼籲「嚴正地批評老莊思想」。但他這種「揚儒抑道」思想卻在後期發生了轉變，特別是抗日戰爭以後，他隨軍進入四川，自築「雅舍」並寫作《雅舍小品》以後，他便從對道家文化的批判轉到了欣賞和皈依。

他曾經說過：「因為在人們少壯氣盛的時候，他對老莊那種淡泊無為、安性命之情的趣味或許難於領略，但是閱歷漸多，世情窺透，當少壯的銳氣轉換為老成的渾融之後，老莊情趣有可能滲入其骨骼。」[32]他本身也正是如此，他曾以《中年》為題，談論自己人生情趣的變遷，認為「所謂『耳畔頻聞故人死，眼前但見少年多』，正是一般人中年的寫照」，「中年人的妙趣，在於相當的認識人生，認識自己，從而自己能作的事，享受自己所能享受的生活」；[33]也曾在簡陋的茅屋「雅舍」中怡然自得，「這『雅舍』，我初來時僅求其能蔽風雨，並不敢存奢望，現在住了兩個月，我的好感油然而生」，「縱然不能蔽風雨，『雅舍』還是有它的個性」，「屋內地板乃依山勢而鋪，一面高，一面低，坡度甚大，客來無不驚歎，我則久而安之，

[30] 梁實秋：《現代文學論》，《梁實秋批評文集》，珠海出版社，1998 年，第 156-159 頁。
[31] 梁實秋：《現代文學論》，《梁實秋批評文集》，珠海出版社，1998 年，第 159-160 頁。
[32] 楊義：《中國現代文學流派》，《楊義文存》第 4 卷，人民出版社，1998 年，第 620 頁。
[33] 梁實秋：《中年》，《梁實秋散文》（一），中國廣播電視出版社，1989 年，第 100-103 頁。

每日由書房走到客廳是上坡，飯後鼓腹而出是下坡，亦不覺有大不便處」，
並且「『雅舍』最宜月夜──地勢較高，得月較先。看山頭吐月，紅盤乍
湧，一霎間，清光四射，天空皎潔，四野無聲，微聞犬吠，坐客無不悄然！
舍前有兩株梨樹，等到月升中天，清光從樹間篩灑而下，地下陰影斑斕，
此時尤為幽絕。自到興闌人散，歸房就寢，月光仍然逼進窗來，助我淒涼。
細雨濛濛之際，『雅舍』亦復有趣。推窗展望，儼然米氏章法，若雲若霧，
一片瀰漫……但若大雨滂沱，我就又惶悚不安了」；[34]如此簡陋的雅舍，梁
實秋也能從中自得其樂。不僅如此，他那是還「愛讀英國蘭姆的《伊利亞
隨筆》和周作人的苦茶小品，開始以溫潤、雅潔、韻味清醇的文筆，寫人
生百態和社會百相的小品。話男女，寫風物，論書畫，談歲時，於清雅通
脫、幽默解頤之處，散發著魏晉名士的機智和晚明小品的俊逸」。[35]比如他
談時間，認為「時光不斷地在流轉，任誰也不能攀住它停留片刻」，「人，
誠如波斯詩人義漠伽耶瑪所說，來不知從何處來，去不知向何處去，來時
並非本願，去時亦未徵得同意，糊裡糊塗地在世間逗留一段時間。在此期
間內，我們是以心為形役呢？還是立德立功立言以求不朽呢？還是參究生
死自超三界呢？這大主意需要自己拿。」[36]他談快樂，希望「有時候，只
要把心胸敞開，快樂也會逼人而來。這個世界，這個人生，有其醜惡的一
面，也有其光明的一面。良辰美景，賞心樂事，隨處皆是。智者樂水，仁
者樂山。雨有雨的趣，晴有晴的妙，小鳥跳躍啄食，貓狗飽食酣睡，哪一
樣不令人看了覺得快樂？」[37]不管客觀的物質條件有多麼艱苦，世事如何
滄桑變化，此時的梁實秋似乎已經深深領悟人生的本真所在，從而形成了

---

[34] 梁實秋：《雅舍》，《梁實秋散文》（一），中國廣播電視出版社，1989 年，第 27-29 頁。
[35] 楊義：《道家文化與中國現代文學》，《中國社會科學》1997 年第 2 期。
[36] 梁實秋：《談時間》，《梁實秋散文》（一），中國廣播電視出版社，1989 年，第 275-277 頁。
[37] 梁實秋：《快樂》，《梁實秋文集》，吉林攝影出版社，2000 年，第 369-370 頁。

自己寧靜、淡泊、自然的人生觀，他的字裏行間深深透露著道家「游心於物外，不為世俗所累」、追求質樸平淡、「安貧樂道」的情趣和精神，透露出了他對道家文化的某種肯定。直至晚年，梁實秋還在《豈有文章驚海內》中寫道：「道家思想支配我們民族性的養成，其影響力之大似不在儒家之下……一個道地的中國人大概就是儒道釋三教合流的產品」[38]，再次表達了他對道家精神和處世之道的推崇，也正因為這樣，他自己在散文寫作中處處散發道的情趣和道家精神。

在五四新文化運動時期，周作人曾與魯迅、陳獨秀、胡適等人一起，高揚啟蒙理性的旗幟，希望以文藝作為改造國民靈魂、拯救民族之道，他的一系列論文如《人的文學》、《平民的文學》、《新文學的要求》、《文學上的俄國與中國》、《聖書與中國文學》等，均對當時以及以後的文學運動產生了廣泛而深遠的影響，也確立了周作人作為五四時期新文學理論家的地位。但隨著「五四」的落潮，他卻站在了人生的十字路口苦悶彷徨，他沒有像魯迅等人那樣繼續奮勇前行，反而躲進了自己的園地，從早年的激進走向了平淡甚至隱逸，對現實人生採取了另外一種超然態度。然而也正是這種轉變和超然，使得周作人由最初的儒家的急進功利走向了道家的沖淡平和、曠達灑脫。

他曾說過自己的靈魂裏住了兩個鬼：「一個『紳士鬼』，一個『流氓鬼』」[39]，他的性格也既有和順的一面；又有褊急的一面。但最終「流氓鬼」被「紳士鬼」所制約，褊急也被和順所同化，開始漸離喧囂的主流文化中心，在樹萌下閒坐慢慢喝苦茶、談閒話、吃茶食，追求一種無拘無束、自然適意的日常生活境界，從凡夫俗子的普通生活中發現無盡的情趣和愉悅自身的

[38] 梁實秋：《豈有文章驚海內——答丘彥明女士問》，《梁實秋文學回憶錄》，嶽麓書社1989年，第92頁。
[39] 周作人：《談虎集·兩個鬼》，上海書局，1987年，第393頁。

美。他講究生活的情趣，追求非功利的閒適的人生，主張用審美的心態來看待生活，享受生活，從而獲得精神的靜穆與超越。他說「在江村的小屋裏，靠著玻璃，烘著白炭火鉢，喝清茶、同友人談閒話，那是頗愉快的事」；還提倡「我們於日用必需的東西以外，必然還有一點無用的遊戲和享樂；生活才變得有意思。我們看夕陽，看秋河，看花，聽雨，聞香、喝不求解渴的酒，吃不求飽的點心，都是生活上必要的——雖然是無用的裝點，而只是愈精煉愈好。」[40]他寫喝茶：「喝茶當於瓦屋紙窗之下，清泉綠茶，用素雅的陶瓷茶具，同二三人同飲，得半日之閑，可抵上十年的塵夢。喝茶之後，再去繼續修各人的勝業，無論為名為利，都無不可，但偶然的片刻優遊乃正亦斷不可少……江南茶館中有一種『乾絲』用豆腐乾切成細絲，加薑絲醬油，重湯燉熱，上澆麻油，出以供客……在南京時常食此品，據云有某寺方丈所製為最，雖也曾嘗試，卻已忘記，所記得乃只是下關的江天閣而已。學生們的習慣，平常『乾絲』既出，大抵不即食，等到麻油再加，開水重換之後，始行舉箸，最為合式，因為一到即馨，次碗繼至，不遑應酬，否則麻油三澆，旋即撤去，怒形於色，未免使客不歡而散，茶意都消了。」[41]平淡無奇的生活被他用同樣平淡自然的筆調娓娓道來，無拘無束，頗具情趣又悠然自得。而周作人對日常生活過程的不厭其煩的賞玩與描寫，對這種「無用之用」的追求也無不處處透著老莊道家的風采，他寫「故鄉的野菜」、「北京的茶食」、「鄉風名俗」、「花鳥魚蟲」、「生活瑣韋」，他談聽談鬼、學畫蛇、玩古董、種胡麻或咬大蒜、拾芝麻（《五十自壽詩》）等等無不體現了道家自然無為、怡然自得的人生態度。

---

[40] 周作人：《澤瀉集‧北京的茶食》，《周作人自編文集》，河北教育出版社，2002 年，第 18 頁。

[41] 周作人：《澤瀉集‧吃茶》，《周作人自編文集》，河北教育出版社，2002 年，第 20 頁。

　　不僅如此，他曾創造了五四新文學的新文體——美文，在文學創作上追求質樸平淡、自然本色的文風。「如果是冬天，便坐在暖爐旁邊的安樂椅子上，倘在夏天，則披浴衣，啜苦茗，隨隨便便，和友好任心閒話，將這些話照樣地移在紙上的東西，就是 essay。興之所至，也說些以不至於頭痛為度的道理罷。也有冷嘲，也有警句罷。既有 humor（滑稽）也有 pathos（感憤）。所談的題口，天下國家的大事不待言，還有市井的瑣事，書籍的批評，相識者的消息，以及自己的過去的追懷，想到什麼就談什麼，而托於即興之筆者，是這一類文章。」[42]他認為散文和小品文的創作就在於「想到什麼就縱談什麼，而托於即興之美」的隨意與自然；在實踐上周作人對「平淡」亦極為推崇，他自己的散文也大都自然平淡、執著樸素，文字簡潔、筆調清新閑淡，大多如行雲流水般舒緩自然。他說「那種平淡而有情味的小品文我是向來仰慕，至今愛讀，也是極想仿做的」[43]，「平淡，這是我最缺少的，雖然也原是我的理想」[44]「我近來作文極慕平淡自然的景地。……像我這樣褊急脾氣的人生在中國這個時代，實在難望能夠從容鎮靜地做出平和沖淡的文章來。我只希望，祈禱，我的心境不要再粗糙下去，荒蕪下去，這就是我的大願望。」郁達夫曾在《中國新文學大系・散文二集導言》中對其作出過中肯的評價：「周作人的文體，又來得舒徐自在，信筆所至，初看似乎散漫支離，過於繁瑣，但仔細一讀，卻覺得他的漫談，句句含有分量，一篇之中，少一句就不對，一句之中，易一字也不可，讀完之後，還想翻轉來從頭再讀的。當然這是指他從前的散

---

[42]　魯迅：《出了象牙之塔》（譯文），《魯迅全集》第 13 卷，人民文學出版社，1973 年，第 164-165 頁。

[43]　周作人：《過去的工作・兩個鬼的文章》，河北教育出版社，2002 年，第 90 頁。

[44]　周作人：《瓜豆集・自己的文章》，《周作人自編文集》河北教育出版社，2002 年，第 170 頁。

文而說，近幾年來，一變而為枯澀蒼老，爐火純青，歸入古雅遒勁的一途了。」[45]

如此看來，對周作人而言，無論是在人生態度上，還是在為文創作中，他都深受道家文化精神的影響，他的道家風範也給他的弟子們留下了深刻的印象。如廢名回憶說：「『漸近自然』四個字大約能以形容知堂先生，然而這裏一點神秘沒有，他好像拿了一本《自然教科書》做參考。……我們很容易陷入流俗而不自知，我們與野蠻的距離有時很難說，而知堂先生之修身齊家，直是以自然為懷。雖欲讚歎而之不可得也。」[46]沈啟无這樣談起周作人：「周先生在日常生活上是很莊嚴的——不是嚴肅，是莊嚴。他的生活的氣氛幾乎不是中國式的，卻是外國式的。倘拿中國的哲學來比擬，則他毋寧與道家相近，而他所提倡的儒家精神，卻其實是他所缺乏的。」[47]

三、佛教精神的影響：以李叔同、豐子愷、蘇曼殊為例

佛教文化價值觀是在佛教長達兩千多年的歷史中產生和發展的。自佛教從印度傳入中國並大力推廣發展後，佛教文化價值觀也自然而然地構成了中國傳統文化價值觀的一個重要分支。與儒家的積極入世和道家的淡泊無為相比，佛家更重視自身的修煉和超脫。原始佛教提出了被稱為「三法印」的三個命題：諸行無常，諸法無我，一切皆苦；認為世間一切事物都是一種流轉，只能在永恆的流動中存在，猶如水流火焰，遷流不息、瞬息即變，無始無終；身處其中的人無法正確認識和把握這個世界，也無法主

---

[45] 郁達夫：《中國新文學大系・散文二集導言》，《中國新文學大系導論集》，上海良友復興圖書印公司，1940 年，第 213-214 頁。

[46] 廢名：《知堂先生》，《廢名文集》，東方出版社，2000 年，第 133 頁。

[47] 轉引自：孫郁、黃喬生主編：《周氏兄弟》，河南大學出版社，2004 年，第 37 頁。

宰自己的命運，故常為世俗所累所逼，無法擺脫痛苦，肉體上經受生死病痛之苦，精神上歷盡煩惱滄桑，人生就是一個苦難的歷程。面對這樣的人生困境，佛教提倡一種任運隨緣的處世態度，認為世界一切事物的生起與物無不是因緣和合而生的，一切事物都處於因果聯繫之中，人們可以通過任運隨緣來迴避或者忘卻人生的煩憂苦惱，通過修行構建自我「自性清淨」的至善本質，從而達到拯救和超脫的境界。與此同時，佛教追求的最高理想或終極目標是「涅槃」或「圓寂」，即滅一切煩惱，滅生死因果，以求得最終的解脫，把人從輪迴的苦難中拯救出來。為了實現這一目標，佛教提倡「大慈大悲、普渡終生、救苦救難、關愛生命」的拯救情懷。通過修持戒律、滅除因果，一方面可以看破紅塵，大徹大悟，求得個人心靈的澄澈寂靜和精神慰藉，從現實的悲苦中超脫出來，達到與佛相契合的境界；另一方面也可以「上求佛道，下化眾生」，在「自度」的基礎上「以出世的精神幹入世的事業」，求得芸芸眾生的解脫。所謂「大慈與一切眾生樂，大悲拔一切眾生苦」正是佛教「他力救濟」觀念的體現。[48]自從佛教傳入中國以來，便以其特有的魅力吸引者眾多文人墨客，影響著他們的人生觀、世界觀，以及他們的創作理念，留歐美作家和留日作家中的許多作家也深受佛教精神的影響，其中以豐子愷、李叔同、蘇曼殊為最。

在現代中國作家中，豐子愷是十分特別的一個。他在動盪不安的社會環境中依然能夠保持安寧平和；他吟詩作畫，無論是作為畫家還是文人，都能夠卓然成家，獨樹一幟；他曾深受他的老師李叔同（即弘一法師）的影響並追隨他皈依佛門，甘願做一個「藝術與宗教的信徒」，雖未正式出家修行，卻也倍守沙門戒律，食齋念佛，幾十年如一日；他與世無爭、隨

---

[48] 佛教傳說中為平息虎患而捨身飼虎、為賑濟饑民而捨身為食、為換取小兒心肝而把自己的心肝獻給群盜，甚至為救一隻鴿子而割肉餵鷹等典故宣揚的就是佛教先度人再度己的拯救精神。

意自然、超塵脫俗，追求生活的「閒適」與「趣味」，在平凡的日常生活中發現與眾不同的審美趣味，顯示出高遠的人生境界，他的文學創作也因此別具一格，充滿了自由、從容的生命情趣。應該說，這一切都與他受到中國傳統文化的浸染，尤其是接受了佛教文化的影響不無關係。

他曾說過：「歡喜讀與人生根本問題有關的書，歡喜談與人生根本問題有關的話，可說是我的一種習性。我從小就不歡喜科學而歡喜文藝。為的是我所見的科學，所談的大多是科學的枝節問題、離人生根本很遠。而我所見的文藝書，即使最普通的《唐詩三百首》、《白香詞譜》等，也處處會有接觸人生根本而耐人回味的字句。」[49]他也曾不止一次地追問「時間」和「空間」的問題，常常想：「床的裏面是帳，除去了帳是壁，除去了壁是鄰家的屋，除去了鄰家的屋又是屋，除完了屋是空地，空地完了又是城市的屋，或者是山是海，除去了山，渡過了海，一定還有地方，那麼空間到什麼地方為止呢？」甚至「心中憤慨地想：我身所處的空間的狀態都不明白，我不能安然做人！世人對於這個切身而重大的問題，為什麼都不說起？」他有時向「時間」發問，「這蒼蒼者中上去，有沒有止境」，有時「在自己的呼吸中窺探時間的流動痕跡」，探究「時間究竟怎樣開始，將怎樣告終」。「我的生命是跟了時間走的，時間的狀態都不明白，我不能安心做人！世人對與這個切身而重大的問題為什麼都不說起？」[50]由此可見，豐子愷是由對終極實在的關懷和追問而走向宗教的。與許多因為仕途坎坷、人生失意而看破紅塵、遁入空門的人相比，豐子愷的信佛，帶著真正的佛教徒的熱情，沒有絲毫現實的功利目的，他是為了尋找生命和人生的意義、找尋自己本真的歸宿，是為了解決人生中的疑惑和宇宙實相而信仰佛

49　豐子愷：《談自己的畫》，《緣緣堂隨筆集》，浙江文藝出版社，1983 年，第 138 頁。
50　豐子愷：《兩個？》，《緣緣堂隨筆集》，浙江文藝出版社，1983 年，第 64 頁。

教的，信佛對他而言不只是一種外在的形式，而是一種真誠的信仰。也正因為如此，他的日常生活也充滿著佛教意味，他的漫畫和散文創作也都呈現出明顯的佛教色彩。他用宗教式的心態、眼光與思維方式去觀察體認環繞自我的社會環境和日常生活，甚至用佛教的人生哲學和倫理觀念來解釋人生的諸多問題，認識世界真相，從而使他的散文創作如《緣緣堂隨筆》等散發出一種十分獨特別致的風韻與情調。

　　日本現代作家谷崎潤一郎在談及《緣緣堂隨筆》時曾經指出：「他所取的題材，原並不是什麼有實用或深奧的東西。任何瑣屑輕微的事物，一到他的筆端，就有一種風韻，殊不可思議」。[51]豐子愷讀到此文後，認為頗有「異國知己」之感。他的散文取材雖然也大多是人生感悟、讀書學畫、兒女趣事等極普通、極平常的生活瑣事，但由於他「崇佛」和隨之而形成的寧靜淡泊、超然灑脫的心境，他總是能以曠達的態度對待人生世事，也常常能從這些日常生活的細微小事中獲得無窮的樂趣，從而使他的散文充滿著人生的感悟和愉快，字裏行間還總是透露著一些宗教和佛理的意味。同時，由於對藝術和宗教的信仰，他也極為強調生活的閒適和趣味，他認為生活沒有趣味，「人就變成枯燥、死板、冷酷、無情的一種動物。這就不是『生活』，而僅是一種『生存』了。」[52]豐子愷曾在《告緣緣堂在天之靈》一文中描寫了他一家在故鄉石門灣的生活情景，就是他所追求的生活「趣味」的最好體現。「春天，門前桃花開滿枝頭，門內朱欄映著粉牆，堂前有呢喃的燕語。窗子傳出弄剪刀的聲音；夏天，櫻桃紅了，芭蕉綠了，垂簾時見參差的人影，秋千架上常有歡樂的笑語，堂前喊一聲『開西瓜了』，一時間樓上樓下走出來許多兄弟姊妹，傍晚來一個客人，芭蕉蔭下擺起小酌的座位；秋天，葡萄棚下的

[51]　豐子愷：《緣緣堂隨筆集》，浙江文藝出版社，1991年，第280頁。
[52]　豐子愷：《謝謝重慶》，《豐子愷散文選集》，上海文藝出版社，1981年，第214頁。

梯子上不斷地有孩子們爬上爬下，窗前的茶几上不斷地供著一盆本地產的葡萄，夜間明月照著高樓，樓下的水門汀好像一片湖光，四壁的秋蟲齊聲合奏。在枕上聽來渾似管弦樂合奏；冬天，南向的高樓中一天到晚曬著太陽，溫暖的炭爐裏不斷地煎著茶湯。廊下堆著許多曬乾的芋頭，屋角擺著兩三缸新釀的米酒，星期六的晚上，孩子們陪著父親寫作到深夜，常在火爐裏煨些年糕，煮些雞蛋來充冬夜的饑腸」，他把一年四季的普通生活寫的異常幸福、安逸、溫暖，令人心馳神往。在《藝術的逃難》中，作者在抗戰期間率全家老小十一口人，在貴州緊張、驚險的逃難，可他依然能從中感到一種特殊的愉快，甚至認為「顛沛流離的生活，也有其溫暖的一面；」在一般人看來，這種生活也許是平淡、枯燥、乏味的，可豐子愷卻從中品嘗出無窮的樂趣和韻味，顯示出他那種寧靜、超然、淡泊的人生態度。

　　除此之外，佛教認為「一切眾生，悉有佛性」，認為人們只要向內心追求，一心向善，就可以成佛。而這種「清淨心」、「佛性」又集中體現在兒童身上，因為童心最為純真，還沒有受到世俗的浸染，是最初一念之本心，所以，一些受佛教思想影響的文學家如李贄、袁宏道、龔自珍等大都禮贊童心，豐子愷也是如此。在他的文學創作中，兒童是一個重要的主題。他曾說自己是一個「兒童崇拜者」，「我初嘗世味，看見當時社會的虛偽驕矜之狀，覺得成人都已失本性，只有兒童天真爛漫、人格完整，這才是真正的『人』。於是變成兒童崇拜者……」。他認為成人社會之所以出現虛偽、奸詐、貪婪、荒淫、苦難、哀傷、不幸，都是背離童心的結果。兒童世界是他所憧憬的沒有虛偽殘忍、名利勢力的理想社會，成人社會所不具有的一切優秀品質都可以在這裏找到。他寫《華瞻的日記》、《給我的孩子們》《兒女》、《談自己的畫》等，飽含真情地描寫兒童的姿態、興趣、感情，極力讚美兒童的純真無邪，是「身心全部公開的真人」，「有著天地間最健全的心眼」，「世間的人群結合，永遠沒有像你們樣的徹底地真實而純潔。」

　　在風雲巨變、社會動盪的 20 年代，豐子愷似乎表現出了不合時宜的
過於超脫和淡然，他曾感歎人生如夢，世事無常，雖然擁有一定的社會名
望，他仍然淡泊名利，正直超脫，蟄居鄉間，一生埋頭作畫、寫文章，過
著「富貴於我如浮雲」的淡泊生活。他篤守著佛家精神，修煉個人品性，
注重生活情趣、禮贊童真，在庸俗的日常生活中，悟出人生真諦，以超實
利的、審美的心態看待生活，追求一種無拘無束、自然率真的日常生活境
界，從而感受無窮的生命樂趣。不論處於何種境地，他都能泰然處之，無
所執著，不懼不餒，甚至苦中求樂。他很欣賞唐人張繼的《感懷》詩：「調
與時人背，心將靜者論。終年布城裏，不識五侯門。」這實際上正是豐子
愷心境與人格的絕妙寫照。也正因為他具有這樣一種寧靜淡泊、超然灑脫
的心境，所以，他能以曠達的態度對待人生世事，常常能從日常生活的細
微小事中獲得感悟和愉快。

　　弘一大師李叔同早年曾留學日本學習西方繪畫、音樂、話劇，並將他
們傳至中國，是中國近代新文化運動中積極的活動家。1901 年考入南洋公
學特班，因暗中鼓吹民權思想而得到蔡元培的賞識。之後，又與許幻園、
黃炎培等熱血青年創立「滬學會」，提倡尚武精神，宣傳移風易俗，致力
於啟發民智的工作，其時流行的《祖國歌》即出自李叔同之手；1905 年秋，
李叔同東渡日本日本留學。臨行填《金縷曲・將之日本，留別祖國並呈同
學諸子》一詞：「披髮佯狂走。莽中原，暮鴉啼徹，幾株衰柳。破碎河山
誰收拾？零落西方依舊。便惹得離人消瘦……二十文章驚海內，畢竟空談
何有！聽匣底，蒼龍狂吼。長夜淒風眠不得，度群生那惜心肝剖？是祖國，
忍孤負！」[53]與此前寫的《感時》中「男兒若論收場好，不是將軍也斷頭」

53　李叔同：《金縷曲・將之日本，留別祖國並呈同學諸子》，《李叔同集》，郭長海、郭
　　君今編，天津人民出版社，2006 年，第 146 頁。

一樣，都表明了他義無反顧的愛國和獻身精神。留學期間轉入藝術領域後，其政治熱情並未減退。1906 年，李叔同在日本得知祖國的兩淮地區遭遇特大水災，便積極參加並創辦「春柳社」，公演《茶花女遺事》和《黑奴籲天錄》西洋話劇，親自扮女主角，將所得票款全部寄往災區救災；辛亥革命爆發後，他填了一首《滿江紅》以表示對民國英雄的景仰和自己的決心，激發國人的勇氣，詞曰：「雙手裂開鼷膽，寸金鑄出民權腦，魂魄化作精衛鳥，血花濺作紅心草，看從今一擔好山河，英雄造。」[54]歸國以後，他又授課講學，提倡教育，這樣一位中國近代文化史上的先驅者，於詩詞書畫篆刻、音樂戲劇皆有造詣的大師，卻悄然出家，從一個才華橫溢且具有積極入世思想的「翩翩濁世公子」皈依佛門，過上了竹杖芒鞋、戒律精嚴的苦行僧生活。

　　但他的弟子豐子愷卻很能理解他，認為他出家是當然的，是「為了人生的根本問題而做和尚的。他是真正的和尚，他是痛感於眾生疾苦愚昧，要徹底解決人生根本問題而「行大丈夫事」的；而且以人生的「三層樓」來比喻他的出家，「我以為人的生活可以分作三個層次。一是物質生活，二是精神生活，三是靈魂生活。物質生活是衣食，精神生活是學術文藝，靈魂生活便是宗教。人生就是這樣一個三層樓」，而中國的絕大多數人追求物質生活的滿足，有力『上樓』的就是企求精神滿足的知識份子，再上一層就達到物我兩忘的靈魂境界，成為宗教徒」，弘一法師則是「由藝術昇華到了宗教」[55]，由藝術大師升變為佛門大師。李叔同自己也曾說過：「形影相弔，非絕物也，其畢事無聞，非尚隱也」；可見，他入佛並非心灰意

---

[54]　李叔同：《滿江紅・民國肇造，填此志感》，《李叔同集》，郭長海、郭君兮編，天津人民出版社，2006 年，第 156 頁。

[55]　豐子愷：《我與弘一法師》，《豐子愷文集》第 6 卷，浙江教育出版社，1992 年，第399 頁。

懶、萬念俱灰、於壯年逃儒歸釋，而是試圖通過他自己的苦行來感化、解救徘徊於精神苦難中的中國人，人入佛門，但心繫世間。佛教講究「上求佛道，下化眾生」，「悲天憫人、自度度人」，縱觀李叔同的一生，他自度度人的拯救情懷始終不曾停息。他曾經激進愛國，參加過同盟會，也加入過以柳亞子為首的革命文學團體南社，但民國初年的現實卻使他徹底失望了，因此他想到了佛，想利用佛家思想來改造社會和人心，認為這是中國社會裏唯一的出路。於是出家前他積極入世，出家後他依然心繫世間，李叔同精研律學、依律修持，廣植佛因，以普渡眾生為最高目的，甚至「念佛不忘猶國」，抗戰時期，他曾大力提倡「念佛不忘救國，救國不忘念佛」，並寫成法書廣送各方人士，積極宣傳抗戰。

　　如前所述，李叔同不僅是中國進現代史上著名的著名的藝術家、藝術教育家、一代高僧，他留下的的詩文，也是他才情四溢、率性而自由的抒寫，並隨著他思想的轉變呈現出不同的風格。青年求學期間李叔同身處清末社會動盪之中。所感所發無不透著熱血男兒的豪氣。其中《祖國歌》和《我的國》等詩歌，感情真摯，極具感染力。《祖國歌》中有「我將騎獅越昆侖，駕鶴飛渡太平洋，誰與我仗劍揮刀？」的詩句。他在留學日本期間創作的《我的國》，則成為了一首流傳甚廣的愛國歌曲。「東海東，波濤萬丈紅。朝日麗天，雲霞齊捧，五洲惟我中央中。二十世紀誰稱雄？請看赫赫神明種。我的國，我的國，我的國萬歲……」，字裏行間流露出一個莘莘學子的愛國報國之情。而 1912 年秋他曾受邀任浙江杭州第一師範學校音樂、美術教員，清雅美麗西湖，悠閒寂靜的生活，讓他的心能夠暫時平靜了下來，他沉詩風也變得寧靜淡泊。在這一時期，他的心境的微妙變化，詩風逐漸向感歎人生、思考人生的方向轉變。在杭州的前期生活中，他的詩歌的顏色是明麗淡雅的。如《春遊》、《西湖》、《早秋》、《西湖夜遊記》等或描繪春意盎然的早春景象，「春風拂面薄如紗，春人裝束淡於畫，

遊春人在畫中行，萬花飛舞春人下」；或讚美西湖的山水美麗，「大好湖山美如此，獨擅天然美。明湖碧無際，又青山綠作堆。漾晴光瀲灩，帶雨色幽奇。靚妝比西子，盡濃淡總相宜」；或泛舟湖上，秋水長天，觸景傷感，抒發文人特有的情致。而開始反思人生、決定皈依佛門以後，他的詩文裏就多了幾分淡淡的哀愁和對人生無常的嗟歎。《悲秋》中「西風乍起黃葉飄，日夕疏林秒，花事匆匆，夢影迢迢，零落憑誰弔。鏡裏朱顏，愁邊白髮，光陰催人老，縱有千金，縱有千金，千金難買年少」已經想到了人生的無常、年華易逝、個人、家國命運不可捉摸；《月夜》讀起來更覺淒涼：「纖雲四捲銀河淨，梧葉蕭疏搖月影；剪徑涼風陣陣緊，暮鴉棲止未定，萬里空明人意靜……想此時此際，幽人應獨醒，倚欄風冷。」《晚鐘》則使他終於找到了精神的終極關懷——皈依佛門，「大地沉沉落日眠，平墟漠漠晚煙殘。幽鳥不鳴暮色起，萬籟俱寂叢林寒。浩蕩飄風起人秒，搖曳鐘聲出塵表……眾生病苦誰扶持？……唯神憫恤敷大德，拯吾罪惡成正覺；誓心稽首永皈依，溟溟入定陳虔祈。倏忽光明燭太虛，雲端仿佛天門破。莊嚴七寶迷氤氳，瑤華翠羽垂繽紛。浴靈光兮朝聖真，拜手承神思！仰人衢兮瞻慈雲，若現忽若隱鐘聲沉暮人，神恩永存在。神之思，大無外」，由對人生的痛苦反思走向了對佛教的虔誠皈依。

　　朱光潛曾在《以出世的精神，做入世的事業》的紀念文章中寫道：「弘一法師是我國當代我所最景仰的一位高士。……弘一法師雖是看破紅塵，卻絕對不是悲觀厭世。我自己在少年時代曾提出『以出世精神做入世事業』作為自己的人生理想，這個理想的形成不止一個原因，弘一法師替我寫的《華嚴經》對我也是一種啟發。佛終生說法，卻是為救濟眾生，他正是以出世精神做入世事業的。入世事業在分工制下可以有多種，弘一法師從文化思想這個根本上著眼。他持律那樣謹嚴，一生清風亮節，永遠嚴頑立懦，

為民族精神文化樹立了豐碑。」[56]高度概括了李叔同皈依佛門的主要原因所在。一般而言，大凡在亂世之中或在理想抱負難以實現的時候，一些人習慣於皈依宗教，不僅是尋找一種精神寄託，也可以說是重新建築心靈精神的支點，以保證自我精神的獨立，不悖夙願地從事自己的理想事業的精神需要，弘一法師正是如此。他人入佛門，但心繫世間，入世救人之心常在。

同樣是皈依佛門，李叔同是為了救世度人，從「藝術上升到宗教」，從人生境界向靈魂境界提升，因此他嚴格遵守佛教清規戒律，潛心修行，最終成為一代高僧。而蘇曼殊卻有著不同的入佛的動機、不同的修持方式和不同的理佛結果。在他短短的一生中，對於佛門，他「三進三出」「半僧半俗」。1895 年，年幼的蘇曼殊造家族其時冷落，為生計所迫，第一次出家，不久即以偷食鴿子破戒而被逐出寺門；1898 年，蘇曼殊第二次出家，是為癡情所致。他與日本女子靜子相識相戀，卻因叔父干擾而不得不分開，靜子卻因此殉情而死，蘇曼殊痛不欲生，回國到到廣州白雲山蒲澗寺，剃度修行。卻終究難耐寂寞，他很快又離開了寺廟回到日本念書；1903年，蘇曼殊第三次出家，是為「蘇報」案所逼。《蘇報》是當時中國最具革命性和戰鬥力的進步報刊，它被查封，給蘇曼殊以沉重打擊，苦悶的他只好又到廣東海雲寺修禪受戒，打算「掃葉焚香、送我流年」，然而還是耐不住青燈古剎之靜和芒鞋破缽之苦，又回到俗世；1904 年，蘇曼殊南游泰國、緬甸、到印度、越南等國考察佛教聖地，學習梵語，並且在手臂上烙了九個香洞，重新受戒，還曾打算隱居山林，終老於佛門，但終究做不到卻塵緣。由此可見，蘇曼殊皈依佛門，純粹是因為人生失意、痛苦不堪，為了在佛教中求得一時的心理平衡和安慰，卻又難耐青燈古佛的寂寞與淒涼，經不起紅塵的誘惑而一再還俗。

56　轉引自：《弘一法師年譜‧自序》，林清玄編著，宗教文化出版社，1995 年，第 10 頁。

　　蘇曼殊的人生理想是「壯士橫刀看草檄，美人挾瑟請題詩」，早年的他也曾心懷凌雲壯志，幻想成為「拜倫式的英雄」，「破壞舊的世界，另造一個公道的新世界」，為此，他在日本參加青年會、拒俄義勇隊的等革命組織，1903 年被迫回國時創作詩歌：「蹈海魯連不帝秦，茫茫煙水著浮身。國民孤憤英雄淚，灑上蛟綃贈故人。海天龍戰血玄黃，披髮長歌攬大荒。易水蕭蕭人去也，一天明月白如藉」，表現了自己反抗強敵、勇赴國難的悲壯豪情。但是時代的風雲變換使他的理想化為了泡影，個人感情的鬱結又使他痛苦難言，於是他不得走向佛門，試圖獲得自我的救贖和靈魂的超脫。但佛教要求：不為物動，不為情牽，持律修行，優遊於世間紅塵之外。他又難以做到自性清淨，始終關注著塵世的芸芸眾生。如果說李叔同實現了自度度人的拯救情懷，而蘇曼殊卻成為了連自我也無法救贖的存在，他曾說過：「學道無成，思之欲泣。」終其一生都掙扎在出世與入世、情與佛的困境之中。他的文學創作也都反映了這種無奈和煎熬。他一共創作完整的小說有五篇：《斷鴻零雁記》、《絳紗記》、《碎簪記》、《焚劍記》、《非夢記》未完稿《天涯紅淚記》。全部以男女愛情婚姻為題材，而且無一例外地以悲劇告終。用他的兩句詩來說，可謂是「袈裟點點疑櫻瓣，半是脂痕半淚痕」。《斷》和《絳》中三郎和夢珠都曾皈依佛門並為此拒絕愛情，但終不能完全了卻塵緣，「柔絲斬而未斷，情魔驅而又回」。《碎簪記》中三人先後自縊了結情緣，卻留下一個「或一日有相見之期」的尾巴。《非夢記》中夢生入了空門，雖是已「不談往事」，卻也不可能完全超脫了卻塵緣。據考證，1909 年春天，曼殊在日本結識百助楓子，「彼此一見引為知音。兩人相親相怨，日久情濃，或則傾訴身世，或者靜坐吹笙，或者揮淚繪像，或者饋贈禮物，直至百助以身相許，曼殊婉言拒絕，釀成一出有情人不能成為眷屬的悲劇。」蘇曼殊還有一句詩來祭奠這段感情：「還卿一缽無情淚，恨不相逢未剃時」（《本事詩·之七》）。無限的哀怨、無限的

纏綿,既已入了佛門,便不能談婚論嫁,雖有佳人的愛,也只能還君情淚、空留遺憾。「偷嚐天女唇中露,幾度臨風拭淚痕。日日思君令人老,孤窗無語正黃昏」(《水戶觀梅有寄》),蘇曼殊在佛性與人性,宗教與愛情的二難選擇中苦苦掙扎,備受煎熬。他曾作詩云:「契闊死生君莫問,行雲流水一孤僧,無端狂笑無端哭,縱有歡腸已似冰。春雨樓頭尺八蕭,何時歸看浙仁潮,芒鞋破缽無人識,踏過櫻花第幾橋。」儘管表面上是行雲流水、悠然自得,可是心靈深處的痛苦,又使他不能不表露出來。蘇曼殊一生掙扎於出世與入世、「方外」與紅塵之中,情與佛是他無法擺脫的矛盾與痛苦,他既無法通過參佛逃離塵世苦痛,又難以面對人生的慘澹,他的創作也具有濃郁的焦灼與困惑。

第二節　知識探求與公共關懷: 留學作家的民族憂患意識

何為民族主義?長期以來,眾說不一。正如法國政治學家吉爾・德拉努瓦指出:民族主義是一種非常富有彈性、甚至變化無常的意識形態;因此它能為極其矛盾的客觀目標服務……這是一個包羅萬象的外殼。」[57]美國教授漢斯・科恩認為,「民族主義是一種心理狀態,即個人對民族政權的忠誠高於一切,這種心理狀態是同生養他的土地,本地的傳統以及在這塊土地上建立起來的權威等等聯繫在一起的」[58]。古奇的表述更為具體,他認為「民族主義是一個民族(潛在的或實際存在的)成員的覺醒,這種

---

[57]　吉爾・德拉努瓦:《民族主義:七頭蛇從未被消滅》,法國《世界報》1992 年 5 月 18 日。

[58]　房寧、王炳權:《論民族主義思潮》,高等教育出版社,2004 年,第 20 頁。

覺醒與實現、維持與延續該民族的認同、整合、繁榮與權利的欲求結合在一起，它作為一種意識形態，是指一種心態，即一個人以民族作為最高效忠對象的心理狀況，它包含著本民族優越於其他民族的信仰。」[59]美國研究民族主義問題的著名學者卡爾頓・海斯提出了民族主義的四層含義：一是指各民族建立政治實體和現代民族國家的歷史過程；二是建立民族國家過程中所體現的理論、原則和理想；三是指政治集團追求民族國家的行動；四是指民族成員的心理狀態，即表現出對民族國家超越一切的高度忠誠和對本民族優越性的堅定信仰。」[60]《簡明不列顛百科全書》則解釋為：「民族主義可以表明個人對民族國家懷有高度忠誠的心理狀態。（它是）近代史的一項運動。在整個歷史中，人們都為了他們的故土、祖輩的傳統，以及他們所在地區的權威所嚮往；不過直到 18 世紀末葉，民族主義才開始普遍被認為是塑造人們公共的以至個人的生活中起決定作用的因素。」[61]他們民族主義的界定雖然側重面不同，但大都談到了民族主義的共同特徵：即它是在長期的歷史發展過程中，民族共同體的成員產生一種特定的共同心理觀念、思維方式和風俗習慣等特質，以及在此基礎上形成的民族意識和民族共同感，表現為對民族和國家的至高無上的忠誠、熱切關注、追求民族利益，捍衛民族獨立、平等、繁榮，以及伴隨而來的民族的自尊、自強、自豪等心理情感，如其與國籍意識一致，則發展為愛國主義情感。[62]與此同時，它有時也會變成一種系統化的理論和政策，為實際的民族成長過程提供原則和觀念，並指導追求、維護本民族生存和發展權益的社會實

---

[59]　G・P・古奇：《民族主義》，紐約，1920 年，第 5 頁，引自鄭師渠：《近代中國的文化民族主義》，《歷史研究》1995 年 5 月。

[60]　卡爾頓・海斯：《民族主義論文集》（Calton J. H. Hayes, Essays On Nationalism），1926 年，第 5-6 頁。

[61]　《簡明不列顛百科全書》第 6 卷，中國大百科全書出版社，1986 年，第 6-7 頁。

[62]　但有時也會產生民族的自誇自傲自大意識，從而由民族的狹隘心理導致民族利己主義。

踐和群眾運動,以具體的行動來實現其理想或追求。很多時候,只有經過一定的政治、經濟和文化的歷史運動,人們對其民族的熱愛與忠誠才能轉化為現實的民族主義力量。

在西方,一般認為民族主義發端於 18 世紀末的西歐,在 17、18 世紀歐洲啟蒙運動及歐美早期資產階級革命的推動下,在反對封建專制和爭取民族獨立這兩面大旗的鼓舞下,近代民族主義於 18 世紀末正式形成於歐美,其主要標誌是《北美獨立宣言》和《人權宣言》的發表,其基本形態是法國式的強調民主和民權的政治民族主義,[63]和德國式的強調民族精神和文化傳統的文化民族主義。[64]正如有評論者所言:「三大事態構成其主要的直接原因:一是法國大革命,特別是在這場革命中出現的人民主權論;二是作為對啟蒙運動及其世界主義思想之反應的德意志浪漫主義和歷史主義;三是工業革命及其引起的社會大轉型,亦即現今慣稱的現代化過程。」[65]在法德之後,民族主義在歐洲成為各民族國家崛起過程中主要的思想潮流之一,隨後席捲了整個世界。在從 19 世紀末開始到 20 世紀後半葉的近百年間,民族主義發展為波瀾壯闊的民族解放運動,世界上出現了許多原先沒有的現代民族國家。而在中國,與西歐直至近代才形成民族的現實,中國民族主義形成的歷史要久遠的多。早在古代,華夏族(漢代以後稱之為漢族)即已形成,其民族主義的產生自然也就較早。章太炎就說過:「民族主義,自太古原人之世,其根性固已潛在,遠至今日,乃始發

---

[63] 即集中表現為反對外來壓迫和對民族國家的追求,而且這種追求往往通過政治和軍事手段加以完成。

[64] 即表現為認同、維護和發揚本民族的文化傳統,堅信民族固有文化的優越性,抵制外來不良文化對民族文化的衝擊。

[65] 時殷弘:《民族主義與國家增生的類型及倫理道德思考》,《知識分了立場:民族主義與轉型期中國的命運》,時代文藝出版社,2000 年,第 137 頁。

達，此生民之良知本能也。」[66]孫中山也認為：「蓋民族主義，實吾先民所遺留，初無待於外爍者也。」[67]需要指出的是，中國古代的民族主義還只是一種以為中國是天下之中心的「華夏中心」、「華尊夷卑」觀念，還沒有形成像歐洲那樣的強烈的民族認同感、民族主義意識和民族國家觀念。「天處乎上，地處乎下，居天地之中者曰中國，居天地之偏者曰四夷，四夷外也，中國內也」，[68]古代中國人認為中國處於世界的中心，自己的文化是最優秀的文化，也是代表人類文明的普世文化，從而不會將別的國家看作是與自己地位平等的夥伴或對手，也不會把自己視為民族國家體系中的普通一員，所有別的國家不是藩屬，就是蠻夷。然而，西方的船堅炮利粉碎了國人「天朝大國「的美夢。1840年鴉片戰爭的失敗，使中國人遭遇幾千年來所未有的巨變，外憂內患，中國人開始睜開眼睛看世界，正視和認真對待這個世界。第二次鴉片戰爭後的中法戰爭、中日戰爭、八國聯軍，一次一次的外敵入侵，中外越來越頻繁的交往，終於使人們看到列國並存的事實，「華夏中心」的觀念逐漸被打破，中國人的主權意識、政治民族意識逐步生成並變得越來越清晰。正如有學者所說：「一部中國近代史，就是一部西方列強入侵步步加深的歷史。這是一部中國人民的苦難、屈辱與怨恨不斷增強的歷史，一部越來越廣泛的社會階層投入到救亡圖存運動中去的歷史，當然也是中國民族主義形成的歷史。」[69]而在中國近百年的歷史過程中，「凡是能掀起一時人心的政治、社會、文化的運動，分析到最後，殆無不由民族主義的力量或明或暗地主持著」，可見民族主義是「中國近

66　章太炎：《駁康有為論革命書》，《章太炎政論選集》上冊，中華書局出版社，1977年，第194頁。

67　孫中山：《孫中山全集》第7卷，中華書局，1985年，第60頁。

68　張汝倫：《現代中國思想研究》，上海人民出版社，2001年，第112頁。

69　曹錦清、陳保平：《中國七問》，上海科技教育出版社，2002年，第107-108頁。

代史上一個最重要的主導力量」[70]。與此同時，這一時期，許多西方近代觀念和知識如進化論、民族國家、主權等大量湧入，加速了中國的覺醒和近代思想的形成。一部分先進分子如嚴復、梁啟超等大量譯介、引進西方理念，企圖挽救民族危亡並改造中國社會。民族意識強化的西方近代思想在中國的傳播，也促成了近代民族主義在中國的形成。

在近代中國，當中國遭到外族入侵、民族生存遭遇危機的時候，民族主義無疑成為最具感召力和最富社會動員力量的思潮之一，也是近代中國謀求變革、追求現代性的主要原動力之一。為了反對西方列強的侵略與欺凌，中國的精英階層和民眾團結一致，為挽救民族危亡，重樹民族威望，實現國家的獨立與富強而共同奮鬥。留歐美和留日作家都是近現代中國頗具憂患意識的知識份子，他們經歷了以天朝大國的士大夫滑落到弱國子民的痛苦歷程，強烈的民族憂患意識促使他們奮起，繼承「以天下為己任」的傳統，去尋找救國保種的途徑。他們大都在 19 世紀末 20 世紀初中國風雨飄搖時期負笈留學海外，企圖以西方先進的思想和科學文化知識拯救中國於危難之中。雖然胡適、梁實秋、聞一多等留學歐美，深受歐美自由主義思潮的影響，而魯迅、郭沫若、郁達夫等留學日本，更多地呈現出激進主義的特點，但留學歸國以後，面對中國內憂外患的殘酷現實，他們高揚愛國主義的熱情，同許多仁人志士和廣大民眾一起並肩作戰，堅決反對外敵入侵、捍衛民族獨立、希望以建立獨立的民主國家，轟轟烈烈的五四新文化運動即是這一民族主義思想的彰顯。可以說，在那個特殊的年代，民族主義不僅是留歐美派和留日派向西方學習的根本動力，也是他們共同的

---

[70] 余英時：《中國現代的民族主義與知識份子》，載《近代中國思想人物論：民族主義》，臺北時報出版社，1981 年，第 558 頁。

民族意識和基本情結所在，他們的一系列文學活動和文藝觀也都反映出共同的民族主義和愛國主義傾向。

　　有評論者認為「魯迅的一生都沒有擺脫民族主義情結的糾纏」，對五四時期中國知識份子而言，民族主義是向西方學習、振興中華的主要動力，魯迅也是如此。他從進南京礦路學堂到留學日本，最初的原因便是科學救國。魯迅最初選擇了學醫，是受到了父親病故的刺激，痛感中國缺乏現代醫學，立志以醫學救國。在日本仙台醫專學習又受到「幻燈事件」的刺激和日本學生的歧視，更激發他的民族意識。他曾寫下了「我以我血薦軒轅」的詩句，表達了深摯的愛國主義情感。當留日作家發起拒俄運動時，魯迅又寫了《斯巴達之魂》，慷慨激昂地鼓吹民族主義。與此同時，在日留學期間，魯迅曾拜章太炎為師，並受到了章太炎的文化保守主義和民族主義思想的影響。縱觀他這一時期寫下的《文化偏至論》、《摩羅詩力說》、《破惡聲論》等文章，表達了鮮明的民族主義思想，不僅對中國傳統文化充滿著讚美和自豪之感，「夫中國之立於亞洲也，文明先進，四夷莫之與鄰，蔑視高步，因益為特別之發達；及今日雖凋零，而猶與西歐對立，此其幸也。」[71]並提出「外之既不後於世界之思潮，內之仍弗失固有之血脈，取今復古，別立新宗」的中西文化融匯觀；而且他還大量譯介了一些被壓迫民族的文學，以尋求反抗的思想資源和傳達被壓迫民族的哀聲。五四新文化運動時期，魯迅參加並開始激烈地反傳統和主張西化，他曾反對讀中國書，認為「中國古書，頁頁害人」，並在他的小說《狂人日記》、《阿Ｑ正傳》、《孔乙己》、《祝福》、《藥》等猛烈批判傳統社會和傳統文化，希望藉以解剖、改造國民靈魂。五四以後，在創造社、太陽社等一系列社團的論爭中，魯迅逐漸接受了馬克思主義，並加入了左聯，從鼓勵西化、學習

71　魯迅：《墳·摩羅詩力說》，《魯迅全集》第1卷，人民文學出版社，1981年，第99頁。

西方文明轉向批判，「不再僅僅看到西方文化與中國傳統文化的對立，而是認為西方帝國主義與封建主義的傳統文化沆瀣一氣」，走向了革命民族主義。由此可見，留學日本時期，魯迅讚揚中國古代文化，是出自民族主義情結，希望在西方和西方文化的壓力下，維護中華民族和中華文化的尊嚴；「五四」時期的魯迅為了啟蒙和改造國民靈魂，猛烈批判中國封建主義的傳統文化，但在今天看來，批判的背後依然有著強固的民族主義情結，因為啟蒙和批判都是為了救國；左聯時期的魯迅選擇了革命民族主義和馬克思主義，最終目的還是希望能夠拯救中國。

不僅僅是魯迅，對詩人聞一多和艾青來說，民族主義和愛國主義也始終是他們詩歌創作的一個主題。在中國現代詩人中，聞一多無疑是有名的愛國主義詩人，他在他的詩歌創作中始終關注「中國」「中華文明」和中國「五千年的歷史」，表達了深沉的愛國主義和民族主義情感。早在清華學習期間，聞一多就曾於 1916 年 6 月在《清華週刊》上發表《論振興國學》稱：「國於天地，必有與立，文字是也。文字者，文明之所寄，國粹之所憑也。希臘之興以文，及文之衰也，而國亦隨之。羅馬之強在奧開斯吞時代，及文氣爾敝，禮淪樂弛，而鐵騎遂得肆其蹂躪焉！吾國漢唐之際，文章彪炳，而郅治躋於咸五登三之盛。晉宋以還，文風不振，國勢披靡。……顧《禮》以節人，《樂》以發和，《書》以道事，《詩》以達意，《易》以道化，《春秋》以道義。江河行地，日月經天，亙萬世而不渝，臚萬事而理者，古學之為用，亦既廣且大矣。」[72]從「國粹」的角度希望以文化來振興中華；而 1923 年留美期間，異域的一切使他強烈地意識到東方與西方、中國與美國的不同，在抵禦、反抗西方現代文明時，他經常將眼光投向中國傳統文化，在寫給父母的信中，他說：「一個有思想之中國青年留居美國之滋

---

[72] 聞一多：《聞一多全集》第 12 卷，湖北人民出版社，1993 年，第 282-283 頁。

味，非筆墨所能形容……我乃有國之民，我有五千年之歷史與文化，我有何不若彼美人者？將謂吾國人不能制殺人之槍炮遂不若彼之光明磊落乎？」[73] 在同年寫給梁實秋的信中寫道：「一個『東方老憨』獨居在一間 apartment house 底四層樓上，抬頭往窗口一望，那如像波濤的屋頂上，只見林立的煙囱開遍了可怕的『黑牡丹』；樓下是火車、電車、汽車、貨車（trucks，運物的汽車，聲響如宙），永遠奏著驚心動魄的交響樂。」[74] 而「我堂堂華胄，有五千年之政教、禮俗、文學、美術，除不嫻製造機械以為殺人掠則之用，我有何者一多後於彼哉，而竟為彼所藐視、蹂踇，是可忍孰不可忍！士大夫久居此邦而猶不知發奮為雄者一，真木石也。」[75] 在這裏，聞一多以「東方老憨」自居，不僅表明了對西方「現代」的抵禦與厭惡，而且也彰顯了他對中國傳統文化的肯定和自豪感，儘管帶有晚清「國粹」思想和企圖以文化救國的傾向，但依然表現出聞一多一以貫之的民族主義思想。

在他的新詩創作中，從一開始，聞一多就曾經說過：「現在春又來了，我的詩料又來了，我將乘此多作些愛國思鄉的詩。這些作品若出於至性至情，價值甚高，恐怕比那些無病呻吟的情詩（指汪靜之《蕙的風》──引者注）又高些」[76]。對郭沫若的《女神》以及當時的新詩，他希望能夠「保留地方色彩」，而且批評當時的新詩一味學習西方，反而失去了中國特色。他還批評道：「現在的新詩中有的是『德謨克拉西』，有的是泰果爾，亞坡羅，有的是『心弦』、『洗禮』等洋名詞。但是，我們的中國在哪裡？我們四千年的華胄在哪裡？哪裡是我們的大江，黃河，昆崙，泰山，洞庭，西子？又哪裡是我們的《三百篇》，《楚騷》，李，杜，蘇，陸？」[77] 他自己的

[73] 聞一多：《聞一多全集》第 12 卷，湖北人民出版社，1993 年，第 138 頁。
[74] 聞一多《聞一多全集》第 12 卷，湖北人民出版社，1993 年，第 175 頁。
[75] 聞一多《聞一多全集》第 12 卷，湖北人民出版社，1993 年，第 50 頁。
[76] 聞一多：《聞一多全集》第 12 卷，湖北人民出版社，1993 年，第 162 頁。
[77] 聞一多：《聞一多全集》第 12 卷，湖北人民出版社，1993 年，第 119 頁。

詩集《紅燭》和《死水》中的《孤雁》、《太陽吟》、《憶菊》、《死水》、《一句話》等詩，都袒露著一片赤子之情，充滿了深沉熾熱的愛國激情。在《紅燭》中他深情地唱著夢魂縈繞的祖國，抒發了遊子的鄉愁，傾吐了遭受民族歧視的積憤，並試圖用悠久的歷史、燦爛的文化去抵制資本主義物質文明；「五卅愛國詩」渲染了嚴重的民族危機感；《死水》詛咒黑暗現實，表達了對舊中國的失望和憤懣。在聞一多的心中，祖國是「莊嚴燦爛的」，是「有高超的歷史」、「有逸雅的風俗」的名花，是「五千年的記憶」。他的愛國詩高揚民族正氣，弘揚民族歷史文化，在那個特殊的年代很能激發中國人的民族自尊心和自豪感，在讀者中尤其是那些深愛祖國文化的愛國知識份子自中引起強烈的共鳴。朱自清曾在 1935 年編輯《中國新文學大系‧詩集》時稱讚聞一多是「唯一的愛國詩人」。可以說，「愛國」，是聞一多詩歌創作自覺追求的主題，民族主義也是聞一多不變的情結。因此，後來在抗戰時期聞一多拍案而起，積極加入了民主運動的行列，從詩人、學者轉變為激進的鬥士，也是命定的必然。

艾青曾在《詩與時代》一文中談到：「最偉大的詩人，永遠是他所生活的時代的最忠實的代言人；最高的藝術品，永遠是產生它的時代的情感、風尚、趣味等等之最真實的記錄。」因此，從 1932 年發表第一首詩《會合》到 1936 年出版第一部詩集《大堰河──我的保姆》，艾青始終深切關注著祖國、人民和腳下的土地，他的詩也總是把個人的悲歡融合到時代的悲歡裏，反映民族和人民的苦難與命運，反映現實的生活和鬥爭，傳達出時代的呼喚和人民的心聲，表現出鮮明的民族主義特色。一九三二年，他在獄中寫的第一首詩《會合》，就真實地描繪了從東方到巴黎留學的學生因為自己不幸的祖國和戰爭給人民的苦難激起的悲憤之情，以及要投入變革現實的鬥爭的昂奮熱情；在前期的詩歌《大堰河──我的保姆》中，他通過詩的形式的塑造並歌頌了舊中國苦難婦女的象徵──大堰河勤

勞、善良、寬厚、樸實的優秀品質，從那時起，詩人就以滿腔的同情關懷著勞動者的悲苦命運；在《北方》、《雪落在中國的土地上》、《手推車》、《我愛這土地》、《乞丐》等作品中則側重表現了外族入侵，中華民族生死存亡的危機時刻，反映了戰爭給中國人民帶來的痛苦和不幸；除了表現民族的苦難，描寫人民的痛苦與不幸的同時，艾青在他的詩作中也抒發了對光明的嚮往與追求。在更多的篇章裏，他不僅直接讚頌了那些與敵人直接搏鬥的勇士，而且熱烈地謳歌美好的事物以及對未來的憧憬。在《太陽》、《黎明》、《春人》、《笑》、《煤的對話》《他起來了》、《吹號者》、《他死在第二次》等詩作中，艾青充滿了希望，表現了對光明的嚮往和追求，以雄健的格調和沸騰的情緒，歌唱從屈辱中站立起來的人民為捍衛土地和民族尊嚴所作出的英勇卓絕的戰鬥，歌唱鬥爭中的人民對於光明前途的樂觀信念，披露了他強烈的戰鬥個性和對革命的憧憬。由此可見，在深重的民族危機面前，艾青一開始就以崇高的民族熱情和執著的精神注視著民族的生存和發展，並和人民一起，分擔著祖國的憂慮和民族的苦難。他在他的筆下寫到了土地、農民、戰爭、士兵、太陽、黎明等，表現了人民的苦難、奮發與獻身，戰爭的前途與命運，民族解放、社會解放的理想和憧憬。他的愛國情緒與人民大眾息息相通，與抗戰的現實緊密結合。他的詩歌傾訴著民族的苦難，歌頌了祖國的戰鬥，不僅深切反映出抗戰的時代精神，更反映出艾青對民族、國家和人民真摯的關切和民族主義情感。在當時猶如時代的號角，吹奏出一曲曲深沉雄壯的旋律，鼓舞著我們的民族奮發起來同敵人進行殊死的戰鬥。

　　對以郭沫若、郁達夫、成仿吾等為代表的創造社而言，由於其特殊的留日背景，再加上中、日兩國深重的民族矛盾、置身日本深受的屈辱和痛苦、他們的愛國情緒、民族情結也就表現的格外鮮明和強烈。郭沫若不論是在 1924 年轉向之前還是在其之後，都始終保持著他對中華民族的愛戴

以及他對祖國的前途與命運的關心。儘管他的一生做過多次的人生選擇，但民族主義始終是其基本原則之一。無論是最初去日學醫，「我在初，認真是想學一點醫，來作為對於國家社會的切實貢獻」[78]；還是後來像魯迅一樣棄醫從文，希望「在無形之間或許也可以轉移社會」[79]；以及在 1925 年發表《文藝論集序》中宣佈：「我的思想、我的生活、我的作風、在最近一兩年之內可以說是完全變了」，並接受了馬克思主義，意識到「在大眾未得到發展個性、未得到享受自由之時，少數先覺者倒應該犧牲自己的個性，犧牲自己的自由，以為大眾人清命，以爭回大眾人的個性與自由！[80]」甚至不久即投筆從戎投身於大革命戰爭的洪流之中。可以說，郭沫若的出發點都是科學救國、思想啟蒙和革命救亡，並把民族獨立、國家利益置於個人興趣和個人自由之上，而且他的這種愛國之心與憂國憂民的情懷，在其作品中是隨處可見的。《女神》時期的郭沫若已經開始呼喚革命、新生、時代狂飆、破舊立新，把歌唱祖國與歡呼革命結合在一起，在《鳳凰涅槃》、《匪徒頌》、《巨炮之教訓》、《女神之再生》中，他不僅表現了熱切盼望祖國獲得新生、民族得以復興的強烈願望，對帝國主義、封建勢力表現了激烈的仇恨反抗，而且追求民主、科學、進步，直接喚起和激勵了一代青年由愛國而走上反抗、叛逆、革命的道路。《前茅》裏他一面宣告與舊的情感、追求決裂：「別了，虛無的幻美」，一面關注著代表時代前進方向的工農命運與鬥爭；《恢復》時期他歌詠工農大眾、充滿了無產階級的戰鬥激情，而在一系列歷史劇中他讚揚具有叛逆、反抗和創造精神的屈原、聶政等，都表明了郭沫若基於時代要求，不斷改變自身的方向，與人

---

[78] 郭沫若：《郭沫若全集》（文學編）第 12 卷，人民文學出版社，1992 年，第 15 頁。
[79] 郭沫若：《郭沫若全集》（文學編）第 9 卷，人民文學出版社，1992 年，第 242 頁。
[80] 郭沫若：《郭沫若全集》（文學編）第 15 卷，人民文學出版社，1992 年，第 146 頁。

民大眾一道抗擊日本侵略者、保衛中華民族對作出了突出的貢獻，他的個人行動和文學創作都表明了他深厚的愛國主義情感和民族主義思想。

雖以文學家著稱，但郁達夫一生都充滿了報國熱忱，民族意識也始終貫穿他創作的始終。儘管早期的《沉淪》等小說多是對性愛苦悶、弱國子民苦悶和悲哀的抒發和描繪，但依然透露著期盼祖國富強、民族獨立的愛國主義情結。隨著時代的發展，他小說也從以「個人」為中心漸漸演變為以「社會」為中心，如《春風沉醉的晚上》《薄奠》等都反映了下層社會的痛苦，表現出對勞動者的同情。與此同時，他還積極關注革命形勢的發展，與革命的需要保持一致。他先後寫作政論《在方向轉換的途中》，抨擊蔣介石的獨裁的高壓政策；在《〈鴨綠江上〉讀後感》中，肯定蔣光慈的小說，並呼喚產生「烈風暴雨般的粗暴偉大，力量很足，感人很深的文學」；在《農民文藝的提倡》一文中，提出文藝要表現「占最大多數、最大優勢」的農民階級，要描寫「農民的生活，農民的感情，農民的苦楚」。抗戰爆發以後，他又投入時代的洪流，積極抗日。他不僅在《文學漫談》這一演講辭裏論述了文學具有宣傳的力量，文學家應有最敏感的神經，文學必須反映時代的要求，而且號召青年學生「我們到了這樣內憂外患一時聚集的時候，也要來談文學。我們要用文學來作宣傳，喚醒我們本國的群眾，叫他們大家起來反抗帝國主義。」與此同時，他還參加周建人、胡愈之等集議組織的「上海文化界反帝抗日大聯盟成立大會」，1932 年先後與魯迅、茅盾等聯合發表《上海文化界告世界書》，譴責帝國主義發動「一二八戰爭」；與戈公振、陳望道等組織「中國著作家抗日會」，並任編輯委員和國際宣傳委員會委員，他的文學創作主題也立即轉化為強烈的抗日救亡，中篇小說《她是一個弱女子》就是受淞滬戰爭激勵而完成的。……從他這一系列積極的抗日活動和文學創作中，也可以看到郁達夫報國的赤誠之心。一代藝術大師劉海粟評價說「達夫是中華大地母親孕育出來的驕

傲，是本世紀最有才華最有民族氣節的詩人之一，愛國是他一生言行中最突出的傾向」；著名劇作家夏衍也說「達夫是一個偉大的愛國者，愛國是他畢生的精神支柱。」在他短暫的 49 年生涯中，郁達夫一直憂國憂民、忠貞報國、最終以身殉國，他以他的經歷和文學創作彰顯了自古以來文人「心憂天下」的民族意識和高度的社會責任感。

除此之外，成仿吾、李初梨、朱鏡我、彭康等後期創造社成員大力提倡革命文學和無產階級文學，以階級的、革命的觀念來審視一切現存的和過去的文學，並深刻發掘文學在思想內容上的諸種社會價值；要求文藝反映時代生活並充分發揮宣傳作用，強調文學為政治服務的功能，把階級性和政治性凸顯到至關重要的地位；田漢、歐陽予倩、夏衍也都在他們的戲劇創作中宣揚或「附和」了這種功利的文藝觀，雖然在今天看來，他們因過於注重文學的政治和宣傳功能而忽略了文學自身的審美價值，具有一定的缺陷和不足；但在特殊的戰爭的年代，他們的文藝觀也只是一種號召民眾、拯救民族危亡的一種手段而已，這也從另一個側面反映出了他們深切的民族意識和愛國主義情感。

留歐美作家中的胡適、梁實秋、林語堂等雖然一直堅持文學是個人心靈的表現，反對將之作為宣傳工具和政治武器的行為，甚至為了捍衛文學的獨立性而不惜引發文壇一系列論戰；但他們依然是愛國的，特別是在戰亂頻仍的近代中國，他們依然表明了對祖國的真摯情感和民族主義情懷。比如胡適早在中國公學學習期間，已經初步表明了他的民族主義和愛國主義思想，他在發表於《競業旬報》上的《愛國》一文並倡導愛國主義，認為「國是人人都要愛的，愛國是人人本分的事」，「一國之中，人人都曉得愛國，這一國自然強大。一國的人，人人不受人欺，人人都受人恭敬」，並且呼籲「要保存祖國的光榮歷史，不可忘記。忘記了自己祖國的歷史，

便要卑鄙齷齪，甘心作人家的牛馬奴隸了。」[81]留美期間聽到或讀到英美人士誣衊中國的言論後，他也總是予以嚴正駁斥，比如他在 1915 年日記中記載並發表於美國報刊的《為祖國辯護之兩封信》中，反駁美國《新共和》（The New Republic）雜誌刊登的署名為「支那一友」的文章，認為：「每個國家的人民有權決定其政權組織形式。每個國家有權獨立制定其生存政策。墨西哥有權革命，中國有權自主發展。」[82]在另一封《致〈外觀報〉的信》中，他又宣稱：「作為一名來自民眾且深知其志氣與抱負的中國人，我可以斷然宣稱：任何一種把中國置於日本統治或『管理』之下的企圖，都是在播下騷亂和留學的種子，使得未來數年中國無寧日。」[83]1916年 9 月胡適「因東方消息不佳」而作的白話詩《他》：「你心裏愛他，莫說不愛他。要看你愛他，且等人害他。倘有人害他，你如何對他？倘有人愛他，更如何待他？」並自注說：「或問憂國何須自解，更何須自調。答曰：因我自命為『世界公民』，不持狹義的國家主義，尤不屑為感情的『愛國者』故。」[84]由此可見，胡適雖然推崇「世界主義」，但依然存有愛國之心。林語堂雖然主張「性靈」、「幽默」、「閒適」，「兩腳踏中西文化，一心評宇宙文章」，希望文學可以自由自在、不受任何束縛地表現個性，對左翼文學具有一定的偏見，但他依然具有強烈的民族意識和愛國主義情感。抗爭開始時他雖然身居美國，但依然非常關注戰爭的進展情況，並於 1937 年 8 月 29 日在美國紐約的《泰晤士報》上發表了《日本征服不了中國》一文，揭露日本帝國主義侵略中國的罪行，分析中日戰爭的形勢，並向世界宣告，日本征服不了中國，最後的勝利一定屬於中國。後來這篇文章寄回中

---

[81]　胡適：《愛國》，《競業旬報》第 34 期。

[82]　胡適：《致〈新共和週報〉》，《胡適留學日記》，嶽麓書社，2000 年，第 404 頁。

[83]　胡適：《致〈外觀報〉的信》，《胡適留學日記》，嶽麓書社，2000 年，第 405 頁。

[84]　胡適：《他》，《胡適留學日記》，嶽麓書社，2000 年，第 713-714 頁。

國,譯為中文發表於 1937 年 9 月出版的《西風》第 13 期。同時,他還積極參加海外華人為抗戰的募捐活動,並心生感慨:「所望維何?豈非中國國土得以保存?國若不存,何以家為?此華僑所痛切認識者。」[85]1938 年林語堂移居巴黎,但仍然心繫中國戰事,在給老友陶亢德的信中他還說:「弟遷居巴黎已十餘天,因蒙東究竟鄉僻,消息不通,山水佳有何用?弟每晨夕坐臥之際,凝思此時此刻,我軍我民眾非在台莊臨沂與敵人廝殺,便是在五台山左右攔截糧草,死者幾何,傷者又幾何,所拼者老命,所犧牲者血肉,又非平常喊抗日抗日所可比。思之今書生愧死。每思此枝筆到底右何用處?若謂海外宣傳,分工合作,人盡其才,亦僅足解嘲而已。書生所談決不能影響大戰前途於萬一,將來勝敗,全仗老百姓前陣作戰後方組織之精神耳。兄勸我多作幾篇文章,亦不過觀察中外大勢,時作分析報告,使國人一知敗勝之權全操己手,二知抵抗到底必獲勝利而已。……在弟方面,仍係撿拾本國材料,組成篇章,寄登紐約泰晤士報,帶點皮裏陽秋之宣傳耳。美國雜誌,近已一律變為高等報章。論文以敘束為主,誰有特別材料,誰登出去。若今天也者,理論空談,絕難獲選。況公開宣傳印失宣傳,此固人多未知之道理也。……」[86]雖然人在異國,但心中依然關心祖國的反日戰爭,並希望能夠運用手中之筆,為抗戰多做宣傳,林語堂的民族之情、愛國之心由此可見一斑。不僅僅如此,林語堂還在此時寫了著名的長篇小說《京華煙雲》,最初的動因便是他以為「誠以論著入人之深,不如小說。今日西文宣傳,外國記者撰述至多,以書而論,不下十餘種。而其足使讀者驚魂動魄,影響深入者絕鮮。蓋欲使讀者如歷其境,如見其人,超事理,發情感,非借道小說不可。」[87]望藉小說來向西方介紹

---

[85] 林語堂:《宇宙風》(十日刊)第 57 期,1938 年 1 月 11 日。

[86] 林語堂:《宇宙風》,第 74 期,1938 年 9 月 2 日。

[87] 林語堂:《林語堂選集》(下),海峽文藝出版社,1988 年,第 474 頁。

中國的狀況，爭取國際援助。在《京華煙雲》的扉頁上，他還寫道「以 1938年 8 月至 1939 年 8 月期間寫成的本書，獻給英勇的中國士兵，他們犧牲了自己的生命，我們的子孫後代才能成為自由的男女。」充分表明了此時的林語堂深沉的民族之情和愛國情感，也是對他前期獨尊「性靈、閒適、幽默」的主張的糾正。

第三節　鬥士與隱士：留學作家及其生存策略

　　如前所述，留歐美作家由於深受自由主義和歐美民主、平等思想影響，大都注重文學的獨立性，堅持文學的本體觀，反對任何形式的「文藝載道」，一心維護文學的獨立品格和作家創作心靈的自由，在文學創作方面，他們呼籲創作自由，強調以人為本位，專注於人性探索和審美創造；而留日作家則更多地呈現出激進主義的傾向，但在兩派的發展過程中，並不是所有的留歐美作家都恪守自由主義的原則，也並非所有的留日作家都是激進和功利的，兩派當中都有一些「特殊的」、「不和諧」的聲音。如聞一多曾留學美國，前期的文藝觀也深受自由主義的影響，但後期卻逐漸轉向，從書齋裏的詩人變成了積極參與革命和鬥爭的「鬥士」；而留日派的周作人卻從五四時期的激進的新文學先驅逐漸向個人主義回歸，最終成為崇尚自由的「隱士」，前期創造社諸人的創作大都側重於抒發個人的苦悶和悲哀，在某種程度上也蘊含有自由主義要求文學自由抒發心靈的特點；巴金推崇和信仰無政府主義，一方面肯定文學的政治功能和宣傳作用，另一方面也不主張文藝成為政治的附庸，希望文學以情感教化為中心，能夠長期「塑造人們的靈魂」；艾青則追求個人與時代、現實和藝術的和諧統一。

一、聞一多：從詩人、學者到鬥士

　　聞一多是「五四」時期詩壇上產生較大影響的詩人，他早年曾深受英美自由主義和唯美主義的影響，認為「文學本出於至情至性」，詩歌語言是「厚載情感」的，「詩是被熱烈的情感蒸發了的水氣之凝結」，提倡文學的獨立性和「為藝術而藝術」「以美為藝術的核心」。30 年代他靜坐書齋，致力於中國古典文學的研究，成為著名的學者、教授； 到了戰火紛飛的40 年代，他卻拍案而起，加入了民主運動的行列，最後成為「人民英烈」。從詩人、學者轉變成為鬥士，在留歐美作家中，聞一多是一個比較特殊的存在，雖然他早年也曾與梁實秋、徐志摩等一起留學英美，也當然不可避免地受到歐美自由、平等、博愛等先進思想的影響，視文藝為自由的、獨立的、是個人情感的表現，宣稱「我的詩若能有所補益於人類，那是我的無心的動作，因為我主張的是純藝術而藝術」；然而到了後期，聞一多卻從書齋和課堂走向了社會、走進人民鬥爭的行列，深切地憂國憂民、激昂地呼喚「時代的鼓手」的出現，甚至學習馬克思主義，參加群眾運動，從「自由」走向了「激進」。與此同時，他的文藝觀也一改前期的唯美主義，從「為藝術而藝術」走向了「為人民而藝術」。

　　這個變化可能使人感到突兀和吃驚，但只要仔細尋覓，我們就能從他的著述和言論中，看出他思想變化的軌跡。不可否認，聞一多前期是執著於文學的本體特性的，但他在堅持「為藝術而藝術」的同時，也並沒有忘記「文學的宮殿建立在生命和現實人生這兩塊基石上」，他既對藝術執著追究，又出於強烈的社會責任感而不能忽略文藝與社會的關係，他可以說是遵循一種自由主義的「泛功利」的文藝觀。在他早期論文《徵求藝術專門的同業者底呼聲》中，他就曾說過「藝術確是改造社會底急務」，並且

「藝術能替個人的生計保險」；而在發表於 1922 年 11 月的《〈冬夜〉評論》中，雖然聞一多批評俞平伯做詩「死死地貼在平凡瑣俗的境域裏」指出其藝術之不足，但還是因詩集所表現的「頌勞工」、「刺軍閥」、「諷社會」和「嫉政府」等內容「映射著新思潮的勢力」，「是一個時代的鏡子」，因而肯定其「歷史上的價值是不可磨滅的」；在發表於 1923《〈女神〉之時代精神》，他又「服膺《女神》幾於五體投地」。因為「不獨藝術上他的作品與舊詩相去最遠」，而「最要緊的是他的精神完全是時代的精神」即「二十世紀底時代精神」。還認為如果「有人講文藝作品是時代的產兒」，那麼，「《女神》真不愧為時代底一個肖子。」「在這裏我們的詩人不獨喊出人人心中底熱情來，而且還喊出人人心中最神聖的熱情來」；甚至在《泰戈爾批評》中他還批評泰戈爾的詩沒有把握住現實，宣稱「文學是生命的表現」，「普遍性是文學的要質，而生活中的經驗是最普遍的東西，所以文學的宮殿必須建立在生命底基石上」，並且還要「建立在現實的人生底基石上」。由此可見，前期聞一多在堅持自由主義文藝觀和「藝術為藝術」的同時，又希望「藝術為人生」，既相信「純藝術主義」，同時又將文學的宮殿建立在「生命」和「現實的人生」這兩塊堅硬的基石上。這也為後期他文學思想的轉變打下了基礎。

抗戰時期烽火燃起，聞一多跟許多高級知識份子一起，徒步跋涉三千里，從湖南流亡到昆明。戰爭使他不得不顛沛流離，但同時，也給了接近普通人民大眾的機會，他接觸到了包括許多少數民族的下層人民，親眼看到了他們苦難的生活和國民黨統治的黑暗。一路上的所見所聞，開始撼動了他頭腦中原有的觀念。1939 年的《〈西南民歌採風錄〉序》已經初步表明了聞一多的民間立場和思想的轉向，他開始讚美民歌民謠的坦率明朗，提倡「野蠻」和「獸性」，即人民的反抗性。他說：「你說這裏是原始，是野蠻。對了，如今我們需要的正是它。我們文明的太久

了，如今人家逼得我們沒有路走，我們該拿出人性中最後、最神聖的一
張王牌來，讓我們那在人性的幽暗角落裏伏蟄了數千年的獸性跳出來反
噬他一口。」「感謝上蒼，在前方姚子青、八百壯士、每個在大地上或天
空中粉身碎骨了的男兒，在後方幾萬萬以『睡到半夜鋼刀響』為樂的『莊
稼老粗漢』已經保證了我們不是『天閹』」，「我們渴望能戰，我們渴望
一戰而以得到一戰為至上的愉快」，「還好，四千年的文化，沒有把我們
都變成『白臉斯文人』」，[88]在民族生死存亡緊要關頭時，聞一多激昂地
歌贊那些在抗日的戰場上為中華民族英勇犧牲的戰士們，從他們身上看到
了我們中華民族對日本帝國主義侵略者所表現出的頑強反抗和無畏鬥爭
的精神，主張文學藝術「收拾點電網邊和戰壕裏的『煙雲』或速寫後方『行
屍』的行列」[89]。在之後的《詩與批評》一文中，他又宣揚「詩是社會的
產物」「詩是要對社會負責了」，並且以杜甫和白居易為例，要求「詩人
從個人的圈子走出來，從小我而走向大我」，「詩是社會的產物，若不是
於社會有用的工具，社會是不要它的。」[90]並且讚美當時田間詩作那種「樸
質而健康的鼓的聲律與情緒」，「擺脫了一切詩藝的傳統手法，不排解，
也不粉飾，不撫慰，也不麻醉」[91]。而在《戰後文藝的道路》中，聞一多
又將中國文學的發展分為三個階段，即奴隸階段，自由人階段，主人階段。
他認為自由人的藝術就是「為藝術的藝術」，他說「解放後的自由人則為
藝術而藝術，到貴族打倒後，沒有反抗性而變為消極的東西。」雖然在封
建貴族統治的時期，「為藝術的藝術」它不為封建貴族效勞，因而還有積

---

[88] 聞一多：《〈西南民歌采風錄〉序》，《聞一多全集》第 2 卷，湖北人民出版社，1993
年，第 196 頁。

[89] 聞一多：《畫展》，《聞一多全集》第 2 卷，湖北人民出版社，1993 年，第 203 頁。

[90] 聞一多：《詩與批評》，《聞一多全集》第 2 卷，湖北人民出版社，1993 年，第
221-222 頁。

[91] 聞一多：《時代的鼓手》，《聞一多全集》第 2 卷，湖北人民出版社，1993 年，第 201 頁。

極性，但在封建貴族被打倒後，「為藝術的藝術」便暴露出它的消極性，因為在「為藝術」的背後藏著的是「為自己」，而不是為人民。聞一多提出，現在已經到了「自由人」洗心革面收起他的「為藝術的藝術」的時候了。他說「我們不能單往上看，而是要切實的往下看，要將在上面的推翻了，大家才能在地上站得穩。由這個觀點上看如果我們只是追求我們更多的個人的自由，讓我們藏的更深，那就離人民愈遠。今天我們不這樣逃，更要防止別人逃，誰不肯回頭來，就消滅他。」[92]由此可見，聞一多徹底從理論上批判和否定了他前期所信仰的自由的個人的「為藝術而藝術」的文藝觀，呼籲走向人民大眾。

從這樣的文藝觀念出發，聞一多也對作家的文學創作和文學批評等提出了新的標準。首先，他要求作家、詩人要積極改造自己，加緊和人民大眾的聯繫，走與人民結合的道路。他說「以為只有知識份子，才有辦法，別人一概不成，這種想法是錯的。不要以為有了知識份子就有力量，真正的力量在人民。沒有知識是不成的，但是知識不配合人民的力量，決無用處」，[93]「脫離了廣大人民，知識份子不能挽救中國戲劇前途的危機，正如他們不能挽救中國政治前途的危機一樣」[94]，甚至「只要認識人民，每一個知識份子，都是一個可能的天才和英雄。[95]」與此同時，他認為新時代的詩人，要在詩中表現人民的思想感情，不要在作品中表現那種小資產階級的思想感情。他批評說「我們的毛病在於眼淚啦，死啦。用心是好的，

---

[92] 聞一多：《戰後文藝的道路》，《聞一多全集》第 2 卷，湖北人民出版社，1993 年，第 240-241 頁。

[93] 聞一多：《給西南聯大的從軍回校同學講話》，《聞一多全集》第 2 卷，湖北人民出版社，1993 年，第 421 頁。

[94] 聞一多：《「新中國」給昆明一個耳光罷》，《聞一多全集》第 2 卷，湖北人民出版社，1993 年，第 234 頁。

[95] 聞一多：《「新中國」給昆明一個耳光罷》，《聞一多全集》第 2 卷，湖北人民出版社，1993 年，第 235 頁。

要把現實裝扮出來，引誘我們認識它，愛它，卻也因此把自己的狐狸尾巴
露出來了。[96]」其次，聞一多還希望作家、詩人不要只表現自己熟悉題材，
還要表現新生活，描繪新的人。他高度評價田間的創作，他說「艾青的《北
方》寫乞丐，田間的一首詩寫新型的女人，因為田間已是新世界中的一個
詩人。我們不能怪我們不欣賞田間：因為我們生在舊社會中。我們只看到
乞丐，新型的女人我們沒有看到過。」[97]在創作方法上，他也提倡新時代
的作家、詩人應該繼承中國文學的現實主義傳統，必須忠實於現實生活，
創造人民大眾喜聞樂見的作品，充分發揮文藝作品的社會教育作用。他說
「寫實主義的作風，應該只有更能吸引人民群眾的，決不會排斥他們。只
有完全脫離了人民現實生活的題材與觀點，才是話劇的致命傷。」為此他
希望新時代的作家和詩人繼承和發揚中國文學的優秀傳統，充分發揮文學
的作用，使之成為有益於社會的利器。談到文學批評，他認為「詩是要對
社會負責，所以我們需要批評」，但革命時代特別需要文藝批評和文藝批
評家。個人主義時代不要批評，因為它的詩「就是給自己享受享受而已」，
而在革命時代，就需要正確而健康的批評。文藝作品也只有借助批評家的
分析、評介才能使「廣大人群去消化」，文藝作品的教育作用才能充分發
揮出來。他說「測度詩的是否為負責的宣傳的任務不是檢查所的先生完成
得了的，這個任務，應該交給批評家。」他甚至提出了兩個批評標準，一
個是「價值標準」一個是「效率標準」。所謂價值標準，就是看作品是否
有思想性，是否有教育作用，價值標準與我們所理解的政治標準的含義是
接近的所謂效率標準也就是通常我們所說的藝術標準。在兩個標準的關係
上，聞一多認為價值標準第一，效率標準第二：「詩是與時代共同呼吸的，

---

[96] 聞一多：《艾青和田間》，《聞一多全集》第 2 卷，湖北人民出版社，1993 年，第 233 頁。
[97] 聞一多：《艾青和田間》，《聞一多全集》第 2 卷，湖北人民出版社，1993 年，第 233 頁。

所以，我們時代不單要用效率論來批評詩，而更重要的是以價值論詩了，因為加在我們身上的將是一個新時代。」[98]

由此可見，從文藝觀念到對文學創作、作家、批評等，聞一多都徹底轉變了觀念轉換了方向，後期的聞一多已經不僅僅是一個帶有淡淡感傷情緒吟唱「紅燭」的詩人，他積極參加社會運動，高揚愛國主義旗幟，批判國民黨的黑暗統治，讚揚革命勇士的英勇無畏，直至生命的最後一刻，與此同時，他的文藝觀也經由前期的唯美和浪漫轉向後期功利和激進。甚至在抗戰後期，他還發表了許多論述文藝與政治關係問題的文章、著述和演講，強調「新文學之所以新就是因為它是與思想、政治不分的，假使脫節了就不是新的」[99]，宣揚文藝與政治的緊密聯繫，充分反映了他的文學功利主義觀點。

二、周作人：從叛徒到隱士

錢理群曾在《周作人傳》中談到：「周作人的道路，以悲喜劇的色彩表現了中華民族覺醒過程中的全部複雜性和曲折性。他曾經背叛封建士大夫階級，成為資產階級人道主義、自由主義的啟蒙思想家。」[100]周作人也曾說過自己的靈魂裏住了兩個鬼：「一個『紳士鬼』，一個『流氓鬼』」[101]，性格也既有「和順」的一面；又有「褊急」的一面，由此可以透視他文學思想的豐富和複雜性。20世紀最初幾年，他曾與魯迅先後東渡日本求學，一起參與文學活動，一起翻譯出版《域外小說集》，一起加入《新青

---

[98] 聞一多：《詩與批評》，《聞一多全集》第2卷，湖北人民出版社，1993年，第221頁。

[99] 聞一多：《新文藝和文學遺產》，《聞一多全集》第2卷，湖北人民出版社，1993年，第216頁。

[100] 錢理群：《周作人論》，上海人民出版社，1991年，第4頁。

[101] 周作人：《談虎集・兩個鬼》上海書局，1987年，第393頁。

年》團體，並在留日作家創辦的《河南》雜誌上，發表《論文章之意義暨其使命因及中國近代文論之失》和《哀弦篇》兩篇重要論文，與魯迅的《文化偏至論》和《摩羅詩力說》一樣，這兩篇論文也系統地反映了周作人當時的試圖以文藝「立國」的功利思想。他說：「文章者，國民精神之所寄也。精神而盛，文章固即以發皇；精神而衰，文章亦足以補救。故文章雖非實用而有遠功者也。」「文章或革，思想得舒，國民精神進於美大，此未來之翼也。」[102]試圖把文學藝術作為拯救民族危亡，振奮民族精神的根本途徑，改造民族靈魂。在《哀弦篇》中，他又認為中國文章古本「少歡虞之音」，「隱隱有哀色」。但到了近世，則「靈汩喪，氣節消亡，心聲寂矣」，而在「瀛海萬里之外」，則有「蒼涼哀怨，絕望之中有激揚發越之音在焉」，[103]因此他用很大的篇幅介紹波蘭、斯拉夫等國家和地區具有哀聲逸響的愛國文學，希望「介異邦新聲，賓諸吾土」。由此可見早年的周作人對民族對國家的憂患意識和「立國精神」。五四時期，他又先後發表《人的文學》、《平民的文學》、《新文學的要求》等文，不僅表明了他個人的文學主張，對於當時的運動，也發生了廣泛而深遠的影響，樹立其文學理論家的地位，與胡適、魯迅一道等成為新文化運動的先驅。可以說，這一時期的周作人是滿懷熱忱、十分關心思想文化革命、有社會責任感甚至頗為激進的，他這一時期的大量論文和文中透出的啟蒙情緒與胡適、陳獨秀、魯迅等如出一轍；但隨著五四的落潮，政治黑暗的加劇，新文化陣營的分化，作為文學啟蒙主將之一的周作人卻日益脫離時代主潮，逐漸返歸自我，向個人主義和自由主義靠攏。1923 年他結集出版《自己的園地》，書名就標識著一種獨特的與之前不同個人主義

---

[102] 1908 年 5 月、6 月《河南》第 4 期、第 5 期。
[103] 1908 年 12 月《河南》第 9 期。

的文藝觀，並且表明：「我因寂寞，在文學上尋求慰安。」從最初的從「人的文學」走向「自己表現」。

　　縱觀周作人的文學活動，可以發現，他傾向於個人表現的自由主義文學思想並非一時興起，而是由來已久。五四時期他提倡「人的文學」，雖然從思想上和內容上為新文學確立了具體的方向，在思想文化界引起了強烈的反響，被陳獨秀力贊「做的極好」，被胡適極力推崇為一篇關於「人」的價值、尊嚴的「最平實偉大的宣言」，「是當時關於改革文學內容的一篇重要的宣言」，也有被啟蒙主義者所利用來反抗舊文學的功利色彩；但平心而論，周作人獨尊「人的文學」，排斥「非人的文學」，在一定程度上已經具有了自由主義「以人為文學中心」的根本特點。在《人的文學》中，周作人宣稱，歐洲 15 世紀發現了「人」，才有光明出現，而中國四千餘年來，關於「人」的真理一直被遮蔽著，當務之急是：「從新要發見『人』，去『闢人荒』」。何為「人的文學」？周作人描述為：「一種以『人道主義』為本，對於人生諸問題，加以記錄研究」的文學，而他所說的「人道主義」，「並非世界所謂『悲天憫人』或『博施濟眾』的慈善主義，乃是一種個人主義的人間本位主義。它要求人人從個人做起，要講人道，愛人類，便先需要自己有人的資格，占得人的位置。」[104]因此，他強調「人的文學」應該關注『自然人性』，即「人是一種動物」，又是「進化的動物」；因此「人」具有「肉」與「靈」的兩重性，即「以動物的生活為生存的基礎」，而「其內面生活，卻漸與動物相遠」，「獸性與神性，合起來便只是人性」，在此基礎上，他主張新文學反映的人，應該是二元統一的，一味強調「獸性」或「神性」的文學都是非人的文學。其次，周作人認為「人」具有「個人

---

[104] 周作人：《藝術與生活・人的文學》，《周作人自編文集》，河北教育出版社，2002年，第 12 頁

與人類的兩重性」，強調「個人愛人類，就只為人類中有了我，與我相關的緣故」，「利己而又利他，利他即是利己」；他承認個人與人類，利己與利他原是一體。從這種對人的認識和理解出發，周作人後來在《新文學的要求》中，再次將「人的文學」概括為：「一，這文學是人性的，不是獸性的，也不是神性的；二，這文學是人類的，也是個人的，卻不是種族的、國家的、鄉土及家族的。」再次概括了「人的文學」的涵義。從這一理論認識出發，他對中國古代那些宣揚封建禮教泯滅人性的文學進行了批判。在他看來，由「儒教道教」產生的中國舊文學，凡「色情」、鬼神」、「神仙」、「妖怪」、「奴隸」、「強盜」、才子佳人」、「下等諧濾」、「黑幕」以及「集以上大成者」（他分為十大類），全是「妨礙人性的生長，破壞人類的平和的東西」。也正是從這個意義上，他反覆張揚文學以個人為本，反對「無我」的偽善的超人間的道德，從而規定了新文學的目的在於喚醒「人」的覺醒，新文學的內容是要關注「人生諸問題」，物質的和道德的、理想的和平常的、養成人的道德，實現人的生活」。可以說，雖然周作人提倡人的文學以及後來的平民文學，是想藉以否定「非人的文學」，希望以富於人道主義理想的文學來感染人，達到改造生活和社會的目的；但他明確地提出以「自然人性」為基礎，「人」為中心、以「人」為主體，也可以說是為以後中國自由主義文學的產生奠定了基礎。

1923 年他結集出版《自己的園地》，宣揚要「依了自己的心的傾向去種薔薇和地丁，這是尊重個性的正當方法，即使如別人所說個人果真應報社會的恩，我也相信已經報答了，因為社會不但需要果蔬藥材，卻也一樣迫切需要薔薇和地丁，——如有蔑視這些的社會，那便是白癡的，只有形體而沒有精神生活的社會，我們沒有去顧視他的必要。倘若用什麼大名義，強迫人犧牲了個性去奉同白癡社會——美其名曰迎合社會心理——那簡直與借了倫常之名強人忠君，借了國家之名強人戰爭一樣的不

合理了。」[105]此時的周作人已經開始反思自己在「五四」時期所提倡的「人
的文學」中所包含的功利因素，反過來提倡自己曾竭力反對過的「為藝術
而藝術的文學道路，強調個人本位、個人主義，並將其作為「五四」精神
的精髓加以發揚。他說「文藝以自己的表現為主體，以感染他人為作用，
是個人而亦為人類的，所以文藝的條件是自己表現，其餘思想與技術上的
派別都在其次」[106]，「我始終承認文學是個人的，但因他能叫出人人所要
說而苦於說不出的話，所以我又說即是人類的，然而在他說的時候，只是
主觀的叫出他自己所要說的話，並不是客觀的去體察大眾的心情，意識的
替他們做通事，這也是真確的事實」。[107]他對文學的基本看法是：「文學是
用美妙的形式，將作者獨特的思想和感情傳達出來，使看的人能因而得到
愉快的一東西」。因此，「個人將所感受的表現出來，即是達到了目的，有
了他的效用」[108]。周作人要求作家從個性出發應當獨立自主地發表看法，
不能聽命於他人、社會或民眾，應聲應命皆不能創作好的作品，「君師的統
一思想，定於一尊，固然應該反對，民眾的統一思想，定於一尊，也是應
該反對的。……文藝本是著者感情生活的表現，感人乃其自然的效用，現
在倘若舍己從人，去求大多數的瞭解，結果最好也只是『通俗文學』的標
本，不是他真的自己表現了」。他還把作家的個性與文學的獨創性聯繫起
來，從而肯定了個性的文學才是值得保護的有價值的文學。而且，他在《個
性的文學》一文中對這一觀點作了如下說明：「第一、創作不宜完全抹殺

---

[105] 周作人：《自己的園地・自己的園地》，《周作人自編文集》，河北教育出版社，2002
　　　年，第6頁。
[106] 周作人：《自己的園地・文藝上的寬容》，《周作人自編文集》，河北教育出版社，2002
　　　年，第8-9頁。
[107] 周作人：《自己的園地・詩的效用》，《周作人自編文集》，河北教育出版社，2002
　　　年，第17頁。
[108] 周作人：《自己的園地・詩的效用》，《周作人自編文集》，河北教育出版社，2002
　　　年，第17頁。

自己去模仿別人；第二、個性的表現是自然的；第三、個性是個人唯一的所有，而又與人類有根本上的共同點；第四、個性就是在可以保存範圍內的國粹，有個性的新文學便是這國民所有的真的國粹的文學」。這時候的周作人以「個性」為出發點，強調「文學是個人的」，作家是獨立的，承認文藝完全是作家的自我表現和文學的本體屬性，不僅在他所處的時代是比較前衛比較獨特的觀點，而且也進一步明確地表明瞭他的自由主義文學思想。

　　既然周作人認為文學是個性的表現，文學創作屬於「自己的園地」，那麼文學批評也應該是寬容的，這是他從文學獨立的本體論中引申出來的批評原則。1923 年周作人發表《文藝上的寬容》一文，宣揚「各人的個性既然是各不同（雖然在終極仍有相同之一點，即是人性），那麼表現出來的文藝，當然是不相同。現在倘若拿了批評上的大道理去強迫統一，即使這不可能的事情居然出現了，這樣文藝作品已經失去了他唯一的條件，其實不能成為文藝了。因為文藝的生命是自由不是平等，是分離不是合併，所以寬容是文藝發達的必要的條件。」[109]從人的文學和個性的基礎出發，周作人把寬容視為「文藝發達」的必要條件，認為「世間有一派評論家憑了社會或人類之名建立社會的正宗、無形中例行一種統一」，不免會有「許多流弊」產生[110]；因此，他希望在具體批評中，「一方面想定要誠實的表白自己的印象，要努力於自己的表現，一方面更要明白自己的意見只是偶然的趣味的集合，決沒有什麼能夠壓服人的權威」，並強調「批評家只是自己要說話，不是要裁判別人」[111]。他還指出：「各人在文藝上不妨各有

---

[109] 周作人：《自己的園地·文藝上的寬容》，《周作人自編文集》，河北教育出版社，2002年，第 9 頁。

[110] 周作人：《自己的園地·文藝上的統一》，《周作人自編文集》，河北教育出版社，2002年，第 25 頁。

[111] 周作人：《談龍集·文藝批評雜話之一》，《周作人自編文集》，河北教育出版社，2002年，第 8 頁。

他的一種主張。但是，同時不可不有寬闊的心胸與理解的精神去鑒賞一切的作品，庶幾能夠貫通，瞭解文藝的真意。」[112]由此可見，周作人提倡「寬容」實質上仍然是尊重創作個性的自由發抒的一種表現，他承認作家創作的自由和文學的多樣性，反對無視文學發展自由、以統一的標準來固定、規範文學的行為，這是文學區別於宗教、政治等意識形態的重要特徵。也正是因為如此，他才第一個站出來肯定被誣衊為「誨淫」和「不道德」的郁達夫的《沉淪》，指出它不是「一般的讀物」，是「一件藝術的作品」，是「受戒者的文學」，雖不適於一般讀者，但絕不應以籠統的"道德"名義加以抹煞。[113]當汪靜之歌詠愛情的詩集《蕙的風》發表後引起新文壇「大驚小怪」，以為「革命也不能革到這個地步」時，周作人又從「現代性愛思想」和「詩本人性迸發」角度高度肯定了《蕙的風》代表「詩壇解放的一種呼聲」[114]。這些批評在當時都屬於空谷足音，真正顯示了周作人的與眾不同。

　　周作人曾經說過：「戈爾特堡批評藹理斯說，在他裏面有一個叛徒與一個隱士、這句話說得最妙……我希望在我的趣味之文裏還存叛徒活著。」[115]真切地反映了他在積極進取與消極隱遁的十字街頭矛盾彷徨狀態，但他最終選擇了退隱，從五四高潮期的啟蒙者和新文學運動的先驅轉變成為流連於「自己的園地」的自由主義者。他曾在《中國新文學的源流》中為自己「自我表現」的文藝觀追根溯源，把中國新文學的發達歸功於對公安派、竟陵派「言志」傳統的繼承；他也曾在自己的園地裏自由書寫，創作出頗

---

[112]　周作人：《自己的園地・文藝上的異物》，《周作人自編文集》，河北教育出版社，2002年，第30頁。

[113]　周作人：《沉淪》，《自己的園地》，河北教育出版社，2002年，第61頁。

[114]　周作人：《情詩》，自己的園地》，河北教育出版社，2002年，第53頁。

[115]　周作人：《苦雨齋序跋文・〈澤瀉集〉序》，《周作人自編文集》，河北教育出版社，2002年，第53頁。

具個人風格和趣味的「美文」，並以其沖淡平和的特點在中國現代文學史
上佔有一席之地；他強調個性，反對任何形式的統一，他強調寬容和自由，
反對限制和功利，應該說，他的理論和創作都充滿了自由主義的特點，在
眾多激進的留日派中獨樹一格，顯示出與眾不同的風采。

三、「沒有劃一的主義」：前期創造社的文藝觀

　　正如郭沫若 1922 年在《創造》季刊第一卷第二期《編輯余談》中所
說：「我們這個小社，並沒有固定的組織，我們沒有章程，沒有機關，也
沒有劃一的主義，我們是由幾個朋友隨意合攏來的。我們的主義，我們的
思想並不相同，也不必強求相同。我們所同的，只是本著我們內心的要求，
從事於文藝的活動罷了」；[116]成仿吾也認為：「我們並不主張什麼派別什麼
主義，我們只需本著內心的要求，把我們微弱的努力，貢獻於我們新文學
的建設就是了。」[117]綜觀前期創造社的文藝思想發展過程，可以發現，初
期創造社雖曾以浪漫主義作為號召的旗幟，但整個初期創造社的同仁們在
藝術上卻相當自由，他們的藝術主張是「多元化」的。他們並未強求統一
於「整齊劃一的主義」，並不要求所有的成員都遵奉浪漫主義，而是鼓勵
多元發展，自由表現。郭沫若後來也曾在《創造十年》中回憶道：「資平
是傾向於自然主義的，所以他說要創作先要觀察。我是傾向於浪漫主義
的，所以要全憑直覺來進行創作。」初期創造社的主要作家，如郭沫若、
郁達夫、成仿吾等，20 世紀初大都留學日本，當時正值大正年間，日本近
代文學已經有一定程度的發展，西方近現代文學思潮和文學流派如浪漫主

---

[116] 郭沫若：《編輯余談》，載《創造》季刊第 1 卷 2 期。
[117] 成仿吾：《創造社與文學研究會》，載《創造》季刊第 1 卷 4 期。

義、表現主義、未來主義、唯美主義、象徵主義等都在日本取得了一定的地位，產生了一定的影響，他們難免會受到各種文藝思潮的影響和薰陶。再加上他們每個人的性格愛好、修養和所處的具體環境不同，學習和借鑒的東西也有所不同。如郭沫若的新浪漫主義主張、郁達夫深受「私小說「和左藤春夫的影響，陶晶孫的唯美主義傾向，張資平的自然主義和寫實主義色彩等，因此當他們決心組成一個文學社團時，並未強求自己在藝術上要遵奉什麼主義，而是採取了在浪漫主義總傾向下多元發展的方針。

　　早在 1920 年郭沫若在跟宗白華、田漢通信的《三葉集》中，就曾不止一次地強調過，「詩的本職專在抒情」，[118]「我想我們的詩一定是我們心中的詩境詩意底純真的表現，命泉中流出來的 Strain，心琴上彈出來的 Melody，生底顫動，靈底喊叫；那便是真詩，好詩」，[119]「藝術是我們自我的表現」[120]「文藝是迫於內心的要求之所表現」，[121]而在 1925 年《文學的本質》一文中，他又總結道：「文學的本質是主觀的，表現的，而不是沒我的，摹仿的」[122]，表達了傾向於主觀抒情的浪漫主義特點。與此同時，他還強調詩在「形式方面主張絕對地自由，絕對地自主」，崇尚感情的自然流露，認為「詩的創造貴在自然流露」，詩的生成「不當參以絲毫的矯揉造作」，他早期的詩歌創作《女神》即是如此，不僅以高昂的熱情表達了狂飆突進的時代精神，形式上也確實做到了「極端」的自由。郭沫若早期的浪漫主義文藝觀很快就得到了郁達夫和成仿吾的呼應，郁達夫承認「文藝是天才的創造物」，[123]並認為「『文學作品，都是作家的自序傳』這

---

[118]　郭沫若：《致宗白華》，1920 年 2 月 16 日、1920 年 2 月 24 日《時事日報‧學燈》。
[119]　郭沫若：《致宗白華》，1920 年 1 月 18 日、1920 年 2 月 1 日《時事新報‧學燈》‧
[120]　郭沫若：《印象與表現》，1923 年 12 月 30 日，《時事新報‧藝術》。
[121]　郭沫若：《批判意門湖譯本及其他》，1922 年《創造》季刊第 1 卷第 2 期。
[122]　郭沫若：《文學的本質》，《學藝》雜誌第 7 卷第 1 號，1925 年 8 月 15 日。
[123]　郁達夫：《藝文私見》，《創造》季刊第 1 卷第 1 期，1922 年 3 月 15 日。

一句話，是千真萬真的。」成仿吾也認為「我們並不主張什麼派什麼主義，我們只須本著內心的要求把我們微弱的努力，貢獻於我們新文學的建設就是了」，[124]「詩是天才的創造」，「文學始終是以情感為生命的，情感便是它的始終」[125]，「至少我覺得除去一切功利的打算，專求文學的全（Pertection）與美（Beauty）有值得我們從事的價值之可能性」[126]；由此出發，初期創造社在文學創作和文學批評上都以「表現」和主觀抒情作為他們重要的批評標準。比如 1924 年成仿吾在《創造季刊》2 卷 2 號發表了《〈吶喊〉的評論》，對魯迅的小說進行批評，認為「《狂人日記》很平凡；《阿 Q 正傳》的描寫雖佳，而結構極壞；《孔乙己》、《藥》、《明天》皆未免庸俗；《一件小事》是一篇拙劣的隨筆……」並且總結道：「讀《吶喊》的人都贊作者描寫的手腕，我亦以為作者描寫的手腕高妙，然而文藝的標語到底是「表現」而不是「描寫」，描寫終不過是文學家的末枝……」；[127]對於冰心的《超人》，他認為：「作者的觀察不僅沒有深入，反有被客觀的現象蒙蔽了的樣子」，「作者描寫止於是一些客觀的可見的現象，主觀的心的現象，少有提起。這確是表現上的一個缺陷」。[128]相反，在談到《沉淪》、《殘春》時，卻一再讚揚小說中「感情」的強烈和情緒的自然流動、內心的自然的要求等特點，表現出在文學批評中的強調「表現」的原則。

　　而以郁達夫、郭沫若為代表的創造社的小說，不僅反映了側重「主觀抒情」和「自我表現」的流派特色，而且開創了中國現代小說史上的「浪

---

[124] 成仿吾：《創造社與文學研究會》，《創造》季刊第 1 卷第 4 期，1922 年 3 月 15 日。

[125] 成仿吾：《詩之防禦戰》，《創造週報》第 1 號，1923 年 5 月。

[126] 成仿吾：《新文學的使命》，《成仿吾文集》，山東大學出版社，1985 年，第 94 頁。

[127] 成仿吾：《關於〈吶喊〉的批評》，《成仿吾文集》，山東大學出版社，1985 年，第 149 頁。

[128] 成仿吾：《評冰心女士的〈超人〉》，《成仿吾文集》，山東大學出版社，1985 年，第 28 頁。

漫抒情」一派。郁達夫是創造社最早的發起人之一，也是創造社小說的代表和旗幟，他的《沉淪》多立足於作家的自身的漂泊經歷和心靈感悟之中，書寫病態青年的苦悶和憂鬱，注重描寫「自我」內心的紛爭苦悶，曾以「驚人的取材與大膽的描寫」，震驚了當時整個新文壇，並帶有感傷的情調和世紀末的頹廢色彩；郭沫若的《殘春》、《落葉》、《漂流三部曲》等小說中，「盡興地把以前披在身上的甲冑統統剝脫了」多以一己的經歷、遭遇、感受為題材，傾吐個人飄零生涯中的真情實感，表露一些窮苦知識份子的生活遭遇和他們的內心世界，帶有更多的悲憤、吶喊和反抗；張資平的創作既有寫實的成分，又借鑒了自然主義善於暴露的傾向，早期創作《她悵望著祖國的田野》、《木馬》等還曾涉及留日期間的生活，反映社會的黑暗，但描寫戀愛在張資平的小說中，分量最大，在《沖積期化石》、《上帝的兒女們》等作品中，則大多描寫「錯綜的戀愛，官能的挑逗，湊巧的遇合，平常心靈上的平常悲劇」；[129]倪怡德的小說《花影》、《玄武湖之秋》、《下弦月》、《歸鄉》中，主人公多是青年畫家，或者帶著遺恨與孤寂追憶逝去的愛情，寄託作者對世態習俗、舊式婚姻制度的不滿與憤慨；或者帶著唏噓敘述自己的身世，傾訴家庭沒落的悲哀；作品往往瀰漫著悽楚動人的感傷情調，但這種感傷與郁達夫有所不同，郁達夫的感傷是「對國家的，對社會的」，倪怡德則更多個人的，抒發一己的哀怨。陶晶孫的《木樨》、《音樂會小品》等小說多採用現代、象徵的手法，頗具異國情調，抒情色彩很濃，寫得朦朦朧朧、撲朔迷離、唯美動人。

從對文學本質的看法到文學創作和文學批評，前期創造社都遵從「主觀抒情」和自我表現的原則，雖以浪漫主義為號召，但也並未強求統一於「整齊劃一的主義」，每個作家也都有些許的不同，整體上是多元和自由

---

[129] 沈從文：《論中國創作小說》，《文藝月刊》第 2 卷第 4 號，1931 年 4 月 30 日。

的。隨著社會現實的巨大變動和革命形式的不斷變化，1925 年以後，創造社眾人大都開始「轉向」，逐漸遠離早期的個人傾訴和吟唱，開始倡導革命文學，大部分在 30 年代加入「左聯」，從自由浪漫走向了功利和激進。

四、巴金：「我走的是另一條路」

巴金曾經說過：「我在安那其主義的陣營中經歷了十年以上的生活」，[130]「從八年前我做了一個無政府主義者的時候一直到我將來死的時候，沒有一時一刻我不是一個無政府主義者……我是一個無政府主義者，一個巴枯寧主義者，一個克魯泡特金主義者。不但過去如此，現在如此，將來也永遠是如此」[131]在中國現代文學史上，巴金是唯一一位明確承認自己是「安那其主義者」並曾經參與過一些具體的無政府主義政治生活的作家。無政府主義對絕對自由和平等的追求，對封建傳統文化和封建專制秩序的否定，對一切強權、壓迫和剝削的反抗、對個性解放和人道主義的推崇，無不深深地影響到巴金的文學思想和他的文學創作。但與此同時，在中國當時特殊的環境中，他發現無政府主義並不能解決現實生活中的實際問題，「所以常常有苦悶，有矛盾，有煩惱。這樣，我才從事文學創作。要是我的信仰能解決我的思想問題，那我的心頭就沒有苦悶，沒有矛盾，沒有煩惱，我早就去參加實際工作，去參加革命了。但實際不是如此。這樣我才把文學創作作為我自己主要的工作，由此來抒發自己的感情。」[132]由此可見，巴金的「從文」是與眾不同的，既不像一些小資產階級一樣把文藝當作逃

---

[130] 巴金：《〈從資本主義到安那其主義〉序》，《巴金全集》第 17 卷，人民文學出版社，1991 年，第 5 頁。

[131] 巴金：《答誣我者》，《巴金全集》第 18 卷，人民文學出版社，1993 年，第 180 頁。

[132] 巴金：《作家靠讀者養活》，《巴金全集》第 14 卷，人民文學出版社，1990 年，第 485-486 頁。

避現實、自娛自樂的避風港，也不同於魯迅、郭沫若等其他現代作家，他「從文」不是出於自覺，而是為了發洩感情、傾吐愛憎。現實的一切使他感到悲憤，他憂國憂民、擁有滿腔的愛國熱情，卻由於其信仰而無法投身於當時實際的反帝反封建的革命鬥爭中去，只能借助文學創作來發洩和排遣苦悶和激情，這種經歷和心態當然也對他文藝觀的形成有重大影響。

　　首先，從無政府主義出發，巴金非常注重文學的社會功利和宣傳教化作用，早年的他通過寫作抒寫自己的情感，發洩心中的苦悶，已經具有明顯的「功利」的性質，「我正是因為不善於淨化，有感情表達不出來，才求助於紙筆，用小說的情景發洩自己的愛和恨」，並且希望「要做一個在寒天送炭、在痛苦中送安慰的人」；[133] 走上文壇以後，他又在自己的小說中強烈批判封建專制統治，希望以文學為武器，反抗黑暗，爭取光明，鼓勵人們為爭取自由而奮鬥。他說：「人說生命是短促的，藝術是長久的。我卻以為還有一個比藝術更長久的東西。那個東西迷住了我，為了它我自願捨棄藝術。藝術算得了什麼？假若它不能給多數人帶來光明，假若它不能打擊黑暗」，[134]「我的每篇文章都是有所為而寫作的，我從未有過無病呻吟的時候」，[135]「倘使我的作品果真能夠給當時的青年帶來一點溫暖和希色，那麼我這一生便不是白活了。作品能夠幫助人，鼓舞人前進，激發人們身上的好的東西，這才是作家的光榮，我沒有做到，但是我願意我能夠做到。」[136] 他贊同高爾基的「文學的目的是要使人變得更好」的觀點，希望把文學當作鬥爭的武器，揭露、控訴社會的黑暗和罪惡。談到自己的創作，他認為「有一點卻是始終如一的，那就是我認為藝術應當為政治服務。我一直把我的筆當作攻擊舊

133　巴金：《〈巴金論創作〉序》，《巴金論創作》，上海文藝出版社，1983 年，第 3 頁。
134　巴金：《〈〈電椅〉代序》，《巴金論創作》，上海文藝出版社，1983 年，第 27 頁。
135　巴金：《文學生活五十年》，《巴金論創作》，上海文藝出版社，1983 年，第 14 頁。
136　巴金：《談〈春〉》，《巴金論創作》，上海文藝出版社，1983 年，第 221 頁。

社會、舊制度的武器來使用。倘使不是為了向不合理的制度進攻我絕不會寫小說。倘使我沒有在封建大家庭裏生活過十九年，不曾身受過舊社會中的種種痛苦，不曾目睹人吃人的慘劇，倘使我對剝削人、壓迫人的制度並不深惡痛恨，對真誠、純潔的男女青年並無熱愛，那麼我絕不會寫《家》、《春》、《秋》那樣的書。我曾經多次聲明，我不是為了要做作家才拿起筆來寫小說。倘使小說不能作為我作戰的武器，我何必花那麼多的工夫轉彎抹角、忸怩作態供人們欣賞來換取作家的頭銜？我能夠花那麼多的筆墨描寫覺新這個人物，並非我掌握了一種描寫人物的技巧或秘訣。我能夠描寫覺新只是因為我熟悉這個人，我對他有感情。我為他花了那麼多的筆墨，也無非想通過這個人來鞭撻舊制度。」[137]可見，在巴金的文學創作中，這種對文學功利的追求可以說是一種自覺的行為，貫穿於他創作的始終，他甚至也有過於注重文學社會功能，把文學當作為政治服務的工具的傾向。十年浩劫過後，他對文學的作用和目的有了更全面和辯證的認識，他說：「文學應該起兩個作用：潛移默化、塑造人們靈魂的作用和宣傳的作用，而主要的應該是前者。作品中應該有一些帶永久性、長期性的東西。如果我們的作品只是作為宣傳工具，完全為當前政治中心服務，那麼過一個時期它就會過時，以後就不會受到人們注意。……要是我們文藝作品沒有較長的生命，那實在是不可想像。所以文藝為政治服務一定不能狹隘理解成為當前一定的政治中心服務，起宣傳作用的作品只能是小部份，大部份的、主要的還是要起教育的、長期潛移默化的作用，屬於塑造靈魂的東西。」[138]一方面肯定文學的政治功能和宣傳作用，另一方面也不主張文藝成為政治的附庸，希望文學以情感教化為中心，能夠長期「塑造人們的靈魂」。

---

[137] 巴金：《談〈春〉》，《巴金論創作》，上海文藝出版社，1983 年，第 223-224 頁。
[138] 董玉：《訪問巴金》〔J〕香港《開卷》第 2 卷第 8 期，1980 年。

　　其次，巴金曾不止一次地說過：「我寫作如同生活，作品的最高境界是寫作同生活的一致」，他重視作家對生活的體驗和感受，強調創作要與生活緊密聯繫，還認為「生活是創作的源泉，可以說是唯一的源泉，古今中外任何一個嚴肅的作家都是從這唯一的源泉裏來吸取養料，尋找養料的」，[139]「文學作品是作家對生活理解的反映」，現實生活不僅為作家提供必要的創作素材，也是作家情感的抒發和思想的反映，因此作家創作要深入生活，「連最有才能的人也不能憑空捏造生活；一個從未見過英雄人物的作家，即使搞通了寫不寫缺點的問題也寫不出一個英雄來」。[140]他還從自身的創作實踐出發，多次談到自己「寫文章如同生活」，在《〈激流〉總序》中巴金說自己的作品「所要展開給讀者看的乃是過去十多年生活的一幅圖畫」；[141]在《〈電椅〉代序》中他又說：「我只是把寫小說當作我的生活的一部分。我在寫作中所走的路與在生活中所走的路是相同的。無論對於自己或者別人，我的態度都是忠實的……我的生活是痛苦的掙扎，我的作品也是的。我時常說我的作品裏混合了我的血和淚，這不是一句謊話。」[142]他也曾反覆強調「我所有的作品都是從『生活』裏來的。不過這所謂的生活應當是我所經歷過的生活和我所瞭解的生活」，[143]「我可以說，我熟悉我所描寫的人物和生活，因為我在那樣的家庭裏度過了我最初的十九年的歲月，那些人都是我當時朝夕相見的，也是我所愛過和我所恨過的。」[144]由於對封建大家庭的情況很熟悉，「閉起眼睛也能看到那些人物的笑貌、

---

[139] 巴金：《巴金全集》第 16 卷，人民文學出版社，1991 年，第 41 頁。

[140] 《在中國作家協會第二次理事會會議（擴大）上的發言》，《巴金全集》第 14 卷，人民文學出版社，1990 年，第 610 頁。

[141] 巴金：《〈激流〉總序》，《巴金論創作》，上海文藝出版社，1983 年，第 10 頁。

[142] 巴金：《〈電椅〉代序》，《巴金論創作》，上海文藝出版社，1983 年，第 25 頁。

[143] 巴金：《巴金全集》第 20 卷，人民文學出版社，1993 年，第 519 頁。

[144] 巴金：《巴金全集》第 20 卷，人民文學出版社，1993 年，第 415-416 頁。

動作，知道他們的思想感情」，[145]所以他的小說《家》、《憩園》、《寒夜》
等作品寫起來就得心應手，非常順利，也頗受讀者歡迎，具有長久的藝術
魅力。相反，他的《砂丁》、《雪》和長篇小說《火》則由於「見聞有限，
同工人接觸不多」，「描寫自己不熟悉的人和事」[146]或「生活不夠，感受不
深，只好避實就虛」，而顯得比較「膚淺」，並不怎麼成功。在後來總結解
放後一段時期內沒有寫出優秀的作品時，巴金還說：「說到深入生活，我
又想起了一些事情。我缺乏寫自己所不熟悉的生活的本領。解放後我想歌
頌新的時代，寫新人新事，我想熟悉新的生活，自己也做了一些努力。但
是努力不夠，經常浮在面上，也談不到熟悉，就像蜻蜓點水一樣，不能深
入，因此也寫不出多少作品，更談不上好作品了。」[147]

　　除此之外，巴金也特別注重情感的抒發，在許多場合反覆宣揚「我有
感情必須發洩，有愛憎必須傾吐，否則我這顆年輕的心就會枯死」，「我不是
為想做文人而寫小說。我是為了自己，為了申訴自己底悲哀而寫小說。」[148]
第一篇作品《滅亡》的誕生便是他抒發個人鬱結和悲憤的產物，在巴黎留
學其間，「過去的回憶又繼續來折磨我了。我想到在上海的活動的生活，
我想到那些在苦鬥中的朋友，我想到那過去的愛和恨，悲哀和歡樂，受苦
和同情，希望和掙扎，我想到那過去的一切，我的心就像被刀割著痛。那
不能熄滅的烈焰又猛烈地燃燒起來了。為了安慰這一顆寂寞的青年的心，
我便開始把我從生活裏得到的一點東西寫下來。每晚上一面聽著聖母院的
鐘聲，我一面在一本練習簿上寫一點類似小說的東西，這樣在二月裏我就
寫成了《滅亡》的前四章。」[149]後來他還總結道：「我第一次拿起筆寫小

---

[145] 巴金：《巴金全集》第 18 卷，人民文學出版社，1993 年，第 129 頁。
[146] 巴金：《巴金全集》第 20 卷，人民文學出版社，1993 年，第 667 頁。
[147] 巴金：《文學的作用》，《巴金論創作》，上海文藝出版社，1983 年，第 528 頁。
[148] 巴金：《〈滅亡〉作者的自白》，《巴金論創作》，上海文藝出版社，1983 年，第 6 頁。
[149] 巴金：《寫作生活的回憶》，《巴金論創作》，上海文藝出版社，1983 年，第 41 頁。

說，只是因為我有話講不出來，有感情沒法宣洩，而心頭的愛憎必須傾吐，於是把寫作當作我生活的一部分。我不寫就沒法安頓我那顆痛苦的心」[150]「我寫文章，尤其是寫短篇小說的時候，我只感到一種熱情要發洩出充一種悲哀要傾吐出來。我沒有時間想到我應該採用什麼樣的形式。我是為了申訴、為了紀念才拿筆寫小說的。」[151]「我有感情無法傾吐，有愛憎無處宣洩，好像落在無邊的苦海中找不到岸，一顆心無處安放，倘使不能使我的心平靜，我就活不下去。」[152]而文學創作，就是為了「讓我在心上燃燒的火噴出來」。幾乎巴金所有創作都來自於傾吐感情的需要，他的激情、悲憤或鬱結也在作品中得以很好的表現，在《滅亡》中他表達了青年革命者以生命殉事業的獻身精神和浪漫激情，《家》中傾訴了他對封建大家庭的專制的控訴和反抗，《寒夜》抒發了戰爭年代小知識份子內心的真實憤慨，情感的抒發成為巴金文學創作的最初動因，他也一直是以自己的精神世界和真情實感打動讀者內心的。

最後，針對當時文壇上出現的一些脫離生活、單純追求技巧，奉行「純文學」「為藝術而藝術」的風氣，巴金還提出了一個頗為引人注目的論點：「藝術的最高境界是無技巧」，明確表明了他的審美傾向和美學追求。他認為「長得好看的人用不著濃妝豔抹，而我的文章就象一個醜八怪，不打扮，看起來倒還順眼些」，[153]「幾十年來我所追求的也就是：更明白地、更樸實地表達自己的思想」[154]，「藝術的最高境界，是真實，是自然，是無技巧」。所謂「無技巧」，並不是完全不要技巧，而是強調自然真實，樸實無華、自然天成，反對一切矯揉造作、不自然的藝術，巧妙地將感情融

---

[150] 巴金：《巴金全集》第 18 卷，人民文學出版社，1993 年，第 609 頁。
[151] 巴金：《我的自剖》，《巴金論創作》，上海文藝出版社，1983 年，第 15 頁。
[152] 巴金：《巴金全集》第 16 卷，人民文學出版社，1991 年，第 175 頁。
[153] 巴金：《我和文學》，《巴金論創作》，上海文藝出版社，1983 年，第 725-726 頁。
[154] 巴金：《探索之三》，《巴金論創作》，上海文藝出版社，1983 年，第 549 頁。

入到內容中去。從這一要求出發，他強調藝術真實，希望作家要「真誠」、「不說謊」，「把心交給讀者」，要敢於正視現實、直面人生，不粉飾，不美化，不回避，不隱瞞，反對作家在作品中發過多的議論，要求作家在作品表現真實的自我，追求生活與情感的一致，而不要讓技巧掩蓋了內容的真實。

　　在《我的自剖》中他說：「我不願在每篇文章的結尾都加上一個光明的尾巴」，因為「實際上那些真實的故事往往結束得很陰暗，我不能叫已死的朋友活起來，喊著口號前進」。在《寒夜後記》中他說：「我沒加上一句『啊喲喲，黎明！』」，因為「那些被不合理制度摧毀、被生活拖死的人斷氣時沒有力量呼叫『黎明』了」。作家這樣處理與描寫，均旨在反映生活的本來面貌。在此基礎上，他也提出了自己關於內容和形式的看法，認為「文章的好壞主要地在於它的思想內容。有了正確的思想和豐富的材料，一定能寫出好的文章。……至於語氣、辭藻等等都是次要的事，各人寫文章可以用他自己的表現方法。」[155]「我喜歡（或厭惡）一篇作品，主要是喜歡（或厭惡）它的內容，就象我們喜歡（或厭惡）一個人是喜歡（或厭惡）他本人他的品質；至於他的高矮、肥瘦以及他的服裝打扮等等那都是次要又次要的事。」[156]「我沒有才華，也不會玩弄技巧，我寫作一方面靠辛勤勞動，另一方面靠生活中的愛憎。……我盡全力把故事講得好一些，感情傾注得多一些，用自己的真實感情去感動別人。我不喜歡那些濃裝豔抹、忸怩作態、編造故事、散佈謊言的文學作品。我認為技巧是為內容服務的，不可能有脫離內容的技巧」。[157]在巴金看來，藝術的美，在與它的內在魅力，而不在於它的外在的裝飾。一部作品應該做到在藝術上真

---

[155] 巴金：《主要是思想內容》，《巴金論創作》，上海文藝出版社，1983 年，第 502 頁。
[156] 巴金：《論短篇小說》，《巴金論創作》，上海文藝出版社，1983 年，第 308 頁。
[157] 巴金：《祝〈萌芽〉復刊》，《巴金論創作》，上海文藝出版社，1983 年，第 570 頁。

實地表現生活和真摯感情，不需要刻意強調技巧，技巧應為內容服務，不可能有脫離內容的技巧。

巴金曾在第四十七屆國際筆會大會上發言說：「從 1927 年到現在，除了『文革』的十年外，我始終不曾放下這支筆。我寫作只是為了一個目標：對我生活在其中的社會有所貢獻，對讀者盡一個同胞的責任。」在中國現代文壇上，巴金走了與別人不同的「另一條路」，他信仰無政府主義追求絕對的自由和民主，但與此同時又注重文學的社會功能，希望以文學為武器喚起廣大民眾起來與封建專制和種種壓迫抗衡；他注重個人感情的抒發，同時又不忘強調文學創作從生活中來，要真實又深刻的反映他所處的時代風雲變換，還「重視自己對人民對讀者的責任」，「我並不在於所謂『聲譽「，我不是為『聲譽』而寫作的。我倒是真正想為人民服務」，[158]「我寫小說從來沒有思考過創作方法、表現手法和技巧等等問題。我想來想去，想的只是一個問題：怎樣讓人生活得更美好，怎樣做一個更好的人怎樣對讀者有幫助，對社會、對人民有貢獻」[159]；他強調文學創作的樸實無華、自然天成，還呼籲文學創作的真實，「講真話」、「把心交給讀者」。在50 多年的創作生涯中，他始終保持著情感的誠摯與純真。他欣賞盧梭，推崇高爾基，因為「從他（盧梭——筆者注）那裏學到的是：講真話，講自己心裏的話」，而高爾基「不管在他早年的或後期的作品中，我都清清楚楚地感覺到作者的心跟讀者的心貼得非常近，作者懷著真誠的善意在跟讀者講話。讀者會喜歡他，把他當作一個真誠的朋友，……。」他晚年的《隨想錄》不僅是他真誠的懺悔，而且被他稱之為講「真話的書」。他用一顆拳拳赤子之心寫作，對敵人毫不留情地控訴、揭露、攻擊，對同胞則「雪

---

[158] 巴金：《關於〈還魂草〉》，《巴金論創作》，上海文藝出版社，1983 年，第 403 頁。
[159] 巴金：《文學生活五十年》，《巴金論創作》，上海文藝出版社，1983 年，第 14 頁。

中送炭，在痛苦中送安慰」，他用大量的豐富多彩的作品實踐了他的文藝觀，並豐富了中國現代文壇。

五、艾青：現實與藝術的時代交響

作為中國現代新詩史上繼郭沫若、聞一多、徐志摩之後推動一代詩風的重要詩人，艾青不僅在詩歌創作上成就斐然，在詩歌理論和批評上也有不少貢獻，他對文學特別是詩歌的看法和見解也通過《詩論》、《詩的散步》、《詩的散文美》、《詩與時代》、《詩與宣傳》等表現出來，對當時的詩歌創作起著重要的指導作用。《詩論》曾經被認為是「中國現代最成熟、最優美、最簡賅的詩論之一」，艾青在此書的開篇即鮮明提出了「詩的完整體」的內涵是真、善、美的統一，是至真至善至美。他說：「真、善、美，是統一在人類共同意志裏的三種表現，詩必須是它們之間最好的聯繫」；[160]並詳細的解釋道：「真是我們對於世界的認識；它給予我們對於未來的信賴」，「善是社會的功利性；善的批判以人民的利益為準則」，「沒有離開特定範疇的人性的美；美是依附在人類向上生活的外形」。[161]「我們的繆斯是駕著純金的三輪馬車，在生活的曠野上馳騁的，那三個輪子，閃射著同等的光芒，以同樣莊嚴的隆隆聲震響著的，就是真、善、美」[162]；而「一首詩必須把真、善、美，如此和洽地融合在一起，如此自然地協調在一起，他們三者不相抵觸而又互相因使自己提高而提高了另外兩種——以至於完全。」[163]他一方面要求詩歌的「真」和「美」，另一方面還要有

---

[160] 艾青：《詩論》，《艾青選集》第 3 卷，四川文藝出版社，1986 年，第 5 頁。
[161] 同前註，第 5 頁。
[162] 同前註，第 5 頁。
[163] 同前註，第 6 頁。

「善」，要「以人民的利益為準則」「注重詩的社會功利性」，艾青的詩論與五四以來中國新詩史上「為藝術而藝術」和「一切藝術都是宣傳」的傾向截然不同，他並不偏激，而是從平衡和相容的角度出發，追求個人與時代、現實和藝術的和諧統一。

首先，從「真」的要求出發，艾青希望詩人必須忠於生活、體驗生活，從生活中獲得創作的靈感和源泉，他說：「我生活著，故我歌唱」，「詩，永遠是生活的牧歌」，「生活是藝術所由生長的最肥沃的土壤，思想與情感必須在它的底層蔓延自己的根須」，「生活實踐是詩人在經驗世界裏的擴展，詩人必須在生活實踐裏汲取創作的源泉，把每個日子都活動在人世間的悲、喜、苦、樂、憎、愛、憂愁與憤懣裏，將全部的情感都在生活裏發酵，醞釀，才能從心的最深處、流出無比芬芳與濃烈的美酒。」[164]與此同時，艾青認為，「詩人必須講真話」，[165]要忠於自己的感受，更要忠實於他所處的時代，把自己對生活和社會的感受真實地反映出來。因為「人生有限。所以我們必須講真話。——在我們生活的時代裏，隨時用執拗的語言，提醒著，人類過的是怎樣的生活」，[166]並且強調「詩與偽善是絕緣的。詩人一接觸到偽善，他的詩就失敗了」，「詩的情感的真摯是詩人對於讀者的尊敬與信任。詩人當他把自己隱秘在胸中的悲喜向外傾訴的時候，他只是努力以自己的忠實來換取讀者的忠實。」[167]「詩人所要求反映的真實，是更深刻的真實。或者說，是屬於最廣大的人民群眾的、更持久的真實」。[168]縱觀艾青幾十年來的詩歌創作，可以發現他有一顆真誠和善良的心，幾乎

---

164 同前註，第 15-16 頁。
165 同前註，第 315 頁。
166 同前註，第 33 頁。
167 同前註，第 31-32 頁。
168 艾青：《我對新詩的要求》，《艾青選集》第 3 卷，四川文藝出版社，1986 年，第 333 頁

他的每一首詩都是將自己的心胸袒露在讀者面前，將自己的情感傾訴在讀者的面前，即便知道說真話危險，「說真話容易觸犯權勢者，說真話會招來嚴重的後果。說真話得到的懲罰是家破人亡」，他自己也因為說真話，遭遇不公和懲罰，但他新時期復出以後依然如故。

其次，所謂「善」，艾青認為是「社會的功利性」，必須「以人民的利益為準則」，「小我服從大我」，「個人的痛苦與歡樂，必須融合在時代的痛苦與歡樂裏；時代的痛苦與歡樂也必須糅合在個人的痛苦與歡樂中」。[169]因此，艾青注重詩與時代的關係，要求詩人在詩歌中借「我」來傳達一個時代的感情與願望，他說：「最偉大的詩人，永遠是他所生活的時代的最真實的代言人；最高的藝術品，永遠是產生它的時代的情感、風尚、趣味等等之最真實的記錄。」[170]「詩人和革命者，同樣是悲天憫人者，而且他們又同樣把這種悲天憫人的思想化為行動的人——每個大時代來臨的時候，他們必攜手如兄弟」，[171]艾青希望在國民危難民族危難的時刻，詩人起來做一個有責任感、忠於社會生活的勇士，參與到水深火熱的鬥爭中去，「為這民族的英勇鬥爭發出讚頌，為這民族的光榮前途發出至誠的祝禱」。由此出發，艾青還強調詩歌與宣傳的關係，他說：「任何藝術，從它的根本意義上說，都是宣傳；也只有不叛離『宣傳』，藝術才得到了它的社會價值」，[172]而且「創作的目的，是作者把自己的情感、意欲、思想凝固成為形象，通過『發表』這一手段而傳達給讀者與觀眾，使讀者與觀眾被作者的情感、意欲、思想所感染、所影響、所支配。這種由感染、影響，而達到支配的那隱在作品裏的力量，就是宣傳的力量。」[173]所以「詩必須

[169] 艾青：《詩論》，《艾青選集》第 3 卷，四川文藝出版社，1986 年，第 32 頁。
[170] 艾青：《詩與時代》，《艾青選集》第 3 卷，四川文藝出版社，1986 年，第 315 頁。
[171] 艾青：《詩論》，《艾青選集》第 3 卷，四川文藝出版社，1986 年，第 36 頁。
[172] 艾青：《詩與宣傳》，《艾青選集》第 3 卷，四川文藝出版社，1986 年，第 54 頁。
[173] 艾青：《詩與宣傳》，《艾青選集》第 3 卷，四川文藝出版社，1986 年，第 54 頁。

成為大眾的精神教育工具，成為革命事業裏的，宣傳與鼓動的武器。」[174]
從時代出發，以宣傳為創作的目的，重視詩的宣傳作用，而這一切都是為
了最終的目標，即人民和人民的利益，瞭解人民的痛苦，謳歌人民的願望
等。身為一位人民詩人，艾青希望能作一個「精神的勞役者」，永遠「以
人民的希冀為自己的重負，向理想的彼岸遠行」；[175]同時，對於詩人，他
認為：「詩人生活在人類社會裏。呼吸在人群的歡喜與悲哀裏，他必須通
過他的心，以明澈的觀照去劃分這豐富的與繁雜的生活成為兩面；美與
醜，德行與惡行；他會給一面以愛情，給另一面以憎恨。不管詩人如何看
世界，如何解釋世界，不管詩人採用怎樣的語言，隱蔽的也好，顯露的也
好，他的作品，歸根結底總是表白了他自己和他所代表的人群的意見的」，[176]
所以應該「永遠和人民群眾在一起，瞭解他們靈魂的美，只有他們才能把
世界從罪惡中拯救出來。不要避開他們，即使他們要來驅趕你。只有他們
在這世界上是最可信賴的。」[177]在艾青看來，詩人不僅要說真話，要反映
現實生活、民生疾苦，還要通過詩歌的宣傳作用，指導人民去戰鬥，「詩
人在社會上有沒有價值，就決定於他是否和公眾的傾向一致，是否和公眾
一起又引導公眾前進」，[178]「詩人必須說出自己心裏的話，寫詩應該通過
自己的心寫，應該受自己良心的檢查。所謂良心，就是人民的利益和願望。
人民的心是試金石。詩人要對當代提出的尖銳問題和人民一同思考，和人
民一同回答。人民對於善惡、對於真偽、對於黑暗與光明都有鮮明的、毫
不含糊的看法」，也就是一切都要以人民的利益為主，以人民群眾作為堅
強的後盾。

---

[174] 艾青：《開展街頭詩運動》，《艾青選集》第 3 卷，四川文藝出版社，1986 年，第 54 頁。

[175] 艾青：《詩論》，《艾青選集》第 3 卷，四川文藝出版社，1986 年，第 34 頁。

[176] 艾青：《詩論》，《艾青選集》第 3 卷，四川文藝出版社，1986 年，第 54 頁。

[177] 艾青：《詩人論》，《艾青選集》第 3 卷，四川文藝出版社，1986 年，第 60 頁。

[178] 艾青：《詩與感情》，《艾青選集》第 3 卷，四川文藝出版社，1986 年，第 243 頁。

關於「美」，艾青也在他的詩歌理論中做過多方面的論述，他曾經說過：「詩是由是詩人對外界所引起的感覺，注入了思想感情，而凝結為形象，終於被表現出來的一種完成的藝術」，「存在於詩裏的美，是通過詩人的情感所表達出來的、人類向上精神的一種閃灼。這種閃灼猶如飛濺在黑暗裏的一些火花；也猶如用鑿與斧打擊在岩石上所迸射的火花。」[179]在詩歌創作中，艾青認為詩人要有真摯的強烈的感情的投入，「詩是思想感情的表現」，「對生活所引起的豐富的、強烈的感情是寫詩的第一個條件，缺少了它，便不能開始寫作，即使寫出來了，也不能感動人。」因為詩歌更需要情感的抒發，他和其他文學樣式不同的地方，「在於它必須通過詩所特別具有的藝術，表現詩人的思想感情」，[180]並且「它卻常常借助於感情的激發，去使人們歡喜與厭惡某件事物，使人們生活得聰明，使人們的精神向上發展」；其次，「詩必須具有一定的思想內容，沒有思想內容的詩，是紙紮的人和馬」，[181]內容對形式具有決定作用，「應該從內容來考慮形式，形式和技巧如何能最充分的表現生活內容，表現題材，表現作者的思想感情，作為形式選擇與採取的標準。形式影響了所表現的生活內容、題材，有時形式運用不好，甚致會限制、束縛或破壞了內容」，「我們應該重視形式……但我們反對形式主義」，[182]「離開內容對於形式的要求而談形式的問題，是形式主義的理論」，詩歌創作必須正確處理好內容和形式之間的辯證關係。針對抗戰時期有些詩歌中存在的「形式主義的傾向」，艾青提出了嚴厲的批評，並強調在創作實踐中要根據社會生活的變化即內容的變化選擇合適的形式：「社會生活很複雜，思想感

---

[179] 艾青：《詩論》，《艾青選集》第 3 卷，四川文藝出版社，1986 年，第 6-7 頁。

[180] 艾青：《詩的形式問題》，《艾青選集》第 3 卷，四川文藝出版社，1986 年，第 248 頁。

[181] 艾青：《詩論》，《艾青選集》第 3 卷，四川文藝出版社，1986 年，第 13 頁。

[182] 艾青：《創作上的幾個問題》，《艾青選集》第 3 卷，四川文藝出版社，1986 年，第 632 頁。

情也很複雜，不同的社會生活所賦予的不同題材和不同的思想感情，不可能任憑藉僅只一種形式來表現；就連相同的題材和相同的思想感情也可以出現不同的表現形式。」[183]與此同時，他也沒有忽視形式對內容的反作用。他也比較重視詩的形式，希望詩歌要明朗、簡潔、形象、樸素、單純、集中、明快，還提倡詩歌自由體和散文美，主張以口語入詩，「散文的自由性，給文學的形象以表現的便利；而那種洗練的散文、崇高的散文、健康的或是柔美的散文之被用於詩人者，就因為它們是形象之表達的最完善的工具。」[184]

以真、善、美為基礎，艾青建立了自己獨特的詩歌理論，闡明了他對於詩歌創作、詩與時代、詩與宣傳等問題的看法。應該說，儘管同樣留學法國，初期也深受象徵主義和印象派的影響，但在文藝觀上，艾青表達了與其他留歐美作家不同的觀點。他要求文藝作品要盡職的地忠實地反映現實，客觀地描寫現實；他認為在為同一的目的而進行的艱苦鬥爭的時代，文藝應該（有時甚至必須）服從政治，但「文藝並不就是政治的附庸物，或者是政治的留聲機和播音器。」[185]他注重文學的功利性，希望詩人作家「以人民的利益為準則」，「小我服從大我」，在詩歌中藉「我」來傳達一個時代的感情與願望，成為他所生活的時代的最真實的代言人，但同時他也尊重文學創作的自由，在《我對於新詩的要求》、《瞭解作家、尊重作家》、《坪上散步》等文中，都希望他們能有足夠的自由，「更能聽從自己的意志，比較自由地工作」，[186]「作家除了自由寫作之外，不要求其他的特權。他們用生命去擁護民主政治的理由之一，就因

[183] 艾青：《詩的形式問題》，《艾青選集》第 3 卷，四川文藝出版社，1986 年，第 248 頁。

[184] 艾青：《詩的散文美》，《艾青選集》第 3 卷，四川文藝出版社，1986 年，第 248 頁。

[185] 艾青：《我對於目前文藝上幾個問題的意見》，《艾青選集》第 3 卷，四川文藝出版社，1986 年，第 582-583 頁。

[186] 艾青：《我對新詩的要求》，《艾青選集》第 3 卷，四川文藝出版社，1986 年，第 333 頁。

為民主政治能保障他們的藝術創作的獨立的精神。」[187]在詩歌創作中，他不僅強調內容和形式的辯證關係，也很重視感覺、意象、象徵、聯想、想像的作用；在他自身的創作活動中，他忠於生活、忠於時代、忠於人民群眾，與時代同行，與人民同心，早年的《會合》烙上了象徵主義苦悶和悲傷的印記，《大堰河——我的保姆》以真摯、樸實、深情的語調敘述了「我的保姆」苦難的一生，抗戰時期他又寫下了一系列反映現實生活、宣傳革命和抗戰的詩，如《北方》、《雪落在中共的土地上》、《向太陽》、《火把》等；延安時期他雖然渴望獻身於偉大的時代、為人民的革命事業做出貢獻，甚至還系統學習了馬克思主義基本理論，採用民歌體寫詩，但並沒有產生影響更大的作品；新中國成立以後，他不僅以幹部的身份參與一些政治活動，而且以自己的詩歌創作配合政治活動，為之做宣傳，如《國旗》、《史達林萬歲》、《前進，光榮的朝鮮人民》等，儘管當時產生了廣泛的社會影響，但卻喪失了寶貴的藝術品位和創作個性。即便如此，他也難逃被批評，他的詩曾被批評為：「主體的積極性和時代精神相去較遠」，沒有「拿出高度的政治熱情來反映時代的變化」，「缺乏政治熱情，對人民常常只限於同情」等，他自己也決心克服創作危機，希望創作出「無愧於時代的偉大詩篇」；但終不能寫出符合那時的要求、令批評家滿意的作品。儘管他強調特殊時期詩歌的政治功利性，但他依然沒有放棄個性意識和創作中的藝術追求，在時代與個人之間，在現實與藝術之間，艾青苦苦徘徊。他曾經說過：「社會主義現實主義所企望於詩人的是：詩人必須具有正確的世界觀，強烈的、社會主義革命的感情，以現實主義的創作方法，描畫我們這個時代物質和精

---

[187] 艾青：《瞭解作家，尊重作家》，《艾青選集》第 3 卷，四川文藝出版社，1986 年，第 573 頁。

神的偉大變革，向人民進行共產主義的教育。」[188]儘管在今天看來，他的詩論和美學觀點似乎有些「過時」，帶有那個時代的特殊印記，但在當時卻為我國詩歌創作起到了重要的指導作用，也是艾青詩歌堅實的理論和美學基礎。

---

[188] 艾青：《詩的形式問題》，《艾青選集》第 3 卷，四川文藝出版社，1986 年，第 248-249 頁。

第四章

歐美與日本的文化語境對留學作家的異質性影響

第一節　西方現代主義思潮的跨文化接受與中國本土性體驗

一、19 世紀末 20 世紀初歐美社會文化背景和文藝思潮的影響

　　如前所述，歐美自由主義傳統由來已久，其所帶來的個人自由與解放是西方社會文化的獨特成就，它不僅被認為是一種意識形態、思想派別和理論主張，也被看作是一種實踐這一思想的運動以及相應的制度。可以說從資產階級革命以來的數百年間，自由主義始終是西方國家占主導地位的意識形態。儘管隨著資本主義的不斷發展，各種政治、文化思潮此起彼伏，自由主義及其主要觀點也在不斷地調整和改造，但堅持個人自由和獨立發展始終是自由主義的基本立場，它也被大多數西方國家確立為制定國策和統治方略的理論基礎。14 世紀發源於義大利的文藝復興運動和 16 世紀起源於德國的宗教改革運動已經開始批判歐洲宗教神學的禁慾主義，主張個性自由、解放和追求世俗的幸福，宣揚自由、平等、博愛的基本理念和精神，並初步表達了某些民主的思想，為自由主義的發展奠定了基礎，為資產階級革命創造了重要的文化和政治條件；隨之而來的 17 世紀的英國資

產階級革命、18 世紀的法國大革命及其後的啟蒙運動、北美獨立戰爭，不僅消滅了封建專制制度，建立起強有力的資產階級政權，確立了資產階級統治和資本主義政治制度；《人權宣言》、《獨立宣言》、《權利法案》等也繼承與發展了自由主義的思想理論，並作為國家的憲法原則肯定，促成了近代自由主義的產生和發展。19 世紀是歐洲民主、民族運動高漲時代，也是資本主義的自由競爭並大力發展時期。隨著工業革命的完成，英國資產階級提出一系列政治理念和政治策略，在經濟上倡導貿易自由、契約自由和競爭自由，在政治上提出國家應奉行放任主義，不干涉經濟生活和社會生活，賦予個人以更大的自由活動餘地。這些在政治統治和經濟改革中推行的政策、主張和方法，不僅使英國資本主義經濟快速增長，成為「世界工廠」，也大多被西方各國所接受和仿效。可以說，自由主義在 19 世紀全面發展並走向輝煌，不僅是資本主義自由競爭時期的思想典型，而且確立和發展了西方國家的核心價值觀。而 19 世紀末 20 世紀初，英、美、法、德等國自由競爭的資本主義開始向壟斷資本主義過渡，尖銳的階級矛盾、工人運動的高潮、現實的發展要求都需要一種新的政策和思想，於是「以強調國家干預經濟和社會生活、建立積極的福利性國家、為個人自由和公共利益的發展創造條件」為主的「積極自由主義」或「新自由主義」應運而生，逐漸開始在政治、思想領域中使用並對歐美各國的經濟復興和社會生活的穩定發展起到積極的推動作用。

　　有論者認為：「自由主義是一種基本的政治信念，一種哲學和社會運動，也是一種社會體制構建和政策取向。它還是一種寬容異己、相容並包的生活方式。它把自由主義當作政府的基本方法和政策，社會的組織原則以及個人與社會的生活方式。其內容是豐富多彩的，其價值訴求也是多元

主義的。」[1]無論是作為政治信念還是思想流派，無論是作為一種理論、一種制度還是政府的統治政策，自由主義都與資本主義息息相關，也是西方資本主義社會的主流意識形態。有西方學者還認為，自由主義不僅是一種意識形態，而且是一種意識形態。也就是說，許多關於政治和意識形態方面的爭論都是從這個更為根本的價值觀念引申出來的。儘管在西方近代社會中自由主義、保守主義、激進主義同時存在，但自由主義無疑是影響最深遠的。它也曾隨著西方近現代各階段的社會變化時有沉浮，但在資本主義數百年的發展過程中的作用不容忽略：不僅推動了資本主義的快速發展，也是西方政治哲學、思想乃至思潮的主線，對西方世界的政治價值觀乃至個人的價值觀和人生觀都起著重要的影響作用，甚至已經成為西方核心價值觀的最重要組成部分。留歐美作家胡適、梁實秋、聞一多、徐志摩、林語堂……都曾在 20 世紀初留學歐美，不僅歐美經濟和現代化的發展使他們頗多感慨，在異國他鄉學習生活多年，自然不可避免地受到西方社會思想和意識形態的影響。儘管他們留學時期歐美自由主義已經由「傳統」走向了的「新自由主義」或「現代自由主義」，但仍然崇尚以理性為基礎的個人自由，強調政治的進步和經濟的發展是國家的主旨，也仍然保持著自由主義的基本特徵，即維護個人自由和個人價值、權利的實現，提倡自由、平等、理性、公正、寬容，實行憲政、建立法治社會，這些都為留歐美作家人生觀和價值觀甚至政治文化思想的形成很有影響。

與此同時，在文學領域，如果說在實證主義、意志主義等思潮影響下，浪漫主義和現實主義是 19 世紀的西方文學理論和文學批評的主要形態，進入 20 世紀以後，現代主義興起並成為西方文學的主潮。儘管學界一般把 1857 年波德賴爾的《惡之花》的問世視為是西方現代派文學的正式開

---

[1]　顧肅：《自由主義基本理念》，中央編譯出版社，2003 年，第 1 頁。

始，而直到 19 世紀末 20 世紀初，現代主義才正式形成並獲得大的發展。這一時期的文學家們在藝術上進行了廣泛的試驗，競相標新立異，各種現代主義流派蜂擁而起。後期象徵主義由法國遍及歐美，以德國為中心的表現主義，以義大利、俄國為中心的未來主義，以法國為中心的超現實主義和以英國為中心的意識流文學，幾乎是同時興起並在歐美文壇廣為流傳。再加上西方社會經歷了第一次世界大戰和俄國十月社會主義革命，勞資關係緊張，階級鬥爭激烈，社會矛盾日益深刻。帝國主義侵略本性的暴露和無產階級力量的壯大，使中小資產階級的知識份子對資本主義制度產生了懷疑和否定的情緒，但他們對社會主義又懷有恐懼的心理，幻想擺脫塵世的紛爭，尋找一個寧靜的世外桃源。因此，這一時期的現代主義儘管名目繁雜、此起彼湧，但都有一個共同的特點──即以人為本，作家們側重於表現的不是外在的客觀世界，而是作者的主觀的內心世界，主張深入內心和意識領域，用不同於傳統的方式尋找自我、表現自我；信奉「為藝術而藝術」，不太注重藝術的道德性和社會功利目的。如瓦萊里的象徵主義詩論重視人的個性、個體的心靈活動，主張通過個人的心理感受和想像，組合各種「對應物」的意象，表達內心世界的情感觀念和微妙複雜的神秘聯想；龐德的意象主義詩論雖有某些形式主義傾向，但在主要方面接受了表現主義的影響，希望詩人要善於運用凝練和諧、鮮明一致的意象表現出瞬間的直覺、情感和思想；克羅齊的表現主義注重「直覺」，認為真正的藝術「不是現實，而是精神」、「是表現，不是再現」；以佛洛德等人為代表的精神分析學文論，則發現了「無意識」在人的心理活動中的重要地位，並由此出發，對文藝現象作出種種獨特的解釋，揭示出許多過去被忽視的文藝創作與接受的重要心理特徵，在 20 世紀西方文論中發生了深遠影響。留歐美作家在 20 世紀初留學歐美時候，現代主義思潮正如火如荼的開展，他們在文學思想和文學創作上都受到了或多或少的影響，如聞一多對唯美

主義的借鑒、林語堂和朱光潛對表現主義的學習和吸收、李金髮、梁宗岱對象徵主義的推崇等，現代主義以人為本、注重個人心靈抒發的特性也在他們的文學思想中有不同程度的表現。

（1）林語堂、朱光潛與表現主義

　　表現主義是指 20 世紀初始於德、法繪畫界和音樂界，後盛行於歐美諸國文藝領域的一種創作活動和思潮，義大利美學家克羅齊繼承浪漫主義傳統，並在《新的批評》中開創了「直覺──表現「說的先河，英國美學家柯林伍德則幾乎繼承了克羅齊的全部學說，在《藝術原理》中對直覺、表現、情感、意象作了更為具體的闡發。克羅齊認為「直覺即表現」，直覺與表現是一回事，共同構成了藝術的特殊性。他曾在《美學綱要》說道：「藝術是什麼──我願意立即用最簡單的方式來說，藝術是幻象或直覺。藝術家造了一個意象或幻想；而喜歡藝術的人則把他的目光凝聚在藝術家所指出的那一點上，從他打開的裂口朝裏看，並在他自己身上再現這個意象。當談到藝術家時，『直覺』、『幻象』、『凝神觀照』、『想像』、『幻想『、『形象刻劃』、『表像』等詞就象同義詞一樣，不斷地重複出現，這些詞都把心靈引向一個同樣的概念或諸概念的一個同樣範圍，一個大體一致的指定。」[2]脫離直覺與表現來考察文藝的特性，根本上是行不通的。反過來，藝術具備了直覺──表現的應有的特徵。同時，他還強調「直覺是抒情的表現」，「藝術的直覺總是抒情的直覺：後者是前者的同義詞，而不是一個形容詞或前者的定義。」[3]直覺又是心靈活動的一部分，也具有創造性，「實際上是藝術即直覺（或抒情直覺）概念的一個方面；因為每一部藝術作品

---

[2]　【意】克羅齊著：《美學原理・美學綱要》，朱光潛譯，上海人民出版社，2007 年，第 209 頁。

[3]　同前註，第 209 頁。

表現心靈的一種狀態,而心靈的狀態是獨特的,而且總是新的,所以直覺就有無數個,不可能把它們放進體裁種類那樣的鴿棚裏去。」[4]與此同時,「直覺的獨特性包含了表現的獨特性」,所以,表現與直覺一樣,也充滿了獨特性和由獨特性帶來的創造性。「一切作品都是有獨創的,任何一個都不能被改變成另一個(因為,改變──用藝術技巧去改變──本身就是創作的一個新的藝術品),任何一個都是理智所不能征服的。」[5]因此,藝術的本質是「直覺──表現」。由此出發,以克羅齊為代表的表現主義認為「藝術是表現不是再現」,主張文學不應再現客觀現實,而應表現人的主觀精神和內在激情;藝術家的創作從印象開始,而達成一種內在的表現,這就是直覺,然後在將這內在於心的表現外化為藝術形式;在欣賞和批評方面,表現主義注重作家研究,注重作家主觀意識中的「直覺一表現」,並將此作為衡量藝術的標準。

　　1925 年朱光潛到英國留學時,正值克羅齊聲名極盛,所以他不久就開始瞭解克羅齊美學。從具體現念到思維方式,從美學到哲學,從早期到晚年,朱光潛都深受他的影響。正如有評論者所說:「克羅齊的淵博的著作不僅使朱光潛在開始美學歷程之際大開眼界,其美學觀念也始終或隱或顯、或大或小地影響著朱光潛的基本美學思想。」[6]1926 年,他寫了《歐洲近代三大批評學者》的系列文章,包括法國聖伯夫、英國阿諾德和義大利克羅齊,對克羅齊推崇備至,認為他是西方美學史上「以第一流哲學家而從事文藝批評者,亞里斯多德以後,克羅齊要算首屈一指。他從歷史學基礎上樹起哲學,從哲學基礎上樹起美學,從美學基礎上樹立文藝批評,

---

4　同前註,第 229 頁。
5　同前註,第 248 頁。
6　王攸欣:《朱光潛學術思想評傳》,北京圖書館出版社,1999 年,第 151 頁。

根源深厚,所以他的學說能風靡一時」。[7]克羅齊美學的核心「直覺說」,是
朱光潛早期美學思想的理論基礎。《文藝心理學》開宗明義第一章,就是
「美感經驗的分析(一):形象的直覺」,首先介紹克羅齊的「直覺說」,
而後論述的「美感經驗」各章,也都是環繞著這個中心,或是對它的補充,
或是對它的引申與補正。朱光潛認為,所謂美感經驗,「就是我們在欣賞
自然美或藝術美時的心理活動」,這種心理活動的最基本的特點就是「形
象的直覺」(intuition of form)。[8]而在審美活動中,無論對象是藝術品或者
大自然,只要一件事物使你覺得美,它一定能在你心中呈現出具體的境
界,或者有趣的畫面,而你在聚精會神地欣賞的同時,就會忘卻其他的事
物,這就叫形象的直覺,形象是直覺的對象,屬於物,直覺是心知物的活
動,屬於我,心接物是直覺,物所以呈現於心者只是形象。[9]在《近代美學
與文學批評》一文中,他又強調說:「『美感經驗為形象的直覺』是克羅齊
的說法。我以為這個學說比較圓滿,因為他同時兼顧到美感經驗中我與物
兩方面。就我說,美感經驗的特徵是直覺,就物說,它的特徵是形象。」[10]
他正是在對「形象的直覺」的探討中,確立了自己早期美學思想和文藝思
想的立足點和出發點。除此之外,他還指出:「審美者的目的不像實用人,
不去盤問效用,所以心中沒有意志和欲念;也不像科學家,不去尋求事物
的關係條理,所以心中沒有概念和思考。他只是在觀賞事物的形象。」[11]並
以梅花為例,區別了人們對待事物的三種態度:科學態度注重梅花的植物
特性,實用態度注重梅花的實際效用;而美感態度卻只注重梅花本身,只
是對他進行「無所為而為地欣賞」(disinterested contemplation)。這不僅表

[7] 朱光潛:《朱光潛全集》第 8 卷,安徽教育出版社,1987 年,第 229 頁。
[8] 朱光潛:《朱光潛全集》第 1 卷,安徽教育出版社,1987 年,第 208 頁。
[9] 朱光潛:《朱光潛全集》第 1 卷,安徽教育出版社,1987 年,第 209 頁。
[10] 朱光潛:《朱光潛全集》第 3 卷,安徽教育出版社,1987 年,第 409 頁。
[11] 朱光潛:《朱光潛全集》第 1 卷,安徽教育出版社,1987 年,第 211 頁。

明了朱光潛注重美感注重直覺超功利超概念的美學態度，而且也是對克羅
齊關於直覺和名理（邏輯）認識方式的闡釋和發揮。另外，朱光潛與克羅
齊一樣，也都認為直覺含有創造的意義，「直覺是突然間心裏見到第一個
形象或意象，其實就是創造，形象便是創造成的藝術。因此我們說美感經
驗是想像的直覺，就無異於說它是藝術的創造。」[12]由此可見，朱光潛在
他的文學理論是以克羅齊表現主義為基礎和借鑒的，克羅齊的具體美學觀
念可以說決定著朱光潛早期美學的形態。當時朱光潛對克羅齊美學的評價
也很高，認為：「在現代美學家中，沒有一個人比得上他重要，……他是
唯心派或形式派美學的集大成者。」[13]

　　如果說朱光潛在美學領域深受克羅齊及其表現主義的影響，林語堂
則在文學創作方面找到了與表現主義想契合的東西。早在哈佛比較文學
研究所留學時，林語堂雖然十分尊敬白璧德，但對他所倡導的新人文主
義思想，卻始終持有一種懷疑和反叛的態度。在 20 世紀初期發生的那場
白璧德與「浪漫派」的斯賓加恩（Spingarn）的論戰時，他毫不猶豫地支
持後者。而斯賓加恩則極端推崇克羅齊，認為克羅齊的「藝術即表現，
即直覺」的美學理論，從多個方面革新了傳統的文藝理論體系。林語堂
後來回憶道：「我不肯接受白璧德的批評規範，有一次曾毅然為史賓崗（即
斯賓加恩一引注）辯解，結果和克羅齊將一切批評起源視為『表現』的
看法完全吻合」；[14]還認為：「大概一派思想到了成熟時期，就有許多不約
而同的新說，同時並記，我認為最能代表此種革新的哲學思潮的，應該
推義大利美學教授克羅齊（Benedetto Croce）的學說。他認為世界一切美
術，都是表現，而表現能力，為一切美術的標準。」在林語堂看來，文

---

[12]　朱光潛：《朱光潛全集》第 1 卷，安徽教育出版社，1987 年，第 215 頁。

[13]　朱光潛：《文藝心理學》，開明書店，1945 年，第 142 頁。

[14]　林語堂：《八十自敘》，《林語堂經典名著》，金蘭出版社，1985 年，第 69 頁。

學藝術是自我的表現。「藝術中是在某時某地某作傢俱某種藝術宗旨的一
種心境的表現——不但文章如此，圖畫、雕刻、音樂、一啐一呸，一度
秋波，一彎鎖眉，都是一種表現」。[15]而在《〈新的文評〉序言》中，他又
談到：「真正之文學不外是一種對宇宙及人生之驚奇感覺」，「文章不過是
一人個性之表現和精神之活動」；他強調個性和表現，認為文學在本質上
是獨立的，「我們須明白一切的作品，是由個性表現出來的，少了個性千
變萬化的衝動，是不會有美術的」；「世間有個性，為藝術上文學上一切
成功之基礎」，「各人的美就是各個個性的表現」，作為文學創作過程的「表
現」過程便自然而然地拒斥外部的人為規則、律令對它的束縛，而保持
一種「純粹性」和獨立性。而「表現派所以能打破一切桎梏，推翻一切
典型，正因為表現派認為文章（及一切美術作品）不能脫離個性，只是
個性自然不可抑制的表現」。由此在文學功能上，林語堂得出結論：「任
何作品，為單獨的藝術的創造動作……與道德功用無關」，而且也與政治
功利無關，與克羅齊表現主義理論中的「藝術無目的」論不謀而合。在
文學批評論上，林語堂從克羅齊「純粹美學」的理論出發，反對為批評
建立固定的標準，而應「就文論文，就作家論作家，以作者的境地命意
及表現的成功為唯一美惡的標準，除表現本性之成功，無所謂美；除表
現之失敗，無所謂惡」。從文學的本質到文學創作和文學的功能，都可以
找到林語堂的文學思想與克羅齊表現主義文學理論的密切聯繫，他曾在
1929 年 10 月翻譯了克羅齊所著的《美學：表現的科學》第 17 章中的 24
段文字，又為自己輯譯的《新的文評》一書寫了一篇序言並充滿自信地
宣稱：「現代中國文學界用得著的，只是解放的文評，是表現主義的文評，
是 Croce，Spingara. Brooks 所認識的推翻評律的批評」，對克羅齊的理論

---

[15] 林語堂：《林語堂文集》，作家出版社，1996 年，第 373 頁。

尊崇備致。克羅齊的直覺即藝術、藝術唯情論及藝術的非功利性質，也都曾使林語堂如獲至寶，引為知己。

在留歐美作家中，朱光潛和林語堂都深受克羅齊及其表現主義文學理論的影響，但他們也並非一味的照搬和推崇，而是有所選擇有所保留。比如朱光潛雖然借用克羅齊的「直覺說」構築自己的美學大廈，但隨著對克羅齊認識和研究的加深，在後來的《克羅齊派美學批評》（見《文藝心理學》第十一章，1936 年春）《克羅齊哲學述評》（1947 年春），解放後寫的《克羅齊美學的批判》（1958 年 5 月）；《克羅齊》（見《西方美學史》第十九章，1964 年 8 月）等書中，他也對克羅齊美學思想的疑點和不足進行了分析和批評。他認為克羅齊美學有三大缺點：一是機械觀；二是對藝術「傳達」的解釋；三是關於藝術的價值論。1936 年《文藝心理學》出版時，他在該書《作者自白》中說：「從前我受從康得到克羅齊一線相傳的形式派美學的束縛，以為美感經驗純粹是形象的直覺，在聚精會神中我們觀賞一個孤立絕緣的意象，不旁遷他涉，所以抽象的思考、聯想、道德觀念等等都是美感範圍以外的事。現在，我察覺人體是有機體，科學的、倫理的和美感的種種活動在理論上雖可分辨，在事實上卻不可分豁開來，使彼此互相絕緣。因此，我根本反對形式派美學所根據的機械觀，和所用的抽象分析法。」[16]解放以後，學習馬列主義以後，用馬克思主義的觀點來檢查自己過去錯誤的文藝思想和重新評價克羅齊。自 1956 年開始，他陸續發表了《我的文藝思想的反動性》、《克羅齊美學的批判》等文章，從一個嶄新的角度來評價克羅齊。雖然克羅齊的直覺即藝術、藝術唯情論及藝術的非功利性質，都曾使林語堂如獲至寶，引為知己，他也從表現主義中找到了與自己文藝思想想契合的部分，組成其文藝思想觀的理論基礎，但他所說

---

[16]　朱光潛：《文藝心理學》，開明書店，1945 年，第 1-2 頁。

的「表現」與克羅齊嚴格規範、反覆說明的「表現」並不完全一致還有一定的偏差。他似乎在有意無意地之間忽略了克羅齊理論中「直覺「這一核心命題，以浪漫主義的「情感的表現」代替表現主義美學的「直覺的表現」，從而混淆了「表現主義」「浪漫主義」的根本區別；同時林語堂對克羅齊的學說尚缺乏全面的認識，僅僅看到了表現主義理論中強調藝術的超越性和獨立性的一面，忽略了克羅齊文論關於藝術對概念、功利、道德等因素的依賴關係的闡釋。但不管怎樣，克羅齊及其表現主義都為他們接受或形成了「崇尚個性、自由抒發心靈」的自由主義文學思想打下了良好的基礎。

（2）李金髮、梁宗岱與象徵主義

象徵主義是西方現代文藝思潮中出現最早，持續最久、影響最大一種文藝思潮和創作流派，1852 年法國波德賴爾詩集《惡之花》的發表被稱為是象徵主義的代表作，1886 年長期居住法國的希臘年輕詩人、劇作家讓·莫雷亞斯在《費加羅報》上發表著名的《文學宣言》，樹起象徵主義的旗幟，並以「象徵主義者」來稱號有此傾向的詩人，成為象徵主義思潮流派誕生標誌。19 世紀後期的魏爾倫、蘭波、瑪拉美等的追隨，終於形成象徵主義文學思潮流派，並於 1886-1891 年左右達到昌盛時期，被稱作為象徵主義前期高潮，但隨著 1898 年馬拉美的逝世而告終。20 世紀初，後期象徵主義再度崛起，並從法國走向了全世界。以法國瓦雷里，奧地利巴爾克，英國葉芝、艾略特等為代表，並波及繪畫、戲劇、音樂、雕塑等不同的藝術領域。與之前的浪漫主義和現實主義不同，象徵主義將「象徵性」作為自己藝術審美思維的原則，「宇宙是一座象徵的森林」，希望用隱喻、象徵、暗示等手法來表現詩人的內心感受，開拓了把握文學藝術本質特徵的視野。波德賴爾說，象徵主義的「純藝術是什麼？它就是創造出一種暗示的魔術」。馬拉美也說：「詩寫出來原是叫人一點一點地去猜想，這也就是暗

示,亦即夢幻或神秘性的完美的應用,而象徵正是由這種神秘性構成的。」
其次,象徵主義十分重視抽象思維能力,瓦雷里在那篇著名的《詩與抽象
思維》的文章中說道:「每一個真正的詩人,其正確辯理與抽象思維的能
力,比一般人所想像的要強得多」,他們大都從自身的創作出發,親身感
受到抽象思維的在藝術創作中的重要作用,希望把哲學與詩可以統一起
來,在此基礎上,創作出內容與形式交融和諧的「純詩」(pure poetry)。
在文學藝術創作中,象徵主義從傳統的注重客觀反映和摹仿,轉向注重內
心情感、創作主體表現,倡導「通感契合」原理,注重創作的審美體驗;
象徵主義也十分崇尚詩歌的音樂性,追求語言的音樂性和比喻的含蓄奇
特,從而使得象徵主義文學也有些晦澀難解、撲朔迷離,具有一定的悲觀
頹廢情調和神秘主義色彩。它不僅對於 20 世紀詩歌的影響是極大的,而
且直接、間接地給予現代各文藝思潮流以重大影響。後來的表觀主義主張
藝術的無目的性,注重心靈體驗和內在真實,抒發自我情感感受,重視心
理和精神剖析,實質上是與象徵主義一脈相承的。李金髮、梁宗岱都曾在
留學歐美期間深受象徵主義的影響。

　　梁宗岱 1924 年赴歐洲留學,師從象徵主義大師瓦雷里,「常常追隨左
右,瞻其風采,聆其清音;或低聲敘述他少時文藝的回憶,或顫聲背誦韓
波、馬拉美及他自己底傑作,或欣然告我他想作或已作而未發表的詩文,
或藹然鼓勵我在法國文壇繼續努力。」這些耳濡目染的交往,奠定了梁宗
岱象徵主義詩學理論的堅實基礎。1931 年回國後,他即撰寫《象徵主義》
等一系列論文,編定詩學文集《詩與真》、《詩與真二集》,翻譯了瓦雷里
的《水仙辭》、歌德的《浮士德》、莎士比亞的《十四行詩》,自己也創作
了詩集《晚禱》、詞集《蘆笛風》等,從象徵主義詩學理論中取得豐碩的
成果。在梁宗岱看來,「所謂象徵主義,在無論任何國度,任何時代底文
藝活動和表現裏,都是一個不可缺乏的普遍和重要的原素」,「一切最上乘

的藝品，無論是一首小詩或高聳入雲的殿宇，都是象徵到一個極高的程度」[17]；與他之前的朱自清、朱光潛等人所認為的「象徵」相比，梁宗岱所謂的象徵又非修辭學所說的象徵，而是西方象徵主義所說的象徵。朱自清實際上認為「象徵」就是「遠取譬」，朱光潛認為「所謂『象徵』，就是以甲為乙底符號」，「以具體的事物來代替抽象的概念，他們實際上都把象徵主義的「象徵」和修辭學上的「比」混為一談了。梁宗岱認為象徵象徵不是「比」，而是和《詩經》裏的興』，頗近似，「象徵地微妙，『依微擬義』這幾個字頗能道出」[18]，「當一件外物，譬如，一片自然風景映進我們眼簾的時候，我們猛然感到它和我們當時或喜，或憂，或哀傷，或恰適的心情相仿佛、相逼肖、相會合。我們不摹擬我們底心情而把那片自然風景作傳達心情的符號，或者，較準確一點，把我們底心情印上那片風景去這就是象徵。」[19]象徵主義鼻祖波德賴爾和馬拉美堅決主張「客觀對應物及其相關的情緒不應該直率而明晰地透露出來，而應該純然暗示出來」，梁宗岱借助《詩經》的「興「和《文心雕龍》中的「依微以擬義」以及用一片自然風景來作為表達心情的符號也恰恰符合了象徵的暗示性和整體性，從本體意義上比較準確地把握了「象徵」的含義，為他後來提出「純詩」等詩學範疇奠定了基礎。

在象徵主義的基礎上，梁宗岱又提出了「純詩說」，並在《談詩》中明確地表達了他的「純詩」觀念。在他看來：「所謂純詩，便是摒除一切客觀的寫景，敘事，說理以至感傷的情調，而純粹憑藉那構成它底形體的原素——音樂和色彩——產生一種符咒似的暗示力，以喚起我們感官與想像底感應，而超度我們的靈魂到神遊物表的光明極樂的境域。像音樂一

---

[17]　梁宗岱：《象徵主義》，《梁宗岱文集》，中央編譯出版社，2003 年，第 60 頁。
[18]　梁宗岱：《象徵主義》，《梁宗岱文集》，中央編譯出版社，2003 年，第 62-63 頁。
[19]　同前註，第 63 頁。

樣，它自己成為個絕對獨立，絕對自由，比現世更純粹，更不朽的宇宙；它本身的音韻和色彩底密切混合，便是它底固有的存在理由。」[20]這一理論在很大程度上借鑒了西方象徵主義者特別是其師瓦雷里的論述。[21]瓦雷里認為象徵主義詩歌的本質就在於使詩歌這種語言藝術「音樂化」……音樂化則是指詩的語詞關係在讀者欣賞時引起的一種和諧的整體感覺效果，也即語詞與人的整體感覺情緒領域的某種和諧合拍的關係。「詩是一種語言的藝術，某些文字的組合能夠產生其他文字組合所無法產生的感情，這就是『詩情』，而所謂『詩情』，是『一種興奮和迷醉的心情。……它是由於我們的某些內在情緒，肉體上的和心理的，與某些引起我們激動的環境（物質的或者理想的），在某種程度上的吻合而引起的』；作為『詩的藝術』，就是要用『語言手段』『引起類似的心情和人為地促進這種感情』，也就是使『語言結構』與「詩情」達到一種默契與和諧。」[22]從提倡的詩的音樂性，到詩的絕對獨立和自由，詩通過它的形體元素產生的暗示力等等，都能看出瓦雷里的影子。與此同時，梁宗岱還又提出並闡述了關於『契合』的理論。「我們既然清楚什麼是象徵之後，可以進一步跟蹤象徵意境底創造，或者可以說象徵之道了。像一切普遍而且基本的真理象徵之道也可以一言以貫之，曰『契合』而已。」[23]什麼是契合？在梁宗岱看來，一個詩人（或讀者）在創作或欣賞時要全神貫注、充分投入，達到冥

---

[20] 梁宗岱：《談詩》，《梁宗岱文集》，中央編譯出版社，2003 年，第 87 頁。

[21] 瓦雷里對純詩是這樣理解的：「音樂之美一直連續不斷，各種意義之間的關係一直近似諧音的關係，思想之間的相互演變顯得比任何思想重要，詞藻的使用包含著主題的現實」。他的「純詩說」要求只抒寫「詩情感受」，追求詩的絕對純粹和藝術自律，把對真理的追求、現實的關懷和道德感受等視為不純的非詩因素而排斥詩外；表現純粹的音樂整體性，以求更具象徵性、暗示性和含混性。削減詩的語義內容，追求詩的語言技巧。

[22] 轉引自朱立元：《當代西方文藝理論》，華東師大出版社，1997 年，第 12-13 頁。

[23] 梁宗岱：《象徵主義》，《梁宗岱文集》，中央編譯出版社，2003 年，第 68 頁。

想出神與心凝形釋、物我兩忘的境地，使世界的顏色、芳香、聲音與其官能合奏「同一的情調」。在此狀態中，詩人（或讀者）「放棄了動作，放棄了認識，而漸漸沉入一種恍惚非意識，近於空虛的境界，在那裏我們底心靈是這般寧靜……忘記了自身底存在而獲得更真實的存在」，其感覺、經驗、想像「灌入」物體，「宇宙大氣」也透入其心靈，「內在的真與外界的真協調了，混合了」，[24]「形核俱釋的陶醉」與「一念常惺的澈悟」[25]有機地統一在一起，在這難得的「真寂頃間」實現與宇宙的溝通，從而使其所創作的詩歌達到「景即是情，情即是景」的境界即意與象、情與景的融合，具有『宇宙意識』，同時又使所創作的那「一首或一行詩同時並訴諸我們底五官，……而斷不是以目代月一或以月一代目」。此即「契合」或『象徵底靈境』。很顯然，梁宗岱的「契合」說源於波特賴爾的「契合」說。波特賴爾曾寫過一首標題為《契合》的詩，該詩表現了宇宙問一切事物和現象，都相互感應和流通的思想。梁宗岱在《象徵主義》中不斷引用並加以引申，認為：「在這短短的十四行詩裏，波德賴爾帶來了近代美學底福音」，……「用詩人自己的話，只是一座神殿裏的活柱或象徵底森林，裏面不時喧奏著浩翰或幽微的歌吟與回聲；裏面顏色，芳香，聲音和陰影都融作一片不可分離的永遠創造的化機；裏面沒有一張葉，只要微風輕輕地吹，正如一顆小石投落汪洋的海裏，它底音波不斷延長擴大，傳播，而引起個座森林底颯颯地呻吟，振盪和回應……」。[26]他的「契合」說與波特賴爾的「契合」說有著直接的淵源關係。

　　李金髮是把「法國象徵詩人的手法」介紹到中國現代詩壇的「第一個人」，他對象徵主義理論的闡釋更多的體現在他的作品中。在巴黎美院學

24　梁宗岱：《象徵主義》，《梁宗岱文集》，中央編譯出版社，2003 年，第 72 頁。
25　梁宗岱：《象徵主義》，《梁宗岱文集》，中央編譯出版社，2003 年，第 73 頁。
26　梁宗岱：《象徵主義》，《梁宗岱文集》，中央編譯出版社，2003 年，第 71 頁。

習雕塑時候，他就已經開始對象徵主義很感興趣。一方面，他自幼形成了與象徵派詩人類似的孤獨憂鬱的性格，使他有與象徵派相接近的對於世事的不滿、絕望和悲觀的情緒；另一方面身處異國他鄉的李金髮也同樣感受著巴黎的繁華和冷酷，這為他接受波德賴爾的美學思想奠定了情感基礎。「他此時受了種種壓迫，所以是厭世的，遠人的，思想是頹廢的，神奇的，以是鮑賴爾的《惡之華》，他亦手不釋卷，同情地歌詠起來」。[27] 他自己後來也在《文藝生活的回憶》中回憶：「那時因多看人道主義及左傾的讀物，漸漸感到人類社會罪惡太多，不免有憤世嫉俗的氣味，漸漸的喜歡頹廢派的作品，鮑德萊（按：即波德賴爾）的《罪惡之花》，以及 Verlaine（魏爾蘭）的詩集，看得手不釋卷，於是逐漸醉心象徵派的作風。」他奉魏爾蘭為自己的「名譽老師」，對波德賴爾也十分傾倒，多次談到他是同時「受鮑特萊與魏爾侖的影響而做詩」。此外，他還讀了雷尼埃、保爾·福爾等不少其他象徵派詩人的作品並在這些法國象徵派詩人的薰陶下步人詩歌王國的。

在 20 年代初創作《微雨》期間，李金髮曾閱讀了很多魏爾侖、波德賴爾、薩曼、雷尼耶等的詩，從這本詩集後面的譯詩中還可發現他已接觸到了瓦雷里、耶麥等人的作品，但在整體的取材、風格和語言表達方面對他產生過明顯影響的，還是波德賴爾與魏爾侖。周作人、宗白華等人讀了李金髮的《微雨》後，就稱讚他為「東方的鮑特萊」，鍾敬文在評價《微雨》時，也看出了這種淵源所在，指出：李金髮是魏爾侖的徒弟。應該說他不僅在理論上受到波德賴爾象徵主義的引導，而且在創作上得到直接啟示。比如李金髮認為「詩人能歌人詠人，但所言不一定是真理，也許是偏

27　金絲燕.：《文化接受與文化過濾──中國對法國象徵主義的接受》，中國人民大學出版社，1994 年，第 213-214 頁

執與歪曲，我平日做詩，不曾存在尋求或表現真理的觀念，只當它是一種抒情的推敲，字句的玩意兒。」這種創作態度，與波德賴爾所說「詩的目的不是真理，而只是它自己」意思大致相同。彼德賴爾曾經認為「歡悅」是「美」的裝飾品中最庸俗的一種，而「憂鬱」卻似乎是『美』的最好的表現；甚至「不能想像……任何一種美會沒有『不幸』在其中」，憂鬱、疲倦、甚至厭膩之感，都是美的，還有在絕望中所產生的沉悶感、怨恨感，以及神秘和悔恨，彌爾頓筆下的惡魔，都具有美的特徵。李金髮則說「美是非常奇特的，即在醜劣之中，它也可存在，因為一個醜的面貌正確之描寫，可成為極美的作品」，[28]「世界上任何美醜善惡皆是詩的對象」。在追求憂鬱的情調和「審醜」上，二者非常相似。在詩歌創作上，李金髮的確也較多地從波德賴爾那裏得到啟示，常用非傳統主體和題材，詭奇、陰冷、令人驚愕的意象，很有《惡之花》的特點。朱自清在編纂《中國新文學大系·詩歌卷·導言》裏認為「他要表現的是『對生命欲揶揄的神秘及悲哀的美麗』。講究比喻，有『詩怪』之稱……他的詩沒有尋常的章法，一部分一部分可以懂，合起來卻沒有意思。他要表現的不是意思而是感覺或情感……」，[29]而李金髮的詩中那種「生命欲揶揄的神秘，及悲哀的美麗」，怪異、神秘、頹廢和失落的情調，實際上也可以說波德賴爾式的《惡之花》的「美麗」的另一種表現形式。

---

[28]　金絲燕.：《文化接受與文化過濾——中國對法國象徵主義的接受》，中國人民大學出版社，1994年，第219頁。

[29]　朱自清：《中國新文學大系詩集導言》，《中國新文學大系導論集》，上海良友復興圖書印公司，1940年，第233頁。

（3）梁實秋、學衡派與新人文主義

　　新人文主義是 20 世紀初在美國出現，並在二十年代末引起廣泛爭論和社會反響的一種現代文化思潮。當時西方主要資本主義國家經濟發展迅速，相繼進入了壟斷資本主義階段，同時伴隨科學進步、經濟發展而來的還有一系列推崇物質和金錢、道德頹敗、人慾橫流、人們精神墮落、迷茫無措甚至戰爭頻仍等社會問題。以白璧德為代表的新人文主義，堅守人文主義傳統，試圖從傳統的人文道德精神中尋找濟世良方，對現代社會提出批判與反思，並希望能通過傳統對現代的規範和制約來克服現代社會的物質至上、道德淪喪等問題。由此出發，白璧德反對「培根派」和「盧梭派」，認為他們分別是功利的和感情的，過於注重追求物欲，「圖謀人類全體之福利與進步」，但忽略了人們內心的道德修養和「個人內心之生活」[30]，必然導致「人類將自真正文明，下墮於機械的野蠻」[31]。他提出了自己的人文主義的核心觀點——注重人性，希望能夠使人從對物質的崇拜和追求甚至奴役中解放出來，關注自身的道德修養和內心的需求，並企圖以此力挽狂瀾，拯救人心，挽救社會，並聲稱當時已經到了「人文主義與功利主義及感情主義正將決最後之勝負」的時候。在這裏他所提倡的「人性論」是二元的，他認為「從開始人文主義的目的就是力避過度，任何人要是打算節制和均衡地生活，他就會發現，他需要使自己接受一種困難的紀律的約束，他的生活態度必然是二元的。所謂二元的，就是說他要承認在人身上有一種能夠施加控制的『自我』。這兩種『自我』就是通常所謂的理性和欲望」。從二元的人性論出發，白璧德認為人的理性和慾望會不斷地發生

---

[30] 白璧德：《論民治與領袖》，吳宓譯，《學衡》第三十二期。

[31] 白璧德：《中西人文教育談》，胡先驌譯，見《學衡》第 8 期。

衝突，他稱之為「洞穴裏的內戰」，也正是人性內部這種靈與肉、善與惡的『內戰』導致社會的混亂和人類的苦難，因此必須重新確立人文主義的原則，用理性和道德對個人的衝動和慾望加以「內在的控制」。在此基礎上，他希望人們服從「人事之律」，即要求人應該有理性和道德意識，崇尚和平、遵守紀律、講究秩序、用道德規範約束自己、完善自己；行「人文教育」，即「博採東西，並覽今古，然後折中而歸一之」，以柏拉圖、亞里斯多德、釋迦、孔子等大師為榜樣，「不必復古，而當求真正之新，不必謹守成說，格遵前例，但當問吾說之是否合乎經驗及事實，不必強立宗教，以為統一歸納之術，但當使凡人皆知為人之石直，仍當行個人主義。但當糾正之，改良之，使其完善無疵。」從而抵制功利主義和盧梭不加規範、任性縱慾的感情主義。與此同時，白璧德還提出人生的三種境界，「一是自然的，二是人性的，三是宗教的。自然的生活，是人所不能缺少的，不應該過分擴展。人性的生活，才是我們應該時時刻刻努力保持的。宗教的生活當然是最高尚，但亦不可勉強企求，因而人特別需要自我內心節制和宗教的調節。」[32]用「一切時代共通的智慧」來豐富自己對自我進行克制，從而使一個「較低的自我」變為一個「較高的自我」，以提高自己的人生境界。在文學方面，白璧德及其新人文主義推崇人性和普遍性，提倡古典主義的理性原則和節制精神，反對浪漫主義對情感的無節制的一味放縱和宣洩，也反對現實主義對種種社會現象不加選擇的描寫，提出「合適」的原則，表現出一種和諧、均衡、典雅的古典審美理想。如果說文藝復興時代的人文主義是以肯定人慾、高揚感性的形式對抗神學；白璧德的人文主義則是以重建理性、追求和諧的形式反撥了 20 世紀初的物質主義和一

---

[32] 梁實秋：《關於白璧德先生及其思想》，《梁實秋全集》第 1 卷，鷺江出版社，2002年，第 546 頁。

味放縱情感和想像的浪漫主義。在留歐美作家中，梁實秋和學衡派的吳
宓、胡先驌、梅光迪留美期間親自受教於白璧德門下，並深受白璧德新人
文主義的深刻影響，回國以後又在中國文學界譯介和大力宣傳白璧德及其
新人文主義。

作為「人性論」的倡導者和堅守者，梁實秋認同並服膺於白璧德及其
人文主義。他在《關於白璧德先生及其思想》一文中說：「我後來上白璧
德先生的課，並非是由於我對他的景仰，相反的，我是抱著一種挑戰者的
心情去聽講的。可是我的文學知識很有限。大概分析下來不外是一點點的
易卜生，外加一點點的莫泊桑、柴霍甫，再加上一點點泰戈爾之類……以
這樣的程度的人去聽白璧德先生的課，其結果是可想而知的。白璧德先生
學識之淵博……我開始自覺淺陋。……繼而我漸漸領悟他的思想體系，我
逐漸明白其人文思想在現代的重要性……從極端的浪漫主義，我轉到了多
少近於古典主義的立場。」[33]在結識白璧德之前，梁實秋的文學思想是傾
向於浪漫主義的，認為在詩歌創作中情感和想像非常重要。在前期的《〈草
兒〉評論》一文中他覺得：「《草兒》作者的情感太薄弱，想像太浮淺」，[34]
認為「詩是不宜於記事的，記事的文字也犯不著用詩的體裁。除了真正的
敘事詩（epic）以外，詩是可以說是專為抒情的」，[35]「詩人的思想應該是
超於現實的。……嚴格講來，詩人生活乃是想像的精神生活。……他寫的
詩確實是他理想生活的寫照。……詩人對於人間世，既具有極強烈的厭
惡，所以每藉想像力創造出飄渺空靈的詩境，作為精神的安息。」[36]在後
來的《王爾德與唯美主義》、《現代中國文學之浪漫的趨勢》等文和論文集

---

[33] 梁實秋：《關於白璧德先生及其思想》，《梁實秋全集》第 1 卷，鷺江出版社，2002
年，第 547-548 頁。

[34] 梁實秋：《〈草兒〉評論》，《梁實秋全集》第 1 卷，鷺江出版社，2002 年，第 15 頁。

[35] 梁實秋：《〈草兒〉評論》，《梁實秋全集》第 1 卷，鷺江出版社，2002 年，第 8 頁。

[36] 梁實秋：《〈草兒〉評論》，《梁實秋全集》第 1 卷，鷺江出版社，2002 年，第 27-28 頁。

《浪漫的與古典的》中，梁實秋逐步的轉變了他早期的浪漫主義傾向，而是以白璧德的新人文主義為基礎進行批評。在《王爾德與唯美主義》一文中，梁實秋從「藝術與時代」、「藝術與人生」、「藝術與自然」、「藝術與道德」和「個性與普遍性」五個方面論述王爾德的學說，雖然還存有一些唯美主義的特點，但很多地方已經開始借用或引用白璧德的言論。如論及「藝術與時代」，針對王爾德在《藝術家之批評》裏面所說的：「一切藝術都是不道德的……」，梁實秋認為：「我們不能贊成王爾德主義，為了擁護文藝的純粹性而趨於極端，以致於一方面替真正不道德的文字張目，一方面又否認了文藝中之倫理的標準」[37]；論及「個性與普遍性」，他又說：「古典藝術的對象是普遍的，浪漫藝術的對象是個人的。所謂『普遍地』，即使是常態的、中心的；所謂『個人的』，即是例外的、怪異的。」[38] 而《現代中國文學之浪漫的趨勢》中他對以前所信仰的浪漫主義進行了批判，「浪漫主義者又一種『現代的嗜好』，無論什麼東西凡是『現代的』就是好的」，「浪漫主義者的唯一標準，即是『無標準』」，「現代中國文學，到處瀰漫著抒情主義」、「情感的質地不加理性的選擇，結果是（一）流於頹廢主義；（二）假理想主義」[39]；此時梁實秋已經可以比較熟練地運用白璧德的新人文主義理論來進行評論和批評。從他相繼出版的論文集《浪漫的與古典的》、《文學的紀律》、《偏見集》中，可以看出梁實秋對白璧德思想的逐步深入認識和認同，他不僅在文學思想和文學主張上極力認同白璧德及其新人文主義，更努力運用新人文主義理論去解讀、闡釋、分析中西方文學。

---

[37]　梁實秋：《王爾德的唯美主義》，《梁實秋全集》第 1 卷，鷺江出版社，2002 年，第 168 頁。

[38]　梁實秋：《王爾德的唯美主義》，《梁實秋全集》第 1 卷，鷺江出版社，2002 年，第 168 頁。

[39]　梁實秋：《現代中國文學之浪漫趨勢》，《梁實秋全集》第 1 卷，鷺江出版社，2002 年，第 39-43 頁。

有評論者認為梁實秋二十年代後半期的許多批評文章的觀點乃至標題都是直接從白璧德那裏照搬過來的[40]，其實也不無道理。

另外，新人文主義核心觀點的「人性論」也一直是梁實秋文學和批評思想的基礎和理論支撐，在他的一系列文學活動和文學論戰中，他始終高揚「人性」的大旗並以此作為他文學創作和批評的尺度和標準。他曾反覆明確地表明：「文學發於人性，基於人性，亦止於人性。……在這標準下所創作出來的文學才是具有永久價值的文學」，[41]「偉大的文學亦不在表現自我，而在表現一個普遍的人性」，[42]「就文學論，我們劃分文學的種類派別是根據於最根本的性質與傾向，外在的事實如革命運動復辟運動都不能用來量衡文學的標準。並且偉大的文學乃是基於固定的普遍的人性，從人心深處流出來的情思才是好的文學，文學難得的是忠實——忠於人性；至於是與當時的時代潮流發生怎樣的關係，是受時代的影響，還是影響到時代，是與革命理論相合，還是為傳統思想所拘束，滿不相干，對於文學的價值不發生關係。因為人性是測量文學的唯一的標準」[43]。與此同時，從白璧德的新人文主義出發，梁實秋推崇理性和節制的作用，反對情感的過於氾濫。他認為，「文學之創作當有理智之選擇」，「文學要表現的真，須要有理性」，「文學的力量……在於節制……要遵奉內在節制」，「所謂節制的力量，就是以理性駕馭感性，以理性節制想像」，[44]「文學不是無目的的遊蕩，是有目的的創造，所以這文學的工具——想像，也就不能不有一個剪裁，節制，紀律。節制想像者，厥為理性。」[45]由此出發，梁實秋強烈

40　羅綱：《梁實秋與新人文主義》，《文學評論》，1982 年第 3 期。
41　梁實秋：《浪漫的與古典的‧文學的紀律》，人民文學出版社，1988 年，第 23 頁。
42　梁實秋：《浪漫的與古典的‧文學的紀律》，人民文學出版社，1988 年，第 57 頁。
43　梁實秋《浪漫的與古典的‧文學的紀律》，人民文學出版社，1988 年，第 27 頁。
44　梁實秋《浪漫的與古典的‧文學的紀律》，人民文學出版社，1988 年，第 21 頁。
45　梁實秋：《梁實秋批評文集》，珠海出版社，1996 年，第 129 頁。

反對左翼作家提出的文學階級論和工具論，認為文學不是表現時代精神，也不應該去過度表現人的本能和情感，文學應該去描寫和表現所謂的「健康」、「普遍」、「永恆」的人性。如前所述，他不僅依據這種標誌去批評五四新文學過度宣洩情感的浪漫主義傾向，並且堅決反對並批判文學的階級性，與革命文學、左翼作家等進行了一系列的論戰，以他的普遍的永恆的人性去反對文學的功利性。

對於學衡派的吳宓、胡先驌、梅光迪來說，白璧德及其新人文主義是其理論基石和思想武器。儘管在五四時期他們以此與胡適、陳獨秀所代表的新文化運動相抗衡並以失敗告終，但他們對白璧德思想的研究和傳播、認同與採用以及所深受的深刻影響都不容忽視。《學衡》創刊於 1922 年的東南大學，其宗旨為：「論究學術，闡求真理，昌明國粹，融化新知。以中正之眼光，行批評之職事。無偏無黨，不激不隨」，他們不僅反對新文化運動、開設中國文化史、文學史，對經、史、子、集進行專題研究，刊發西洋哲學、印度哲學、佛學研究的專題論義，開設文苑專欄，登載舊體詩詞文賦，另一項使命就是不遺餘力地譯介、宣揚白璧德的新人文主義。首先是吳宓，他曾在 1937 年的日記中述及白璧德對他一生學術、思想的影響，「以為白師乃今世之蘇格拉底、孔子、耶穌、釋迦。我得遇白師，受其教誨，既精神之所感發，復於學術窺其全真，此乃吾生最幸之遭遇。」[46]擔任《學衡》主編期間，吳宓接連發表了一系列翻譯和介紹新人文主義的文章，如《白璧德之人文主義》、《論民治與領袖》、《論歐亞兩洲文化》，胡先驌先生譯的《中西人文教育談》，梅光迪的《現代西洋人文主義》等，《學衡》共辦 79 期發表 69 篇討論西方文化的文章，而與新人文主義相關的文章就有 20 篇，幾乎占了 1/3。吳宓不僅親自翻譯白璧德的原著，而且

---

[46] 吳宓：《吳宓日記》第 6 冊，三聯書店出版，1998 年，第 96 頁。

對別人所譯白氏原著都另加「附識」，簡要闡明其主旨，以便讓人們更好地理解和把握新人文主義的觀點。1928 年吳宓開始擔任《大公報‧文藝副刊》的主編之時，他們也繼續在這一報刊上積極譯介白璧德的新人文主義，並以此為基礎對中外文學進行評論。

當然，對於白璧德及其人文主義，吳宓他們並不僅僅止於翻譯和宣傳，他們試圖將人文主義作為一種救世救國的良方，認為「今日救時之道，端在不用宗教，而以人文主義救科學與自然主義之流弊也。吾對於社會、政治、宗教、教育諸問題之意見，無不由此一標準推衍而得。」[47]不僅運用新人文主義的理論參與中國文化的建設，而且以此為武器對五四新文化運動進行審視、反思和攻擊。針對五四新文化派「今勝於古、新勝於舊」的進化論觀點以及「棄舊圖新」、引進西方科學、民主，推翻舊文化、建立新文化的方式，學衡派提出了嚴厲的批評。吳宓聲稱「近年國內有所謂新文化運動者焉，其持論則務為詭激，專圖破壞。然粗淺謬誤，與古今東西聖賢之所教導，同仁哲士之所述作，歷史之實跡，典章制度之精神，以及凡人之良知與常識，悉悖逆抵觸而不相合」[48]；胡先驌則認為「今之批評家，猶有一習焉，則立言務求其新奇，務取其偏激，以駭俗為高尚，以激烈為勇敢。此大非國家社會之福，抑亦非新文化前途之福也。」[49]；梅光迪更是指斥胡適及新文化運動者，「對自己的祖先嗤之以鼻，以民主、科學、效率及進步為其支架，毫無愧疚與疑議地將目前西方的官方哲學當作積極的主要價值觀」[50]，「提倡新文化者非思想家乃詭辯家，非創造家乃

[47]　吳宓：《論事之標準》，《學衡》第 56 期。

[48]　吳宓：《論新文化運動》，《學衡》1922 年第 4 期。

[49]　胡先驌：《論批評家之責任》，《學衡》1922 年第 3 期。

[50]　梅光迪：《人文主義與現代中國》，《梅光迪文錄》，羅崗、陳春豔編，遼寧教育出版社，2001 年，第 221 頁

模仿家，非學問家乃功名之士，非教育家乃政客」[51]；「其所主張之道理，所輸入之材料，多屬一偏，而有害於中國之人。」學衡派則認為對於文化不能用新、舊來加以區別，凡是新的都是好的，舊的都是腐朽的，「何者為新？何者為舊？此至難判定者也。」「百變之中，自有不變者存，變與不變，二者應兼識之，不可執一而昧其他」，「天理、人情、物象，既有不變者存，則世中事事物物，新者絕少。所謂新者，多係舊者改頭換面，重出再現，常人以為新，識者不以為新也。」[52]文化學術都是「就已有者，層層改變遞擅而為新」，「如若不知舊物，則決不能言新」，因此不能依據進化論的「新必勝於舊，現在必勝於過去」的觀點。那麼如何建設新文化呢？學衡派認為：「復古固為無用，歐化亦屬徒勞。不有創新，終難繼起，然而創新之道，乃在復古、歐化之外」，「今欲造成中國之新文化，自當兼取中西文明之精華，而熔鑄之，貫通之。吾國古今之學術德教，文藝典章，皆當研究之，保存之，昌明之，發揮而光大之。而西洋古今之學術德教，文藝典章，亦當研究之，吸取之，譯述之，瞭解而受用之」，「今欲造成中國之新文化，就必須認真研究孔教、佛教、希臘羅馬的文章哲學和耶教的真義，取孔教之人本主義與柏拉圖、亞里斯多德一下之學說相比較，融會貫通，擷精取粹，再加以西洋歷代名儒鉅子之所論述，熔為一爐，這樣才能『國粹不失，歐化亦成，所謂造成新文化，融合東西兩大文明之奇功，或可企及』。」[53]這種融合中西的精神和對待「國粹」和傳統文化的方式顯然是受到了白璧德人文主義思想的影響。

　　與此同時，在文學領域，他們的文藝觀也與新人文主義有諸多契合和相通之處。首先，由於深受白璧德新人文主義的影響，「學衡派」把文學

[51] 梅光迪：《評提倡新文化運動者》，《學衡》1922 年第 1 期。

[52] 吳宓：《論新文化運動》，《學衡》1922 年第 4 期。

[53] 吳宓：《論新文化運動》，《學衡》1922 年第 4 期。

當作「人生的表現」,「文學以人生為材料,人生借文學而表現,一者之關
係至為密切。每一作者悉就己身在社會中之所感受,並其讀書理解之所
得,選取其中最重要之部分,即彼所視為人生經驗之精華者,乃憑藝術之
方法及原則,整理製作,藉文字以表達之,即成為文學作品」,[54]研究文學
也就是「研究人生」,並強調:「文學中所寫之人生,乃由作者以己之意旨
及藝術之需要,選擇整理而得之人生,且加以改良修繕,使比直接觀察所
得者,更為美麗,更為真切,更為清晰。知乎此,則浪漫派之表現自我,
與寫實派自然派之惟真是崇,為藝術而作藝術,並屬一種理想,不惟尚多
可議之處,且決難實現,而吾人今日不當以此或彼為一切文學去取抑揚之
標準,更不待辯而明矣」。[55]其次,吳宓他們也像白璧德一樣確信人性二元
之說,認為文學不但描摹人生,而且還要反映人性,文學「以人生(life)
及人性(humannature)為材料及範圍」,而「人之心性(Soul)常分二部,
其上者曰理(Reason),其下者曰欲(Impulses or Desire),二者常相爭持,
無時或息」,[56]「理勝則欲屈服,屢屢如是,則人為善之習慣成矣;若理敗,
則欲自行其所適,久久而更無忌憚,理愈微弱,馴至消滅,而人為惡之習
慣成矣」,[57]人性中這種善與惡、理與欲的鬥爭,是決定人之良蕎乃至社會
治亂的根本原因。因此要改善世道人心,關鍵在於「以理制欲」,因此他
們特別重視道德的作用,並以道德作為批評的標準,吳宓曾說:「蓋今之
文學批評,實即古人所謂義理之學也。其職務,在分析各種思想觀念,而
確定其意義。更以古今東西各國各時代之文章著作為材料,而研究彼等思
想觀念如何支配人生、影響事實,終乃造成一種普遍的、理想的、絕對的、

---

[54] 吳宓:《文學與人生》(一),《大公報・文學副刊》,1928 年 1 月 8 日。
[55] 吳宓:《文學與人生》(三),《大公報・文學副刊》,1928 年 2 月 18 日。
[56] 吳宓:《我之人生觀》,《學衡》第 16 期,1923 年 4 月。
[57] 吳宓:《我之人生觀》,《學衡》第 16 期,1923 年 4 月。

客觀的真善美之標準，不特為文學藝術鑒賞選擇之標準，抑且為人生道德行事立身之正規」，[58]頗能代表學衡派的文學批評觀點。除此之外，同白璧德一樣他們強烈反對浪漫主義的不加節制，吳宓曾經在《論新文化運動》一文，指出：「十九世紀下半葉之寫實派及 Naturalism，脫胎於浪漫派而每下愈況，在今日已成陳跡⋯⋯今新文化運動之流，乃專取外國吐棄之餘屑，以飼國人」，[59]並針對新文化陣營創作所體現出來的浪漫主義傾向，給予了強烈的批判。胡先驌認為「浪漫主義，苟不至極端，實為詩中之要素。若漫無限制，則一方面將流於中國之香奩體，與歐洲之印象詩，但求官感之快樂，不求精神之騫舉；一方面則本浪漫主義破除一切制限之精神，不問事物之美惡，盡以入詩」，[60]他還列舉胡適的《威權》、《你莫忘記》，沈尹默的《鴿子》為趨於極端的劣詩。

總之，「學衡派」的代表吳宓、胡先驌、梅光迪反對新文化派對中國傳統文化的一味批判，強調新舊調和、東西調和，反對新文化派提出的「棄舊圖新」和「以西代中」的主張；從二元人性論出發，希望「以理制欲」，並以道德為文學批評的首要標準，反對五四新文學運動中的浪漫主義⋯⋯這些觀點可以說都是新人文主義在中國的翻版，儘管在今天看來，他們並不進步和現代，甚至還是保守的和不合時宜的，往往與時代主潮逆向而行，但他們卻堅持自己的理想和信念，發出了自己獨特的聲音，並保持了一貫和執著，也可以起到對五四新文化運動的糾偏作用。

與此同時，在留歐美作家中，胡適深受杜威實證主義哲學影響，他的《文學改良芻議》中的「八不主義」也曾受意象主義的啟示，很多地方與龐德的理論「不使用多餘的詞，不使用言之無物的修飾語⋯⋯避免抽

[58] 吳宓：《浪漫的與古典的》，《大公報》1927 年 9 月 17-19 日。
[59] 吳宓：《論新文化運動》，《學衡》1922 年第 4 期。
[60] 胡先驌：《評〈嘗試集〉》，《學衡》第 2 期。

象……即不要藻飾，也不要好的藻飾」頗為相似[61]；前期聞一多認為「文學本出於至情至性」，強調「為藝術而藝術」「以美為藝術的核心」的文學思想也可以看到西方唯美主義文學思潮的痕跡；徐志摩多情浪漫、推崇性靈、追求自由與歐美自由休閒生活風格和自由民主空氣不無關係，在他的詩歌創作中也流露出浪漫主義的傾向和特點。對留歐美作家來說，他們踏出國門，從動盪不安、有著長期封建專制傳統的封閉落後的環境中步入到經歷資產階級革命經濟快速發展的西方現代國家，所感受到的不僅僅是城市、摩天大樓、工廠等種種現代化設備新奇和震撼，更重要的是長期置身於自由、民主、平等的社會文化氛圍之中，別樣的生活方式和西方政治文化中的自由主義傳統對他們的精神思想的衝擊和影響。而一戰前後歐美現代主義文學思潮的興起對於學文的他們來說，更是不可避免地成為他們學習和借鑒的理論來源。不管是唯美主義、象徵主義，還是表現主義、以及美國的新人文主義，他們都堅持「以人為本」，以不同的方式宣揚文學的獨立和自由，並從早期的現實主義的轉向了深入內心和表現自我。儘管所學的具體內容不同，但在本質上都具有自由主義文學思想的共同特點，並通過他們文學活動和文學創作表現出來。

二、家庭條件較好、經費優厚、基礎扎實、名校名師指導

大部分留歐美作家經濟條件比留日作家要好，經費穩定，家庭條件也不錯，不需要辛苦打工賺取學費和生活費，為生活而奔波，能夠安心學習；留學回國以後又很容易被聘為各個大學的教授，進入上流社會，待遇也比

---

[61] 龐德：《幾個不》，《詩雜誌》第 1 卷第 6 期，1913 年 3 月。

較優厚，生活安定，思想上大都傾向於歐美的自由、民主、漸進的改良，希望以先進的科學技術改造中國，不大容易滋生激進、革命的情緒。

　　首先，從清末民初的政府留學政策來說，從 1908 年開始，庚款問題的解決方案促使留美運動出現重大轉機。1908 年 5 月，美國國會批准《豁免中國部分賠款》的法案，以中國政府派遣留學生來美的形式退還部分庚款，規定於 1909 — 1940 年，美國將所得「庚子賠款」中剩下的 1078.5 萬多美元逐年按月「退還」給中國，但只准中國用於廣設學堂，派遣學生到美國留學之用。儘管美國退款助學的目的，是為了獲得中國人對美國的好感，以便將來從精神上、思想上更好地控制中國。他們認為：「中國正臨近一場革命……哪一個國家能夠做到成功地教育這一代的青年中國人，哪一個國家就能由於這方面所支付的努力而在精神上、知識上和商業上的影響獲得最大可能的報償。如果美國在 35 年前就成就這件事，把中國學生的潮流引向美國，並不斷擴大這股潮流，那麼我們現在一定能夠採取精心安排、得心應手的方式，控制著發展——也就是說，使用那種從知識上與精神上支配中國的方式。」[62]此時的清政府已經開始實行「新政」，根據美國的「庚款」助學方案，很快制定了一個赴美留學的辦法。1909年 6 月，清政府在北京設立遊美學務處，負責赴美學生選派事宜，同時在華盛頓設立游美學生監督處，負責在美國留學生的管理事宜。此後，清政府又准許在北京西郊清華園設立留美預備學校性質的「遊美肄業館」，後改名為「清華學堂」，成為眾多中國學生赴美留學之前的培訓學校。胡適、梁實秋、聞一多、吳宓、梅光迪等大都先考入清華學堂，學習幾年後考取官費留學美國。與此同時，由於庚子賠款由美國政府掌握支付，清華學堂

---

[62]　明思博：《今日之中國與美國》，《留學生與中國教育近代化》，田正平編，廣東教育出版社，1996 年，第 100 頁。

和庚款留學生們都有固定的經費來源。1905 年清政府還做出規定,西洋留學生每人每年以 1200 元為標準,1906 年又規定遊學美國學費數目為每人每月 80 美金,共 960 美金,同時決定停發留日生的醫藥費。1909 年,清政府又有如下規定:「派赴英美兩國留學者發給治裝費龍洋 150 元,川資龍洋 700 元,每一名共給龍洋 850 元。派赴法、比、德、俄四國留學者發給治裝費龍洋一百五十元,川資龍洋六百五十元,每名共給龍洋八百元。派赴日本留學者不給治裝費惟發給川資京足銀一百二十兩。」[63]庚款留美開始後,清華留美生的待遇也比一般留美生好的多。下面是 1916 年北洋政府教育部所定留美公費標準:[64]

項目	治裝費	出國川資	每月費用	學費	學位論文打印費	轉學旅費	醫藥費	回國川資
數目	260 元	約 800-1000 元	80 美元	無限制、約 100-700 美元	約 25 美元	由美國西部轉東部約 120 美元	無限制	520 美元

由於官費較多,留美學生在美生活比較安定,無須在課餘時間打工,可以安定的在校讀書。胡適、梁實秋、聞一多、林語堂、吳宓、胡先驌、梅光迪等人大都拿著官費留學,足以應付在美國的日常生活。

此外,就個人而言,留歐美作家中徐志摩出生於浙江富商之家,作為徐家獨子的徐志摩,自小便過著無憂無慮、嬌生慣養優越的生活。1981 年雖然自費去美、英留學,但學習生活也比較悠閒自得,「我在美國有整兩年,在英國也算是整兩年。在美國我忙的是上課,聽講,寫考卷,嚼橡

[63] 王煥琛編著:《留學教育——中國留學教育史料》(第二冊),國立編譯館,1980 年,第 725-729 頁

[64] 常道直:《留美學生狀況與今後之留學政策》,《中華教育界》,第 15 卷。

皮糖，看電影，賭咒。在康橋我忙的是散步，划船，騎自行車，抽煙，閒談，吃五點鐘茶牛油烤餅，看閒書。」[65]梁實秋出生在坐落於北京東城繁華富庶之區的內務部街 20 號的梁宅，祖父曾為官，一帆風順，家道日隆，父親畢業於京師同文館之後，供職於京師員警廳，雖是封建大家庭，但仍然和諧、美滿，不乏溫暖。在聞一多的故鄉，聞家是有名的「大族」，曾出過不少秀才、舉人。聞一多正出生於聞家家業興旺之時，祖父在望天湖邊築起一幢三進三重的寬大院落，氣派非凡，四世同堂，聞一多 11 歲時便同聞家子弟一起到武昌求學。雖然胡適幼年喪父，家道中落，但他少年時期仍有二哥經營茶莊等維持家政，並得以到上海繼續讀書……與此同時，留歐美作家素質普遍較高，因為家庭條件好，大多數人都接受比較扎實的私塾或中學教育，考入清華學堂或教會學校以後，他們又接受了嚴格而正規的學習管理和語言教育，養成刻苦勤奮、求真務實的良好學風；赴歐美留學後一般能夠進入歐美較好的或名牌大學，胡適到哥倫比亞大學、梁實秋、林語堂、吳宓、梅光迪、胡先驌等到哈佛大學、徐志摩到劍橋大學、朱光潛到巴黎大學等，那裏思想自由、學術空氣濃厚，又能接觸世界一流的導師，有助於提高素養，培養對學術的興趣和專注於求知求學。再加上歐美離中國本土較遠，留歐美作家很少受到國內相關政治事件的影響和衝擊，學校中也沒有激進的革命團體，僅有的東美留學生會、西美留學生會、東西學生聯合會等也大都屬於文化學術範疇或興辦留學生及中國公益之事情，並不像留日作家團體一樣帶有激進的政治色彩。

65　徐志摩：《吸煙與文化》，《徐志摩全集》，韓石山編，天津人民出版社，2005 年，第 331 頁。

三、目的國態度：歐美民眾態度相對比較友好

由於祖國的貧弱和落後，留學海外的學子自然會受到目的國的歧視和輕侮。聞一多曾在給梁實秋的信中寫到：「一個有思想之中國青年留居美國之滋味，非筆墨所能形容……我乃有國之民，我有五千年之歷史與文化，我有何不若彼美人者？將謂吾國人不能制殺人之槍炮遂不若彼之光明磊落乎？」[66]吳宓也在日記中寫到：「中國人在此邦，受人凌賤，實有由來，蓋在美國到處常見不鮮者也。」[67]但留歐美作家遭受輕視和侮辱並不像留日作家那麼強烈，總體來說，歐美的留學環境還是比較寬鬆和溫暖的，他們也時常能感受到歐美各界人士的友好。

第一批庚款生抵達美國之後，就受到了北美基督教青年會協會主席約翰·穆德等人的熱情接待，他們還號召美國各地其他的基督教領袖和基督教家庭也以同樣方式接待中國留學生，讓他們瞭解美國基督教家庭的家庭生活的實際狀況；也使中國留學生瞭解美國家庭生活情況，「不僅是在課堂實驗室裏、圖書館裏教育中國學生，更要通過美國生活方式的文化感染中國人」，而許多基督教家庭響應此號召，使當時的中國留學生獲益匪淺。胡適曾在口述自傳時回憶道：「在綺色佳地區康乃爾大學附近的基督教家庭許多當地仕紳和康大教職員都接待中國學生。他們組織了許多非正式的組織來招待我們；他們也組織了很多的聖經班。假若中國留學生有此需要和宗教情緒的話，他們也幫助和介紹中國留學生加入他們的教會。因此在綺色佳城區和康乃爾校園附近也是我生平第一次與美國家庭發生親密的

---

[66] 聞一多：《聞一多全集》第 12 卷，湖北人民出版社，1993 年，第 138 頁。

[67] 吳宓著，吳學昭整理：《吳宓日記》（二），三聯書店，1998 年，第 50 頁。

接觸。對一個外國學生來說，這是一種極其難得的機會，能領略和享受美國家庭、教育，特別是康大校園內知名的教授學者們的溫情和招待。」[68]與此同時，在康乃爾大學學習時，他還經常到韋蓮司女士家做客，其父母都是基督徒，對他「見待如家人」，與韋蓮司一家建立了深厚的友誼。1919年 5 月，胡適轉往哥倫比業大學，還對綺色佳依依不捨，「吾嘗謂綺色佳為第二故鄉，今當別離，乃知綺之於我，雖第一故鄉又何以過之」，「而綺之谿壑師友，歷歷在心目中。此五年之歲月，在吾生為最有關係之時代。其間所交朋友，所受待遇，所結人士，所得感遇，所得閱歷，所求學問，皆吾所自為，與自外來梓桑觀念不可同日而語。……余之於綺，雖無市民之關係，而得與聞其政事、俗尚、宗教、教育之得失，故餘自視幾如綺之一分子矣。今當去此，能無戀戀？[69]1917 年胡適畢業回國時，又寫到「吾嘗謂朋友所在即是我故鄉。吾生朋友之多，無如此邦矣。今去吾所自造之故鄉而歸吾父母之邦，此中感情是苦是樂，正難自決耳，」而與韋蓮司一家的分別，胡適則認為「韋夫人與韋女士見待如家人骨肉，尤難分別。」[70]

徐志摩留英期間廣為交遊，結識了許多文人，學者，如作家狄更生、作家威爾斯（H.G.Well）、漢學家魏雷（Arthur waley），畫家傅來義（Roger Fry）、以及哲學家羅素等，都成為他的朋友，並在不同方面不同程度上給他幫助或影響，在給傅來義的信中，他說：「我一直認為，自己一生最大的機緣是得遇狄更生先生。是因著他，我才能進劍橋享受這些快樂的日子，而我對文學藝術的興趣也就這樣固定成形了」，還感慨道：「英倫的日子永不會使我有遺憾之情。將來有一天我會回念這一段時光，並會憶到自己有幸結交了像更生先生和你這樣偉大的人物，也接受了啟迪性的影響；

---

[68]　胡適：《胡適自傳》，江蘇文藝出版社，1995 年，第 152 頁。
[69]　胡適：《胡適留學日記》（三），安徽教育出版社，2006 年，第 789 頁。
[70]　胡適：《胡適留學日記》（三），安徽教育出版社，2006 年，第 1147 頁。

那時候，我不知道自己是否會動情下淚。」[71]；儘管聞一多留學美國時也時常感到弱國子民的無奈和悲哀，忍受著種族歧視的煎熬。但他也感受到了美國友人溫暖的友情，認識了一些美國文化界人士，比如他在芝加哥美院上課時，認識了熱愛中國古代文化的蒲西太太，還有當過詩刊編輯、出版過兩部詩集、頗有聲望的海德夫人、以及芝加哥大學的溫特教授，聞一多與他們成為很好的朋友，經常一起探討詩歌、繪畫和中國文化。總之，與留日作家相比，留歐美作家的留學環境相對還是比較寬鬆、友好的。

第二節　留日作家的異域資源：大正時代的文學思潮與普羅文藝

一、19 世紀末 20 世紀初日本社會文化背景和文學思潮的影響

留日作家魯迅、周作人曾於明治 30 年代留學日本，創造社的郭沫若、郁達夫、成仿吾、張資平、李初梨、朱鏡我、彭康以及田漢、夏衍等人大都在大正時期（1912-1926）留日學習。他們青春時代是在日本度過的，短則數年，長則十多年，在日本的學校裏接受大學教育，和日本學生一起上課，吃日式的飯菜，住日本公寓，看日本流行的雜誌和電影，都能用上好的日文寫作……這種生活經歷，使他們難免會受到異域思想文化的衝擊，日本當時的社會文化背景和文學界對他們的影響也是獨特而深遠的。正如

---

[71] 徐志摩：《致傅來義》，《徐志摩全集》，韓石山編，天津人民出版社，2005 年，第421 頁。

伊藤虎丸評價創造社時所說：「創造社文學是『大正時代』日本留學生的文學。這是說，結集在創造社周圍的一群『早熟』的『文學青年』，他們的文藝觀、藝術觀、社會觀以及『自我意識』，是和日本近代文學史上『大正時代』的作家們所具有的文藝觀、藝術觀、社會觀以及『自我意識』，結成了很深的近親關係。」[72]「創造社的作家們在中國所起的作用，包括積極方面和消極方面，受我國大正文學的影響很深，在這個意義上甚至可以說，整個創造社文學運動，是日本文學的理論和方法在中國的實驗」。[73]不能否認大正時期日本文學界對創造社眾人的影響，但不僅僅是創造社，其他留日作家也都曾或多或少、自覺或不自覺地受到日本文學界的衝擊和影響，留日作家的激進、功利文學思想的形成也和當時的日本有著千絲萬縷的聯繫。

眾所周知，1865 年的明治維新是日本近代史上一次具有劃時代意義的歷史事件，它使日本廣泛地吸收西方先進資本主義的文明制度、科學技術和文化知識，順利擺脫半殖民地危機，發展資本主義，由封建社會迅速地轉變為資本主義社會，拉開了日本近現代史的序幕。西方資本主義國家差不多用了兩百年左右時間，才完成的資產階級近代化，在日本經過明治維新後不到半個世紀就完成了，建成了亞洲唯一一個獨立自主的資產階級現代國家。但由於日本明治維新不是一次自下而上的資產階級革命，而是一次帶有近代民族民主運動鮮明特點的、「自上而下」的資產階級改革運動，日本的資產階級近代化、資本主義的形成和發展，也完全是在當時西方資本主義列強勢力的壓迫下，由明治政府運用西方經驗加速扶植、保護和促成的。儘管明治維新作為屬於近代民族資產階級改革運動取得了很大的成

---

[72] 【日】伊藤虎丸：《魯迅、創造社與日本文學》，孫猛、徐江、李冬木譯，北京大學出版社，2005 年，第 144 頁。
[73] 同前註，第 177 頁。

就，但它並不徹底，在國家制度和社會生活中保留下許多封建的因素和濃厚的封建色彩，封建君主政體與近代君主立憲政體、傳統家族制度與西方現代組織形態、傳統權威和專制主義與西方人本主義、自由主義在衝突與融合之間存在於日本社會中。

　　與此同時，儘管日本遠在幕府時期，面臨美、英、俄、法等國的威脅和殖民地危機時已經開始向西方學習，提出了「東洋道德西洋藝」的口號，吸收西方先進的科學技術，以達到富國強兵的目的；維新時期又自上而下地推行了極端的歐化政策，改革舊的政治、經濟體制，吸收西方制度、法律和價值觀念等，但日本不久前才剛從封建帝國發展而來，軍國主義和對外擴張的殖民思想嚴重，它並不具備象英法等西方國家那樣的資產階級革命的條件，它對西方的學習也並不徹底，未能完全實現以自由民主為基礎的市民社會和確立近代社會追求的「自我」，更不可能真正擁有西方資產階級社會中的自由平等的民主觀念、自我主體意識的確立、實證主義的精神等。這對日本近代文學和現代文學的產生和性質都產生了極大的影響。如前所述，明治以後日本打開國門，西方文明大量湧入日本。在文學方面廣泛地吸收西方種種文學思潮，凡是西方盛行的各種主義、思潮，都被日本吸收引進回國；但由於其特殊的社會文化結構，各種近現代文學和文學思潮在日本形成和發展過程相當遲緩，且流行期非常短暫。啟蒙主義、寫實主義、浪漫主義、唯美主義、現代主義等近代文學思潮的形成和發展都比西歐晚的多，而且又都受大都受日本未徹底變革的社會結構和文化結構的影響，也沒能像歐洲文學那樣形成以人為中心以人道主義為基礎的近現代文學，其現代性格帶有深刻的歷史局限性。比如西方 17-18 世紀興起的啟蒙主義，在義大利文藝復興從神權中心走向人權中心的基礎上，進一步關注人的自由和平等，確立以自我為中心的新的文化和價值體系；而日本的啟蒙主義思潮，在引進

學習西方的基礎上，吸收並接受了近代西方的人本主義精神，但卻受到封建文化意識的極大抑制，作為個體的人，缺乏獨立平等的意識和主體性，並未能擺脫對天皇、國家、家族、乃至對上級的忠誠和依賴。明治二三十年代出現的浪漫主義，雖然追求自我的完全解放和個性的自由，但日本社會殘存的封建體制和封建意識依然阻礙了它的進一步發展，也沒有完成真正意義上的自我解放和獨立發展；20世紀初的自然主義雖然接受了左拉自然主義文學理論的影響，但卻失去了暴露社會的積極態度，而是形成了更多地暴露自我的獨特的日本「私小說」的形態。

　　不可否認，諸多文學思潮的引進和諸多流派的形成對促進日本近代文學的形成和發展起到了不容忽略的歷史作用，但日本傳統文學的影響和社會文化中根深蒂固的專制主義、家族主義、盲目遵從意識、軍國主義等又使得日本近代文學形成了與西方文學思想不同的特質。正如有評論者所言：「西方式的自然主義和人道主義的底流，深深地潛藏著日本式的現實主義和東方精神主義。因此可以認為這種潛藏力量正是保持歷史的最根本的東西吧」，[74]近代日本雖然受到「西方文化的衝擊」，但卻未能發生根本性的轉變；明治維新資產階級革命的不徹底，日本文化中的封建意識的存在，使得近代日本文化中萌發人文思潮並不成熟，近代的自我確立和個性解放也並不徹底，由此導致日本近現代文學也無法完全達到其一直追求的尊重人的價值和個人獨立的目標；它也沒能像西方社會一樣擁有真正的自由和民主，它所追求的自由和民主還具有一定的局限性。

---

[74]　岡崎義惠，《美的傳統》，弘文堂，1940年，第454頁。

二、魯迅與明治時期日本的「尼采熱」

孫伏園在《魯迅逝世五周年雜感》中說過:「從前劉半農先生贈給魯迅先生一幅聯語,是『托尼學說,魏晉文章』。當時的友朋,都認為這副聯語很恰當,魯迅先生自己也不加反對」。唐弢也曾在 1939 年說過:「我想,魯迅是由嵇康的憤世,尼采的超人,配合著進化論,進而至於階級革命論的。」[75]瞿秋白(何凝)在《魯迅雜感選集序言》一文裏比較詳細地討論了魯迅早期的「個性主義」觀念與「尼采主義」的密切關聯,指出:「魯迅當時(指留日時期——引者)的思想基礎,是尼采的『重個人非物質』的學說」[76],都說明了魯迅與尼采思想上的聯繫。而魯迅於明治 35 年(1902)春東渡日本留學,當時正是日本「尼采熱」高漲的時候,「尼采思想,乃至意志哲學學,在日本學術界正磅礴著」,[77]出版了兩本關於尼采的專著,[78]「當時那樣狂熱的情緒是後來日本歷史所未有的」,魯迅也難免不受到影響。正如有論者所說:「早期魯迅的對尼采的深深傾倒(正如他的早期思想常被稱為「尼采的個人主義」那樣)也好,魯迅後來寫小說時用的文學方法(竹內好以來有人認定他對當時全盛的日本自然主義全然「不表示興趣」,但我認為他是接受了本來意義上的自然主義)也好,恐怕都不能說與他留學時期日本文學思潮無關。」[79]據日本學者伊藤虎丸考證:「尼采這個名字最早介紹進日本,大概是在明治二十七八年間

---

[75] 唐弢:《魯迅的雜感》,載《魯迅風》創刊號。

[76] 瞿秋白(何凝):《魯迅雜感選集序言》,載何凝編《魯迅雜感選集》,上海青光書局,1933 年,第 6 頁。

[77] 郭沫若:《魯迅與王國維》,《沫若文集》第 12 卷,人民文學 1957 年,第 535 頁。

[78] 即桑木嚴翼的《尼采倫理學簡介》和登張竹風的《尼采與兩位詩人》。

[79] 伊藤虎丸:《魯迅、創造社與日本文學》,北京大學出版社,2005 年,第 41-42 頁

（1894-1895），到了明治30年代逐漸引起注意，明治34年的「美的生活論爭」、明治35年登張竹風、桑木嚴翼撰寫的日本最早的有關尼采的專著（分別為《尼采與兩位詩人》、《尼采倫理學簡介》——引者）出版，使之達到頂點。」[80]而這一時期日本的「尼采形象」經歷了三個階段產生了三種形象：一是《尼采思想的輸入與佛教》中塑造的「不與芸芸眾生共沉浮，要做世俗和人生的真正導師」的「積極的人」的形象；二是登張竹風《論德意志之晚近文明》中對十九世紀文明的國家主義，科學萬能主義、平等主義等進行激烈批判的「文明批評家」形象，三是高山牛《論美的生活》中塑造的「本能主義者」形象。而「魯迅的尼采觀，更接近於上述之對當初『積極的』人的期待。如他說，『尼怯之所希冀，則意力絕世、幾近神明之超人也，伊勃生之所描寫，則以更革為生命，多力善鬥，即近萬眾承儺之強者也』（《文化偏至論》）等等。」[81]當時日本學界對尼采的研究和爭論也為魯迅與尼采相遇提供了方便和條件。

　　早在東京弘文學院學習日語的時候，魯迅已經開始閱讀一些關於尼采的著作，許壽裳曾在《亡友魯迅印象記》一書中說過：「魯迅在弘文學院時已經購有不少的日本文書籍，藏在書桌抽屜內，如拜倫的詩、尼采的傳、希臘神話、羅馬神話等等。」[82]「魯迅學了德文，可是對於德國文學沒有什麼興趣。……這裏尼采可以算是一個例外，《察拉圖斯忒拉如是說》一冊多年保存在他書櫥裏，到一九二〇年左右，他還把那第一篇譯出，發表在《新潮》雜誌上面」，[83]也表明了魯迅留日期間對尼采的偏愛。不僅如此，魯迅在1908年發表於《河南》上的文學論文《摩羅詩力說》《文化偏至論》

[80]　伊藤虎丸：《魯迅、創造社與日本文學》，北京大學出版社，2005年，第42頁
[81]　伊藤虎丸：《魯迅、創造社與日本文學》，北京大學出版社，2005年，第49頁
[82]　許壽裳：《亡友魯迅印象記》，人民文學出版社，1953年，第4頁。
[83]　周遐壽：《魯迅的故家》，上海出版公司，1953年，第390頁

《破惡聲論》中也多次徵引尼采語句或闡發尼采思想。在《摩羅詩力說》中，魯迅開首便引用尼采《查拉圖斯特拉如是說》一書中的話作為題辭：「求古源盡者將求方來之泉，將求新源。嗟我昆弟，新生之作，新泉之湧於深淵，其非遠矣」。[84]表明了他「別求新生於異邦」，自覺求學於日本的心態。而在《文化偏至論》一文中，他認為正是因為西方像尼采一樣的「大士哲人」要「矯十九世紀文明」的「通弊」，西方思想界才發生了較大的變動，「於是悖焉興作，會為大潮，以反動破壞充其精神，以獲新生為其希望，專向舊有之文明而加之掊擊掃蕩焉」。魯迅還引用尼采在名著《查拉圖斯特拉如是說》中說的話：「德人尼怯（Fr. Nietzsche）氏，則假察羅圖斯德羅（Zarathustra）之言曰，吾行太遠，孑然失其侶，反而觀乎今之世，文明之邦國矣，斑斕之社會矣，特其為社會矣，無確固之崇信，眾庶之於知識也，無作始之性質，邦國如是，豈能淹留？」[85]藉以說明只重物質而沒有精神上的堅定信仰，人們隨波逐流，無獨創精神的社會流弊；與此同時，魯迅還提出「掊物質而張靈明，任個人而排眾數」的方法，希望人們發揚內在的主觀精神和堅強的意志力，能夠「勇猛奮鬥」，「雖屢路屢僵，終得現其理想」，並像「尼采、伊勃生」等人一樣，「據其所信，力抗時俗，示主觀之極致」；在《破惡聲論》中，他又提倡「尊個性」、「張精神」，希望人們擁有獨立思考的能力和堅強的意志，做到「人各有己」，「人各有己而群之大覺近矣」能在「狂風怒浪之間」，「以闢生路」。並明確提出救國之道，「首在立人，人立而後凡事舉，若其道術，乃必尊個性而張精神」。只有「國人之自覺至，個性張」，「沙聚之邦」才能「由是轉為人國」。「人國既建，乃始雄厲無前，屹然獨見於天下」。與此同時，魯迅還接受了尼采的超人思想，

「若夫尼怯，斯個人主義之至雄桀者矣，希望所寄，帷在大士天才；而以愚民為本位，則惡之不殊蛇蠍。意謂治任多數，則社會元氣，一旦可隳，不若用庸眾為棲牲，以冀一二天才之出世，遞天才出而社會之活動亦以萌，即所謂超人之說，嘗震驚歐洲之思想界者也。……惟超人出，世乃太平。苟不能然，則在英哲」，[86]希望「超人」和「英哲」的出現能夠廣泛喚起群眾的自覺和心聲，拯救國家與危難之中。有評論者認為：「在日本逗留期間，魯迅直接受到了尼采的影響，而在他後來的創作中，無論是思想主題還是藝術特點，都體現出了這種影響。事實上，這種影響甚至滲透到了魯迅的精神氣質方面」。[87]即便是 1909 年回國後，他依然保持對尼采學說的高度熱情。他曾兩次翻譯尼采《查拉圖斯特拉如是說》（魯迅譯為《察羅堵斯德羅》——引者）一書的序言，並在他的文學創作中多次提到尼采。

三、留日作家與日本無產階級文學思潮

除了魯迅和周作人，其他留日作家大都在日本大正時期（1912-1926）留學日本，大正時期的文學思潮對這批留日作家文學思想的生成也頗有影響。就創造社而言，「從初期的『藝術派‧浪漫派』經過所謂『創造社向左轉』，到後期的提倡『革命文學』、『無產階級文學』這樣的發展過程，在這個發展過程中，不能不看到我們在後面將要論述的、日本大正時期文學思潮變遷的軌跡，即從『藝術家』意識的確立，經過『新浪漫派』、『新理想派』，面達到『無產階級文學』興起的這一軌跡直接的反映。」[88]如果

86　魯迅：《文化偏至論》，載《墳》，人民文學出版社，1980 年，第 45 頁。
87　曹聚仁：《談魯迅》，載《新語林》1934 年第二期，第 214-216 頁
88　【日】伊藤虎丸：《魯迅、創造社與日本文學》，孫猛、徐江、李冬木譯，北京大學出版社，2005 年，第 182 頁。

說大正時期的唯美主義、白樺派文學、新現實主義文學、私小說等為早期創造社的浪漫主義提供了引導和借鑒的範本，那麼這一時期日本無產階級文學思潮的形成則為後期創造社的轉向提供了理論基礎，郭沫若、李初梨、朱鏡我等正在日本留學，親身感受到了日本開展無產階級文學運動的濃烈氛圍，也都曾深受日本無產階級文藝思潮的影響，回國以後不僅將日本左翼理論家的著述也大量介紹到了中國，而且以激進的態度高調宣佈建立「無產階級」的普羅文學，並挑起了一系列的圍繞「革命文學」的論戰。

19 世紀末 20 世紀初，隨著日本產業革命的進展，工人隊伍也迅速壯大，形成一支獨立的階級力量，歐洲社會主義思想也通過各種途徑傳播到日本。1917 年俄國十月革命成功之後，社會主義思想在日本得到了進一步普及和傳播，社會主義運動與工人運動相結合，使得 1922 年 7 月日本共產黨的成立，並開展一系列有組織有革命理論指導的無產階級革命運動，但 1923 年統治階級趁關東大地震之機，對新生的共產黨和革命群眾進行大鎮壓。日共於 1924 年自動解散。同年，福本和夫從蘇聯歸國，他批判了山川的取消主義，但同時提出「分離結合論」，在政治上推行左傾機會主義，在組織上推行宗派主義。至 1926 年，福本和夫的理論已席捲全國。日本共產黨於 1926 年 12 月重新建黨。1927 年 7 月共產國際在莫斯科通過了關於日本無產階級運動的綱領，稱為《二七綱領》，批評了以山川為代表的取消主義和以福本和夫為代表的左傾宗派主義。這些，對日本無產階級文學運動都有直接的影響。1921 年 10 月《播種人》雜誌在東京重新創刊，宣佈日本無產階級文學的誕生。1923 年關東大地震時《播種人》雜誌被迫停刊，正在形成的無產階級文學運動也一時受挫。1924 年 6 月《文藝戰線》創刊，它是以《播種人》的成員為中心建立起來的，繼承了《播種人》的文學傳統，擔負起重建無產階級文學的使命。1928 年全日本無產者藝術聯盟（簡稱「納普」）成立，標誌著日本無產階級文學的成熟。從 1924

年《文藝戰線》創刊到 1928 年全日本無產者藝術聯盟（簡稱「納普」）成立時止的短短四年間，日本無產階級文學運動幾經分化改組，在文藝理論和文藝創作上都進行了進一步的探索，為「納普」的成立準備了條件。1928年「納普」的成立標誌著日本無產階級文學的成熟，進入了繁榮時期，至三十年代初已在日本文壇上佔據主流地位，顯示了巨大的威力。從福本和夫到青野季吉和藏原惟人，都撰寫了一系列文章，對日本無產階級文學特點、創作和批評等提出了新的規定和理論指導。後期創造社成員留日期間也正是福本主義風捲日本無產階級文學運動的時候，福本的理論鬥爭主義和分離結合論對當時日本無產階級革命文學運動有著很大影響，也當然不可避免的影響和滲透到創造社眾人的思想中去。他們不僅感受到了日本文學界的精神氣氛，而且也是其文學運動的積極參加者，李初梨《怎樣地建設革命文學》一文就是當時在日本寫就的，在文中極力主張提倡無產階級革命文學。回國後，他們又自覺地把理論鬥爭作為日本無產階級文學運動的經驗加以推廣，同時以更激進的姿態投身革命文學運動，終止《創造週刊》改出《文化批判》，以「一種嚴烈的內部清算的態度」，「對當前的文化作普遍的批判」，把鬥爭矛頭集中對準五四以來以魯迅為代表的新文壇，點名批判了魯迅、茅盾、葉聖陶、冰心、郁達夫等新文學作家，引發了一系列的論戰。他們同時認為，「無產階級文學，是為完成他主體階級的歷史使命，不是以觀照的──表現的態度，而是以無產階級的階級意識產生出來的一種鬥爭的文學」。[89]這種強烈的目的意識論，正是由福本主義助長的日本無產階級文學運動中的左傾機械思潮的反映。日本無產階級文學理論家青野季吉曾經提出要有自覺的無產階級的鬥爭目的，才算得上是為了階級的藝術。李初梨深受其影響，還寫下了與青野季吉同名的文章《自

---

[89]　李初梨：《怎樣地建設革命文學》，《文化批判》第 2 號，1928 年 2 月 15 日。

然生長與目的意識》，將青野季吉的目的意識論應用於中國，確信發動論爭所做的一切就是為了提高中國無產階級文學運動的自覺程度，階級意識被提高到至高無上的位置，成了文學的發源地、表現的內容和最終歸宿。在目的意識論導引下，李初梨說：「文學，與其說它是社會生活的表現，毋寧說它是反映階級的實踐的意欲。」[90]郭沫若甚至提出當「留聲機」「標語人」的口號，進一步強化了文學的「階級意識」，誇大了文學的政治功能。這種在今天看來過於「激進」的文學思想，也正是深受日本無產階級文學運動衝擊和普羅文藝思潮影響而形成的，在中國現代文學史上產生了極大的影響。

郭沫若於 1924 年回到日本福岡以後，翻譯了河上肇的《社會組織與社會革命》一書，從此開始「對於文藝懷抱了另一種見解」。從早期文藝的「苦悶象徵說」、「文藝是出於自我的表現」轉變到提倡「留聲機」、「標語人」、「口號人」，希望作家要「當一個留聲機器」，做一個「標語人」、「口號人」，用文藝的形式表現無產階級世界觀，傳播馬克思主義革命理論；從文藝的「自我表現說」轉到要求文藝要反映「第四階級的生活」；從文藝的超功利觀轉到革命功利觀。而河上肇（1879 年─ 1946 年）是日本著名的馬克思主義經濟學家、哲學家，在日本被認為是日本卓越的文化革命戰士、先驅者。大正時期他在《貧乏物語》、《社會主義評論》、《社會問題研究》以及論文集《社會組織與社會革命》中提出一系列社會、經濟問題，宣揚社會主義和馬克思主義，對當時日本輿論界產生了重要的影響。學習河上肇學說是當時許多中國留日進步青年的一種願望，許多留日作家也由於河上肇的影響而信仰馬克思主義。翻譯和接受河上肇的學說對郭沫若來說也非常重要，甚至成為他前後期轉向的標誌。

---

[90] 李初梨：《怎樣地建設革命文學》，《文化批判》第 2 號，1928 年 2 月 15 日。

　　當 1924 年春，郭沫若在日本福岡用了近 50 天的光景譯完《社會組織與社會革命》一書後，他在這一年 8 月 9 日寫給成仿吾的信中這樣說：「這本書的譯出在我的一生中形成了一個轉換的時期，把我從半眠狀態單喚醒了的是它，把我從歧路的仿徨裏引出的是它，把我從死的暗影裏救出的是它，我對於作者非常感謝，我對於馬克思、列寧非常感謝。」「我現在成了個徹底的馬克思主義的信徒了！馬克思主義在我們所處的這個時代是唯一的寶筏。……我們生在這個過渡時代的人是只能做個產婆的事業的。」[91]為此，他這樣自我設計：「一方面依舊繼續著自己的學藝生活，而另一方面從事實際活動。這，是決定了我日後的動向的」。翻譯完《社會組織與社會革命》，郭沫若便寫作《盲腸炎》、《窮漢的窮談》、《共產與共管》等文章，宣傳無產階級革命思想，大革命失敗後，他回到上海倡導無產階級革命文學運動，帶頭創作了革命現實主義詩集《恢復》；與此同時他還於 1926 年、1927 年投筆從戎，參加北伐戰爭，參加南昌起義；1937 年歸國抗戰；建國後參加國家管理工作，都是他投身中國革命的「實際活動」。1924 年以後他的文學創作和學術研究，也大多為革命和戰爭做宣傳和意識形態的闡釋工作。

　　由此可見，無論是明治時期魯迅對日本學界「尼采熱」的吸收和學習，還是大正時期後期創造社眾人對日本無產階級文藝思潮的「偏愛」和借鑒，甚至回國後一系列「推廣活動」，以及戲劇家田漢、歐陽予倩對日本戲劇改良運動的學習，甚至一系列對日本文學理論和日本左翼理論家、進步作家的著述和作品也大量介紹和引進，如郭沫若翻譯了《社會組織與社會革命》，夏衍對日本進步左翼作家小林多喜二、平林泰子、金子洋文、

---

[91]　郭沫若：《孤鴻——致成仿吾的一封信》，《郭沫若全集》第 15 卷，人民文學出版社，1989 年，第 8-9 頁。

戲劇家藤森成吉等人作品的翻譯和介紹……都可以看出，日本獨特的社會文化背景和文學思潮對留日作家激進文藝觀的形成具有不可忽略的作用，雖然日本的一系列文學思潮也大都是從歐美學習引進而來，但日本並沒有形成真正意義上的自由和民主的社會形態，也不可能貫徹歐美社會的自由主義傳統。留日作家在這樣的社會文化背景下，親自感受到了日本無產階級文學運動的濃烈氛圍，思想上難免會打上激進和功利的烙印。

四、留日作家大都家庭貧困、經費不足、多數為半路出家搞文藝

留日作家大都家庭貧困，出國前的青少年時期曾飽受苦難生活的煎熬，留學日本時的官費並不充裕，回國以後也無法像歐美派那樣很容易找到待遇優厚的工作，大名鼎鼎的郭沫若、郁達夫也一直擺脫不了「賣文為生」的清苦生活。因為貧窮，生活不安定，他們更勤奮、更激進，也更容易傾向於革命。

魯迅曾在《吶喊・自序》中說過：「我有四年多，曾經常常，──幾乎是每天，出入於質鋪和藥店裏，年紀可是忘卻了，總之是藥店的櫃檯正和我一樣高……我從一倍高的櫃檯外送上衣服或首飾後，在侮蔑裏接了錢，再到一樣高的櫃檯上給我久病的父親去買藥。……有誰從小康人家而墜入困頓的麼，我以為在這途路中，大概可以看見世人的真面目。」[92]雖然出生於封建家庭，但魯迅 13 歲時候，祖父因科場作弊案被捕下獄，父親常年患病，家庭瀕於破產，他經常出入於當鋪和藥鋪之間，飽受人間冷眼。為了「走異路，逃異地，去尋求別樣的人們」，魯迅於 1898 年 5 月帶著母親籌來的八元路費，投靠南京江南水師學堂，次年 2 月轉入礦務鐵路

---

[92]　魯迅：《吶喊・自序》，《魯迅論創作》，上海文藝出版社，1983 年，第 3 頁。

學堂，並於 1902 年初赴日留學。儘管「那時讀書應試是正路，所謂學洋務，社會上便以為是一種走投無路的人，只得將靈魂賣給鬼子，要加倍的奚落而且排斥的」。[93]郁達夫出生於浙江省富陽城一家破落的書香之家，他也曾在自傳中敘述道：「兒時的回憶，誰也在說，是最完美的一章，但我的回憶，卻儘是些空洞。第一，我所經驗到的最初的感覺，便是饑餓；對於饑餓的恐怖，到現在還在緊逼著我。」[94]不僅出生時家境窘迫，無力雇請乳媽，造成後天營養不良，身體瘦弱多病；而且 3 歲時父親又因病離世，一家六口生活，全靠母親陸氏在滿州弄口擺設炒貨攤，以及幾畝祖傳薄田收入來維持，有時候還需要借貸度日。郁達夫年少時，不僅飽嘗了「饑餓的恐怖」，而且平時處於無限寂寞單調生活之中。甚至 1913 年 9 月跟著長兄郁曼陀離家赴日時，也「只帶了幾冊線裝的書籍，穿了一身半新的夾服」。這種童年的貧困、落寞和家庭的不幸，加上自幼體弱多病，對郁達夫早期作品中的感傷筆調和反抗情緒，不能說是沒有影響的。同時創造社成員的成仿吾出生時成家已經是一個破落封建士大夫家庭，他又三歲喪父，五歲喪祖，八歲失去母親，不僅失去了親情的溫暖，而且備嘗孤苦的艱辛。1910 年 13 歲的成仿吾跟隨哥哥前往日本讀書，哥哥一人的公費，供兄弟兩人留學之用，生活自然十分艱苦。戲劇家田漢的祖上曾是「咸同以來的大地主」，但到了祖父一代，家道開始中落，已經衰敗到了農村手工業戶的地步，靠著「六七張機織絹」維持著一個祖孫近 30 口的大家庭，田漢這一代的出生，正承受著家族破敗崩潰的打擊。1907 年田漢 9 歲時父親早逝，留學孤兒寡母，生活十分艱難，只能母親靠紡紗、織絹等手工勞作養活一家，田漢甚至不得不經常暫時輟學。夏衍 1900 年 10 月 30 日出

---

[93]　魯迅：《吶喊·自序》，《魯迅論創作》，上海文藝出版社，1983 年，第3-4 頁。
[94]　郁達夫：《悲劇的出生》，湖南文藝出版社，1996 年，第 9 頁。

生在浙江省杭縣太平門外嚴家弄（今杭州市郊區）一戶曾也是「書香門第」卻已敗落了的沈姓家庭。據「家譜」記載，夏衍祖上做過官，並置下了若干房產。但隨著世事變遷，沈家逐漸衰落下來。夏衍三歲時，父親沈學詩突然中風倒地而不治去世。母親毅然挑起了全家七口的生活重擔。由於家計極端困窘，母親便忍痛採取果斷措施：設法送長子到一家當鋪去做學徒；把長女嫁給哥哥的長子做了「填房」；把三女送給在蘇州住的叔父收養。剩下來的——家生活來源，主要是靠為數極有限的一點兒房租和地租收入，搞一些力所能及的家庭副業（如養蠶、繡花、磨錫箔等）；此外，是接受比較富裕的夏衍舅父和兩個姑母的適當救濟。家境貧困，夏衍小學就上的一波三折，經常無錢升學。由此可見，相對於留歐美作家殷實、富裕的家庭背景，大多數留日作家家境都比較貧寒，從小就經歷了生活的艱辛和世態炎涼，深受貧困、寂寞和家庭不幸的折磨。

　　與此同時，政府對留日作家的留學政策和經費分配也與留歐美作家有所不同。1900 年到 1906 年，清政府曾具體頒佈了一系列留學政策，對留日資格限制的比較寬泛，最初資格為「年幼穎悟，粗通東文」，後來這項要求也逐漸形同虛設，與留歐美作家的嚴格考試錄取相比，不管出身如何，也不論貧富貴賤，學歷新舊深淺，都可以赴日留學，很多留日作家的來源也就比較複雜。再加上由於中日路近，往返方便，很多人並沒有足夠的學費就決定出國。據考察，當時留日生的官費也遠遠不如留美學生充裕，以下是 1916 年北洋政府教育部當時所定的留美和留日作家的公費標準：[95]

---

[95]　中國第二檔案館編：《中華民國檔案史資料彙編》（第三輯），江蘇教育出版社，1991年，第 500 頁。

費用 類別	治裝費	出國川資	回國 川資	每月 費用	學費	學位 打印費	轉學旅費	醫藥費
一般 留美生	200 國幣	500 國幣	250 美金		80 美金			
庚款 留美生	260 國幣	800-1000 國幣	525 美金	80 美金	無限制約 100-700 美金	25 美金	西到東 120 美金	無限制
留日生	100 國幣	70 日幣	70 日幣		46 日幣			

　　留日作家大多數人家庭貧寒，經費也並不充裕，他們在日本留學期間一直過著比較清貧和壓抑的生活，這從他們的文學創作中可見一斑。郭沫若和郁達夫的小說不僅忠實描繪了他們在異國他鄉所受到的排斥、打擊、侮辱和歧視，更寫到了思想的苦悶和生活的困頓。郭沫若在他的《漂流三部曲》（《歧路》、《煉獄》、《十字架》）、《行路難》、《未央》等通過主人公愛牟，表達了他自身饑寒交迫，落魄潦倒，只能以撰稿的微薄收入養家糊口的窮困生活；張資平的《一班冗員的生活》中則更加全面細緻地反映了一群留日作家精神和物質上的苦難和痛苦，C 君生活困頓，整天為了節省開支、省幾個銅板絞盡腦汁、費盡心思；言君是「一位誠懇的紳士，不願隨波逐流，不為五斗米折腰」，頗有民族氣節，不穿日本服，不說日本話，整天帶著一本筆記薄和一支紅鉛筆，用筆交談，而且心懷救國的大志，希望能恢復救國日報，號召留日作家團結起來，履行救國義務；程君因為一位日本女子綾英，誤了學業，被取消了官費，只能靠綾英做苦工維持生活，但從未嘗過這種貧困滋味的他不久就難以忍受，拋棄已經懷孕的綾英，靠朋友們的接濟返回中國。不僅官費不足，留日生活困頓，歸國以後，他們又大都壯志難酬，不可能像留歐美作家那樣多被聘為各個知名大學的教授。1923 年 10 月 11 日，為進一步消除誤會（因徐志摩批判郭沫若詩「淚浪滔滔」而引起的筆墨仗），徐志摩與胡適一起登門拜訪了郭沫若，並在

當天日記中說:「與適之、經農步行去民厚裏一二一號訪沫若,久覓始得其居。沫若自應門,手抱襁褓兒,跣足、敞服(舊學生服),狀殊憔悴,然廣額寬頤、怡和可識。入門時有客在,中有田漢,亦抱小兒,轉顧間已出門引去,僅記其面狹長,沫若居至隘,陳設亦雜,小孩屢雜其間,傾跌須父撫慰,涕灑亦須父揩拭,皆不能說華語;廚下木屐聲卓卓可聞,大約即其日婦。坐定寒暄已,仿吾亦下樓,殊不話談,適之雖勉尋話端以濟枯窘,而主客間似有冰結,移時不渙。沫若時含笑睇視,不識何意。經農竟禁不吐一字,實亦無從端啟。五時半辭出,適之亦甚訝此會之窘,云上次有達夫時,其居亦稍整潔,談話亦較融洽。然以四手而維持一日刊,一月刊,一季刊,其情況必不甚愉適,且其生計亦不裕,或竟窘,無怪其以狂叛自居。」[96]這一尷尬的見面場景尤其說明留日作家與留歐美作家徐志摩、胡適等人在精神氣質及生活境遇上差別與隔閡。當時還在美國的聞一多得知後還曾質問道:「以郭君之才學,在當今新文學界應首屈一指,而窮困至此。世間豈有公理哉?」[97]

另外,就留日作家個人來講,他們一開始大都不是學文學的,而是抱著極為功利的救國目的學習各類政治軍事工商科學,如魯迅、郭沫若一開始是學醫的,成仿吾是工科兵器製造的,郁達夫學的是經濟學,田漢是學英文的,幾乎都是半路出家搞文藝的,真正科班出身的很少,他們大都抱著改造社會和人生的目的。與留歐美派作家都有比較扎實的基礎、求學於英美名校、師從名師,直接繼承老師的哲學思想、教育觀念和文學主張的理性、穩重和平相比,留日作家似乎更容易激進。

96　徐志摩:《西湖記》,《徐志摩全集》第 4 輯,臺北傳記文學出版社,1969 年,第
　　499 頁。
97　聞一多:《聞一多書信》選輯二,《新文學史料》1983 年第 4 期。

五、目的國態度：備受歧視，中日矛盾日益加深

　　儘管甲午戰後，日本政府曾主動提出接納中國留學生，同時積極派遣或支援日本各界人士訪問中國，到中國各地新式學堂任教，但是其真實用意卻在於「如果將受我感化之人才播布於其古老帝國之中，實為將來在東業大陸樹立我之勢力之良策」。到時「我勢力將及於大陸正未可量也。斯時清之官民對我信賴之情亦必勝十今日十倍」。[98]由於積極進取，善於學習，崇尚武力，重視教育，日本由小國一躍而為東亞強國，這些都使留學生仰慕讚歎，也是他們留學日本的重要原因。但作為後起的資本主義國家，日本人的「暴發戶」心理常常體現在日本國人對中國人的輕視態度上。雖然日本人中不乏有藤野先生那樣的友人，但一般日本人往往對中國人帶有蔑視的態度，前去留學的中國人備受日本人的歧視和侮辱。穿著長袍、留著辮子的中國留學生被謾罵為「豚尾奴」，在日本，「小孩子侮辱居留日本中國人的情形，使外國記者也大皺眉頭」。[99]留學生們寄居的房東，店主、或素不相識的行人、車夫，也時時流露出嘲諷和輕漫的態度，這一點連日本當局也承認：「日本人平素對彼等之待遇，實多值得遺憾。連宿舍之女傭及商店之夥計，亦持冷罵冷笑態度。」[100]日俄戰爭勝利以後，日本人對中國留學生的態度更為輕慢。郁達夫回想當時的情況時曾說：「是在日本，我開始看清了我們中國在世界競爭場裏所處的地位；是在日本，我開始明白了近代科學──不論是形而上或形而下──的偉大與湛深；是在日本，

---

[98]　中國社科院近代史研究所近代史資料編輯部：《近代史資料》，第 74 號，中國社會科學出版社，1989 年，第 95 頁。

[99]　【日】實藤惠秀：《中國人留學日本史》，譚汝謙，林啟彥譯，生活‧讀書‧新知三聯書店，1983 年，第 184 頁。

[100]　同前註，第 183 頁。

我早就覺悟到了今後中國的命運，與夫四萬萬五千萬同胞不得不受的煉獄的歷程。」[101]郭沫若也曾陷入極端的苦悶之中：「讀的是西洋書，受的是東洋氣」「有時候想去自殺，有時候又想去做和尚」；魯迅在日 7 年，也不可避免的受到冷眼和蔑視。不僅日本同學不友善，考試成績中等便認為是老師暗中幫助的結果；[102]祖國的貧窮落後，民族的奇恥大辱，個人所受到的屈辱和冷遇，使留日生的民族主義情緒被最大限度地激發起來，《沉淪》中為屈辱感壓垮了的主人公高喊著「祖國呀祖國！我的死是你害我的！你快富起來，強起來罷！你還有許多兒女在那裏受苦呢」[103]，正是留日作家悲憤的訴說和典型的心態。

　　與此同時，1895 年的甲午中日戰爭已經使中國人備受恥辱和壓榨，進入 20 世紀後，中日矛盾更是不斷激化。日俄戰爭後，日本迅速走上了帝國主義道路，妄圖先佔領滿州，再深入內地，把中國變成日本的殖民地。1909 年發生的安奉鐵路改修問題，使眾多留日學生毅然歸國，在北京、天津積極宣傳抗日活動，而且掀起了長達一個月的抵制日貨運動。1914 年，第一次世界大戰爆發，日本對德宣戰，乘機強佔中國的膠洲灣。1915 年，日本乘中國內憂外患之際，提出了旨在滅亡中國的二十一條，當時的留日學生對此表示了極大憤怒，大批回國，發起反對運動；1918 年，日本在中日共同抗蘇的名義下與北洋政府簽定了《中日共同防敵軍事協定》，將日軍開往中國。留日學界為之譁然，決定集體返國，並成立「大中華民國救國團」，警告少數不速回國者為賣國賊……日本政府的侵華野心和無恥行徑，日本民眾的怠慢侮辱，使中日矛盾不斷激化，更深深的刺痛了留日作

101　郁達夫：《雪夜》，《郁達夫自傳》，中國社會科學出版社，2003 年，第 63 頁。

102　魯迅：《朝花夕拾・藤野先生》，《魯迅全集》第 2 卷，人民文學出版社，1981 年，第 302-309 頁。

103　郁達夫：《沉淪》，《郁達夫文集》第 1 卷，花城出版社，1991 年，第 53 頁。

家的民族自尊心。個人安危可以不顧，國家尊嚴怎堪侮辱。「我等寄學海外，目睹外人對我之政策，愴種族之不保，痛神州之陸沉。」[104]「力求振作之方，雪日本報章所言，舉行救國之實，則鄙人雖死之日，猶生之年矣。」[105] 凡此種種，使很多留日作家不可能不受影響，思想更容易傾向於激進，甚至走上了流血犧牲的革命道路。

六、革命志士流亡日本、激進團體較多

1898 年戊戌變法失敗，康梁曾等先後到日本避難，從那以後，不論是維新派還是革命派，在國內舉行運動失敗後都會亡命日本，或者繼續其政治或革命事業，探討拯救中國的道路和方案，或者成立眾多的革命團體，創辦一些革命雜誌，政治色彩濃厚，宣揚改革或激進革命的思想，他們的言論和行動無疑會對留日作家產生極大的影響。如早期「孫中山曾於 1903 年創辦的青山軍事學校，1905 年秋瑾劉道一創辦的十人會，陳天華等於 1903 年 4 月創辦的拒俄義勇隊，秋瑾於 1903 年創辦共愛會，黃興、宋教仁等於 1904 年 12 月創辦的革命同志會等都是當時著名的反帝反封的革命團體」[106]；1903 年春，俄國出兵東三省，留日學生聞之很快組織起了拒俄義勇隊，雖然後因有人向駐日公使蔡鈞告密而被日本政府勒令解散。但學生們將義勇隊秘密改為軍國民教育會。1905 年中國第一個資產階級政黨——中國革命同盟會在東京成立，以「驅除撻虜、恢復中華、建立民國、平均地權」為政治綱領，其主持者和成員大都是留日作家，他們到處宣傳

---

[104] 引自王曉秋：《近代中日文化交流史》，中華書局，2000 年，第 361 頁。
[105] 陳天華：《絕命辭》，《陳天華集》，湖南人民出版社，1982 年，第 235 頁。
[106] 薛玉勝、楊學新：《近代中國留日與留美運動之比較》，《日本問題研究》1996 年第 3 期。

革命，甚至回國組織活動，以實際行動反抗清政府的腐敗統治。此外，留日學生還成立同鄉會，一起學習互相幫助，同時也開展一些愛國運動；還創辦了許多革命刊物，「如湖北學生界、江蘇、遊學譯編、二十世紀之支那、二十世紀之中國女子、民報、雲南、女子魂、醒獅等，這些刊物自 1903 年後均以宣傳反清革命為宗旨」，「在日本各省留學生，均有留學生會，會中必辦一報，報以不言革命為恥」，他們「非關係革命的書不願看，非關係革命的話不願談，非關係革命的事不願做」；[107]留日學生還喜歡譯書，尤其是政治和文學類書籍。梁啟超流亡日本時，見留日作家譯書之盛，頗有感慨地說：「壬寅、癸卯間，譯述之業特盛，日本每一新書出，譯者動輒數家，新思想之輸入，如火如荼矣。」[108]一些翻譯團體便應運而生，1900 年譯書彙編社成立，將孟德斯鴻的《萬法精理》、盧梭的《民約論》、斯賓塞的《代議政治論》等影響較大的書籍譯成中文；1902 年湖南編譯社成立，譯書主要有《國家學》、《自由原論》、《社會之進化》、《政治析學》、《美國教育制度》等，魯迅在日本時就譯了大量的外國文學作品，後收入《域外小說集》。而這些譯書對「促進吾國青年民權思想，厥功甚偉」。

由此可見，對留日作家來說，自幼家境的貧困、經費的不足曾使他們備嘗生活的艱辛和世態人情的炎涼；留學日本以後，雖然廣泛吸收西方一系列先進的文化知識和文藝思潮，但日本獨特的社會文化背景並不具備歐美自由民主的空氣，大正時期日本無產階級文藝的興起使留日作家深受其影響並獲得了可以借鑒的範式，為其回國以後開展中國的普羅文學運動打下了良好的基礎；與此同時，隨著中日矛盾的不斷加深，留學日本所受的屈辱和蔑視與弱國子民的悲哀混合在一切，深深刺痛留日學子的精神和心

---

107 同前註。
108 梁啟超：《清代學術概論》，上海古籍出版社，1998 年，第 97 頁。

靈，引發他們憂民愛國的民族主義情感。再加上日本與中國一衣帶水，和國內聯繫較多，消息靈通，因此，國內的政治動態也直接影響到留日作家的思想。一方面是「弱小民族的悲哀」，另一方面是日本人的歧視所引起的悲憤，他們憂國愛國，因此，更加痛恨於清政府的腐敗無能，痛恨封建專制，故能積極地宣傳西方資產階級政治學說，參與實際鬥爭，表現出極大的投身政治活動的熱情；而日本又是「中國國內政治舞臺的延伸」和「20世紀初中國革命派、無政府主義等激進組織的一個海外基地」，一系列革命團體的建立和期刊雜誌的創立、革命思想的傳播和發展無疑都促成留日作家的激進思想的形成。

第三節　天下興亡、匹夫有責：
無可規避的民族主義情志

一、中國傳統文化的學習和影響

　　雖然留歐美作家和留日作家都負笈留學海外，並深受歐美和日本社會文化和文藝思潮的薰陶和影響，在中西文化的衝突中甚至有強烈批判並試圖割裂與傳統聯繫的傾向，但如果追溯他們早期所受的教育及其傳統文化修養，可以發現他們大都四五歲入私塾啟蒙，開始接受舊式的啟蒙教育，十幾歲就已經會作文會寫詩，又大都博覽群書、手不釋卷，在出國之前，古典文學修養已經深植於心了。深厚的傳統文化素養不僅陶冶了他們的審美理想和藝術情趣，而且往往在他們的文學創作和文學思想中不自覺地流露出來。早期的舊式教育或傳統文化的洗禮是留歐美作家和留日作家共同

的人生經歷，也是他們的文學思想中共同呈現出傳統文化精神和傳統文藝觀念特質的重要原因。

　　就留歐美作家而言，胡適曾在《口述自傳》中回憶他幼年所受的教育，除了父親為他編的一部四言韻文《學為人詩》，在家鄉私塾的九年裏，他又陸續讀了《孝經》、《小學》、《論語》、《孟子》、《大學》、《中庸》、《詩經》、《書經》、《易經》、《禮記》等宣揚封建倫理道德的正統書，不僅打下了較為扎實的國學根基，而且深受書中儒家忠孝仁義那一套倫理觀念和程朱理學講「性命」、講「倫常名分」等思想的影響。與此同時，胡適還翻閱了《水滸傳》、《三國演義》、《正德皇帝下江南》、《七劍十三俠》、《雙珠鳳》、《紅樓夢》、《儒林外史》、《聊齋志異》、《琵琶記》、《薛仁貴征東》等小說，不知不覺中得到了白話散文的訓練，並終身受益；林語堂雖然出身牧師家庭，但他父親林至誠既是鄉村老師，又是家庭老師。在沒有開辦小學以前，林至誠就用《聲律啟蒙》、《幼學叢林》之類作教材，自己教兒女讀書識字，背四書五經，即便有學校以後，也要子女寒暑假期間在家裏上課。當時閩南各地流行一部康熙年間的刻本《鹿洲全集》，也被林父拿來作為兒女們學習古文的教材，在林家充溢著追求文化知識的氣氛。林語堂後來回憶到：「他教我們古詩、古文和一般對句。他講解古文輕鬆流利，我們都很羨慕他。」徐志摩的父親徐申如雖然專心經商，但也望獨子成龍。對兒子的學業要求非常嚴格。徐志摩 4 歲入家塾，跟著孫萌軒老師讀書，5 歲跟著查桐穆老師習文，開始接受舊式的古文教育，12 歲進了開智學堂，不僅各科成績名列前茅，人稱神童。後又成為具有精深博大的傳統文化學養、集學術與思想於一身的梁啟超的關門弟子，更廣承思澤、多方受益。自謂常讀先生之書，「合十稽首，喜懼愧感，一時交集。」可見，徐志摩博覽群書，經常日不釋卷，在出國前，古典文學的修養可說是深植於心。聞一多的出身於典型的書香門第，祖父一心「樹人」，對子孫期望甚高，曾專

闢「綿葛軒」書房，內藏廣購的經史子集達萬卷之多，此外還收有字畫拓片，以供家族子弟閱覽。舊式家庭重視啟蒙教育，聞一多 5 歲便入私塾，讀《三字經》、《幼學瓊林》、《爾雅》與四書。稍後，祖父又在自家辦起家塾，請專門的老師在家任教，並仿照流行的學堂，起名「綿葛軒小學」，聞一多與自家子弟便在這兒讀書。白天，聞一多在家塾念書，晚上還隨父讀《漢書》，這些基礎教育對他的一生都極有影響和價值。吳宓自幼便熟讀四書五經，秉承封建傳統教育，打下了堅實的舊學根底，特別是深厚的歷史教養和封建倫理道德規範的薰陶習染，植根於其心。朱光潛也曾在自傳中說過：「父親是個鄉村私塾教師。我從六歲到十四歲，在父親鞭撻之下受了封建私塾教育，讀過而且大半背誦過四書五經、《古文觀止》和《唐詩三百首》，看過《史記》和《通鑑輯覽》，偷看過《西廂記》和《水滸》之類舊小說，學過寫科舉時代的策論時文。」……而在小學只待半年，他就升入桐城派古文家吳汝綸創辦的桐城中學，特重桐城派古文，主要課本是姚惜抱的《古文辭類纂》，「我從此就放棄時文，轉而摸索古文。我得益最多的國文教師是潘季野，他是一個宋詩派的詩人，在他的薰陶之下，我對中國舊詩養成了濃厚的興趣。」

就留日作家而言，魯迅不僅幼年開始在三味書屋跟隨壽鏡吾先生學習，在私塾中讀完了「四書」、「五經」，接著又讀《爾雅》、《周禮》、《儀禮》和《古詩源》、《古文苑》、《板橋全集》、《酉陽雜俎》、《輟耕錄》等雜類書。此外，他還讀了家裏原有的藏書，如《唐讀叩彈集》、《文史通義》、《癸巳類稿》，小說《三國演義》、《西遊記》、《封神榜》、《聊齋志異》等。這種博覽群書式的閱讀和學習，不僅使他系統地瞭解了許多古書的內容概略，而且對封建文化和封建倫理道德有了很深的認識，對他文化觀的形成和日後對中國封建文化的批判極為重要。郭沫若出生於封建地主家庭，未滿五歲的就開始進家塾讀書。白天讀經，晚上讀詩，從第一本書《三字經》

開始，在家塾學習的九年間，他還讀了一系列《詩經》、《書經》《易經》、
《周禮》、《儀禮》、《春秋》等。除《詩經》外經書，雖然有些深奧難懂說；
但他又不得不把它們全部背誦下來，為他後來從事古代歷史和古文字的研
究，卻打下了堅實的基礎。他還讀了《唐詩三百首》和《千家詩》，並深
受李、杜等人影響。他後來還說：「關於讀詩上有點奇怪的現象，比較易
懂《千家詩》給予我的銘感很淺，反而是比較高古的唐詩很給了我莫大的
興會。唐詩中我喜歡王維、孟浩然，喜歡李白、柳宗元，而不甚喜歡杜氏
更有點痛恨韓退之。(《我的童年》)他曾經說：「在十歲以前我所受的教育
只是關於詩歌和文藝上的準備教育。這種初步的教育似乎就有幾分把我定
型化。」[109]足見早期教育對他影響的深遠。郁達夫八歲開始進入私塾念書，
從「人之初，性本善，習棚近，性相遠」的《三字經》開始，不停地跟著
老師高聲朗誦《三字經》、《百家性》、《千字文》之類的啟蒙古書；讀中學
時，酷愛買書，經常把節省下來的餘錢用來買舊書。不僅使他接觸大批中
國的古典文學，如《石頭記》、《西廂記》、《牡丹亭》、《花月痕》等，而且
還閱讀了不少幫助他寫詩詞的舊書，如《留青新集》，《西湖佳話》。1911
年全國各地相繼停課，郁達夫回家鄉自學期間，他還讀了《資治通鑒》、《唐
宋論文醇》等，其中最愛讀的是《桃花扇》和《燕子箋》。成仿吾生長在
一個書香世家，自幼受到祖父和父親博覽群書的好學家風的薰陶和培育。
他四歲時發蒙於家學，開始識字斷文，家學裏請一位老先生教讀，一些親
戚朋友的孩子也進家學讀書。幼年成仿吾每日黎明前就自行起床，在高腳
桐油燈下朗讀古文，早飯後練習作文、寫字，八歲時又進私塾學習；儘管
家境貧寒，作為母親最疼愛的幼子，夏衍六歲時便被送進村裏唯一的私塾

---

[109] 郭沫若：《如何研究詩歌與文藝》，《沫若文集》第 13 卷，人民文學出版社，1957
年，第 132 頁。

讀書，從《三字經》開始「破蒙」，然後又學了《論語》等私塾常規課程，放學回家後，他還陸續讀了父親留下的《唐詩三百首》、《古文觀止》中的名篇，也讀過《天雨花》、《再生緣》等唱本。

縱觀中國現代文學史上的留歐美和留日作家，可以發現，不管是家境好的還是貧困的，幾乎都曾三跪九叩拜師「破蒙」，接受過從《三字經》開始的正統的私塾教育。而在中國傳統文化典籍中，在中國的歷史傳記中，在中國古典小說中，都深刻蘊含著以儒道佛為基礎的中國傳統文化精神，留歐美和留日作家自幼便開始接受舊式教育，認真研習《詩經》、《論語》、《孟子》、《大學》、《中庸》、《禮記》等封建正統書，同時閱讀過唐詩宋詞以及各種古典小說，傳統文化精神的影響對他們而言是潛移默化的；與此同時，由於自身愛好和經歷遭際的不同，對儒釋道的信仰也有所不同。魯迅、郭沫若等以儒家的以天下為己任的積極出世思想實踐自己的理想，為國為民奮鬥不止；林語堂、周作人、梁實秋則更傾向於道家的自然清靜無為的出世風格，豐子愷、李叔同、蘇曼殊等人的文學理想與禪宗任運隨緣、達觀超脫的似乎更為接近。

二、天下興亡，匹夫有責

魯迅曾經說過：「我們從古以來就有埋頭苦幹的人，有拼命硬幹的人，有為民請命的人，有捨身求法的人，……雖是等於為帝王將相作家譜的所謂『正史』，也往往掩不住他們的光耀，這就是中國的脊樑。」[110]中華民族自古以來，就有仁人志士維護民族獨立，為「報國」而勇於犧牲，敢於

---

[110] 魯迅：《中國人失掉自信力了嗎》，《魯迅全集》第六卷，人民文學出版社，1981年，第118頁。

獻身的優良傳統，而奮發向上、自強不息、憂國憂民、以天下為己任也是知識份子由來已久的精神和責任。《周易》曾說「天行健，君子以自強不息。」「天地之大德曰生」，天體運行，健動不止，生生不已，人的活動乃是效法天，故應奮進向上，自強不息。儒家創始人孔子的一生就是充滿憂患，以救世為己任的典型。雖然他一生奮鬥屢遭困厄，未能遂願，但他那種關懷天下、以救世為己任的精神追求和理論原則卻對後世影響深遠。曾子說「士不可以不弘毅，任重而道遠，仁以為己任，不亦重乎？死而後已，不亦遠乎？」（《論語·泰伯》）希望知識份子要有擔當道義、不屈不撓的奮鬥精神。《中庸》則主張「人一能之，己百之、人十能之，己千之」，孟子說：「生亦我所欲也，義亦我所欲也，二者不可兼得，舍生而取義」，都是中華民族剛健自強、積極有為精神的生動寫照。司馬遷在《史記·太史公自序》中，記載先賢們百折不撓的自立精神：「西伯拘而演周易；仲尼厄而作《春秋》；屈原放逐，乃賦《離騷》；左丘失明，厥有《國語》；孫子擯腳，《兵法》修列；不韋遷蜀，世傳《呂覽》；韓非囚秦，《說難》、《孤憤》；《詩》三百篇，大抵聖賢發憤之所為作也」。一方面，自強不息、奮發向上作為中華文化的基本精神在兩千餘年來，激勵中華民族不息奮鬥，百折不撓，積極有為，不斷前進；另一方面，這種精神也演化成了中華民族鮮明而強烈的愛國主義激情，渴望為國家建立功業，反抗侵略、捍衛主權、維護祖國統一。特別是當中華民族面臨外族人侵，國家處於生死存亡的嚴重關頭，每個朝代都會湧現出一批憂國憂民的志士仁人和抗敵禦寇的民族英雄。比如戰國時期的楚國大夫屈原是繼孔子之後最早也是最典型的憂國憂民的代表，曾寫下了著名的抒情長詩「離騷」，用以表達他憂國憂民的真實情感；北宋詩人范仲淹「先天下之憂而憂，後天下之樂而樂」，抒發了其愛國愛民的情懷；南宋著名愛國將領岳飛精忠報國，用一腔熱血寫下的「滿江紅」盪氣迴腸，曾激勵了無數將士為保國安民挺身而出、奮

勇殺敵；南宋末代宰相文天祥被敵俘長達四年之久，受盡折磨、吃盡苦頭，
但仍堅定信念，保持民族氣節，留下「人生自古誰無死，留取丹青照汗青」
這樣膾炙人口的愛國詩句，慷慨就義。明代的顧炎武、黃宗羲，清末的龔
自珍、魏源、林則徐等，都懷著強烈的愛國熱情，執著的追求，「尋墜緒
之茫茫，獨旁搜血遠紹，障百川而東之，回狂瀾於既倒」，不達目的，死
不甘心。這些感人的詩句和高尚的品格，浸透著志士們憂國愛民的意識，
表達了他們崇高的愛國主義思想情操，也是中國民族精神的生動寫照。

在中國現代文學史上，不管是留歐美作家還是留日作家，不管是傾
向於自由獨立還是傾向於激進和功利，他們出國前都曾深受中國傳統文
化的浸染和洗禮，再加上 19 世紀末 20 世紀初中國內憂外患、風雨如磐、
幾近亡國滅種的黑暗現實，中國傳統知識份子自強不息、心憂天下、愛
國愛民的傳統也不可避免地成為他們共同的思想文化背景，他們具有強
烈的使命感和共同的「天下興亡、匹夫有責」的責任感和擔當意識，反
抗侵略、捍衛主權、維護祖國完整和統一成為他們共同努力的方向，他
們到歐美或者日本留學，也都是出於振興中華、拯救國民於危難之中的
共同目的，是他們向西方學習的根本動力。回國以後他們不僅以滿腔的
熱情和廣大民眾一起並肩作戰，堅決反對外敵入侵，捍衛民族獨立，而
且以不同的方式表達了對祖國、對人民的深深的憂患意識和眷戀之情。
作為文學家，他們在一系列文學活動和文學創作也都呈現出共同的民族
主義情結和愛國主義情懷。

第五章

多元景觀：留學作家與中國現代文學的邏輯維繫

第一節　中國現代文學的拓荒者：從古典向現代的轉型

在中國近現代史上，五四新文化運動和文學革命的開展標誌著中國古典文學的結束和現代文學的開始。儘管早在 19 世紀末，維新運動前後為適應社會改良要求而出現的「詩界革命」、「小說界革命」、「文界革命」以及裘廷梁等呼籲提倡白話文的行為，已經開始要求改變傳統的文藝觀念和形式，為後來文學革命的出現造成了蓄勢，但這一系列文學變革還僅僅是一個序曲，並沒有真正突破傳統的文學思想和文藝觀念而走向現代的突變。直到 1917 年前後五四新文化運動和隨後的文學革命的開展，徹底反對封建倫理思想和文化專制主義，反對文言，提倡白話，反對舊文學，提倡新文學，不同於歷史上包括近代的種種文學改良和文學變革，而是從觀念、內容、形式等各方面都對文學進行了徹底的革新和解放，顛覆了傳統的文藝觀念和文學格局，把中國文學推進了一個新的現代化的階段。通過考察可以發現，在五四新文化運動中及隨後的文學革命中，留歐美和留日作家都起著至關重要的作用。如果說胡適和陳獨秀一起最先舉起了文學革命的大旗，從語言和文體上要求打破傳統文言的束縛，建立適應的社會發

展的「活的文學」;周作人等人倡導「人的文學」,打破了中國傳統的「文以載道」,從思想內容上為新文學的開展指明了方向,魯迅、郭沫若、郁達夫、聞一多、徐志摩、林語堂、冰心、巴金等人則從創作上豐富了新文學的內容,他們的文學創作成為中國現代文學不可或缺的重要組成部分。再加上留歐美和留日作家出國前都曾熟讀詩書,經歷過中國傳統文化的教育和訓練,留學海外後又深受西方近現代政治文化和文學思潮的影響,他們具備融匯中西的知識結構和開闊的視野,以及開創與建設的勇氣和熱情,在中國文學由古典走向現代的進程中發揮了重要的作用。可以說,一部中國現代文學史,無論是它的發生,還是它的發展變化,都離不開 20世紀初留歐美和留日作家這兩個特殊的群體的重大影響。

一、胡適與周作人:五四新文學理論和現代文體的開創者

　　「自從文學革命以來,胡適或者胡適之先生的名字是世界的。我們若不提到胡適,如中國的學界、思想界、評論界,以及今日的中國與人物,都將無從談起的。」[1]作為「二十世紀中國學術思想史上的一位中心人物」,有評論者曾認為胡適「他沒有完成什麼,卻幾乎開創了一切」,這種說法似乎有些言過其實,但在中國文學領域,胡適的確是開風氣者,有許多首創之功。從《文學改良芻議》、《歷史的文藝觀念論》、《建設的文學革命論》、《五十年來中國之文學》以及後來的《逼上梁山》、《中國的文藝復興運動》等文字,從語言到內容,從理論到創作,胡適篳路藍縷、大力倡導白話文學,提出著名的「白話文學論」和「歷史的文藝觀念」論,不僅在沉寂已久的中國文壇掀起了滔天巨浪,被稱為「首舉義旗之急先鋒」,而且成為

---

[1]　室伏高信:《中國今日的思想界》,天一出版社,1985 年,第 776 頁。

五四文學理念的重要基礎，為文學革命的開展、對中國傳統文化弊端的批判以及中國文學的現代轉型拉開了序幕。

胡適曾對新文學運動做過這樣的總結：「我們的中心理論只有兩個：一個是我們要建立一種『活的文學』，一個是我們要建立一種『人的文學』。前一個理論是文字工具的革新，後一種是文學內容的革新。中國新文學運動的一切理論都可以包括在這兩個中心思想的裏面。」[2]在他看來，文學革命應分兩步走：首先是舊形式的破壞和新形式的建立，然後是借助新的形式來傳播新的思想。早在美國留學期間，胡適在與梅光迪等人的辯論中，已經「承認白話是活文字，古文是半死的文字」[3]，「無論如何，死文言決不能產生活文學。若要造一種活的文學，必須有活的工具。」[4]並且認為「一部中國文學史只是一部文字形式（工具）新陳代謝的歷史，只是『活文學』隨時起來往代了『死文學』的歷史。文學的生命全靠能用一個時代的活的工具，來表現一個時代的情感與思想。工具僵化了，必須另換新的、活的，這就是『文學革命』」[5]；「中國今日需要的文學革命是用白話替代古文的革命，是用活的工具替代死的工具的革命。」[6]而在 1917 年發表的《文學改良芻議》中，胡適從「文學者，隨時代而變遷者也。一時代有一時代之文學」的歷史進化觀點出發，正式提出了「文學革命」的口號，並且明確指

2　胡適：《中國國新文學大系建設理論集導言》，《中國新文學大系導論集》，上海良友復興圖書印公司，1940 年，第 30 頁。

3　胡適：《逼上梁山》，《胡適研究資料》，陳金淦編，北京十月文藝出版社，1989 年，第 130 頁。

4　胡適：《逼上梁山》，《胡適研究資料》，陳金淦編，北京十月文藝出版社，1989 年，第 146 頁。

5　胡適：《逼上梁山》，《胡適研究資料》，陳金淦編，北京十月文藝出版社，1989 年，第 134 頁。

6　胡適：《逼上梁山》，《胡適研究資料》，陳金淦編，北京十月文藝出版社，1989 年，第 135 頁。

出「今日欲言文學革命，須從八事入手」，即「須言之有物、不摹仿古人、須講求文法、不作無病之呻吟、務去爛調套語、不用典、不講對仗、不避俗字俗語」，[7]從語言形式即從工具的角度肯定白話文學，並以此作為批判、擺脫舊文學、創建新文學的突破口。這是中國現代文學史上最早公開倡導文學革命的文章，發表後迅速得到陳獨秀、錢玄同等人的呼應，引發了轟轟烈烈的現代白話文運動。1918 年，胡適又發表《建設的文學革命論》，明確提出「國語的文學，文學的國語」的方針，「我的《建設的文學革命論》的唯一宗旨只有十個大字：『國語的文學，文學的國語』。我們所提倡的文學革命，只是要替中國創造一種國語的文學。有了國語的文學，方才可有文學的國語。有了文學的國語，我們的國語才可算得真正的國語。國語沒有文學，便沒有生命，便沒有價值，便不能成立，便不能發達。這是我這一篇文字的大旨。」[8]不僅闡明了文學革命的宗旨，而且比較細緻地說明了建設國語文學的具體步驟和方法，將五四文學革命引向了深入。鄭振鐸後來曾說《建設的文學革命論》是「他們討論了兩年的一篇總結論，也可以說是一篇文學革命的最堂皇的宣言」。[9]文章發表後引起了強烈的社會反響，支持者和反對者都紛紛撰文表明自己的態度，一些青年作家紛紛嘗試用白話文寫作，五四文學革命開始從早期的文學改革變成了一場全社會的群眾性的運動，現代白話文很快形成了規範和聲勢，並在全國推廣開來。各地都又一些愛國團體紛紛仿效《新青年》、《每週評論》，創辦白話報刊；到 1920 年，連一些比較有名的刊物如《東方雜誌》、《小說月報》等，也都開始採用白話了。1920 年 1 月，教育部頒佈命令，凡國民學校低

---

[7]　胡適：《文學改良芻議》，載《新青年》第 2 卷第 5 號，1917 年 1 月 1 日。

[8]　胡適：《建設的文學革命論》，載《新青年》第 4 卷第 4 號，1918 年 4 月 15 日。

[9]　鄭振鐸《中國新文學大系‧文學論爭集導言》，《中國新文學大系導論集》，上海良友復興圖書印公司，1940 年，第 53 頁。

年級國文課教育也統一運用語體文（白話）。至此，「『文學革命』與『國語統一』遂呈雙潮合一之觀」、「轟騰澎湃之勢愈不可遏」。

周策縱曾經在《五四文學史》中指出：「從『五四』時代起，白話不但在文學上成了正宗，對中國人的思想言行都有巨大的影響。在某些方面看來，也可以說是中國歷史的一個分水嶺；這無疑是胡適對中國文化的最大貢獻。」可以說，在五四文學革命中，胡適倡導白話文運動，不僅以言文一致的「國語」和「國語的文學」取代了昔日「言文脫節」的狀況，確立現代白話語言系統，具有劃時代的意義；更重要的是，胡適的文藝觀念和文學理論以及由其引發的一系列文學論爭也必然會影響中國人的思維方式和審美方式，從而帶來 20 世紀中國文藝觀念由古典向現代的轉換。因為僵死的文言不僅是中國古代的一種語言工具，而且是封建專制統治和思想文化的反映和載體，嚴重束縛人的思想情感的自由表達，抑制人的個性的自由發展；白話文的確立不僅提供了一種新文學所必需的理性思維的形式和中國文學邁向現代化的基本條件，在一定程度上也可以使個人獲得更充分的表達自我的方式，發展個性、促進社會的進步。胡適及其領導的現代白話文運動也因此成為中國文化向現代轉型的一個最明顯的標誌。

如果說五四時期胡適在文學語言和形式方面為新文學開闢了道路，那麼同樣是五四時期有影響的理論先導和批評家，周作人則更多地思考和探討新文學的思想和表現內容，他的「人的文學」的提出標誌著新文學與舊文學的本質區別。胡適曾在《中國新文學大系・建設理論集導言》中說：「《新青年》（五卷六號）發表的周作人先生的《人的文學》」，「是當時關於改革文學內容的一篇最重要的宣言」，「這是一篇最平實偉大的宣言。周先生把我們那個時代所要提倡的種種文學內容，都包括在一個中心觀念裏，這個觀念他叫做『人的文學』。他要用這一個觀念來提倡『人的文學』。他所謂『人的文學』，說來極平常，只是那些主張『人情以內，人力以內』

的『人的道德』的文學。」[10]在《人的文學》、《平民的文學》、《新文學的要求》等文中，周作人最先關注的是「人的問題」，把人從封建束縛下解放出來，深入挖掘人之為人的價值，提出並闡釋了著名的「人的文學」的觀念，一方面具有理想的思想啟蒙的特徵，另一方面，它對文學自身的規律也作了初步的探索，對當時以及以後的文學運動均產生了廣泛而深遠的影響。

在《人的文學》一文中，周作人要求新文學應該在「人道主義」的基礎上，對「人生諸問題」進行觀察、研究、分析，提倡「人的文學」，反對「非人的文學」；而這裏的「人道主義」，「並非世界所謂『悲天憫人』或『博施濟眾』的慈善主義，乃是一種個人主義的人間本位主義。它要求人人從個人做起，要講人道，愛人類，便先需要自己有人的資格，占得人的位置。」[11]由此出發，周作人反對傳統的「色情、鬼神、神仙、妖怪、奴隸、強盜、才子佳人、下等諧謔、黑幕等十大類舊文學或「非人的文學」，希望「人的文學」可以從兩方面進行：「（一）是正面的，寫這理想生活，或人間上達的可能性；（二）是側面的，寫人的平常生活，或非人的生活，都很可以供研究之用。……因為我們可以因此明白人生實在的情狀，與理想生活比較出差異與改善的方法。」[12]可見，在周作人那裏，「《人的文學》提出以人道主義為文學之本，文學被認為是「重新發現『人』」的一種手段，其根本目標在於主張人性發展，提高人的精神生活。這就將 19 世紀歐洲文學發展中起過重大作用的人道主義直接灌輸給剛剛發育的新文學，使胡適、陳獨秀等人最初提出的『文學革命』的內容具體化」[13]1919

---

[10] 胡適：《中國新文學大系・建設理論集導言》，《中國新文學大系導言集》，上海良友復興圖書印公司，1940 年，第 43 頁。

[11] 周作人：《人的文學》，《周作人批評文集》，珠海出版社，1998 年，第 32 頁。

[12] 周作人：《人的文學》，《周作人批評文集》，珠海出版社，1998 年，第 32 頁。

[13] 溫儒敏：《中國現代文學批評史》，北京大學出版社，2002 年，第 33 頁。

年初，周作人發表《平民的文學》，提出「平民文學」的概念，將之前的
「人的文學」具體化起來。他認為「平民的文學正與貴族的文學相反」，
兩者的區別並不在於「這種文學是專做給貴族或平民看，專講貴族或平民
的生活，或是貴族或平民自己做的」，而是「文學的精神的區別」，「普遍
與否，真摯與否」[14]的區別。因此，周作人強調「平民文學應以普通的文
體，寫普遍的思想與事實。我們不必記英雄豪傑的事業，才子佳人的幸福，
只應記載世間普通男女的悲歡成敗。因為英雄豪傑才子佳人，是世上不常
見的人；普通的男女是大多數，我們也便是其中的一人。所以其事更為普
通，也更為切己」，「平民文學應以真摯的文體，記真摯的思想與事實。既
不坐在上面，自命為才子佳人，又不立在下風，頌揚英雄豪傑。只自認是
人類中的一個單體，渾在人類中間，人類的事，便也是我的事」。[15]在這裏，
周作人希望「研究平民的生活」「寫世間普通男女的悲歡成敗」，達到「將
平民生活提高的目的」，與之前的「人的文學」一樣，具有明顯的功利性，
也可以看作是後來人生派文學思想的最初宣言。

　　應該說，五四時期，周作人所提倡的「人的文學」和「平民的文學」
是比較鮮明的文學獨特的文藝觀念，它一反中國傳統文學「文以載道」「才
子佳人」「神仙鬼怪」的創作主體，提出文學要以人為中心，「記錄世間普
通男女的悲歡成敗」，他強調文學是「人性的」不是「獸性的」「神性的」；
文學是「人類的」，更是「個人的」，卻不是「種族的、國家的、鄉土及家
族的」。[16]他的這一主張不僅與五四時期要求個人自由和個性解放的潮流相
適應，而且成為五四一代作家創作的理論基礎。儘管 1923 年周作人結集
出版《自己的園地》，從新文學的先驅和帶頭人漸漸向自由主義靠攏，走

---

[14]　周作人：《平民的文學》，《周作人批評文集》，珠海出版社，1998 年，第 38 頁。
[15]　周作人：《平民的文學》，《周作人批評文集》，珠海出版社，1998 年，第 39 頁。
[16]　周作人：《新文學的要求》，《周作人批評文集》，珠海出版社，1998 年，第 43 頁。

向抒寫自我的世界，但不能否認的是他的「人的文學」及「平民的文學」在思想內容上對新文學發展的重大貢獻。

不僅如此，胡適和周作人對新文學運動的理論貢獻，不僅表現在「白話文」的提倡和「人的文學」的推崇，他們還在中國現代文學史上首次對新文學的幾種基本的文體如詩歌、散文、小說、戲劇的藝術特徵和要求作了初步的界定和要求。雖然在今天看來，這些界定和要求還不夠準確和完善，但在當時中國新文學剛剛開始起步，文體論還是空白和摸索的情況下，其對於推動和促進新文學創作的指導意義卻不容忽視。作為新文學運動的先驅和開拓者，胡適在《建設的文學革命論》、《談新詩》、《論短篇小說》、《文學進化觀念與戲劇改良》等文中，分別從理論上對詩歌、小說、戲劇的文體特徵和作法進行了界定和闡述。

（一）、關於小說

在中國古代，詩歌歷來都被認為是文學發展的正宗，小說也只是「稗官野史」，不登大雅之堂的。近代梁啟超等人提倡「小說界革命」，並在《論小說與群治之關係》文中全面論述了小說在社會改良中的重要作用和地位，「欲新一國之民，不可不先新一國之小說。故欲新道德，必新小說，欲新宗教，必新小說；欲新政治，必新小說，欲新風俗，必新小說；欲新學藝，必新小說；乃至欲新人心，欲新人格，必新小說。」[17]但梁啟超等人更多的是從政治和小說的教化功能的角度來提高小說的社會地位的，胡適則是從文學進化發展的角度，肯定小說文體的正宗地位，並且從題材、內容等方面對現代小說作出了具體的規定和要求，對中國現代小說的理論

---

[17] 梁啟超：《論小說與群治的關係》，《梁實秋文選》，侯宜傑選注，百花文藝出版社，2006 年，第 80 頁。

建設具有開創性的意義。他在 1918 年的 3 月關於「短篇小說」的演講可以說是我國現代第一篇小說理論的專論，在中國文學史上第一次為「短篇小說」做出了現代的界說：「短篇小說是用最經濟的文學手段，描寫事實中最精采的一段，或一方面，而能使人充分滿意的文章」，[18]並且指出這條界說有兩個地方特別值得重視。一是「事實中最精彩的一段或一方面」，即他所講的「橫截面」。他認為「一人的生活，一國的歷史，一個社會的變遷，都有一個『縱剖面』和無數『橫截面』。……橫面截開一段，若截在要緊的所在，便可把這個『橫截面』代表這個人，或這一國，或這一社會。這一種可以代表全部的部分，便是我所謂『最精彩』的部分。」[19]二是「最經濟的文學手段」，胡適形容「經濟」，用宋玉的話即是「增之一分則太長，減之一分則太短；著粉則太白，施朱則太赤」，還舉了 Daudet 和 Maupassant 兩個人為例加以說明，「用最經濟的手腕去寫這件大事的最精彩的一段或一面。」[20]與此同時，在發表於 1918 年 4 月的《建設的文學革命論》一文中，他又對小說的材料和內容、剪裁佈局、結構的方式、描寫的方法等做出了具體的解釋：首先，關於小說的題材或材料，他認為：「官場妓院與齷齪社會三個區域決不夠採用。即如今日的貧民社會，如工廠之男女工人，人力車夫，內地農家，多處人商販及小店鋪，一切痛哭情形，都不曾在文學上一位置。並且今日新舊文明相接觸，一切家庭慘變、婚姻痛苦、女子之位置、教育之不適宜……種種問題，都可供文學的材料」，[21]希望擴大小說題材的範圍，與此同時，還要「注意實的現察和個人的經驗」，並「要用周密的理想作觀察經驗的補助」，「從已知推想未知的，把

18　胡適：《論短篇小說》，《胡適論文學》，安徽教育出版社，2006 年，第 83 頁。
19　胡適：《論短篇小說》，《胡適論文學》，安徽教育出版社，2006 年，第 83 頁。
20　胡適：《論短篇小說》，《胡適論文學》，安徽教育出版社，2006 年，第 83 頁。
21　胡適：《建設的文學革命論》，《胡適論文學》，安徽教育出版社，2006 年，第 23 頁。

觀察經驗的材料一一體會出來，從經驗過去的推想到不曾經驗過的，從可觀察的推想到不可觀察的」，「這才是文學家的本領」。[22]其次，關於結構的方法，他認為：「有了材料，先要剪裁。……體裁定了，再可講佈局」，「有剪裁，方可決定『做什麼』，有佈局，方可以決定『怎麼做』。」[23]再次，關於藝術描寫的具體方法，即「怎麼寫」的問題，胡適提出四條方法：「寫人、寫境、寫事、寫情」，並具體說明：「寫人要舉動、口氣、身分、才性……都要有個性的區別：件件都是林黛玉，決不是薛寶釵；件件都是武松，決不是李逵。寫境要一喧一靜、一石一山、一雲一鳥……也都要有個性的區別：《老殘遊記》的大明湖決不是西湖，也決不是洞庭湖；《紅樓夢》裏的家庭決不是《金瓶梅》裏的家庭。寫事要線索分明，頭緒清楚，近情近理，亦正亦奇。寫情要真要精，要細膩委轉，要淋漓盡致。──有時須用境寫人，用情寫人，用事寫人；有時須用人寫境，用事寫境，用情寫境……這裏面的千變萬化，一言難盡。」[24]由此可見，從材料到結構再到描寫方法，胡適的解釋和規定不可謂不詳盡，簡直是在手把手教作家怎樣寫小說。除此之外，他還希望從西方文學中得到「一些高明的文學方法」，即「多多的翻譯西洋的文學名著做我們的模範」。

（二）、關於詩歌

在《談新詩》中，胡適首先用歷史進化的眼光觀中國詩體的變遷，認為詩的進化從《詩三百》到現在，都是跟著詩體變化而來，因此中國近年的新詩運動也算得是一種「詩體大解放」。並強調新詩體形式的解放和內容有密切的關係：「形式上的束縛，使精神不能自由發展，使良好的內容

---

[22] 同前註，第 24 頁。
[23] 同前註，第 24 頁。
[24] 同前註，第 25 頁。

不能充分表現。若想有一種新內容和新精神，不能不先打破那些束縛精神的枷鎖鐐銬。……因為有了這一層詩體的解放，所以豐富的材料，精密的觀察，高深的理想，複雜的感情，方才能跑到詩裏去。」[25]談到詩的音節，他認為「詩的音節全靠兩個重要分子：一是語氣的自然節奏，二是每句內部所用字的自然和諧，至於句末的韻腳，句中的平仄，都是不重要的事。語氣自然，用字和諧，就是句末無韻腳也不要緊」[26]，打破了古體詩強調平仄和押韻的傳統；談到作詩方法，他說：「詩須要用具體的做法，不可用抽象的說法。凡是好詩，都是具體的；越偏向具體的，越有詩意詩味。凡是好詩，都能使我們腦子裏發生一種——或者多種——明顯逼人的影響。這便是具體性」。[27]

　　與此同時，在《談談「胡適之體」的詩》一文中，胡適還提出了作詩的「戒約」，即「第一，說話要明白清楚。……意旨不嫌深遠，而言語必須明白清楚」；「第二，用材料要有剪裁。消極的說，這就是要刪除一切浮詞湊句；積極的說，這就是要抓住最扼要最精彩的材料，用最簡練的字句表現出來」；「第三，意境要平實」，他認為，「在詩的各種意境之，我自己總覺得『平實』、『含蓄』、『淡遠』的境界是最禁得起咀嚼欣賞的」。在胡適看來，「凡是好詩沒有不是明白清楚的」，他稱自己的詩「清順達意」也正是因為「清楚明白」，實際上這種審美要求貫穿了他一生的批評意識與鑒賞趣味。

25　胡適：《談新詩》，《胡適談文學》，安徽教育出版社，2006 年，第 97 頁。
26　胡適：《談新詩》，《胡適談文學》，安徽教育出版社，2006 年，第 105 頁。
27　胡適：《談新詩》，《胡適談文學》，安徽教育出版社，2006 年，第 111 頁。

（三）、關於戲劇

　　1918 年 5 月，胡適在《新青年》上發表了著名的《易卜生主義》一文，評價易卜生思想戲劇，1918 年 10 月他又積極參與了《新青年》5 卷 4 號關於戲劇改良的大討論（同期人物有傅斯年、歐陽予情等人），發表了《文學進化觀念與戲劇改良》，系統地闡述了他的現代戲劇文體理論。這是中國現代戲劇文體理論建設最早的成果，也是胡適戲劇文體理論最為系統的表述。在《文學進化觀念與戲劇改良》一文中，胡適首先從文學進化觀念出發，將中國戲劇文體進化歷史與西方戲劇文體發展進行比較，認為「西洋的戲劇便是自由發展的進化，中國的戲劇便是只有局部自由的結果」，[28] 所以始終未能擺脫樂曲以及舊戲曲特有的「遺形物」（如臉譜、嗓子、臺步、武把子）等的束縛而獲得純粹戲劇文體形式，而「現在中國戲劇有西洋戲劇可作直接比較參考的材料，若能有人虛心研究，取人之長，補我之短；掃除舊日的種種『遺形物』，採用西洋最近百年來發達的新觀念，新方法，新形式，如此方才可以使中國戲劇有改良進步的希望。」[29]其次，胡適認為「中國文學最缺乏的是悲劇的觀念。無論是小說，是戲劇，總是一個圓滿的團圓」，而「這種『團圓的迷信』乃是中國人思想薄弱的鐵證，做書的明知世上真事都是不如意的居大部分，他明知世上的事不是顛倒是非，便是生離死別，他卻偏要使天下有情人成了眷屬，偏要說善惡分明，報應昭彰。他閉著眼睛不肯看天下的悲劇慘劇，不肯老老實實寫天工的顛

---

[28]　胡適：《文學進化觀念與戲劇改良》，《胡適論文學》，安徽教育出版社，2006 年，第 31 頁。

[29]　胡適：《文學進化觀念與戲劇改良》，《胡適論文學》，安徽教育出版社，2006 年，第 36 頁。

倒慘酷，他只圖說一個紙上的大快人心。這便是說謊的文學。」[30]這種「團圓快樂的文字」，讀完以後，「絕對不能叫人有深沉的感動，決不能引人到徹底的覺悟，決不能使人起根本上的思量反省」，因此，必須輸入西方的悲劇觀念。「有這種悲劇的觀念，故能發生各種思力深沉，意味深長，感人最烈，發人猛省的文學。這種觀念乃是醫治我們中國那種說謊作偽，思想淺薄的文學的絕妙聖藥。」[31]其次，在現代戲劇文體特徵與創作方法的論述中，胡適再次運用了在《論短篇小說》時提出的「文學的經濟方法」，「戲劇在各類文學之中，最不可不講經濟」。因為「一、演戲的時間有限；二、做戲的人的精力與時間都有限；三、看戲的人的時間有限；四、看戲太長久了，使人生厭倦；五、戲臺上的設備，如佈景之類，有種種因難，不但須要圖省錢，還要圖省事；六、有許多事實情節是不能在戲臺上一一演出來的，如千軍萬馬的戰爭之類。」因此，在編戲劇時，他認為須注意各項經濟的方法：「一、時間的經濟……二、人力的經濟……三、設備的經濟……四、事實的經濟。」[32]胡適的戲劇的經濟技巧，與傳統戲劇的「三一律」基本是一致的。

總之，胡適在新詩、短篇小說、戲劇等文學文體理論的建構與發展方面有著特別重要的貢獻，這三種文體開了 20 世紀中國文學文體的風氣，他自己不僅在理論上而且在文體創作上也進行了嘗試，如他寫出了中國新文學史上第一本新詩集《嘗試集》，他運用對話體寫出短篇小說《一個問

---

30 胡適：《文學進化觀念與戲劇改良》，《胡適論文學》，安徽教育出版社，2006 年，第 37 頁。

31 胡適：《文學進化觀念與戲劇改良》，《胡適論文學》，安徽教育出版社，2006 年，第 38 頁。

32 胡適：《文學進化觀念與戲劇改良》，《胡適論文學》，安徽教育出版社，2006 年，第 38-39 頁。

題》，並寫出中國話劇史上第一部完整獨幕劇本《終身大事》，這些都成為後世作家提供了新詩、短篇小說、話劇的理論與實踐的範本。

如果說在五四時期，胡適曾對詩歌、小說、戲劇都提出一系列具體的看法和要求，對中國新文學的開展起著重要的指導作用，那麼周作人對現代散文文體的確認、散文特徵的闡釋、散文理論的探索和發展以及散文創作上都獨到的見解，在現代散文理論發展史上具有開創性的意義，也對新文學史上散文的發展產生了深刻的影響，堪稱「小品文的一代宗師」。中國傳統文學中散文是指與韻文、駢文相對的一個概念（所有散行體文章），文學散文並沒有獨立出來成為一種文學體裁。1917 年 5 月，劉半農在《新青年》發表《我之文學改良觀》，認為「所謂散文，亦文學的散文，而非文字的散文」，第一次明確提出了「文學的散文」這一概念，以區別於「文字的散文」，但其中也包括小說、雜文等等，並沒有使散文從幾種文體中獨立出來。1921 年 6 月 8 日周作人在《晨報副刊》發表了《美文》，正式從理論上賦予了現代散文獨立的文體意義，並對現代散文小品的本質和特點進行了詳細的論述。他說：「外國文學裏有一種所謂論文，其中大約可以分作兩類。一批評的，是學術性的。二記述的，是藝術性的，又稱作美文，這裏邊又可以分出敘事與抒情，但也很多兩者夾雜的」。[33] 他以敘事、抒情的特點為標準，區分了「學術性」和「藝術性」散文（即美文）的不同性質，首次明確界定了以抒情敘事為主的藝術性散文，並號召在「現代的國語文學裏」，治新文學的人可以嘗試去做這類文章。這既是新文學散文理論與批評的第一篇發軔之作，也是周作人本人後來散文觀念的發源之地。可以說，「美文」概念的提出，是周作人這篇文章最大的理論貢獻。同時，周作人所倡導的「美文」，是借鑒

---

[33]　周作人：《美文》，《周作人批評文集》，珠海出版社，1998 年，第 98 頁。

了西方「Essay」的概念，他說「這種美文似乎在英語國民裏最為發達」，愛迭生、蘭姆、霍桑、吉欣等英美作家也都是「美文的好手」，[34]並號召作家我們「用自己的文句與思想」，「看了外國的模範」，去做可以表達自己個性和思想的「真實簡明」的現代散文。不過，周作人沒有完全割裂「美文」與傳統的關係，認為「中國古文裏的序、記與說等，也可以說是美文的一類」。雖然借用英國的文類區分來界定中國現代散文的概念，但周作人內心深處還是非常傾向於中國傳統的。他在《〈中國新文學大系・散文一集〉導言》中說道：「我常常說現今的散文小品並非五四以後的新出產品，實在是『古已有之』，不過現今重新發達起來罷了……現在的小品文與宋明諸人之作在文字上固然有點不同，但風致實是一致，或者又加上了一點西洋影響，使他有一種新氣息而已」；[35]在《〈陶庵夢憶〉序》中也說：「我常這樣想，現代的散文在新文學中受外國的影響最少，這與其說是文學革命的，還不如說是文藝復興的產物，雖然在文學發達的程度上復興與革命是同一樣的進展。在理學與古文沒有全盛的時候，抒情的散文也已得到相當的長發，不過在學士大夫眼中自然也不很看得起。我們讀明清那些名士派的文章，覺得與現代文的情趣幾乎一致，思想上固然難免有若干距離，但如明人所表示的對於禮法的反動則又很有現代的氣息了。」[36]在《〈燕知草〉跋》中他仍然強調「中國新散文的源流，我看是公安派與英國小品文兩者所合成。」[37]在借鑒西方與繼承傳統的基礎上，周作人對中國現代散文體式作出了具體的闡釋和規定，提倡

---

[34] 同前註。

[35] 周作人：《〈中國新文學大系・散文一集〉導言》，《中國新文學大系導言集》，上海良友復興圖書印公司1940年，第184頁。

[36] 周作人：《苦雨齋序跋文・〈陶庵夢憶〉序》，《周作人自編文集》，河北教育出版社，2002年，第115頁。

[37] 周作人：《〈燕知草〉跋》，《周作人批評文集》，珠海出版社，1998年，第239頁。

以個人為中心,「言志」的小品文,為新文學初期所要確立的新的文學規
範體系,做出了基礎性的理論依據。

　　與此同時,周作人不僅在新文學領域第一個倡導「美文」的創作,並
從內容、語言、手法和意境等幾個方面描述了這一新文學品類的文體特
徵,形成了現代中國最早、也是最為系統的散文文體風格論,在散文理論
中對其現代藝術特質著重進行了闡發,為現代散文審美品格的形成和規約
做出了卓有成效的努力。周作人自己能寫一手別有韻味的散文和小品文,
也經常做一些散文批評,他認為好的散文必須講究「趣味」、「澀味」和「簡
單味」,就像「在江村小屋,靠玻璃窗,喝清茶,同友人談話」;在《〈燕
知草〉跋》中他曾這樣說過:「我也看見有些純粹口語體的文章,在受過
新式中學教育的學生手裏寫得很是細膩流麗,覺得有造成新文體的可能,
使小說戲劇有一種新發展,但是在論文──不,或者不如說小品文,不專
說理敘事而以抒情分子為主的,有人稱他為「絮語」過的那種散文,我想
必須有澀味與簡單味,這才耐讀。」[38]在散文的語言上,他又指出散文的
的「文詞還得變化一點」,「以口語為基本,再加上歐化語,古文,方言等
分子,雜揉調和,適宜地或錯審地安排起來,有知識與趣味的兩重的統制,
才可以造出有雅致的俗語文來。我說雅,這只是說自然,大方的風度,並
不要禁忌什麼字句,或者裝出鄉紳的架子」[39]。周作人希望散文要「以趣
味為中心」,在白話的基礎上適當地加進一些歐化語,古文,方言,增強
散文的表現力。同時,他還追求一種「平淡自然」的意境和風格。在《〈雨
天的書〉序》中,他說:「我近來作文極慕平淡自然的境地。但是看古代
或外國文學才有此種作品,自己還夢想不到有能做的一天,因為這種氣質

---

[38]　周作人:《〈燕知草〉跋》,《周作人批評文集》,珠海出版社,1998 年,第 239 頁。
[39]　周作人:《〈燕知草〉跋》,《周作人批評文集》,珠海出版社,1998 年,第 239 頁。

境地與年齡的關係，不可勉強。像我這樣褊急的脾氣的人，生在中國這個時代，實在難望能夠從容鎮靜地做出平和沖淡的文章來。」[40]在他所處的那個時代，應該不太容易做的出平和沖淡的文章，周作人追求「平淡自然」的「本色」，也反映了他的保守和退隱的心態。他的這種追求不僅是現代散文的風格特點，也成為一種具體的審美批評標準，不僅對二三十年代的散文創作產生過相當的影響，也影響了廢名、俞平伯、林語堂等一些自由主義作家，他們都不同程度地受過周作人的影響。

二、嘗試與開展：從留歐美與留日作家的文學創作談起

縱觀中國現代文學史的產生和發展歷程，可以發現，留歐美和留日作家不僅在文學理論和現代文體上提出了獨到的見解，做出了突出貢獻，為新文學的開展奠定了必要的理論基礎，而且他們大都以自己的文學創作實踐了這些文學主張和文學理論，在小說、詩歌、散文、戲劇等領域創作了大量的文學作品，或者開創或者鞏固和發展，在新文學的發展過程中起到了各自不同的重要作用，在文學創作領域也開創了現代文學的新局面。

在創作實踐上，五四新文學運動和文學革命是從新詩的詩體解放入手的，胡適無疑是最重要的首開風氣者。李澤厚曾評價說：「胡適當然不止於提出『八不』，而且也在一片嘲諷譏笑中努力提倡了白話文的創作。他自己率先『嘗試』，不顧成敗，儘管作品的確很不成功，卻畢竟帶了頭。接著便湧現了康白情、沈尹默、俞平伯、冰心、郭沫若等第一批新詩作者。所以，胡適是開風氣者。開風氣者經常自己並不成功，膚淺浮泛，卻具有

---

[40] 周作人：《苦雨齋序跋文・〈雨天的書〉序》，《周作人自編文集》，河北教育出版社，2002 年，第 25 頁。

思想史上的意義。」[41]胡適不僅以《文學改良芻議》、《建設的文學革命論》等文積極倡導了白話文運動，在創作實踐上也身體力行、率先示範，既開風氣又為師。他不僅最早呼籲並開始寫新詩，是現代文學史上第一個「白話詩人」，並於 1920 年結集出版《嘗試集》，成為中國現代文學史上第一部白話新詩集；他還嘗試翻譯小說，作白話散文，並在易卜生的影響下寫了中國第一部現代話劇《終身大事》，在中國話劇史上具有開創的意義。儘管胡適曾經多次聲明自己在文學創作方面能力有限，他前期詩歌、散文、話劇在今天看來也比較簡單、粗糙，缺乏一定的審美性與感染力，特別是他的白話詩長期以來也曾受過種種指責和非難，但胡適的意義並不在於此，正如李澤厚所評價的那樣的，胡適的意義不在於寫的好不好，而在於寫的早，「敢於嘗試」。他的白話詩歌創作首開白話作詩的風氣，大膽講求「不拘格律，不拘平仄，不拘長短」，「有什麼題目，做什麼詩；詩該怎麼做，就怎麼做」，的確將詩歌從中國古典詩歌的形式束縛中解放出來，開始具備了現代詩歌的基本形態，《嘗試集》甚至被譽為是「溝通新舊兩個藝術時代的橋樑」。在胡適的大力倡導下，五四時期的一些青年作家如周作人、俞平伯、康白情等人也開始告別古體詩，轉向寫新詩，如周作人的《小河》曾被胡適譽為「新詩中的第一首傑作」。早期白話詩逐漸形成了自己的特色，也正是中國現代新詩的濫觴。

　　1918 年 5 月，魯迅在《新青年》第 4 卷第 5 號上發表《狂人日記》，這是中國現代文學史上第一篇用現代體式創作的具有現代精神的白話短篇小說，並「以表現的深切和格式的特別」[42]──內容和形式現代化特徵，成為中國現代小說的偉大開端，同時開闢了中國文學特別是小說發展的一

---

[41]　李澤厚：《現代思想史論》，東方出版社，1987 年，第 9 頁。
[42]　魯迅：《中國新文學大系・小說二集序》，《魯迅全集》第 6 卷，人民文學出版社，1981 年，第 238 頁。

個嶄新的時代：《狂人日記》發表以後，魯迅的文學創造力「一發而不可收拾」，陸續創作了 20 多篇小說，先後結集為《吶喊》和《彷徨》，並成為中國現代小說的成熟之作。正如有論者所說：「中國現代小說在魯迅手中開始，又在魯迅手中成熟，這在歷史上是一種並不多見的現象」。[43]魯迅曾經反覆說明自己棄醫從文包括開始做小說的緣由，即「為人生」「改造人生」，所以多取材於「病態社會的不幸的人們，意思是揭出病苦，引起療救的注意」，這不僅表明了一種與中國傳統小說不同的文藝觀念，希望小說能夠介入並反映現實人生，而且魯迅的小說以「人」為中心，開創了「農民和知識份子」兩個中國現代小說的主要題材。與此同時，誠如茅盾所言：「在中國新文壇上，魯迅君常常是創造『新形式』的先鋒，《吶喊》裏的十多篇小說幾乎一篇有一篇的新形式，而這些新形式又莫不給青年作者以極大的影響，欣然有多數人跟上去實驗。」[44]魯迅曾經留學海外，深受外國小說的影響，又具有深厚的傳統文學功底，在兩者的匯通與融合之中，他創作了系列「詩化小說」（《傷逝》、《社戲》），「散文體小說」（《鴨的喜劇》、《兔和貓》），戲劇小說（《起死》）等，突破了傳統小說注重有頭有尾、才子佳人大團圓的結構模式，以獨創的美學風格吸引並指導了五四時期的大批新文學創作者，也給後來中國現代小說的發展提供了必要的經驗。

如果說在中國文學從古典走向現代的轉型期，胡適和魯迅最先嘗試並開風氣之先，成為現代詩歌和小說領域的「首創者」，那麼後來的郭沫若、郁達夫、徐志摩、聞一多、冰心等人則通過自覺的努力創作，使新文學的詩歌和小說走向了成熟。郭沫若於 1921 年 8 月出版的《女神》，以嶄新的內容與形式，開一代詩風，成為中國詩歌的奠基之作。聞一多曾經說過：

---

[43] 嚴家炎：《〈吶喊〉〈彷徨〉的歷史地位》，《世紀的足音》，作家出版社，1996 年，第 64 頁。

[44] 雁冰：《讀〈吶喊〉》，原載《時事新報》副刊《學燈》，1923 年 10 月 8 日。

「若講新詩，郭沫若君的詩才配稱新呢！不獨藝術上他的作品與舊詩相去最遠，最要緊的是他的精神完全是時代的精神──20 世紀的時代精神。有人講文藝作品是時代低產兒，《女神》真不愧是一個時代的肖子。」[45]《女神》以高昂的熱情、奇特恢宏的想像、自由的詩體，結束了五四初期新詩初創階段的簡單和稚嫩，在內容上、形式上、語言上都體現了現代意識和現代觀念，成為中國新詩的真正奠基之作。此外，當新詩基本站穩腳跟以後，又面臨的新的突破和新的要求，聞一多和徐志摩都曾留學歐美，在英美詩歌的影響下提倡「詩的格律」，「理智節制情感」，鼓吹詩的「三美」，並以自身的詩歌創作實踐，使中國新詩進入了一個「自覺」的時期；冰心和宗白華在 20 年代初同時出版《繁星》、《春水》、《流雲小詩》，提倡富有哲理的小詩，在中國新詩發展史上具有過渡的意義；李金髮是把「法國象徵詩人的手法」介紹到中國現代詩壇的「第一個人」，1925 年出版的《微雨》和 1927 年出版的《食客與凶年》以傷感、頹廢、奇特的意象和暗示的手法標誌著中國象徵主義詩歌的形成。在小說方面，除了魯迅，同樣留學日本的創造社諸人的創作是新文學的重要組成部分，正如郭沫若在《桌子的跳舞》一文中所說：「中國文壇大半是日本留學生建築成的」，[46]儘管有些誇大，但也說明了留日作家的文學創作對中國新文壇的意義所在。魯迅曾是中國新文壇的主將，開闢了中國小說發展的新時代；郁達夫及其他前期創作社作家則開闢了中國現代小說史上的「自我抒情」一派，他們都曾留學日本，深受大正時期文學思潮和私小說的影響，在小說創作中強調主觀性和抒情性，側重於作家個人生活的和心境的暴露和心理的矛盾和衝突，抒發作者強烈的感情和內心的苦悶。郁達夫就曾說過：「一切小說均

[45] 聞一多：《〈女神〉之時代精神》，《聞一多全集》，湖北人民出版社，1993 年，第110 頁。
[46] 郭沫若：《郭沫若全集》（第 16 卷），人民文學出版社，1989 年，第 53 頁。

是作者的自序傳」，他 1921 年出版的小說集《沉淪》標誌著中國現代文學史上「自序傳」抒情小說的開始，隨後郭沫若、成仿吾、張資平、倪怡德、陶晶孫等人的創作豐富並發展了現代小說史上「主觀抒情」的一脈。

此外，在散文領域，周作人曾經以「美文」正式確立了現代散文的文體，他寫於 20 年代的《北京的茶食》、《苦雨》、《喝茶》、《烏篷船》等散文名篇頗能代表他的「言志」的風格，我們也可以從中體會到他當年積極的散文創作實踐和成熟的散文理論研究；後來的林語堂創辦《論語》和《人間世》，提倡性靈、幽默、閒適的小品文，可以說是周作人言志散文的繼承和發展；冰心也曾以其「溫柔的風格、清麗的風致，微微的憂愁」創立所謂的「冰心體」美文，引起許多青年的共鳴和模仿，對當時的文壇影響很大；豐子愷和夏丏尊的散文小品則更多地從禪宗和佛理的角度觀察生活，平易樸實，蕭疏淡遠，帶有一些哲理的意味和超然的色彩，如《白馬湖之冬》、《平屋雜文》和《緣緣堂隨筆》。在戲劇領域，1907 年 2 月，中國留日作家歐陽予倩等在東京組織「春柳社」，這是中國第一個話劇團體，他們在日本東京演出《茶花女》第三幕，接著又上演了根據林紓的翻譯小說改編的五幕劇《黑奴籲天錄》，引起了轟動；這是中國第一個比較完整的近代話劇，因其在內容與形式上都不同於中國傳統舊戲，被稱為「文明新戲」，標誌這現代戲劇文體的萌芽與誕生。1917 年，錢玄同、胡適、歐陽予倩、周作人等歸國留學生在《新青年》等雜誌上發起討論，對中國舊戲發動猛烈的攻擊，主張徹底廢除舊戲非現實主義的觀念和體式，「建設西洋新劇」，在理論上為現代話劇體式的發展開闢了道路。隨後，胡適、郭沫若、歐陽予倩、田漢、夏衍等人先後以自己的創作實踐，或者寫實或者浪漫或者諷刺或者幽默，開創了不同的戲劇體式，並促使現代戲劇文體逐漸趨於成熟。

　　應該說，在中國文學史上，五四新文學運動在批判舊的傳統文學的同時，也承擔著建設新文學的歷史使命。作為新文學陣營的領袖人物，胡適和周作人曾自覺承擔起為新文學理論開道的任務。胡適的《文學改良芻議》及其倡導白話文運動曾在文學語言和形式方面為新文學開闢了道路，周作人也曾以「人的文學」的口號樹立起新文學理論先導者與批評家的形象；二人又不約而同地以開放性的眼光對新文學文體如小說、詩歌、散文、戲劇等進行了規定和闡釋，為新文學的獨立發展開拓了最初的道路。儘管有些理論在今天看來也存在著不成熟的傾向，但他們在現代文學領域開一代風氣的決心、氣度以及在思想觀念和手段方法上的指導意義都是值得後人回味的。當然，在五四新文學興起和以後的發展時期，留歐美和留日的另一些人也有理論上的貢獻，比如梁實秋、聞一多對五四新文學的批評、郁達夫對現代小說理論的闡釋、郭沫若對現代詩歌特色和作詩方法的推崇，都從不同的角度探討了新文學的本質特點與發展路向，共同促進了五四新文學的理論建構。不僅只有理論上的開場，在文學創作方面，留歐美和留日作家更是以自己多樣的文學創作實踐了新文學先驅們對新文學的種種界定和規範，使中國文學改變了傳統的守舊的模式和觀念，在思想內容和形式上具有「現代」特質，真正由古典走向現代。

第二節　歐美留學歸返本土的作家：
邊緣與自由主義的守護者

　　溫儒敏曾經說過：「從梁實秋、新月派到京派，文藝觀和批評理論由前後連貫的流脈，就是傾向於自由主義，主張文學的相對獨立性，與現實

拉開距離，推崇古典式的審美標準」[47]。新月派的骨幹如胡適、徐志摩、聞一多等全都留學歐美，而朱光潛、梁實秋、宗白華、梁宗岱以及 1933年留法的李健吾又是 30 年代京派文學批評的「重鎮」，新月派後來分化以後還有一部分作家流入京派陣營。從留學歐美到回國以後成立新月俱樂部、新月社、新月書店、創辦《新月》月刊，以及後來加入京派，儘管思想態度和藝術傾向並不完全一致，但在文學創作和文學批評上，他們又都有大致相同的傾向、主張和相接近的審美理想，即對英美現代自由主義、改良主義思想或精神的信奉和持守。與此相適應，作為現代作家，他們也繼承並進一步發展了留歐美作家所崇尚和追求的自由主義文學思想，在 30年代中國文壇多元的文學格局中始終保持獨立和自由，形成並促進了中國現代文學發展進程中的自由一脈。

　　作為中國現代文學史上影響頗大的一個流派，新月派由從歐美留學歸國的徐志摩、胡適等人發起的，從最初的「聚餐會」到松樹胡同 7 號的新月俱樂部，乃至 1927 年春在上海成立新月書店並創辦《新月》月刊，這個主要由留歐美作家組成的團體一直都是結構鬆散、主張自由的，沒有正式的綱領和章程，甚至不願意認同他們有「派」，也不承認有什麼組織。1925 年徐志摩在《歐遊漫錄第一函・給新月》中曾經說過：「新月初起時只是少數人共同的一個想望……我們想集合幾個人的力量，自編戲自演……有一個要得的俱樂部，有舒服的沙發躺，有可口的飯菜吃，有相當的書報看，也就不壞，但這躺沙發決不是我們結社的宗旨，吃好菜也不是我們的目的。」1928 年 3 月《新月》創刊時，徐志摩在發刊詞《「新月」的態度》中又明確申明：「我們這幾個朋友，沒有什麼組織，除了這月刊本身，沒有什麼結合，除了在文藝和學術上的努力，沒有什麼一致，除了

---

[47]　溫儒敏：《中國現代文學批評史》，北京大學出版社，1993 年，第 270 頁。

幾個共同的理想」。[48]一年半以後,《新月》上刊出《敬告讀者》再次重申:
「我們辦月刊的幾個人,本來沒有什麼組織,一直到現在還是很散漫的幾
個朋友的集合,說不上什麼團體,不過因為大家比較的志同道合,都不肯
隨波逐流,都想要一個發表文章的機關,所以就邀合起來辦這個刊物。」[49]
梁實秋甚至否認有什麼「新月派」,幾十年後在《憶〈新月〉》中他仍堅持
認為:「新月一夥人,除了共同願意辦一個刊物之外,並沒有多少相同的
地方,相反的,各有各的思想路數,各有各的研究範圍,各有各的生活方
式,各有各的職業技能。彼此不需標榜,更沒有依賴,辦刊物不為謀利,
更沒有別的用心,只是一時興之所至」。[50]但與此同時,他們也表明了大致
相同的態度和和創作傾向,「我們辦月刊的幾個人的思想是並不完全一致
的,有的是信這個主義,有的是信那個主義,但是我們的根本精神和態度
卻有幾點相同的地方。我們都信仰『思想自由』,我們不主張『言論出版
自由』,我們那保持『容忍』的態度(除了『不容忍』的態度是我們所不
能容忍以外),我們都喜歡穩健的合乎理性的學說。這幾點是我們幾個人
都默認的。」[51]儘管沒有固定的團體和綱領,新月派還是表現出了大致相
同自由主義傾向。他們的主要代表徐志摩、胡適、聞一多、梁實秋等都曾
留學歐美,具有共同的民主政治傾向和自由主義文學理想,而這種思想和
傾向又不可避免地引導並影響著新月派的文學活動和文學創作。從 1925
年 10 月徐志摩正式接管編輯《晨報副刊》開始到 1928 年《新月》月刊的
創辦,縱觀新月派的不同時期的文學創作,可以發現,無論是政論、消息、

---

[48] 徐志摩:《新月的態度》,《新月評論資料選》,華東師範大學出版社,1993 年,第
     296 頁。
[49] 《敬告讀者》,《新月評論資料選》,華東師範大學出版社,1993 年,第 303 頁。
[50] 梁實秋:《憶〈新月〉》,《新月評論資料選》,華東師範大學出版社,1993 年,第
     14 頁。
[51] 《敬告讀者》,《新月評論資料選》,華東師範大學出版社,,,第 303 頁。

評述文章，還是在詩歌、小說、戲劇等各體文學作品中，都貫穿著他們對民主與自由的熱切追求的思想；而在此基礎上，他們在文學理論和文學創作中對文學獨立的要求、對人性的推崇、對新格律詩的倡導和實踐、對國劇的提倡、對理性和節制的要求等又表明了他們大致相同的文學理想和審美傾向。在與魯迅和左翼的一系列論爭中，在發表於《詩鐫》、《劇刊》、《新月》上的眾多評論和文學作品中，在新月書店出版的一系列叢書中，新月派都表現出其獨特的對思想自由和文學本體論的堅守以及傾向於古典的審美態度。在紛繁複雜、爭論不斷的二三十年代文壇，他們固執地「要求每一朵花實現可能的色香」（徐志摩語），繼承並發展了中國現代文學中的自由主義文學傳統。

1928 年 3 月《新月》一創刊就標舉「健康」、「尊嚴」，攻擊和批判當時文壇「感傷派」、「頹廢派」、「唯美派」、「功利派」等「所謂現代思想或言論市場的十多種行業」，認為他們直接違反了「健康與尊嚴兩個原則」，把「一切價值的標準」都顛倒了，並且宣稱「不敢附和唯美與頹廢」、「不敢贊許傷感與狂熱」、「不崇拜任何的偏激」、「不能歸附功利」，「要掃除一切惡魔的勢力」，並宣稱：「我們對於光明的過去負有創造一個偉大的將來的使命；對光明的未來又負有結束這黑暗的現在的責任。我們第一要提醒這個使命與責任。我們前面說起過人生的尊嚴與健康。我們不曾發見更簡賅的信仰的象徵，我們要充分的發揮這一雙偉大的原則——尊嚴與健康。尊嚴，它的聲音可以喚回在歧路上彷徨的人生。健康，它的力量可以消滅一切侵蝕思想與生活的病菌。」[52]誠如有評論者所言：「文章內攻戰的矛頭明顯是指向左派人士及左派文學集團，這樣一來，對方的反擊自是意中

52　徐志摩：《新月的態度》，《新月評論資料選》，華東師範大學出版社，第 298-299 頁。

事」，[53]這一言論馬上就遭到了革命文學成員的不滿和反駁，他們也馬上被革命派反擊為「小丑」、「妥協的唯心論者」，藏在「新月」的旗下，掛著「創造的理想主義的幌子」，帶著「健康」與「尊嚴」的「著色眼鏡」做「審查和整理的工作」，而且受到質問：「在現在這樣的『混亂的年頭』，舊支配勢力是註定了要消滅的命運，他們的『尊嚴』與『健康』是無論怎樣都保持不住的。」[54]《新月》1 卷 1 期梁實秋發表《文學的紀律》，強調文學「發於人性、基於人性，亦止於人性」，文學創作要有理性有節制、重紀律；在《新月》1 卷 4 期，他又發表《文學與革命》，反對「在革命的時期當中，一切的作家都必須創作『革命的文學』」，甚至宣稱「革命期中，文學家不必就要創造『革命的文學』，在文學上講，『革命的文學』這個名詞根本的就不能成立。在文學上，只有『革命時期中的文學』，並無所謂『革命的文學』」，[55]「文學一概都是人性為本，絕無階級的分別」等等，也立刻引起一些讀者和郁達夫、馮乃超等左翼陣營的人不滿，馮乃超在《冷靜的頭腦——評駁梁實秋的〈文學與革命〉》一文中分六小節從不同的角度逐一批駁，指出「個人必須受到時代和社會的制約……個人並不是孤立的個人，他是社會上的個人，歷史上的個人，個人受著環境的決定，同時，又受著歷史的制約」，梁實秋的文章被認為是「很體面的漫罵」，「裝著紳士的面孔，實行其『譏諷嘲弄』的事實」；[56]除此之外，自 2 卷 6-7 期合刊開始，《新月》由梁實秋主編，他在該期發表了《文學是有階級性的嗎》和《論魯迅先生的硬譯》兩篇文章，表達了對「文學階級性」的批判和對

---

[53] 梁錫華：《徐志摩新傳》，聯經出版事業公司，1979 年，第 171 頁。

[54] 彭康：《什麼是「健康」與「尊嚴」？——「新月的態度」底批評》，《新月評論資料選》，華東師範大學出版社，第 3 頁。

[55] 梁實秋：《文學與革命》，《梁實秋全集》，鷺江出版社，2002 年，第 311 頁。

[56] 馮乃超：《冷靜的頭腦——評駁梁實秋的〈文學與革命〉》，《中國文藝論戰》，李何林主編，陝西人民出版社，1984 年，第 204 頁。

魯迅翻譯的不滿。緊接著，他又在二卷八期、九期和十一期《新月》上，連續發表了《「不滿於現狀」便怎樣呢》、《答魯迅先生》、《資本家的走狗》、《無產階級文學》、《魯迅與牛》、《普羅文學一斑》等繼續攻擊革命文學和魯迅先生，挑起了新月派和魯迅以及左翼之間的論戰。

　　首先，梁實秋認為：「文學的國土是最寬泛的，在根本上和理論上沒有國界，更沒有階級的界限」，「一個資本家和一個勞動者，……他們的人性並沒有兩樣」，因此「文學家要在理性的範圍內自由的創造，要忠於他自己的理想與觀察，他所企求的是真，是美，是善」[57]；除此之外，他還堅決反對把「文學當做宣傳品，當做一種階級鬥爭的武器」[58]，他從新人文主義的角度出發，認為「文學就沒有階級的區別」，「『資產階級文學』『無產階級文學』都是實際革命家造出來的口號標語」。[59] 其次，梁實秋批評魯迅的翻譯問題，在大段引用魯迅翻譯的《藝術論》和《文藝與批評》的基礎上，他指出魯迅的譯筆是「彆扭」的，是「硬譯」，和「死譯沒什麼分別」，「讀這樣的書，就如同看地圖一樣，要伸著手指來尋找句法的線索位置」[60]；在《所謂「文藝政策」者》一文中，他認為「『文藝政策』根本上是一種無益而又不必要的東西」，「『文藝』而可以有『政策』這本身就是一個名辭上的矛盾」，是卑劣的「暴虐」和「愚蠢」的表現，是「以政治的手段來剝奪作者的思想自由」，「以政治手段來求文藝的清一色」，把馬克思主義的理論公式硬加在文藝領域上，是一種牽強等等。針對梁實秋猛烈的攻擊，魯迅做了一系列的回應，他首先在 1930 年 1 月 1 日《萌芽月刊》第 1 卷第 1 期上發表了《新月社批評家的任務》，批評以梁實秋為

---

[57] 梁實秋：《文學是有階級性的嗎》，《梁實秋全集》，鷺江出版社，2002 年，第 322 頁。
[58] 同前註，第 324 頁。
[59] 同前註，第 329 頁。
[60] 梁實秋：《論魯迅先生的「硬譯」》，《梁實秋全集》，鷺江出版社，2002 年，第 322 頁。

代表的批評家是「揮淚維持以治安」，所要的不過是「思想自由」，卻只不過是空想，「是很憎惡嘲罵的，但只嘲罵一種人，是做嘲罵文章者」，「是很不以不滿於現狀的人為然的，但只不滿於一種現狀，但現在竟有不滿於現狀者」；[61]接著又在 1930 年 3 月《萌芽月刊》第 1 卷第 3 期上的發表《「硬譯」與「文學的階級性」》，分六節分別從硬譯、階級性等方面逐一反駁，指出新月社「以硬自居，實則其軟如棉」的特色，並指出梁實秋關於「文學無階級」「文學就是表現這最基本的人性的藝術」等主張是「矛盾而空虛」的，因為人「在階級社會裏，即斷不能免掉所屬的階級性」，「自然，『喜怒哀樂，人之情也』，然而窮人決無開交易所折本的煩惱，煤油大王那會知道北京撿煤渣老婆子身受的酸辛，饑區的災民，大約總不去種蘭花，象闊人的老太爺一樣，賈府上的焦大，也不愛林妹妹的。……倘以表現最普通的人性的文學為至高，則表現最普遍的動物性──營養，呼吸，運動，生殖──的文學，或者除去『運動』，表現生物性的文學，必當更在其上。倘說，因為我們是人，所以以表現人性為限，那麼，無產者就因為是無產階級，所以要做無產文學。」[62]魯迅還認為梁實秋痛恨文藝為鬥爭的武器是「自擾之談」。魯迅說，「據我所看過的那些理論，都不過說凡文藝必有所宣傳，並沒有誰主張只要宣傳式的文字便是文學」。[63] 甚至在那篇著名的《喪家的資本家的乏走狗》中將梁實秋稱之為喪家的資本家的乏走狗。

在今天看來，後期新月派和左翼、梁實秋和魯迅的一系列論戰其實也就是留歐美和留日作家文學價值觀念的不同的反映，是人性論、創作自由

61　魯迅：《新月社批評家的任務》，《魯迅全集》第四卷，人民文學出版社，1981 年，第 159 頁。

62　魯迅：《「硬譯」與「文學的階級性」》，《魯迅全集》第四卷，人民文學出版社，1981 年，第 204 頁。

63　同前註，第 206 頁

論與左翼的階級論和工具論的對峙和鬥爭。左翼佔據有利的地位，開始運用馬克思主義和無產階級的觀點並使之得以發揚和宣傳，新月派也在一系列論戰中強化了對文學本體地位和自由獨立的堅守，事實上他們共同促成了 30 年代文壇多樣化的文學格局。

　　與此同時，從 2 卷 2 期開始，隨著新月派編輯部的調整，除文學作品外，《新月》上也開始登一些政治、經濟和法律等方面的論文，如胡適的《人權與約法》、《新文化運動與國民黨》和羅隆基的《專家政治》、《論人權》、梁實秋的《論思想統一》等，明確主張言論自由，要求「以法治保障人權」，實行西方的民主政治，表明了以胡適、梁實秋為代表的新月派共同的政治主張和自由主義思想，並引起了文壇長達兩年的關於「人權」問題的爭辯。後來由羅隆基主持編務期間，《新月》政治文化批判傾向更加強烈，甚至遭到了國民黨的查禁和壓迫。其實新月派的成員大都有過留學海外的經歷，熟悉並傾慕歐美資產階級民主政治，對西方自由主義思想更是情有獨鍾，他們在《新月》談政治、談人權，批評時政，不過是他們要求思想自由和民主政治的必然表現而已。在某種程度上，也正是在新月與左翼文學陣營的一系列批判和論爭中，我們才更深入地探照到新月派文學思想的深層涵義。

　　如前所述，胡適、徐志摩、聞一多、梁實秋是新月派的代表人物，他們傾向自由的文藝觀深深影響甚至決定著新月派的文學思想的走向。如果說胡適等人提倡人權與自由在思想上為新月派樹立了方向，梁實秋的人性論主張以及徐志摩、聞一多對新格律詩的貢獻則分別從內容和形式上為新月派的文學創作提供了理論基礎。首先，在追求自由的基礎上，新月派主張文學獨立，以人為創作中心。作為新月派的創始人和主要代表的徐志摩接管《晨報副刊》時就已宣佈：「我來隻認識我自己，只知對我自己負責任，我不願意說的話你逼我求我都不說的，我要說的話你逼我求我都不能

不說的。我來就是個全權的記者」，辦報的「辦法可得完全由我，我愛登什麼就登什麼」。後來在《列寧忌日──談革命》中又說：「我是一個不可教訓的個人主義者。這並不高深，這只是說我只知道個人，只認得清個人，只信得過個人。我信德漠克拉西的意義只是普遍的個人主義，在各個人自覺的意識與自覺的努力中涵有真純德漠克拉西的精神：我要求每一朵花實現它可能的色香，我也要求各個人實現他可能的色香」；「不論是誰，不論是什麼力量，只要他能替我們移去壓住我們靈性的──塊昏沉，能結我們一種新的自我的意識，能啟發我們潛伏的天才與力量來做真的創造的工作，建設真的人的生活與話的文化──不論是誰，我們說，我們都拜倒。」從個人主義的立場出發，徐志摩希望能夠解放個人「靈性」，建設「真的人的生活」和「活的文化」這不僅是徐志摩個人追求自由，甚至也可看做貫徹於此時《晨報副刊》的主要「輿論導向」；作為新月派代表的梁實秋則注重並推崇「人性」，不僅在理論上系統闡釋「人性論」的主要特徵，「人性論」也是他與魯迅和左翼等進行論戰的基石；聞一多也曾強調「文學本出於至情至性」，「一切的藝術應以自然作原料，而參以人工，一以修飾自然的粗率，一以滲漬人性，使之更接近吾人，然後易於把捉而契合之」[64]；在他們的倡導和影響下，新月派的其他成員儘管不是每個人都在理論上明確表示過自己文藝觀，但在文學活動、創作實踐中他們遵崇自由、以人為本的文學思想則是一致的，如沈從文的小說創作、朱湘等人的詩歌創作都是如此。

其次，對新月派來說，使其廣為天下人所知並確立其在中國現代文學史上擁有一席之地的重要活動便是他們對新格律詩的提倡，以及隨之提出的注重形式、理性節制情感等美學原則，留歐美作家徐志摩和聞一多在新

---

[64] 聞一多：《冬夜評論》，《聞一多全集》第 2 卷，湖北人民出版社，1993 年，第 63 頁。

格律詩的提倡和實踐方面做出了突出的貢獻。1925 年 10 月徐志摩正式接管編輯《晨報副刊》，並於 1926 年 4 月 1 日正式在《副刊》上開闢《詩鐫》，「希望借副刊的地位，每星期發行一次詩刊，專載創作的新詩或關於詩或詩學的批評及研究文章」，雖然僅僅出了 11 期便由於「同人離京」、「稿子不便」等原因終刊，但其在中國新詩壇的影響卻很大。正如徐志摩在《詩刊弁言》中所說：「我們的大話是：要把創格的新詩當件認真事情做」，「共同著一點信心」「構造適應的軀殼，這就是詩文與各種美術的新格式與新音節的發見」。[65]《詩鐫》主要致力於詩歌形式方面的探索和建構，在理論上他們探討了新詩的音節和格律，聞一多《詩的格律》、饒孟侃《新詩的音節》、《再論新詩的音節》等論文構成了比較完整的、系統的新格律詩理論體系；在創作上，發表了 80 多首形式多樣但均追求新格律化的詩歌，實踐並宣揚了他們所提倡的理論主張，對當時五四後詩壇詩歌創作過於任性而發、散漫自由及忽略形式、音節粗疏、感情直露、藝術感染力不強等弊端無疑是一種反撥和糾正。新月派的徐志摩、聞一多、饒孟侃等都認為「詩不應當廢除格律」，「越是有魄力的作家，越是要戴著腳鐐跳舞才能跳得痛快，跳得好」，「詩之所以能激發情感，完全在它的節奏；節奏便是格律」，並由此出發，提倡詩歌創作中的音樂美、繪畫美、建築美，將五四時期已獲得空前解放的詩歌置於詩歌的規範化運作中。但他們所提倡的新詩格律，不同於中國傳統古典詩詞的格律，它不受舊韻平仄的限制，也不像自由體詩那樣毫無節制，過於放任自流，而是可以根據內容可以隨意構造的，「律詩永遠只有一個格式，但是新詩的格式是層出不窮的」，「律詩的格律與內容不發生關係，新詩的格式是根據內容的精神製造成的」，「律詩格式是別人替我們定的，新詩的格式可以由我們自己的意匠來隨意構

---

[65]　徐志摩：《詩刊弁言》，《新月評論資料選》，華東師範大學出版社，第 296 頁。

造」；[66]這就把新詩格律化與詩的內容的表達結合起來，避免了因刻意追求外在的形式美而影響內在的詩意的流暢表達，使新詩在自由與規範之間獲得一種張力，也使得其倡導的新格律詩體達到一種全新的境界。同時，他們反對感傷主義和詩歌創作中過度宣洩情感的「偽浪漫主義」，提倡理性節制感情的美學原則。饒孟侃指責創造社「故意用主觀的調兒把肉欲、虛偽、醜惡一起和盤托出」，[67]聞一多則抨擊浪漫主義者「顧影自憐」、「善病工愁」、「風流自賞」，「沒有創造文藝的誠意」，「壓根兒就沒有注意到文藝的本身，他們的目的只在披露他們自己的原形」。[68]徐志摩不僅在《詩刊弁言》中宣揚要文學「構造適當的軀殼」和「格式」，後來《新月》月刊創刊時又重申並堅持此觀點，標舉「健康」「尊嚴」，對對文藝界存在的感傷派、頹廢派等 13 種不良傾向進行批判。不僅在理論上倡導，新月派更成功之處在於他們還身體力行創作出一系列整齊、勻稱的詩篇，如徐志摩的《偶然》、《再別康橋》，聞一多的《比較》、《死水》、《黃昏》、《春光》等，從內容到形式都實踐了其推崇理性、節制情感的新格律詩論，聞一多自己就認為《死水》一詩是他在「三美」上「最滿意的試驗」，從形式上說，《死水》中篇篇都是遵循格律說的作品，讀起來節奏感極強；而且開闢了新的詩風，在有意無意之間引領了新詩創作的潮流，很多青年詩人如饒孟侃、朱湘、楊世恩、劉夢葦、于賡虞、朱大楠、王以仁等競相模範並紛紛仿效，在《詩鐫》上發表大量的新詩。正如朱自清所說：「雖然只出了十一號，響影卻很大——那時大家都做格律詩；有些從前極不顧形式的，也上起規矩來了。『方塊詩』、『豆腐乾塊』等等名字，可看出這時期的風氣。」[69]

66　聞一多：《詩的格律》，《新月評論資料選》，華東師範大學出版社，第 286 頁。

67　饒孟侃：《感傷主義與「創造社」》，1926 年 6 月 10 日《晨報副刊》。

68　聞一多：《詩的格律》，《新月評論資料選》，華東師範大學出版社，第 284 頁。

69　朱自清：《中國新文學大系‧詩集導言》，《中國新文學大系導言集》，上海良友復興圖書印公司 1940 年，第 231 頁。

　　由此可見，主要由留歐美作家發起並組成的新月派追求自由、民主，堅持文學的獨立，強調文學以人本的本體論特徵，反對文學的階級性、工具性和功利性，在文藝觀上繼承和發展了五四時期由胡適等人開創的自由主義文學精神。正如有評論者所言：「從某種意義上說，新月作家群體正是五四時期時代分子分化之後自由知識份子精神的延續和承繼。正是這種自由獨立人格的塑造和充分的主體意識的建立，形成新月文學思想光彩的一面。七十年代末，葉公超在總結新月文學時仍說：新月文學『最大的意義』是『自文學革命以來……唯一堅守自由純正原則的一支砥柱』。道出了新月文學與五四文學精神的深刻聯繫。」[70]

　　30 年代新文學運動中心南移上海以後，繼續活動在北平（京）的作家形成的一個特定的又比較鬆散的文學流派即京派，它是五四文學分流和整合的結果，並沒有結成一個固定的團體，也沒有明確的綱領，但在政治思想、文藝觀念上都有大致相同的趨向和主張，在文學創作上也有相接近的審美理想和追求，從而形成了一定的群體特色。主要代表除了周作人、廢名、俞平伯、蕭乾、沈從文、李長之，還包括留歐美的梁實秋、朱光潛、梁宗岱、林語堂、宗白華、李健吾以及新月派的解體後的一些成員。所以，新月派和京派之間其實存在著一些交叉、重疊的現象，許多作家既是新月派也是京派成員，新月派追求自由、崇尚理性的文藝觀也在京派中得到了延續和發展。

　　朱光潛在《自由主義與文藝》一文中曾經說過：「自由是文藝的本性，所以問題並不在文藝應該或不應該自由，而在我們是否真正要文藝」，[71]京派作家與新月派一樣，從尊重文學的獨立和自由特性出發，追求「純正的

70　黃昌勇：《新月派文學思想論》，《文學評論》，1995 年第 3 期。
71　朱光潛：《自由主義與文藝》，吳中傑《中國現代文藝思潮史》，復旦大學出版社，1996 年，第 319 頁。

文學趣味」，反對文以載道和任何政治、革命對文學的干預，更不贊同在戰爭的時代，文學必須成為工具和武器，而是希望能夠遠離現實中的政治鬥爭，謀求文藝的自由發展。同時，京派主張文學書寫「平凡的人性之美」，建立健康的人性與健全的人格，以達到改造社會的目的。朱光潛曾把「中國社會鬧得如此之糟」，歸結為「大半由於人心太壞」，並希望一定要從『怡情養性』做起，淨化人心，美化人生。[72]沈從文宣稱：「我只想造希臘小廟，選山地作基礎，用堅硬的石頭堆砌它。精製，結實，勻稱，形體雖小而不纖巧，是我理想的建築。這廟裏供奉的是『人性』」。梁實秋更是不止一次地宣稱：「偉大的文學亦不在表現自我，而在表現一個普遍的人性」[73]；「吾遍的人性是一切偉人的作品之基礎，……純正之『人性乃文學批評唯一之標準』。」[74]既反對文藝的超然獨立，又反對把文藝作為宣傳的工具，而主張以道德倫理陶冶性格、淨化情感實現真正完善的人性，這也可以說是京派同仁共同的傾向，本質上是對「個性的解放」與「人格的尊嚴」的追求。

　　與此同時，京派作家認為「文藝的價值，不在做某項的工具，文藝本身就是目的」，他們反對「文以載道」、「模仿的文學」、「先存一個觀念」等喪失創作者主體性的創作模式，強調文學和文學創作的非功利性。梁實秋曾經說過：「凡是宣傳任何主義的作品，我都以為沒有多少文藝價值」，「文學這樣東西，如其真是有價值的文學，不一定是三民主義的，也不一定是反三民主義的，我看還是讓它自由的發展去罷。」朱光潛則認為：「文藝的自由就是自主，就創造的話說，就是自生自發。我們不能憑文藝以外底某一種力量（無論是哲學底，宗教底，道德底，或政治底）奴使文藝，

[72] 朱光潛：《開場話》，《朱光潛美學文集》第 3 卷，上海文藝出版社，1981 年，第 446 頁。
[73] 梁實秋：《現代中國文學之浪漫的趨勢》，《晨報副鐫》1926 年 2 月 15 日。
[74] 梁實秋：《文學批評辯》，《晨報副刊》1926 年 10 月 27 日-28 日。

強迫它走這個方向不走那個方向。」林語堂也曾強調過：「藝術是身體的智能力量的充溢，是自由的，不受約束的，是為自身而存在的；如果我們沒有認清這一點，那麼我們便不能瞭解藝術和藝術的要素。這就是那備受貶評的『為藝術而藝術』的觀念。對於這個問題，我認為政治家無權發表什麼意見；我覺得這僅是關於一切藝術創造的心理基礎的無可置辯的事實……如果商業化的藝術常常傷害了藝術的創造，那麼，政治化的藝術一定會毀滅了藝術的創造。」[75]顯然，京派及其同人是堅持文學自由觀、反對功利的文藝觀的，與同時代的左翼文學專注於為政治服務、直接作為鬥爭的武器參與社會改造有著明顯的不同。

另外，以朱光潛、梁宗岱、宗白華、以及後來 1933 年留法的李健吾的等人都是京派文學批評的中堅，他們的文學批評觀組成並代表了京派文學批評的主要特點。即大都從文學自身出發，注重對文學作品的審美體驗，在分析評價文學作品時立足於它們的審美特性，強調對藝術文體、形式、語言、結構的研究，多採用注重直覺和感悟的印象主義批評或審美批評。比如朱光潛反對以「導師」自居、以「法官」自居和以「舌人」自居的批評，並明確表示自己傾向於注重主觀和直覺的印象式批評；李健吾認同並一再引用法郎士所說的：「好批評家是這樣一個人：敘述他的靈魂在傑作之間的奇遇」，[76]並宣稱：「批評的成就就是自我的發現和價值的決定……一個批評家是學者和藝術家的化合，有顆創造的心靈運用死的知識。他的野心在擴大他的人格，增深他的認識，提高他的鑒賞，完成他的理論。」[77]反對把批評當作工具的行為，「我厭憎既往（甚至於現時）不中

---

[75]　林語堂：《生活的藝術》，陝西師範大學出版社，2003 年，第 115 頁。

[76]　李健吾：《自我和風格》，《李健吾文學評論選》，寧夏人民出版社，1983 年，第214 頁。

[77]　李健吾：《自我和風格》，《李健吾文學評論選》，寧夏人民出版社，1983 年，第215 頁。

肯而充滿學究氣息的評論或攻訐，把批評變成一種武器，或者等而下之，一種工具。」[78]梁宗岱也認為：「真正而且唯一有效的批評，或者就是摒除一切生硬空洞的公式（這在今日文壇是那麼流行和時髦），不斷努力去從作品本身直接辨認、把捉，和揣摹每個大詩人或大作家所顯示的個別的完整一貫的靈象——這靈象底完整一貫程度將隨你視域底廣博和深遠而增大。」[79]儘管身處政治氣息濃厚的三四十年代，他們依然堅守獨立自由審美的批評，注重感性和印象，也很少在論著或批評論文中涉及到政治、鬥爭等，既不同於左翼的革命文學及其批評過於功利，也不附和右翼的反革命文藝，而是希望在論爭頻仍的文壇中找到一條「自由」的文學之路。除此之外，京派除了極力排拒政治偏見和現實功利之外，還很注重文學批評中「趣味」，反對文學中感情的過渡宣洩，而是希望情緒適量、注重藝術的「和諧」與「完整」。如朱光潛認為：「文學作品在藝術價值上有高低的分別，鑑別出這高低而特有所好，特有所惡，這就是普通所謂趣味」，[80]並提出「純正的文學趣味」的口號，即具有「廣博胸襟」，「不囿於一己之趣味，不拘於一家之言」「能憑高俯視一切門戶派別者的趣味」；以此糾正和反撥文藝界所存在的偏見和功利主義的現象。沈從文則希望文學能夠達到一種「沒有組織，卻有組織……沒有技巧，卻處處透露匠心」的和諧、圓融境界。[81]嚴家炎曾在《論京派小說的風貌和特徵》中談到：「京派小說以『簡約、古樸、活潑、明淨的語言』，以『平和、淡遠、雋永』的筆調，『熔寫實、記『夢』、象徵於一爐』，『讚頌淳樸、原始的人性美、人情美』，

---

[78] 同前註，第 214 頁。

[79] 梁宗岱：《屈原‧自序》，《梁宗岱文集》（評論卷），中央編譯出版社，2003 年，第 210 頁。

[80] 朱光潛：《朱光潛全集》第四卷，人民文學出版社，1981 年，第 171 頁。

[81] 沈從文：《廢郵存底‧情緒的體操》，《沈從文文集》第 11 卷，花城出版社，1984 年，第 329 頁。

『以表現美作為文學的最高職能，作為創作的極致』」。[82]京派小說的這些
風格其實也正是他們文藝觀的準確的反映。

　　在中國現代文學史上，留歐美作家追求自由，堅守文學獨立，在文學
理論和文學創作、文學批評中上都表現出與革命的左翼和反革命的右翼不
同的文藝觀，並開創和發展了中國現代文學史上的自由一脈；五四新文學
分流以後，他們又成為新月派和京派的重要成員。留歐美作家對文學主體
性的強調、對文學審美特徵的注重、對印象和審美批評的採用都在新月派
和京派中得到繼承和發展。一方面，新月派和京派在與左翼文學的一系列
論戰中堅守自由的文學理想，凸顯了自由、獨立文學思想和審美文學批評
的存在意義，糾正和反撥了左翼的激進和功利；另一方面，兩個流派的文
學活動的開展如編輯刊物、出版叢書等和大量的文學作品的創作，也使得
中國自由主義文學在當時中國特殊的語境中持續發展，儘管總是處於邊緣
與非主流狀態。

第三節　日本留學歸返本土的作家：
主流與激進主義的吶喊者

一、創造社與中國左翼文學運動的發端

　　1921 年 6 月，還在日本東京留學的郭沫若、郁達夫、成仿吾、張資平、
田漢、陶晶孫等成立創造社，並先後創辦《創造》季刊、《創造週報》、《創

82　嚴家言：《論京派小說的風貌和特徵》，《湖北大學學報》1989 年第 4 期。

造日》、《創造月刊》等刊物，形成了中國現代文學史上與文學研究會相抗
衡的另一個重要的新文學社團。早期的創造社鼓勵多元發展，正如郭沫若
所說：「沒有固定的組織、沒有章程、沒有機關、也沒有劃一的主義」，「只
是本著內心的要求，從事於文藝活動」，初期創造社的每個成員所奉行的
「主義」和創作實踐不同，但也呈現出共同的傾向於「自我表現」的浪漫
主義的特點；隨著國內政治局勢的發展變化，郭沫若、成仿吾等也逐步開
始轉變思想，從早期的主觀抒情走向革命文學的提倡，郭沫若的《文藝家
的覺悟》、《革命與文學》、成仿吾的《今後的覺悟》、《革命文學與他的永
遠性》、《完成我們的文學革命》、郁達夫的《無產階級專政和無產階級的
文學》、《〈鴨綠江上〉讀後感》都呈現出從浪漫到現實的過渡的性質，為
後期創造社大力倡導普羅文藝奠定了思想基礎。1927 年 10 月在成仿吾的
力邀下，後期創造社的「主將」李初梨、馮乃超、彭康、朱鏡我等留日作
家輟學回國，並於 1928 年 1 月 15 日創辦《文化批判》月刊，以嶄新的戰
鬥精神實行「方向的轉換」，不遺餘力地提倡無產階級革命文學，開始了
後期創造社更加激進和革命的文學活動。成仿吾曾在為《文化批判》發刊
所寫的《祝詞》中，開宗明義宣佈了他們倡導革命文學的宗旨，他指出：
「沒有革命的理論，就沒有革命的行動」，「《文化批判》當在這一方面負
起它的歷史的任務。它將從事資本主義社會的合理的批判，它將描繪出近
代帝國主義的行樂圖，它將解答我們『幹什麼』的問題，指導我們從哪裡
幹起。政治，經濟，社會，哲學，科學，文藝及其餘個個的分野皆將從《文
化批判》明瞭自己的意義，獲得自己的方略。《文化批判》將貢獻全部的
革命的理論，將給與革命的全戰線以朗朗的火光。這是一種偉大的啟蒙。」[83]
後期創造社成員則以極大的熱情和「初生牛犢不怕虎」的勇氣和雄心，要

---

[83] 成仿吾：《祝詞》，原載《文化批判》1 號，1928 年 1 月。

給「百餘年來」的「中華大國」的「恥辱與痛苦」的歷史「來算一筆總賬」，對社會的政治、經濟、科學、文化以及其他領域進行「全面的批判」，徹底揭露近代中國社會的弊端。因此他們高度重視馬克思主義學說和無產階級文藝理論對倡導和開展革命文學運動的重要性，把介紹和傳播「馬克思列寧主義」稱之為「一種偉大的思蒙」，同時又注重無產階級革命文學運動的建設與實踐，自覺地以馬列主義理論為指導思想去致力於無產階級革命文學事業，並將之看作是時代所賦予自己的神聖而光榮的歷史使命。

關於馬克思列寧主義，早期共產黨員李大釗、陳獨秀、瞿秋白的等許多進步人士都曾經積極地宣傳介紹過，並對中國的革命運動起過積極的指導和推動作用。但他們大都是從中國社會和革命運動需要的角度去理解、接受和宣傳馬克思主義的，並沒有全面系統地介紹馬克思主義的基本理論和基本原則。後期創造社成員留學日本時正值日本無產階級文學運動大力開展、福本和夫理論風靡整個日本之時，他們中的許多人不僅深受影響，而且也開始譯書撰文，是這一文學運動的積極參加者。回國以後，馮乃超、李初梨等人又在創造社內部發起組織了「社會科學研究會」，系統學習、研討了馬列主義學說。在《文化批判》、《創造月刊》《流沙》、《思想》和《日出》等刊物中，他們比較系統、多方面地介紹和宣傳馬克思列寧主義。不僅包括馬克思主義的唯物論、辯證法和歷史唯物主義，還有思維與存在、理論與實踐、馬克思主義關於科學社會主義的學說、馬克思主義關於物質文明和精神文明以及精神生產一般規律的考察、宗教批判、社會革命等諸多領域的問題。如朱鏡我發表在《文化批判》和《思想》雜誌上的《理論與實踐》、《科學的社會觀》、《政治一般的社會的基礎——國家底起源及死滅》、《關於精神的生產底考察》、《社會與個人底關係》、《中國社會底研究》等一系列重要論文，彭康在《文化批判》、《思想》、《創造月刊》和《流沙》等刊物上發表的《哲學底任務是什麼？》、《科學與人生觀——近幾年

中國思想界底總清算》、《思維和存在──辯證法的唯物論》、《唯物史觀的
構成過程》、《思想底正統性與異端性》、《五四運動與今後的文化運動》、《新
文化底根本立場》等，都是系統地介紹馬克思主義、在當時影響頗大的文
章。除此之外，他們還對馬克思的原著如《哲學的貧困》、《國家的起源及
死滅》進行節譯和介紹，翻譯了一些馬克思主義者的哲學著作如德波林的
《唯物辯證法精要》、普列漢諾夫的《馬克思主義底根本問題》等，並在
刊物上還開闢了「新辭源」、「新術語」專欄，專門介紹馬克思主義學說的
一些基本概念和一些著名的馬克思主義者的生平和思想情況，更好地在中
國普及馬克思主義。

　　與此同時，後期創造社也積極倡導無產階級革命文學，在對馬克思主
義認識和紹介的基礎上，他們更強調革命文學的無產階級性質和革命文學
在階級鬥爭中的「宣傳」和「工具」作用，為此他們致力於無產階級文藝
理論的建設，對普羅文學的本質和價值、內容和形式、作家和讀者等都做
出了新的界定和要求。他們反對文學是自我的表現，認為文學是「社會構
成的變革手段」，[84]「文學，與其說它是自我的表現，毋寧說他是生活意志
的要求。文學，與其說它是社會生活的表現，毋寧說它是反映階級的實踐
的意欲」，[85]認為無產階級文學是「為完成他的主體階級的歷史的使命，不
是以觀照的──表現的態度，而是以無產階級的階級意識，產生出來的一
種的鬥爭的文學」[86]；「我們的文學家，應該同時是一個革命家。他不是僅
在觀照地表現『社會生活』，而且實踐地在變革『社會生活』。他的『藝術
的武器』同時就是無產階級的『武器的藝術』」；我們的作品，不是像甘人

84　馮乃超：《藝術與社會生活》，1928 年 1 月 15 日《文化批判》創刊號。

85　李初梨：《怎樣地建設革命文學》，《創造社叢書‧文藝理論卷》，學苑出版社，1992
　　年，第 228-231 頁

86　李初梨《怎樣地建設革命文學》，《創造社叢書‧文藝理論卷》，學苑出版社，1992
　　年，第 235 頁

君所說的，是什麼血，什麼淚，而是機關槍，迫擊炮」[87]。這顯然帶有明確的政治傾向，把文學活動納入到無產階級革命鬥爭的範疇，並以此規定文學的本質和價值。在此基礎上，他們還提出了新的批評理論，規定了新的批評標準，認為在批評一個文藝作品的時候，要遵循普列漢諾夫「發現一個文學的現象底社會學的價值」的原則，分析這個作品是反映著「哪一個階級的意識」，再「檢討它在那個時代所以能發生的社會根據」，然後還要看它「對於一定的社會所演的是什麼一種腳色，擔當的是什麼一種任務」，直到「最後」才「是它技巧的批評」，也就是檢討它「藝術地完成的」[88]情況。他們試圖建立一種以意識形態和階級性為基礎的文學批評模式，並以此為根據對中國新文壇上五四以來幾個有影響的文學家如葉聖陶、魯迅、郁達夫、郭沫若等點名進行批評，並由此引發了一場新文學陣營內部關於革命文學的論爭，其中創造社和魯迅之間關於革命文學的論爭和對魯迅的批判佔據著突出的位置。

　　1928 年 1 月馮乃超在《文化批判》創刊號上，發表《藝術與社會生活》一文，對新文學作家郭沫若熱情肯定，認為他是「有反抗精神的作家」；葉聖陶「是中華民國的一個最典型的厭世家，他的筆尖只塗抹灰色的『幻滅的悲哀』。他反映著負擔沒落的運命的社會」；並錯誤地譴責魯迅「常從幽暗的酒家的樓頭，醉眼陶然地眺望窗外的人生」，「追懷過去的昔日，追悼沒落的封建情緒」，「反映的只是社會變革期中的落伍者的悲哀」，是一個「隱遁主義」者；並把魯迅劃為「小資產階級」，斷言「在此社會層中不會誕生偉大的藝術家」，而其「歷史的任務，不外一個憂愁的小丑

---

[87]　李初梨《怎樣地建設革命文學》，《創造社叢書・文藝理論卷》，學苑出版社，1992年，第 238 頁

[88]　李初梨：《普羅列塔利亞文藝批評底標準》，《我們》月刊第 2 期，1928 年 6 月20 日。

（Pierotte）」。[89]緊接著李初梨在 1928 年 2 月出版的《文化批判》第二期上，發表《怎樣地建設革命文學》一文，除了詳細闡述無產階級革命文學的基本主張外，又論證魯迅不過是個「趣味文學家」，而以趣味為中心的文學所起的效能，只能使「自己的階級更加鞏固」，爭取中間層，浮動份子，「蒙蔽一切社會惡」，「麻醉青年」，並且詰問甘人君：「魯迅究竟是是第幾階級的人，他寫的又是第幾階級的文學？」[90]進一步把魯迅推入敵對的營壘，加劇了革命文學陣營內部的鬥爭。接著，創造社其他一些成員也開始群起而圍攻魯迅，石厚生（成仿吾）在《畢竟是「醉眼陶然」罷了》[91]中把魯迅比喻為「中國的唐吉訶德，不僅害了神經錯亂與誇大妄想諸症，而且同時還在『醉眼陶然』；不僅見了風車要疑為神鬼，而且同時自己跌坐在虛構的神殿之上，裝做鬼神而沉入了恍惚的境地」；還認為他「暴露了自己的朦朧與無知，暴露了知識階級的厚顏，暴露了人道主義的醜惡罷」；[92]李初梨在《請看我們中國的 Don Quixote 的亂舞──答魯迅〈「醉眼」中的朦朧〉》一文中，覺得魯迅「無聊」、「無知」，是「一個戰戰兢兢的恐怖病者」，「對於布魯喬亞泛是一個最良的代言人，對於普羅列塔利亞是一個最惡的煽動家！」彭康在《「除掉」魯迅的「除掉」！》[93]也說魯迅的「朦朧」，「一是對於理論的沒理解，一是對於事實的盲目」，並諷刺挖苦他坐在「黑房」裏，「朦朧」變了黑暗，「醉眼」變了瞎眼，走動起來然要「碰壁」。杜荃（郭沫若）在《文藝戰線上的封建餘孽──批評魯迅的〈我的態度氣量和年紀〉》譴責魯迅是「資本主義以前的一個封建餘孽」，是「二重的反革命

89　馮乃超：《藝術與社會生活》，1928 年 1 月 15 日《文化批判》創刊號。
90　李初梨：《怎樣地建設革命文學》，1928 年 2 月《文化批判》第二期。
91　原載 1928 年 4 月 15 日上海《文化批判》月刊第 4 號。
92　原載 1928 年 5 月 1 日上海《創造月刊》第 1 卷第 11 期。
93　原載 1928 年 4 月 15 日上海《文化批判》月刊第 4 號。

的人物」，是「一位不得志的 Fascist（法西斯諦）！」[94]從而把圍攻魯迅推向高潮。針對攻擊，魯迅寫了《「醉眼」中的朦朧》、《我的態度氣量和年紀》、《革命咖啡店》、《文壇的掌故》等文予以回答；而在此過程中，不僅創造社成員，太陽社、我們社等也都踴躍參戰。如錢杏邨（阿英）的《死去了的阿 Q 時代》、蔣光慈的《魯迅先生》，編者（洪靈菲）的《〈我們月刊〉創刊號・編後》等。到後來越演越烈，連其他社團或非社團的人士也相互呼應。一時間魯迅便成了眾矢之的，論爭直到 1928 年秋才逐漸平息了下來。據不完全統計，從 1928 年初至 1929 年底，發表有關革命文學論爭的文章約有 270 篇，而直接與魯迅既「論」且「戰」者亦過百篇之多。

儘管如此，這場革命文學論爭涉及到了文學理論的一些根本問題，如文藝與階級、文藝與社會生活、作家的世界觀，以及文藝自身的發展規律和審美意識等，並促使論爭者深入學習馬列主義，提高自身的革命理論水平。魯迅在這段時間大量閱讀和著手翻譯了一些馬克思主義的科學著作，如盧那察爾斯基的《藝術論》、《文藝與批評》，普列漢諾夫的《藝術論》等，並很坦白地說：「我有一件事要感謝創造社的，是他們『擠』我看了幾種科學底文藝論，明白了先前的文學史家們說了一大堆，還是糾纏不清的疑問。並且因此譯了一本蒲力汗諾夫的《藝術論》，以救正我——還因我而及於別人——的只信進化論的偏頗。」[95]不能否認，在後期創造社宣傳馬克思主義、開展無產階級運動的同時，也存在著過分注重文藝的宣傳和社會功能而忽視文藝自身的審美特性、過分強調文藝的階級性和社會政治功能，具有「左」的宗派主義和教條主義傾向；但無論如何，後期創造社一方面努力刻苦地翻譯、闡釋、撰述馬列主義學說，另一方面從事無產

---

94 原載 1928 年 8 月 10 日上海《創造月刊》第 2 卷第 1 期。
95 魯迅：《三閒集・序言》，《魯迅全集》第 4 卷，人民文學出版社，1981 年，第 6 頁。

階級革命文學的介紹、評論和創作，並對普羅文學的特徵做出了一系列規定和要求，為無產階級文化建設作出了傑出貢獻。他們所挑起的關於「革命文學的論戰」不僅擴大了無產階級革命文學運動的傳播和影響，開拓了無產階級的文化陣地，也促進了雙方對馬列主義文藝理論的學習和鑽研，促進了馬列主義著作的翻譯和出版，並促進了左翼文學主潮的形成，為1930 年「左聯」（「中國左翼作家聯盟」）的成立做好了組織上和理論上的準備。創作社特別是後期創作社成員及其系列文學活動在中國現代文學史上具有劃時代的意義，他們成為了左翼文化運動的先鋒，也被學術界公認為是中國左翼文學運動的最初發端。

二、留日作家加入「左聯」：匯入左翼文藝大潮

　　1928 年 4 月，《文化批判》第四期出版後便遭到查禁，第五期只得改名為《文化》，但僅一期即被迫停刊。1929 年 2 月，創造社出版部被國民黨政府查封。但大革命失敗後，中共已經了開始對文化戰線實行獨立的領導，他們向創造社及太陽社中的黨員發出了停止與魯迅論爭的指示，並派當時的中共宣傳部長李立三等同志直接出面，對創造社的青年做了大量的思想工作。「在提高認識的基礎上，他們接受了中央決定，黨組織決定把這些符合黨員條件的青年吸收入黨，馮乃超、李初梨、朱鏡我等人就是在此時期入黨的。」入黨以後，他們還接受党的領導和指揮，參加了中共領導的革命文化活動。比如李初梨曾接受黨組織決定，借調到江蘇省委工作，馮乃超當時中宣部成立的文化黨團的工作，朱鏡我、彭康等，也由黨組織決定，專注於社會科學研究及社會科學界的團結、聯絡工作。

　　1929 年秋，為了適應日益高漲的革命形勢和共同反對國民黨的軍事文化圍剿，中共中央宣傳部和江蘇省委宣傳部認為很有必要成立一個統一的

左翼文化組織，積極投入反文化圍剿的戰鬥。於是 1929 年 8 月，由夏衍、
馮乃超等一些黨員幹部負責，與創造社、太陽社以及魯迅等作家聯繫，共
同商討和檢查了革命文藝界過去的工作，確定當時文藝運動的任務，組成
了以魯迅為首的「左聯」籌備委員會，並由馮乃超起草「左聯」的「理論
綱領」，創造社的大部分成員也都投人了「左聯」的籌備和組織工作中。
1930 年 3 月 2 日「左聯」正式成立，大會推定魯迅、沈端先（夏衍）、錢
杏邨三人成立主席團，並選定魯迅、沈端先、馮乃超、錢杏邨、田漢、鄭
伯奇、洪靈菲七人為常務委員，馮乃超、鄭伯奇報告了籌備工作的情況，
魯迅發表了題為《對於左翼作家聯盟的意見》的重要講話，創造社前後期
的主要成員郭沫若、郁達夫、成仿吾、田漢、李初梨、馮乃超、彭康、朱
鏡我以及鄭伯奇、穆木天、潘漢年、周全平、葉靈鳳等人都先後參加了「左
聯」，馮乃超還擔任了「左聯」成立後的第一任黨團書記。「左聯」成立不
久，中國社會科學家聯盟也於同年 5 月 20 日在上海成立，由朱鏡我擔任
第一任黨團書記；1931 年 1 月，左翼劇團聯盟改為中國左翼戲劇家聯盟，
由夏衍、田漢、陽翰笙、阿英、洪深等人領導，並通過《中國左翼戲劇家
聯盟最近行動綱領》規定：「深入都市無產階級的群眾當中爭取本聯盟獨
立表演，輔助工農表演，或本聯盟與工友聯合表演二種方式以領導無產階
級的演劇運動。」（要求劇聯應該深入到無產階級群眾當去中。）由此可
見，後期創造社的留日作家不僅響應中共的號召和領導，同其他革命作
家、文化人一起匯入了 30 年代左翼文化的大潮中，而且一些人還擔任「左
聯」的領導工作，指導「左聯」一系列文學活動的深入開展。

　　「左聯」在成立大會上就擬定了理論綱領、行動綱領和工作方針，並
通過了成立「馬克思義文藝理論研究會」、「國際文化研究會」、「文藝大眾
化研究會」和創辦聯盟機關雜志《世界文化》等提案。「當時所確定的這
個組織的行動總綱領的主要點是；（一）我們文學運動的目的在求新興階

級的解放。（二）反對一切對我們的運動的壓迫。同時決定了主要的工作方針是：（一）吸收國外新興文學的經驗及擴大我們的運動，要建立種種研究的組織。（二）幫助新作家之文學的訓練，及提拔工農作家。（三）確立馬克思主義的藝術理論及批評理論，（四）出版機關雜誌及叢書小叢書等。（五）從事產生新興階級文學作品。」[96]並且宣稱：「我們的藝術是反封建階級的，反資產階級的，又反對『穩固社會地位』的小資產階級的傾向。我們不能不援助而且從事無產階級藝術的產生。」[97]魯迅也在《對於左翼作家聯盟的意見》一文中總結革命文學倡導過程中的經驗教訓，指出左翼作家「倘若不和實際的社會鬥爭接觸，單關在玻璃窗內做文章、研究問題」，那是很容易成為右翼作家的，「倘不明白革命的實際情形，也容易變成右翼」，[98]他闡明了左翼作家接觸社會實際鬥爭，正確處理個人和群眾的關係以及改造思想的重要性。在綱領的指導下，「左聯」開展了一系列的活動：首先是成立馬克思主義文藝理論研討會，繼續並加強對馬克思主義文藝理論的翻譯、介紹和研究工作，並在此基礎上用馬克思主義的基本觀點去觀照和評價文學，形成了 30 年代最有影響力的文學批評；其次，繼續關注並進行翻譯活動，不僅是馬列主義的理論和經典，而且努力介紹、積極引進蘇聯、日本等國家的進步的無產階級文學作品，如高爾基、法捷耶夫、小林多喜二等，加強與世界無產階級文學運動的聯繫。與此同時，左聯也積極推進文藝大眾化運動。1930 年左聯成立時，曾通過了成立「文藝大眾化研究會」的議案，將大眾化作為左翼文藝運動的中心口號和左翼文藝運動的基本路線與創作方向。而在 1931 年，「左聯」執委會通過

---

[96] 《左翼文藝運動史料》，陳瘦竹主編，南京大學學報編輯部，1980 年，第 9 頁。
[97] 《左翼文藝運動史料》，陳瘦竹主編，南京大學學報編輯部，1980 年，第 10 頁。
[98] 魯迅：《對於左翼作家聯盟的意見》，《左翼文藝運動史料》，陳瘦竹主編，南京大學學報編輯部，1980 年，第 12 頁。

《中國無產階級革命文學的新任務》的決議，又明確規定：「為完成當前迫切的任務，中國無產階級革命文學必須確定新的路線。首先第一個重大的問題，就是文學的大眾化。……此問題之解決實為完成一切新任務所必要的道路。在創作，批評，和目前其他諸問題，乃至組織問題，今後必須執行徹底的正確的大眾化，而決不容許停留在過去所提起的那種模糊忽視的意義中。」[99]並且圍繞普羅大眾文藝的內容和形式、題材、語言、藝術表現等，前後開展了三次大討論，推進了左翼文藝思想的深入發展。

通過考察，可以發現，左聯成立後的一系列文學活動，大都是承繼後期創造社而來，比如對馬克思主義的大力譯介、對文藝大眾化的強調、對無產階級文學創作和文學家、理論家、批評家的規定等；與此同時，它在文學理論建設方面也可以說是「承前繼後」的，李初梨、彭康、朱鏡我以及轉向後的郭沫若、成仿吾、甚至郁達夫對革命文學和普羅文藝的看法成為左聯文藝思想的來源。它呼籲文藝為無產階級和廣大民眾服務，重視文藝的工具作用和宣傳功能，雖然並沒有提出過文學「本質」的概念，但是它實際上把文學的社會功能而且主要把政治功能提升到「本質」的位置，認為文學是階級鬥爭的工具，在文學創作和文學批評中也不忘階級的立場和原則，希望「第一，作家必須注意中國現實社會生活廣大的題材，尤其是那些很能完成目前新任務的題材。……第二，在方法上，作家必須從無產階級的觀點，從無產階級的世界觀，來觀察，來描寫。作家必須成為一個唯物的辯證法論者。中國無產階級革命文學的作家，指導者及批評家，必須現在就開始這方面的艱難勤勞的學習。必須研究馬克思列寧主義，研究一切偉大的文學遺產，研究蘇聯及其他國家的無產階級的文學作品及理論和批評。……第三，在形式方面，作品的文字組織，必須簡明易解，必

99　《左翼文藝運動史料》，陳瘦竹主編，南京大學學報編輯部，1980 年，第 161 頁。

須用工人農民所聽得懂以及他們接近得語言文字，……其次，作品的體裁也以簡單明瞭，容易為工農大眾所接受為原則。」理論家和批評家「現在必須即刻開始學習和研究，首先開始誠實的研究馬克思列寧主義。他必須在任何鬥爭裏鍛煉自己，成為一個始終堅決地站在無產階級立場上不屈不撓的鬥爭者。」[100]它還先後開展了對「新月派」人性論、第三種人」、「自由人」的超階級文藝觀、「論語派」資產階級文藝觀的激烈批評，不僅體現出鮮明的馬克思主義理論色彩，而且鞏固並團結了左聯的無產階級文藝陣線，並逐漸在 30 年代中國文壇佔據主流地位。在這一進程中，以後期創造社為代表的留日作家功不可沒。

與此同時，在左聯時期，魯迅、郭沫若、田漢、夏衍等不僅贊同、支持並積極參加左聯的文學活動，在文學創作又各有新的貢獻，他們在散文、詩歌、戲劇領域的創作成為這一時期推崇的無產階級普羅文藝的重要組成部分。如魯迅曾是左聯的「主將」和「旗手」，他不僅在左聯成立大會上所作的《對於左翼作家聯盟的意見》講演中明確宣佈自己的立場，聲明「無產文學，是無產階級解放鬥爭底一翼，它跟著無產階級的社會的勢力的成長而成長」，[101]而且積極參加左聯的各項工作，在同各種資產階級社團進行鬥爭中總是勇敢地站在前頭，利用自己的「投槍」和「匕首」勇猛反擊，為無產階級文藝的進一步傳播和發展立下了汗馬功勞。同時，他也對左聯某些成員在文化上製造新的專制、對革命做出生硬的解釋、立場選擇上非此既彼、不是朋友便是敵人、粗暴專橫行徑和極「左」痼疾進行著堅決的反對和批判；更為重要的是，魯迅在此期間寫了幾百篇雜文，或

---

[100] 《中國無產階級革命文學的新任務》，《左翼文藝運動史料》，陳瘦竹主編，南京大學學報編輯部，1980 年，第 162-165 頁。

[101] 魯迅：《對於左翼作家聯盟的意見》，《左翼文藝運動史料》，陳瘦竹主編，南京大學學報編輯部，1980 年，第 12 頁。

者對帝國主義、封建軍閥的慘無人道進行揭露和抗爭，或者批判國民黨當
局的黑暗統治，或者對國民黨政府支持的民族主義文學、新月派、第三種
人、論語派進行辯論……不僅展現了魯迅個人憂國愛民的人格力量，也推
動和促進了左聯無產階級文藝的傳播和發展。郭沫若在加入左聯前後寫了
《恢復》，與《女神》時期的熱情浪漫、狂飆突進相比，《恢復》顯然已經
轉變，郭沫若不僅表明了大革命失敗後革命轉換時期的新的思考和新的時
代精神，而且開始了無產階級革命詩歌的創作和嘗試，他認為「詩人已經
表示不再作小資產階級的自我表現了」，而且公開宣言：「我愛的是那些工
人和農人，他們赤著腳，裸著身體。……我是詩，這便是我的宣言，我的
階級是屬於無產。」（《詩的宣言》）「我要喚起我們頹廢的邦家，衰殘的民
族，我要歌出我們新興的無產階級的生活。」（《述懷》） 同時他強調是詩
應當為政治服務，寫詩必須揭露蔣介石反革命政權的滔天罪行，謳歌中國
共產黨領導的民族復興和人民解放事業，對生活作直接的描繪和赤裸裸的
吶喊，也為左聯時期革命詩歌的開展奠定了基礎。劇作家夏衍、田漢、歐
陽予倩等在這一時期也有突出的表現，1931 年 1 月，中國左翼戲劇家聯盟
成立以後，田漢、夏衍與陽翰笙、阿英、洪深等人一起，不僅領導劇聯組
織工人劇團，自編自演反映工人生活和現實鬥爭的劇目，在學校和工人中
開展戲劇活動，進行「小劇場」運動和「工廠劇」活動外，還組織了一些
劇團到外地和農村巡迴演出，鍛煉和造就了一大批左翼戲劇工作者和群眾
文藝積極分了，使他們成為革命戲劇運動的中堅力量。作為左翼劇團的主
要領導人，夏衍不僅參與組建並領導無產階級的戲劇團體，而且身體力
行，積極倡導普羅戲劇，他的話劇《都會的一角》、《賽金花》、《秋瑾傳》、
《上海屋簷下》等或諷刺國民黨賣國求榮的卑劣行徑，或表彰革命家為革
命獻身的精神，或通過描寫普通知識份子和小市民的生活反映激蕩的時代
特徵，「從小人物的生活反映了這大的時代」，自覺利用戲劇這種形式為革

命運動服務。與此同時，他還進軍電影界，成為中國進步電影事業的先驅，做了大量的富有建沒性的工作，如組織領導、影評活動、電影理論和劇本創作等，為 20 世紀 30 年代中國左翼電影運動的發展做出了傑出的貢獻。田漢 1930 年在《南國月刊》上發表《我們自己的批判》以後，便宣佈了轉向，並緊跟時代，一改早期的個人主義和浪漫主義傾向，運用現實主義的方法，創作出《梅雨》、《洪水》、《顧正紅之死》、《一致》、《亂鐘》、《回春之曲》、《戰友》等一系列劇本，沒有曲折的情結和精雕細琢的人物形象，直接反映了那個時代的重大歷史事件和群眾反抗黑暗的心聲，配合當時的形勢和黨的工作，起到有力的宣傳和組織群眾的作用。與此同時，他也參加領導了左翼電影運動，以奔放的革命熱情創作了許多電影劇本和電影故事，如《母性之光》、《馬占山》、《春蠶破繭記》、《中國的怒吼》、《四小時》和《三個摩登女性》等，大多具有反映階級鬥爭，抵抗日本帝國主義侵略的革命思想；還寫了不少反映人民心聲、鼓舞士氣的革命歌曲如《畢業歌》、《義勇軍進行曲》、《黃河之戀》、《青年進行曲》等，在當時深重的民族危機下，這些熱情奔放、慷慨激昂的革命歌曲對鼓勵人們前赴後繼、為民族生存而努力奮鬥無疑具有巨大的感召作用。以夏衍、田漢為代表的左翼戲劇家們不僅利用戲劇和電影這種形式，揭露資產階級的罪惡、控訴反動統治的黑暗，配合當時中國共產黨領導下的工人、農民鬥爭，，啟發廣大勞動群眾的階級覺悟，號召他們反抗國民黨反動統治、抨擊黑暗社會，也為我國無產階級戲劇和電影初步開拓了道路，奠定了基礎，在文學史上具有重大作用。

夏志清曾在《中國現代小說史》中評價創造社時曾經說過：「他們對青年的影響實在在大得出奇；甚至在一九二九年政府下令叫它解散以後，創造社的精神仍舊繼續支配著現代中國文學的發展。這個社和文學研究會不同。文學研究會認真研究文學，翻譯外國文學作品，還能容忍異己；而

創造社不但後期崇尚馬克思主義，即使在初期提倡浪漫主義的時候；也喜歡賣弄學問，態度獨斷，喜歡筆伐。中國新文學之能樹立共產主義的正統思想，大部分是創造社造成的。」[102]儘管將中國新文學的正統思想的樹立歸功於創造社未免過分誇大，但也同時說明了創造社特別是後期創造社的巨大影響。曾經留學日本的創造社成員在深重的民族危機和日本無產階級文藝思潮的影響下形成了激進、功利的文學思想，從文學革命到革命文學和無產階級普羅文學，他們希望借助文藝完成其救國救民的理想；30 年代加入左聯以後，又多擔任左聯的領導工作，與廣大作家一起投入到宣揚馬克思主義和創建無產階級文學的運動中去，對左聯文藝活動的開展、文學思想的形成都具有不可忽略的作用。在一定程度上，左聯成立後繼續強調馬克思主義的翻譯、文藝大眾化的開展、以及對無產階級文學的一系列規定大都是承繼後期創造社而來。創造社特別是後期創造社的革命文學理論是左聯文藝思想的重要來源，而魯迅、郭沫若、郁達夫、成仿吾、夏衍、田漢、歐陽予倩等人贊同或響應左聯號召而進行的文學創作，也成為左聯所倡導的無產階級文學的重要組成部分。在他們的努力下，在以左聯核心的左翼文藝團體的推動下，30 年代，「普羅文藝」的觀念在文學藝術領域不斷得到深化，左聯及其文藝思想的影響力的日益強大，最終確立了在當時文藝思想界中心領導地位，成為 30 年代中國文壇的主潮。儘管左聯於1936 年解散，但它所倡導的無產階級革命文學和左翼文學思想卻在抗戰時期，在解放區、在 1942 年毛澤東《在延安文藝座談會上的講話》中，在第一次「文代會」中繼續發展，而且越來越功利、越來越激進、越來越「左」，直到十年文革的到來，將文藝的功利性、工具性和階級性發展到了極致，造成了中國文藝界無可挽回的悲劇和重大損失。

---

[102] 夏志清：《中國現代小說史》，復旦大學出版社，2005 年，第 68 頁。

結語

　　在 20 世紀初的中國留學大潮中，胡適、梁實秋、聞一多、徐志摩、林語堂等人都留學英美，並深受西方自由、民主、平等的社會文化氛圍和自由主義傳統的影響，在政治思想和文藝觀念上都表現出大致相同的追求自由和獨立的傾向；而魯迅、郭沫若、郁達夫、成仿吾等人也在這一時期留學日本，中日兩國的之間民族矛盾不斷加深和異域生活的屈辱、弱國子民的無奈和辛酸使得他們的文藝觀更多地呈現出與留歐美作家不同的激進和功利的特點。同時，作為中國現代文學史上特殊的具有留學背景的作家群體，留歐美和留日作家回國以後，又都以滿腔的熱情和自身的努力為真正意義上的中國現代文學的產生、發展、傳播等做出了不容忽略的貢獻。留歐美作家對政治的「離心」傾向、對文學獨立和本體性的堅守，對任何形式的「文藝載道」的反對、對文學自身的價值和審美特徵的重視，以及在文學創作上以人為本，注重心靈的自由抒發，專注於人性探索和審美創造，在文學批評上注重感受和文學作品的審美形態和審美價值等等使得他們不僅開創了中國現代文學中的自由一派，並且通過新月派和京派使之在三四十年代紛繁複雜的中國文壇持續發展；留日作家在文學方面則更多的傾向於從社會現實出發，強調文學的社會性和階級性，注重文學的社會功能和工具作用，特別是在特殊的救亡和戰爭時代，他們希望把文學作為政治變革的一種宣傳工具和鬥爭的武器，配合革命和政治的行動，創造社特別是後期創造社的文學活動和左聯的成立使他們激進和功利的觀念在文學藝術領域得到了進一步的深化和發展。

對留歐美作家來說，從留學英美到成立新月社以及成為京派成員，大多留歐美作家都不僅倡導並始終堅持自由獨立的思想和文藝觀。胡適被稱為是「中國文藝復興之父」，又是中國現代自由主義知識份子的一個代表人物，他深受英美自由民主思想的影響並終身持行自由主義思想，不遺餘力地在中國傳播自由主義的真諦，並傾其一生宣揚個人主義和個性自由，捍衛理性、科學、文明、自由、民主和人權這些自由主義的基本精神。早年他大力提倡白話，廢除文言，拉開文學革命的序幕，已經顯示了他試圖從文體和內容兩方面打破「死文字」「舊詩體」的束縛，使人的精神能夠自由發展，文學可以更自由、更好地表達個人的思想的嘗試。他對健全的個人主義的肯定、對政府不應干涉文學的提倡，以及獨立的言論立場、善意容忍的批評態度，漸進改革的路徑選擇和民主政治的目標定位都使其成為中國自由主義運動一個承先啟後的關鍵人物。梁實秋在與魯迅和左翼文壇的激烈論爭中依然堅持「人性論」和文學的獨立性，強調「文學家要自由，自由發揮人的基本人性」；在 20 世紀 30 年代，林語堂曾創辦《論語》、《人間世》和《宇宙風》等刊物，以「性靈、幽默、閒適」的文藝觀彰顯了他在特殊年代對自由的追尋和對文學本體論的堅守。儘管留歐美作家在中國文學的發展進程中因其對文學獨立和審美特性的堅守而常常受到攻擊和批判，甚至被稱為是「資產階級」，在三四十年代中國特殊的社會環境中只能處於邊緣和非主流的地位，但他們的存在也是對當時占主導地位的左翼文學的糾正和反撥。

對留日作家來說，從留學日本到成立創造社以及籌建並加入左聯，留日作家大都從工具論和階級論出發，堅持激進和功利的文藝觀，大力倡導無產階級革命文學，在思想上和理論上為左聯的成立做好了準備，他們的文學活動和文學創作被公認為是中國左翼文學運動的最初發端；左聯成立以後，他們不僅繼續翻譯馬克思主義、開展文藝大眾化運動，而且對無產

階級文學進行了一系列規定，將其理論化和系統化。創造社特別是後期創造社李初梨、朱鏡我、彭康、馮乃超等人所倡導的革命文學理論是左聯文藝思想的重要來源，而魯迅、郭沫若、郁達夫、成仿吾、夏衍、田漢、歐陽予倩等人的文學創作，也成為左聯所倡導的無產階級文學的重要組成部分。我們當然不能否認這種激進和功利的文藝觀在當時特殊的環境下所具有的團結民眾共同戰鬥的宣傳和鼓動作用，一些左翼文學作品也揭露了當時沉重的階級壓迫下農民、工人與城市貧民的極度貧困和反抗要求，左聯對無產階級文學的規定和文藝大眾化的開展也起到了加深作家的社會認識、擴大他們的生活視野和拓展寫作題材的作用，促使新文學走出了五四時期執著於個人的書寫和五四落潮後寫作家庭風波、身邊瑣事的傾向，而是走向廣闊的社會、走向人民大眾，反映出當時中國社會的現實狀況和人民大眾的普遍心理。隨著 30 年代左聯及其文藝思想成為文壇主潮，它在某種程度上也確實起到過通過文藝喚起民眾奮起的作用，實現其「用文藝來幫助革命」的主張。但與此同時，從後期創造社到左聯，他們宣傳馬克思主義、開展無產階級運動的同時，也存在著過分注重文藝的宣傳和社會功能、過分強調文藝的階級性和社會政治功能，而忽視文藝自身的審美特性、並具有教條主義傾向；它所形成的文學理論，在當時的新文學界舉足輕重，之後也在中國文壇保持強大的甚至是主導性的影響。

在 1942 年召開的延安文藝座談會上，毛澤東的《講話》從抗戰時期的社會現實和革命功利目的出發，全面總結 30 年代左翼革命文學的經驗，正式提出文藝「為群眾」和「如何為群眾」的問題，闡明文學與生活、文學與政治、文學與人民、文學與大眾化之間的關係，並使之更加系統化和理論化；1949 年第一次全國文學藝術工作者代表大會召開，周揚曾特別指出：「毛主席的《在延安文藝座談會上的講話》規定了新中國的文藝的方向，解放區文藝工作者自覺地堅決地實踐了這個方向，並以自己的全部經

驗證明了這個方向的完全正確，深信除此之外再沒有第二個方向了，如果有，那就是錯誤的方向。」不僅肯定並確立了以延安文學所代表的方向為當代文學的方向，並決定以毛澤東《在延安文藝座談會上的講話》所體現的文藝思想為指導，走為工農兵服務、為政治服務的道路；從 50 到 70 年代，中國文藝界一系列大規模的鬥爭批判運動的開展如對電影《武訓傳》的批判，對胡風集團的批判，文藝界的反右運動以及「文革十年」發生等都從文學的政治功能和階級性出發，把文藝觀念、藝術傾向等方面的不同和分歧都看作是不同階級和政治的衝突，試圖建立文學「一體化」的局面，將文學的政治功利性和工具論發揮到無以復加的地步，不僅導致了文藝遠離自身的審美本質，成為政治的附庸，更為中國文藝界造成了無可挽回的悲劇和重大損失。直到 1985 年劉再復的《論文學的主體性》(《文學評論》1985 年第 6 期和 1986 年第 1 期) 的發表，提出以人道主義為基礎，要求在文學活動中「不能僅僅把人（包括作家、描寫對象和讀者）看作客體，而更要尊重人的主體價值，發揮人的主體力量，在文學活動的各個環節中，恢復人的主體地位，以人為中心，為目的」，並說明「我們強調主體性，就是強調人的能動性，強調人的意志、能力、創造性，強調人的力量，強調主體結構在歷史運動中的地位和價值」。正式從理論上提出在文學創作中要求「以人為中心」，以此反對和批判長期以來政治對於文藝的粗暴干預和對文學政治功能和階級性過於強調的概念化、機械化的觀點，並掀起了新時期文論界最大的一次學術論爭，「回到文學自身」和「文學自覺」的觀點，也使得文學界打破過去「泛政治化」傾向，開始走向並審視文學自身。

其實，在今天看來，留歐美作家的自由、獨立也好，留日作家的激進、功利也罷，都只是對文學本質、功能的不同看法而已，從而形成了看似「對立矛盾」的文藝觀。儘管他們在二三十年代論戰頻繁、攻擊不斷，儘管也

都存在著一些特定時代所造成的不足和缺陷，但由他們不同的文藝觀而產生的不同的文學活動和文學創作卻構成了中國現代文學發展進程中的自由或激進的流脈，並形成了一種對立與互補現象，其共同促成了中國現代文學的多元發展景觀，對「五四」以來的整個中國現代文學甚至當代文學的發展，都有重大的意義和影響。特別是 80 年代以來，對文學主體性的呼喚使人們開始重新審視文學，要求「回到文學本身」，之前曾被否定被批判被邊緣化的留歐美作家自由、獨立的文藝觀和文學創作也重新被接受被評價，凸顯了他們本身所具有的文學價值和生命張力；而從左翼到文革時期的一些過於概念化、工具化和教條主義的文學創作卻逐漸被質疑被淘汰被遺忘，成為了那個特定時代歷史遺跡。

參考文獻

一、史料類

《文化批判》，創造社出版部發行，1928 年。

《洪水》半月刊，上海書店影印本，1985 年。

《新月》月刊，上海新月書店，1928-1933 年。

《創造》季刊，上海書店影印本，1983 年。

《創造週報》，上海書店影印本，1983 年。

《創造月刊》，上海書店影印本，1985 年。

《學衡》，江蘇古籍出版社，1999 年影印版。

周棉，《中國留學生大辭典》，南京大學出版社，2000 年。

舒新城編，《近代中國教育史料》，上海中華書局，1928 年。

陳學恂、田正平編，《中國近代教育史資料彙編・留學教育》，上海教育出版社，1991 年。

饒鴻兢等編，《創造社研究資料》，福建人民出版社，1985 年。

趙家璧主編，《中國新文學大系》，上海文藝出版社，1981 年。

二、文學史類

王曉明主編，《二十世紀中國文學史論》，東方出版中心，1997 年。

朱棟霖、丁帆、朱曉進編，《中國現代文學史：1917-1997》，高等教育出版社，1999 年。

洪子誠，《中國當代文學史》，北京大學出版社，1999 年。

徐明真，《簡明日本近現代文學史教程》，北京語言學院出版社，2007 年。

唐金海、周斌主編，《20 世紀中國文學通史》，中國出版集團‧東方出版中心，2003 年。

陳思和主編，《中國當代文學史教程》，復旦大學出版社，1999 年。

陳惇主編，《西方文學史》，四川人民出版社，2003 年。

張玉書主編，《二十世紀歐美文學史》，北京大學出版社，2001 年。

程光煒、劉勇、吳曉東，《中國現代文學史》，中國人民大學出版社，2007 年。

葉渭渠、唐月梅，《20 世紀日本文學史》，青島出版社，1998 年。

楊義，《中國現代小說史》，人民文學出版社，1986 年。

楊乃喬主編，《比較文學概論》，北京大學出版社，2005 年。

錢理群、溫儒敏、吳福輝主編，《中國現代文學三十年》，北京大學出版社，1998 年。

謝南斗等編著，《二十世紀西方文學史》，南海出版公司，2003 年。

【日】吉田精一著，齊干譯，《現代日本文學史》，上海人民出版社，1976 年。

【法】梵第根，《比較文學論》，戴望舒譯，吉林出版集團 2010 年。

【美】夏志清，《中國現代小說史》復旦大學出版社，2004 年。

三、文集、全集類

巴金，《巴金文集》，人民文學出版社，1986 年。

田漢，《田漢全集》，花山文藝出版社，2002 年。

朱光潛，《朱光潛全集》，安徽教育出版社，1993 年。

李金髮，《李金髮詩集》，四川文藝出版社，1987 年。

李叔同，《李叔同集》，東方出版社，2008 年。

艾青，《艾青詩全編》，人民文學出版社，2003 年。

冰心，《新編冰心文集》，商務印書館國際有限公司 2008 年。

成仿吾，《成仿吾文集》，山東大學出版社，1985 年。

胡適，《胡適文集》，人民文學出版社，1998 年。

胡適，《胡適全集》，安徽教育出版社，2003 年。

林語堂，《林語堂名著全集》，東北師大出版社，1994 年。

宗白華，《宗白華全集》，安徽教育出版社，1996 年。

吳宓，《吳宓詩集》，吳學昭整理，商務印書館 2004 年。

胡先驌，《胡先驌文存》，江西高校出版社，1995 年。

周作人，《周作人全集》，藍燈文化事業股份有限公司 1982 年。

郁達夫，《郁達夫全集》，內蒙古文化出版社，2000 年。

徐志摩，《徐志摩全集》，天津人民出版社，2005 年。

夏衍，《夏衍全集》，浙江文藝出版社，2005 年。

梁實秋，《梁實秋全集》，鷺江出版社，2002 年。

梁宗岱，《梁宗岱文集》，中央編譯出版社，2003 年。

梅光迪著，羅崗、陳春燕編，《梅光迪文錄》，遼寧教育出版社，2001 年。

郭沫若，《郭沫若全集》，科學出版社，2002 年。

張資平，《張資平文集》，華夏出版社，2000 年。

聞一多，《聞一多全集》，湖北人民出版社，1994 年。

魯迅，《魯迅全集》，人民文學出版社，1981 年。

歐陽予倩，《歐陽予倩劇作集》，上海文藝出版社，1990 年。

豐子愷，《豐子愷文集》，浙江教育出版社，1992 年。

蘇曼殊，《蘇曼殊全集》，當代中國出版社，2007 年。

四、論著類

尹在勤，《新月派評說》，陝西人民出版社，1985 年。

王奇生，《中國留學生的歷史軌跡》，湖北教育出版社，1992 年。

王富仁，《靈魂的掙扎》，時代文藝出版社，1993 年。

王攸欣，《朱光潛學術思想評傳》，北京圖書館出版社，1999 年。

王駿驥，《魯迅、郭沫若與中國傳統文化》，百花文藝出版社，1995 年。

王泉根主編，《多維視野中的吳宓》，重慶出版社，2001 年。

白浩，《無政府主義精神與 20 世紀中國文學》，中國社會科學出版社，2008 年。

白春超，《再生與流變：中國現代文學中的古典主義》，河南大學出版社，2006 年。

朱文華，《魯迅、胡適、郭沫若連環比較評傳》，上海文藝出版社，1991 年。

朱光潛，《朱光潛美學文集》，上海文藝出版社，1981 年。

朱壽桐，《中國現代社團文學史》，人民文學出版社，2004 年。

朱壽桐，《新月派的紳士風情》，江蘇文藝出版社，1995 年。

李喜所，《近代中國的留學生》，人民出版社，1982 年。

李喜所，《近代留學生與中外文化》，天津教育出版社，2006 年。

李世濤主編，《知識份子立場──激進與保守之間的震盪》，時代文藝出版，2000 年。

李歐梵，《中國現代作家的浪漫一代》，新星出版社，2005 年。

沈衛威，《自由守望──胡適派文人引論》，上海文藝出版社，1997 年。

沈衛威，《吳宓與〈學衡〉》，河南大學出版社，2000 年。

沈衛威，《回眸「學衡派」：文化保守主義的現代命運》，人民文學出版社，1999 年。

易竹賢，《新文學天穹兩巨星：魯迅與胡適》，武漢大學出版社，2005 年。

岳凱華，《五四激進主義的緣起與中國新文學的發生》，嶽麓書社 2006 年版

林同華，《宗白華美學思想研究》，遼寧人民出版社，1987 年。

林毓生，《中國傳統的創造性轉化》，三聯書店 1988 年。

林煥標，《中國現代新詩的流變與建構》，廣西師範大學出版社，2000 年。

周作人、止庵校訂，《周作人自編文集》，河北教育出版社，2002 年。

周作人著，鍾叔河編，《知堂書話》，海南出版社，1997 年。

周明之，《胡適與中國現代知識份子的選擇》，廣西師範大學出版社，2005 年。

周質平，《胡適與中國現代思潮》，南京大學出版社，2002 年。

周策縱，《五四運動史》，嶽麓書社 1999 年。

周曉明，《多源與多流──從中國留學族到新月派》，華中師範大學出版社，2001 年版

吳霓，《中國人留學史話》，商務印書館，1997 年。

吳宓，《吳宓日記》，吳學昭整理注釋，三聯書店，1998 年。

吳宓，《文學與人生》，王岷源譯，清華大學出版社，1993 年。

吳宓，《吳宓詩集》，上海中華書局，1935 年。

武繼平，《郭沫若留日十年：1914～1924》，重慶出版社，2001 年。

胡明，《胡適思想與中國文化》，廣西師範大學出版社，2005 年。

胡適，《胡適學術文集》，中華書局，1993 年。

胡適，《胡適留學日記》，嶽麓書社，2000 年。

胡繼華，《宗白華：文化幽懷與審美象徵》，文津出版社，2005 年。

徐志嘯，《近代中外文學關係》，華東師範大學出版社，2000 年。

徐志嘯，《近代中外文學關係》，華東師範大學出版社，2000 年。

倪邦文，《自由者夢尋——「現代評論派」綜論》，上海文藝出版社，1998 年。

郜元寶，《魯迅六講》，三聯書店，2000 年。

高旭東，《梁實秋：在古典與浪漫之間》，文津出版社，2005 年。

高旭東編，《梁實秋與中西文化》，中華書局 2007 年。

陳子善，《文人的事》，浙江文藝出版社，1998 年。

陳太勝，《梁宗岱與中國象徵主義詩學》，北京師範大學出版社，2004 年。

陳平原，《中國現代學術之建立》，北京大學出版社，1998 年版

陳平原，《中國現代學術之建立——以章太炎、胡適之為中心》，北京大學出版社，
　　1998 年。

陳萬雄，《五四新文化的源流》，三聯書店，1997 年。

陳敬之，《「新月」及其重要作家》，成文出版社，1980 年。

梁實秋，《梁實秋論文學》，時報文化出版事業公司，1981 年。

梁實秋，《梁實秋文學回憶錄》，嶽麓書社，1986 年。

章清，《「胡適派學人群」與現代中國自由主義》，上海古籍出版社，2004 年。

許道明，《京派文學的世界》，復旦大學出版社，1994 年。

張弘，《吳宓：理想的使者》，文津出版社，2005 年。

舒新城，《近代中國留學史》，中華書局 1927 年。

曾小逸編，《走向世界文學》，湖南人民出版社，1995 年。

黃淳浩，《創造社：別求新聲於異邦》，社會科學文獻出版社，1995 年。

董強，《梁宗岱：穿越象徵主義》，文津出版社，2005 年。

楊國強，《百年蛻變：中國近代計程車與社會》，上海三聯書店，1997 年。

楊洪勳，《聞一多：從詩人到學者》，中國海洋大學出版社，2006 年。

楊匡漢、劉福春編，《中國現代詩論》，花城出版社，1986 年。

劉川鄂，《中國自由主義文學論稿》，武漢出版社，2000 年。

劉介民，《類同研究的再發現——徐志摩在中西文化之間》，中國社會科學出版社，
　　2003 年。

劉介民，《聞一多：尋覓時空最佳點》，文津出版社，2005 年。

鄭春，《留學背景與中國現代文學》，山東教育出版社，2002 年。

歐陽哲生，《自由主義之累：胡適思想的現代闡釋》，上海人民出版社，1993 年。

歐陽哲生編，《再讀胡適》，大眾文藝出版社，2001 年。

鄭師渠，《在歐化與國粹之間：學衡派文化思想研究》，北京師範大學出版社，2001 年。

魯迅，《魯迅論文藝》，湖北人民出版社，1979 年。

錢理群，《心靈的探尋》，北京大學出版社，1999 年。

錢念孫，《朱光潛：出世的精神與入世的事業》，文津出版社，2005 年。

羅鋼，《歷史匯流中的抉擇：中國現代文藝思想家與西方文學理論》，中國社會科學出
版社，2000 年。

曠新年，《1928：革命文學》，山東教育出版社，2002 年。

《抉擇與揚棄：郭沫若與中外文化》，中山大學出版社，2004 年。

【日】實藤惠秀著，譚汝謙、林啟彥譯，《中國人留學日本史》，生活‧讀書‧新知三
聯出版社，1984 年。

【日】森時彥著，史會來、尚信譯，《留法勤工儉學小史》，鄭州：河南人民出版社，
1985 年。

【日】伊藤虎丸著，孫猛，徐江，李冬木譯，《魯迅、創造社與日本文學》，北京大學
出版社，1995 年。

【美】余英時，《重尋胡適歷程》，廣西師範大學出版社，2004 年。

【美】余英時，《中國近代思想史上的胡適》，聯經出版事業公司，1984 年。

【美】余英時，《士與中國文化》，上海人民出版社，2002 年版

【美】任達著，李仲賢譯，《新政革命與日本——中國 1898-1912》江蘇人民出版社，
1998 年。

【美】林毓生著，穆善培譯，《中國意識的危機：「五四」時期激烈的反傳統主義》，貴
州人民出版社，1986 年。

【美】格里德著，《胡適與中國的文藝復興》，江蘇人民出版社，1989 年。

【美】傑羅姆‧格里德爾著，單正平譯，《知識份子與現代中國》，南開大學出版社，
2002 年。

五、理論、思潮、歷史類

王嘉良，《現代中國文學思潮史論》，中國社會科學出版社，2008 年。

王開璽主編，《中國近代史》，北京師範大學出版社，2008 年。

王森洋，張華金主編，《當代西方思潮詞典》，華東師範大學出版社，1995 年。

艾曉明，《中國左翼文學思潮探源》，北京大學出版社，2007 年。

朱立元主編，《當代西方文藝理論》，華東師範大學出版社，1997 年版

朱光潛，《西方美學史》，人民文學出版社，2003 年。

李澤厚，《中國近代思想史論》，人民出版社，1979 年。

李澤厚，《中國現代思想史論》，東方出版社，1987 年。

林明德，《日本近代史》，三民書局股份有限公司 2004 年。

邵鵬，《西方政治思潮》，知識產權出版社，2008 年。

相馬御風述，汪馥泉譯，《歐洲近代文學思潮》，中華書局，1930 年。

吳中傑，《中國現代文藝思潮史》，復旦大學出版社，1996 年。

紀廷許，《現代日本社會與社會思潮》，中國社會科學出版社，2007 年。

侯鈞生，《西方社會思想史》，南開大學出版社，2007 年。

高一涵，《歐洲政治思想史》，東方出版社，2007 年。

高瑞泉主編，《中國近代社會思潮》，上海人民出版社，2007 年。

高增傑主編，《日本的社會思潮與國民情緒》，北京大學出版社，2001 年。

唐士其，《西方政治思想史》，北京大學出版社，2008 年。

張大明編著，《西方文學思潮在現代中國的傳播史》，四川教育出版社，2001 年

張玉能，《西方文論思潮》，武漢出版社，1999 年。

張首映，《西方文論史》，北京大學出版社，1999 年。

張汝倫，《現代中國思想研究》，上海人民出版社，2001 年。

陳秀武，《日本大正時期政治思潮與知識份子研究》，中國社會科學出版社，2004 年。

許紀霖編，《二十世紀中國思想史論》（上、下），東方出版中心，2000 年。

許道明，《中國現代文學批評史新編》，復旦大學出版社，2002 年。

童慶炳，《文學理論教程》，高等教育出版社，1991 年。

葉渭渠著，《日本文學思潮史》，經濟日報出版社，1997 年。

葉渭渠、唐月梅著，《日本現代文學思潮史》，中國華僑出版公司，1991 年。

費正清主編，《劍橋中華民國史》，上海人民出版社，1991 年。

黃曼君主編，《中國 20 世紀文學理論批評史》（上下冊），中國文聯出版社，2002 年。

溫儒敏，《中國現代文學批評史》，北京大學出版社，1993 年。

潘潤涵、林承節，《世界近代史》，北京大學出版社，2000 年。

劉增傑、關愛和主編，《中國近現代文學思潮史》，上海文藝出版社，2008 年。

顧肅，《自由主義基本理念》，中央編譯出版社，2003 年。

顧肅、張鳳陽著，《西方現代社會思潮史》，山東教育出版社，2004 年。

龔翰熊，《20 世紀西方文學思潮》，河北人民出版社，1999 年。

龔翰熊，《現代西方文學思潮》，四川大學出版社，1987 年。

阿倫‧布洛克，《西方人文主義傳統》，生活‧讀書‧新知三聯書店，1997 年。

【英】弗雷德里希‧奧古思特‧哈耶克著，王明毅、馮興元等譯，《通往奴役之路》，中國社會科學出版社，1997 年。

【英】弗雷德里希‧奧古思特‧哈耶克著，王明毅、馮興元等譯，《自由秩序原理》（上、下冊），生活‧讀書‧新知三聯書店，1997 年。

李強，《自由主義》，吉林出版集團有限責任公司，2007 年。

【英】霍布豪斯著，《自由主義》，商務印書館，1996 年。

【英】約翰‧密爾著，許寶騤譯，《論自由》，商務印書館，2008 年。

【英】約翰‧格雷著，顧愛彬、李瑞華譯，《自由主義的兩張面孔》，江蘇人民出版社，2005 年。

【英】羅素著，馬元德譯，《西方哲學史》，商務印書館，2002 年。

【美】韋勒克（R.Wellek）、沃倫（Warren，A.）著，劉象愚等譯，《文學理論》三聯書店 1984 年。

【美】R‧韋勒克著，張金言譯，《批評的概念》，中國美術學院出版社，1999 年。

【美】卡靜（A.Kazin）著，馮亦代譯，《現代美國文藝思潮》，晨光出版公司，1949 年。

【美】布林頓著，王德昭譯，《西方近代思想史》，華東師範大學出版 2005 年。

【意】圭多‧德‧拉吉羅著，【英】R.G.科林伍德英譯，楊軍譯，《歐洲自由主義史》，吉林人民出版社，2001 年。

【蘇】謝沃斯季揚諾夫主編，易滄祖述譯，《美國近代史綱》（上、下冊）三聯書店
　　1977 年。

六、傳記、批評、創作論

王曉明，《無法直面的人生：魯迅傳》，上海文藝出版社，1995 年。

王德勝，《宗白華評傳》，商務印書館 2001 年。

巴金，《巴金論創作》，上海文藝出版社，1983 年。

田漢，《田漢論創作》，上海文藝出版社，1983 年。

北塔，《情癡詩僧吳宓傳》，團結出版社，2000 年。

艾青，《艾青論創作》，上海文藝出版社，1983 年。

朱光潛，《朱光潛自傳》，商金林編，江蘇文藝出版社，1998 年。

朱光潛著，商金林編，《朱光潛批評文集》，珠海出版社，1998 年版

李景斌等著，《周作人評傳》，重慶出版社，1996 年。

李敖，《胡適評傳》，中國友誼出版公司，2000 年。

汪家明編著，《佛性文心：豐子愷》，中國青年出版社，1994 年。

宋益喬，《梁實秋傳》，百花文藝出版社，2005 年。

何寅奉等著，《田漢評傳》，湖南人民出版社，1984 年。

沈衛威，《無地自由‧胡適傳》，上海文藝出版社，1994 年。

冰心，《冰心論創作》，上海文藝出版社，1983 年。

余飄、李洪程著，《成仿吾傳》，當代中國出版社，1997 年。

林太乙，《林語堂傳》，北嶽文藝出版社，1994 年。

林語堂，《林語堂自傳》，江蘇文藝出版社，1995 年。

林語堂著，沈永寶編，《林語堂批評文集》，珠海出版社，1998 年。

吳可為，《古道長亭：李叔同傳》，杭州出版社，2004 年。

邵盈午，《蘇曼殊傳》，團結出版社，1998 年。

周作人著，楊揚編，《周作人批評文集》，珠海出版社，1998 年。

卓如，《冰心傳》，上海文藝出版社，1990 年。

胡明，《胡適傳論》，人民文學出版社，1997 年。

郁達夫，《郁達夫自傳》，中國社會科學出版社，2003 年。

徐開壘，《巴金傳》，上海文藝出版社，1991 年。

陳丹晨，《巴金評傳》，花山文藝出版社，1982 年。

陳漱渝，《魯迅評傳》，中國社會出版社，2006 年。

陳堅、張豔梅，《世紀行吟夏衍傳》，浙江人民出版社，2005 年。

唐德剛譯注，《胡適口述自傳》，華東師範大學出版社，1993 年。

郭沫若，《郭沫若論創作》，上海文藝出版社，1983 年。

夏衍，《夏衍論創作》，上海文藝出版社，1983 年。

梁實秋著，徐靜波編，《梁實秋批評文集》，珠海出版社，1998 年。

梁宗岱著，李振聲編，《梁宗岱批評文集》，珠海出版社，1998 年。

張資平，《資平自傳》，上海第一出版社，1934 年。

會林、紹武，《夏衍傳》，中國戲劇出版社，1985 年。

楊匡漢、楊匡滿，《艾青傳論》，上海文藝出版社，1984 年。

劉茂林等著，《郭沫若新論》，社會科學文獻出版社，1992 年。

劉烜，《聞一多傳》，湖北人民出版社，1979 年。

聞黎明，《聞一多傳》，人民出版社，1992 年。

魯迅，《魯迅論創作》，上海文藝出版社，1983 年。

駱寒超，《艾青傳論》，重慶出版社，2000 年。

錢理群，《周作人傳》，北京十月文藝出版社，1990 年。

韓石山，《徐志摩傳》，北京十月文藝出版社，2001 年。

羅志田，《再造文明之夢──胡適傳》，四川人民出版社，1995 年。

蘇遲，《李叔同傳》，團結出版社，，1999 年。

龔濟民等著，《郭沫若傳》，北京十月文藝出版社，1988 年。

郁雲，《郁達夫傳》，福建人民出版社，1984 年。

文學視界 48　AG0165

衝突與整合
——論具有留學背景的中國現代作家

作　　者 / 婁曉凱
主　　編 / 蔡登山
責任編輯 / 王奕文
圖文排版 / 曾馨儀
封面設計 / 陳佩蓉

發 行 人 / 宋政坤
法律顧問 / 毛國樑　律師
出版發行 / 秀威資訊科技股份有限公司
　　　　　114 台北市內湖區瑞光路 76 巷 65 號 1 樓
　　　　　電話：+886-2-2796-3638　傳真：+886-2-2796-1377
　　　　　http://www.showwe.com.tw
劃撥帳號 / 19563868　戶名：秀威資訊科技股份有限公司
　　　　　讀者服務信箱：service@showwe.com.tw
展售門市 / 國家書店（松江門市）
　　　　　104 台北市中山區松江路 209 號 1 樓
　　　　　電話：+886-2-2518-0207　傳真：+886-2-2518-0778
網路訂購 / 秀威網路書店：http://www.bodbooks.com.tw
　　　　　國家網路書店：http://www.govbooks.com.tw

2013 年 9 月　BOD 一版
定價：450 元

國家圖書館出版品預行編目

衝突與整合：論具有留學背景的中國現代作家 / 婁曉凱著.
-- 一版.-- 臺北市：秀威資訊科技, 2013. 09
　　面；　公分
　ISBN 978-986-326-161-2 (平裝)

　1. 中國當代文學　2. 文學評論

820.908　　　　　　　　　　　　　　102015479

讀 者 回 函 卡

感謝您購買本書，為提升服務品質，請填妥以下資料，將讀者回函卡直接寄回或傳真本公司，收到您的寶貴意見後，我們會收藏記錄及檢討，謝謝！如您需要了解本公司最新出版書目、購書優惠或企劃活動，歡迎您上網查詢或下載相關資料：http:// www.showwe.com.tw

您購買的書名：＿＿＿＿＿＿＿＿＿＿＿＿＿＿＿＿＿＿＿＿＿＿＿

出生日期：＿＿＿＿年＿＿＿＿月＿＿＿＿日

學歷：□高中 (含) 以下　　□大專　　□研究所 (含) 以上

職業：□製造業　□金融業　□資訊業　□軍警　□傳播業　□自由業

　　　□服務業　□公務員　□教職　　□學生　□家管　　□其它＿＿＿＿

購書地點：□網路書店　□實體書店　□書展　□郵購　□贈閱　□其他

您從何得知本書的消息？

　□網路書店　□實體書店　□網路搜尋　□電子報　□書訊　□雜誌

　□傳播媒體　□親友推薦　□網站推薦　□部落格　□其他＿＿＿＿＿＿

您對本書的評價：（請填代號　1.非常滿意　2.滿意　3.尚可　4.再改進）

　封面設計＿＿＿　版面編排＿＿＿　內容＿＿＿　文／譯筆＿＿＿　價格＿＿＿

讀完書後您覺得：

　□很有收穫　□有收穫　□收穫不多　□沒收穫

對我們的建議：＿＿＿＿＿＿＿＿＿＿＿＿＿＿＿＿＿＿＿＿＿＿＿

＿＿＿＿＿＿＿＿＿＿＿＿＿＿＿＿＿＿＿＿＿＿＿＿＿＿＿＿＿＿＿＿

＿＿＿＿＿＿＿＿＿＿＿＿＿＿＿＿＿＿＿＿＿＿＿＿＿＿＿＿＿＿＿＿

＿＿＿＿＿＿＿＿＿＿＿＿＿＿＿＿＿＿＿＿＿＿＿＿＿＿＿＿＿＿＿＿

11466

台北市內湖區瑞光路 76 巷 65 號 1 樓

秀威資訊科技股份有限公司　　　收

BOD 數位出版事業部

....

（請沿線對折寄回，謝謝！）

姓　　名：＿＿＿＿＿＿＿＿＿　年齡：＿＿＿＿＿　性別：□女　□男

郵遞區號：□□□□□

地　　址：＿＿＿＿＿＿＿＿＿＿＿＿＿＿＿＿＿＿＿＿＿＿

聯絡電話：(日) ＿＿＿＿＿＿＿＿＿＿＿　(夜) ＿＿＿＿＿＿＿＿＿＿

E-mail：＿＿＿＿＿＿＿＿＿＿＿＿＿＿＿＿＿＿＿＿＿